R0061632964

01/2012

PALM BEACH COUNTY
LIBRARY SYSTEM
3650 Summit Boulevard
West Palm Beach, FL 33406-4198

Dueño de mi corazón

books4pocket

Jo Beverley

Dueño de mi corazón

Traducción de Amelia Brito

EDICIONES URANO

Argentina - Chile - Colombia - España
Estados Unidos - México - Uruguay - Venezuela

Título original: *Lord of my Heart*
Copyright © 1992 by Jo Beverley

© de la traducción: Amelia Brito
© 2004 by Ediciones Urano
Aribau, 142, pral. – 08036 Barcelona
www.edicionesurano.com
www.books4pocket.com

1ª edición en books4pocket junio 2009

Diseño de la colección: Opalworks
Imagen de portada: Alan Ayers
Diseño de portada: Enrique Iborra

Impreso por Novoprint, S.A.
Energía 53
Sant Andreu de la Barca (Barcelona)

Fotocomposición: books4pocket

ISBN: 978-84-92516-71-1
Depósito legal: B-20.276-2009

Reservados todos los derechos. Queda rigurosamente prohibida, sin la autorización escrita de los titulares del copyright, bajo las sanciones establecidas en las leyes, la reproducción parcial o total de esta obra por cualquier medio o procedimiento, incluidos la reprografía y el tratamiento informático, así como la distribución de ejemplares mediante alquiler o préstamo público.

Impreso en España – *Printed in Spain*

*Así habla el vagabundo,
acuciado por recuerdos de matanzas horrendas
y de la muerte de sus amigos:
«La aurora suele hallarme triste en mi soledad,
pues ya no vive nadie a quien me atreva
a revelar la verdad de mi corazón».*

De The Wanderer
[El vagabundo], poema anglosajón

Esta novela está dedicada a la memoria de mis padres, John y Mildred Dunn.

Mi madre hacía caso omiso de cualquier idea de limitación sexista y siempre animó a sus hijas a poner la mira tan alto como quisieran.

Mi padre me introdujo en el romance de la historia inglesa, y fue un gran admirador de Hereward the Wake.

Así pues, este libro, más que ningún otro, nace de ellos.

Castillo de Gaillard, Normandía
Agosto de 1064

Lady Lucía levantó la vista al oír entrar a su marido en la sala; el conde Guy de Gaillard traía un marcado ceño en la cara y la mano cerrada sobre un rollo de pergamino.

—¿La peste? ¿Muerte del ganado? —aventuró, levantándose a recibir su beso en la mejilla—. ¿Alguna diablura de uno de los niños?

El ceño de Guy se suavizó cuando la abrazó. Ojalá pudiera aliviarle todas las preocupaciones de su vida con tanta facilidad, pensó ella. Pocas posibilidades de hacer eso había en Normandía, y tampoco a él le gustaría; a los hombres normandos les gustaban las dificultades y el alboroto. Siendo ella inglesa de nacimiento y crianza, se sentiría maravillosamente a gusto con días tranquilos, inalterables.

Tenía que reconocer que cincuenta años de alborotos no habían hecho demasiada mella en Guy. Sostenía la espalda derecha, sus cabellos seguían abundantes y sus ojos verdes, vivos y perspicaces. Los únicos cambios que notaba en él después de veinte años de matrimonio eran el plateado de sus fuertes cabellos y el color de sus ojos verdes, que se habían oscurecido como las hojas de primavera al final del verano.

—Ni peste ni muertes —respondió él arrellanándose en su enorme sillón de roble junto al hogar—. Ni siquiera una diablura de alguno de los niños, por raro que pueda parecer. ¡Mira esto!

Le pasó el rollo de pergamino y luego estiró la mano para coger la jarra de vino, que se mantenía tibio junto al fuego. Roland, su perro favorito, se le acercó para descansar el hocico sobre su rodilla. El conde Guy se relajó y le acarició suavemente las largas y sedosas orejas.

Observó a su mujer mientras ésta volvía a sentarse en el sillón de enfrente, ponía a un lado con sumo esmero el exquisito bordado e inconscientemente se arreglaba en elegantes pliegues la falda de lanilla. Todavía seguía maravillándolo la gracia y belleza que había introducido su esposa inglesa en su severa casa normanda, aunque ése era un placer al que ya estaba bien acostumbrado.

Gracias a su hábil administración, siempre había comidas sanas y sabrosas en la mesa, incluso al final del invierno; las paredes de piedra estaban suavizadas por tapices; y él y sus hijos vestían ropas de tejidos suaves ribeteadas por cintas dignas de un rey.

Era buena la vida en el castillo de Gaillard, y su único deseo era que continuara así.

Lucía desenrolló el pergamino y su ceño se frunció ligeramente al leer en latín. Ésa era la única arruguita en su hermoso rostro, y el pelo que asomaba bajo su níveo griñón seguía siendo dorado. Con perezosa admiración, él pensó si tal vez no conocería ella el secreto de la eterna juventud, porque ya estaba más cerca de los cuarenta que de los treinta. Lucía estaba agradablemente almohadillada por deliciosas curvas, y había que ser de naturaleza tranquila para conservarse rellenita en el castillo De Gaillard.

Por ser inglesa, tenía mejor educación que él, aun cuando él era bastante culto para ser normando, y el texto del pergamino la preocupó un poco.

—Pobre conde Harold —comentó en tono ácido—, primero una tormenta lo arrastra hasta Normandía, luego lo captura Guy de Ponthieu, y ahora va y lo «rescata» el duque Guillermo obligándolo a jurar que lo ayudará a conseguir el trono inglés. El conde debe de pensar que la mano de Dios está contra él.

—Como ves por la carta, muchos estarían de acuerdo —dijo el conde Guy.

Lucía reanudó su bordado.

—No se me ocurre ningún motivo para que Dios se vuelva en contra del conde, que cumple sus deberes hacia Cristo y hacia el rey tan bien como cualquier prójimo. —Suspiró—. Pero ese juramento es un germen de problemas. La pregunta es, ¿qué hará Harold cuando esté nuevamente a salvo en Inglaterra? Dicen que el rey Eduardo está mal de salud.

—¿Qué puede hacer? Un juramento es un juramento, sea cual sea la forma de obtenerlo. Ningún hombre que falte a su palabra puede prosperar. Hace mucho tiempo que Guillermo asegura que cuenta con el favor de Eduardo como heredero al trono de Inglaterra, y ahora cuenta con el juramento del conde principal.

—Pero el conde Harold no tiene el poder de dar el trono, Guy. Ese derecho lo detentan los grandes hombres que forman el consejo de la Asamblea Nacional.

—¿Hay probabilidades de que elijan a Guillermo?

Ella negó con la cabeza.

—Ni siquiera con el apoyo del conde Harold. Querrán a un inglés, a uno de edad madura y capacidades probadas.

—Como el conde Harold de Essex —dijo Guy—. Al cual Guillermo no aceptará jamás, ahora que tiene su juramento de apoyar su causa. —Con la mirada perdida en el vacío, soltó una maldición en voz baja.

—¿Un normando preocupado por una jugosa guerra? —comentó Lucía al aire que los rodeaba—. Debe de ser la vejez.

Sorprendida, vio que la broma no le aligeraba la preocupación a él. Se concentró para descubrir el problema. Un toque de cuerno en el castillo volvió su atención hacia la dirección correcta. Sin duda anunciaba el regreso de los dos De Gaillard menores, que habían salido con una tropa de caballeros en persecución de una banda de forajidos.

—Aimery —dijo.

Guy asintió.

—No más viajes a Inglaterra para él.

Guy tenía tres hijos y dos hijas de su primera esposa, pero Dios sólo le había concedido un hijo con Lucía. Lucía siempre quiso que su hijo aprendiera algo de las costumbres cultas de los ingleses, además de las de los belicosos normandos, de modo que desde su infancia Aimery de Gaillard había pasado parte de cada verano en Mercia.

—Mi familia nunca permitiría que le ocurriera algo malo a Aimery —protestó Lucía—. Aunque Edwin es muy joven aún, siempre está Hereward.

El conde Guy emitió un bufido.

—Mi opinión es que tu hermano está medio loco. Hereward *the Wake*. Hereward el Loco. Se aferra a las costumbres de generaciones del pasado. Sólo Dios sabe qué se le metió en la cabeza para ponerle esas marcas en la piel a Aimery.

—Son un importante símbolo de honor en la tradición inglesa —alegó Lucía.

—¡Y una ridiculez en un normando! ¿Y ese anillo que le regaló?

—Ser amigo de anillo de un gran hombre es un honor... —Se le cortó la voz y miró a su marido, muy pálida.

—También es un compromiso que lo obliga, ¿verdad?

Ella asintió.

—¿Qué hará Aimery entonces si esta contienda por el trono acaba en guerra, y nos encontramos por un lado a todos los hombres de Mercia, con Hereward y Edwin, y por el otro al duque Guillermo y los De Gaillard?

Lucía no supo qué contestar. Se estremeció al pensar en las posibilidades.

—Tu hijo no va más a Inglaterra hasta que este asunto esté resuelto —dijo Guy firmemente.

En ese momento se oyeron ruidos en el patio del castillo: cascos de caballo, gritos y ladridos de perros. Guy fue a asomarse a la estrecha ventana que daba al patio, que estaba atiborrado de perros, caballos, mozos y soldados. Avanzando por en medio del tumulto se recortaban nítidamente las figuras de sus dos hijos menores. Instintivamente los observó por si veía heridas o alguna cojera. Aimery llevaba una tira ensangrentada atada a un brazo, pero por la forma como hizo a un lado a un soldado con ese brazo, estaba claro que la herida no le causaba gran problema.

Lucía se acercó a mirar también por el lado del hombro de su marido, emitió unos suaves chasquidos con la lengua y se apresuró a salir, dando órdenes para que le trajeran agua caliente y sus hierbas medicinales.

Los dos jóvenes eran altos y fuertes, pero, por lo demás, absolutamente distintos. Uno de veinte y el otro de dieciocho, los dos se aproximaban ya a la complexión de hombres adultos. Gracias a las largas y rigurosas horas de práctica con las armas, desde la infancia, tenían fuertes y musculosos brazos, hombros y piernas, y gran agilidad en sus movimientos.

Roger, el hijo menor de la primera mujer de Guy, era corpulento y macizo como sus hermanos mayores; daba la impresión de que si le cayera un tronco de árbol encima rebotaría. Aimery, el hijo de Lucía, era de constitución más delgada; el tronco de árbol lo mataría si lo golpeaba, pero estaba claro que él tenía la agilidad para esquivarlo.

Los dos iban bien afeitados, pero mientras Roger llevaba el pelo oscuro muy corto, casi al rape, al verdadero estilo normando, los cabellos rubios de Aimery le caían en melena sobre los hombros. Había que reconocerle el mérito al muchacho por enorgullecerse del estilo inglés pese a las bromas de sus hermanos, aunque tal vez el hecho de llevar el cuerpo marcado con tatuajes no le daba otra opción. Incluso a esa distancia Guy veía la cruz azul que llevaba tatuada en el brazo izquierdo y el fantasioso animal en posición de saltar que le adornaba el antebrazo derecho extendiéndose hasta el dorso de la mano.

Por influencia de Lucía, todos los hombres De Gaillard llevaban ropas de los más finos tejidos, cortadas y bordadas como sólo sabía hacerlo una inglesa. Como todos los normandos, llevaban cuanto adorno de oro y piedras preciosas de fabricación inglesa podían permitirse, porque los orfebres ingleses eran los mejores de Europa.

Aimery tenía una especial predilección por la ropa de colores vivos, y sus parientes ingleses lo habían dotado de adornos particularmente finos; en ese momento lucía dos brazaletes de oro y granate, con los que bien se podía comprar una buena propiedad, pero eso no tenía por qué hacerlo parecer raro. Sus rasgos físicos, en cambio, provenían todos de Lucía y su familia; al aproximarse a la madurez, tenía un desconcertante parecido con Hereward, el hermano de Lucía, cuando éste tenía veinte años. Su forma de vestirse lo hacía parecer extranjero en su tierra natal.

A veces Guy pensaba que lo único que había transmitido a su hijo menor eran sus ojos verdes.

Fue a servir vino en otras dos copas de plata, pensando que su vida habría sido mucho más sencilla si no hubiera conocido jamás a Lucía. Más sencilla sí, pero de ningun modo deseable. Lucía era la luz y el calor de su vida, y su difícil hijo era en muchos sentidos su favorito. Esperaba que el cachorro no se diera cuenta de eso.

Los jóvenes entraron bulliciosos en la sala, trayendo con ellos los olores a aire fresco, caballos y sangre.

—¡... ninguna necesidad de matarlos a todos! —venía gritando Aimery.

—¿Qué sentido tendría haberlos traído aquí para colgarlos? —le preguntó Roger, burlón.

—Justicia.

—¡Justicia! Tontería sajona. Eran forajidos asesinos, y eso era todo lo que necesitábamos saber.

—¿Se ha resuelto el problema? —interrumpió Guy.

Dos voces chocaron, pero la de Roger dominó.

—Unos cuantos escaparon, pero matamos a ocho.

—Estupendo —dijo el conde.

Aimery abrió la boca, pero ante la expresión que vio en los ojos de su padre renunció al alegato y fue a coger la copa de vino que éste le ofrecía.

—¿Cómo te hirieron? —le preguntó.

—Una flecha. Pero sólo es un rasguño.

—De todos modos, tu madre se está preparando para curártela.

Aimery hizo una mueca y se giró en el momento en que entraba Lucía.

—No es nada, madre.

—Eso fue lo que dijo el último hombre que entró en el camposanto —replicó ella, ásperamente—. Si fuiste tan valiente para adquirirla, serás igual de valiente para soportar la curación. Siéntate.

Él se sentó en la banqueta indicada, y Lucía comenzó a desenrollar suavemente la venda. Guy sintió lástima del muchacho y le dio algo para distraerle la atención. La carta.

Aimery dejó a un lado la copa, cogió el pergamino y se concentró en su lectura.

—Este... —se interrumpió para emitir un siseo, pues su madre le arrancó bruscamente la última parte de la venda para abrirle la herida, y esta comenzó a sangrar—. Está limpia —protestó—. La limpié yo.

—Eso lo juzgaré yo —dijo, lavando y hurgando la herida.

Aimery se obligó a volver la atención al documento.

—Este juramento tuvo que ser forzado... ¡Madre! —Hizo una inspiración profunda y continuó—: El conde Harold jamás juraría voluntariamente apoyar las pretensiones del duque al trono.

Guy le quitó el pergamino y lo reemplazó amablemente por la copa de vino.

—Entonces debería haber muerto antes que jurar —declaró rotundamente—. Un juramento es un juramento. ¿Qué sabes de él?

Aimery bebió un largo trago.

—¿Del conde Harold? Nunca me he encontrado con él...

—Guardó silencio mientras su madre hurgaba más la herida en busca de algo. Pasado un momento, continuó—: Está bien considerado y tiene fama de buen soldado. Ha gobernado Inglaterra en nombre del rey durante años. Sería un buen monarca. —Miró a su padre, desafiante.

—Faltaría a un juramento —replicó su padre.

Aimery apuró el vino y se quedó un momento contemplando el interior de la pulida copa.

—Si la Asamblea elige rey a Harold —dijo al fin—, y Harold acepta, ¿qué hará el duque Guillermo?

—Ir con su ejército a hacer valer sus derechos.

Aimery palideció. Era posible que esto se debiera a los polvos que le estaba aplicando Lucía en la herida del hombro, pero Guy lo dudaba. Nunca había considerado a Aimery lento de entendimiento, o sea, que comprendía muy bien las consecuencias.

Con los ojos fijos en una distancia insondable, Aimery de Gaillard depositó su copa vacía con un golpe que sonó como el ruido de una espada al golpear un escudo.

Abbaye des Dames, Caen, Normandía
Febrero de 1066

El locutorio de la Abbaye des Dames de Caen era una sala pequeña pero muy bien proporcionada. Resultaba acogedor ese helado día, porque sus dos estrechas ventanas estaban cerradas por precioso vidrio y en el inmenso hogar de piedra estaba encendido el fuego. La luz del sol que entraba por los pequeños paneles de vidrio era engañosamente dorada y destacaba los colores de los cuadros de la pared y los bordados de los cojines, haciéndolos parecer joyas. En contraste, las tres personas reunidas en el locutorio se veían sosas.

Dos eran hombres de guerra, altos y nervudos, y vestían armadura y ropa que hablaban de mucho y largo uso. Uno era bastante mayor, muy canoso, de manos nudosas y gruesos nudillos; el otro era más joven, de cabellos castaños y, aparte de la edad, era la viva imagen del viejo y estaba claro que era su hijo.

La tercera persona era una niña ataviada con el sencillo hábito blanco de una novicia. El hábito de lino caía recto sobre su figura que aún no adquiría las formas femeninas. Una gruesa trenza castaña le caía sobre la espalda cubierta por un fino velo de linón. Su cara bien lavada tenía todavía los rasgos suaves de una niña pequeña, pero sus labios insinuaban firmeza y sus grandes ojos castaños eran vivos e inteligentes.

El hombre mayor, Gilbert de la Haute Vironge, se sentía nervioso e inquieto en medio de toda esa elegancia. Daba unos pocos pasos y se detenía, como temeroso de dañar algún objeto precioso. Marc, su hijo, tenía los hombros con malla apoyados en la pared blanca, sin considerar los arañazos que dejaría allí. Madeleine, la hija de Gilbert, estaba sentada muy erguida y serena, la imagen perfecta de una monjita, que parecía encajar en su entorno como una perla engastada en oro.

Pero la serenidad de Madeleine era una máscara para ocultar su angustia. El día que cumplió quince años, hacía dos semanas, cuando la abadesa le puso el tema de sus votos perpetuos comprendió que no deseaba ser monja. Pero al parecer ella no tenía ninguna opción en el asunto, porque era una ofrenda hecha por su madre en su lecho de muerte, para que rezara por las almas de toda la familia De la Haute Vironge. Pero esa inesperada visita de su padre podía ser su oportunidad para persuadirlo de que revocara esa promesa. Eso si lograba encontrar el valor para hablar.

—Como ves, las cosas están acaloradas en todas partes —dijo lord Gilbert, haciendo tintinear su armadura y malla con sus inquietos movimientos—. Sólo Dios sabe cuándo volveremos a tener una oportunidad de visitarte, hija. Ahora que ha muerto Eduardo de Inglaterra y los ingleses han coronado a ese conde Harold, habrá trabajo para nuestras espadas, a no ser que recobren la sensatez.

—Espero que no —terció Marc, escarbándose los dientes con la uña—. Habrá botín si esto llega a guerra. El duque nos debe algo.

Gilbert lo miró ceñudo.

—Cumplimos nuestro deber para con nuestro señor por el bien de nuestras almas, no por la ganancia.

—Algunas recompensas terrenas no vendrían mal. Hemos sido leales al duque durante décadas, ¿y qué bien nos ha reportado eso?

—Pero ¿por qué los ingleses no han aceptado al duque Guillermo? —interrumpió Madeleine, pensando si las riñas asolarían los campos de batalla de toda Europa—. Tiene la promesa de la corona, ¿verdad?

Marc rió burlón.

—Si yo fuera inglés no aceptaría a un usurpador extranjero. Y tanto mejor para nosotros.

Gilbert rechazó airado la palabra «usurpador», y se reanudó la discusión entre padre e hijo. Madeleine exhaló un suspiro. No le agradaba el gusto de su hermano por la guerra, pero sabía que había pocas opciones para una familia llevada al borde de la pobreza por esos tiempos difíciles. Y una mayor prosperidad podría ir en bien de ella.

Haute Vironge estaba situado en el Vexin, la región constantemente disputada entre Francia y Normandía, y había sufrido durante los diez últimos años. Gilbert había sido un leal vasallo del duque Guillermo durante sus luchas por su tierra, y a cambio la familia recibía recompensas del duque con toda la frecuencia con que éste era capaz de darlas.

Una de esas recompensas fue la aceptación de ella en la abadía, que fuera fundada por los propios duque y duquesa. Sin duda era cierto que si en Inglaterra iba a haber botines de guerra, el duque daría algunos de ellos a los hombres de Haute Vironge.

Sonó la campana del convento llamando a nonas; Madeleine se puso de pie. Los dos hombres interrumpieron la discusión.

—Sí —dijo lord Gilbert, sin disimular del todo su alivio—. Es hora de que nos vayamos. —Puso una mano en la cabeza de Madeleine—. Reza por nosotros, hija. Seguro que pronto serás toda una esposa de Cristo.

Mientras los dos hombres recogían sus capas forradas de piel, Madeleine reunió su valor.

—¡Padre!

—¿Sí? —dijo él, volviéndose hacia ella.

Repentinamente ella sintió el corazón acelerado y la boca reseca.

—Padre, ¿hay… existe alguna posibilidad de que yo no haga los votos?

—¿Qué quieres decir? —preguntó él, ceñudo.

Madeleine miró desesperada a su hermano, pero él se limitó a mirarla con curiosidad.

—Es que no estoy… no estoy segura de que esté destinada a ser una esposa de Cristo.

El ceño de lord Gilbert se hizo más pronunciado.

—¿Qué? Si aún estuvieras en casa y yo te trajera un hombre te casarías con él a una orden mía. Esto no es diferente. Tu madre te envió a hacerte monja y a rezar por nosotros, y aquí estás.

Madeleine se tragó valientemente las lágrimas.

—Pero… pero… ¿no debería yo «sentir» algo, padre?

Él emitió un gruñido.

—Sientes ropa suave contra tu cuerpo y buena comida en tu vientre. Sé agradecida. —Pero se le ablandó la expresión—. Estás prometida aquí, Maddy. Comprar tu salida de aquí costaría más dinero del que tengo, ¿y entonces qué? Tendríamos dificultad para elegir, tratándose de maridos. No somos ricos ni poderosos. Tal vez —añadió, sin convicción—, si en Inglaterra hay guerra y botines…

Madeleine miró suplicante a su hermano, que en otro tiempo había sido todo un héroe para ella. Él se encogió de hombros.

—A mí no me gustaría ser monje, pero para una mujer es distinto. En cuanto al tipo de marido que podríamos atraer ahora, estarías mejor sin él.

—Pero a mí no me importaría quedarme en casa y cuidar de vosotros dos —protestó ella.

—¿Quedarte en casa? —exclamó Gilbert—. Maddy, en los cinco años que has estado aquí, Haute Vironge se ha convertido en una ruina. Está en medio de un campo de batalla.

El dolor que sentía en el pecho amenazaba con consumirla.

—¿No tengo hogar, entonces? —preguntó en un susurro.

—Tienes un hogar aquí —replicó él—. Uno mucho mejor que el que podrías haber esperado, aparte de la prodigalidad del duque. La abadesa está muy contenta contigo. Eres una verdadera estudiosa, al parecer, toda empeñada en ser curandera. ¿Quién sabe? Algún día podrías incluso ser tú la abadesa.

Qué esfuerzo ponía su padre para pintarle un buen cuadro, pensó Madeleine; y todas sus palabras eran ciertas. Se las arregló para sonreírle. A su manera él la amaba y no quería pensar que era desgraciada.

Él le recompensó el esfuerzo con una sonrisa y le dio unas palmaditas en la cabeza.

—Así me gusta. Éste es el mejor lugar para ti, Maddy, créeme. El mundo es un lugar cruel. Dios te bendiga, hija.

Madeleine se inclinó en una venia.

—Buena suerte —dijo mansamente, desesperanzada.

Cuando ya estaba en la puerta, Marc se volvió hacia ella.

—Es dura la vida fuera, hermana. ¿Estás segura que la deseas?

«Seguro» era una palabra muy fuerte; pasado un instante de titubeo, Madeleine asintió.

—Entonces no hagas los votos aún. Espera un tiempo. Este asunto inglés acabará pronto, estoy seguro. Si hay riquezas inglesas para nosotros, vendré a comprar tu libertad.

Y con esa promesa hecha a la ligera se marchó. Entonces empezaron a caer las lágrimas que Madeleine había reprimido. Esa cháchara de Marc acerca de riquezas era sólo un sueño; su anhelo de libertad era un sueño, y tonto además, como había observado su padre.

Se limpió las lágrimas de las mejillas; pero un sueño no se puede limpiar tan fácilmente. Contempló el cuadro de la pared, bordado con seda sobre seda, que representaba a Cristo en el desierto tentado con placeres mundanos, como se sentía tentada ella.

Ansiaba experimentar todas las maravillas de la vida, no sólo leer acerca de ellas. Ansiaba viajar hasta las tierras heladas del oso blanco y hasta las ardientes arenas de Tierra Santa. Deseaba bailar y galopar a caballo. Anhelaba ver si era cierto que por el cielo de Escocia volaban dragones, y saber qué se sentía cuando un hombre toca con sus labios los labios de una mujer…

Salió de la sala y se dirigió a la capilla para los cantos de nonas, aferrada al resquicio de esperanza que le ofrecían las despreocupadas palabras de su hermano. Retardaría los votos y esperaría el día en que él cabalgara hasta la abadía, rico, para hacerla libre.

Westminster, Inglaterra
Enero de 1067

Aimery de Gaillard se enfrentó a su padre sin encogerse, pero sentía la tensión en todo su cuerpo.

—Me quedo en Inglaterra.

—Harás lo que yo te diga —repuso el conde Guy terminantemente, aunque le dolió la mandíbula por el esfuerzo de mantener la voz serena.

Llevaban dos meses esquivando el cuerpo a ese enfrentamiento, desde la batalla de Hastings, la que ya todo el mundo llamaba Senlac, el Lago de Sangre.

Ya muertos Harold Godwinson y la mayor parte de su familia, los victoriosos normandos habían marchado resueltamente hasta Londres, encontrando muy poca resistencia en el camino, y una vez allí Guillermo recibió la aceptación que exigió a punta de espada; la Asamblea lo nombró rey, y el día de Navidad lo coronó el arzobispo de York en la magnífica abadía de Westminster, hecha construir por Eduardo.

Había llegado el momento de que muchos normandos volvieran a casa.

Guillermo había otorgado tierras y poder a aquellos que lucharon por él. Guy recibió una hermosa propiedad señorial llamada Rolleston y tierras en las cercanías de la frontera con Gales, y unos cuantos grandes señores se quedarían en el país para ser las piedras angulares del nuevo reinado. Sin embargo, la mayoría sólo deseaban volver pronto a sus tierras antes de que invasores oportunistas se apoderaran de sus propiedades o de sus esposas. Eran principalmente los ávidos hijos menores y los mercenarios los que se quedarían allí permanentemente para pelearse por los despojos, y pagar por ellos con servicios militares, poniendo la marca de Guillermo en todos los rincones del país.

Ése no era un lugar para Aimery, que ya estaba atormentado por haber honrado su juramento de lealtad a Guillermo. En pocos meses se había endurecido de una manera que ningún padre desea ver jamás. Además, había sido herido y estado muy cerca de la muerte.

—No.

La palabra cayó como plomo en el tenso silencio de la pequeña habitación. Era la primera vez que Aimery la empleaba de esa manera ante su padre.

El puño de Guy se cerró automáticamente, por reflejo. Qué fácil, qué consolador, sería usarlo, pero en ese momento había más en juego que la autoridad absoluta sobre su hijo.

Se giró y se apartó, haciendo caso omiso de la negativa, como si no la hubiera oído.

—Mañana nos marcharemos hacia la costa —dijo enérgicamente—. Hay trabajo por hacer en Normandía, puesto que Guillermo estará ausente la mayor parte del tiempo. Te necesitaré en el castillo Gaillard mientras yo esté ayudando a la duquesa en los asuntos de estado.

Miró hacia atrás. Vio que Aimery estaba pálido y tenso, pero eso no indicaba nada nuevo. Aimery estaba pálido y tenso desde la batalla, con tres notables excepciones: justo después de Senlac había llorado en sus brazos, débil, dolorido y turbado; después, durante su recuperación, se había emborrachado dos veces, violenta y amargamente. La curación de la herida no había producido recuperación de su salud ni ánimo, y Guy sólo deseaba sacarlo de Inglaterra y llevarlo a Normandía con Lucía.

—Tienes a Roger para que te ayude en el castillo —dijo Aimery.

—A Roger lo dejo al cuidado de Rolleston.

Eso encendió una chispa.

—¡Roger! ¿Sabe distinguir una oveja de un lobo?

—¿Necesita saberlo? Mantendrá el orden.

—A punta de espada. ¡Arruinará la propiedad!

—Toda Inglaterra está a punta de espada —replicó Guy—. A ti te necesito en casa.

Aimery se ablandó un poco. Llevándose la mano al hombro izquierdo, el que todavía estaba vendado para acelerar la curación de la profunda herida de hacha, se giró hacia la ventana. Había tenido la suerte de no perder el brazo o la vida, pensó. Por la estrecha ventana contempló los techos de paja de las casas de Londres.

—Ésta es mi tierra —dijo al fin.

—¡Pardiez, no! —rugió Guy, dando rienda suelta a su miedo y furia. Hizo girar a Aimery y lo aplastó contra la pared—. ¡Eres normando! ¿O pones en duda mi paternidad?

Los ojos de Aimery arrojaron llamas.

—¡También tengo una madre!

Se giró hacia un lado, tratando de zafarse de las manos de su padre. Sin vacilar, Guy lo empujó hacia la izquierda hasta que el dolor lo hizo retener el aliento y desistir.

—Eres normando —dijo Guy en voz baja, su cara a unas pocas pulgadas de las de su hijo—. Dilo.

—Soy normando —gruñó Aimery—, pero si eso me enorgullece o no es otro asunto. —Hizo una honda inspiración—. El rey va a establecer su casa de Inglaterra, padre, y es totalmente normando. Aunque, claro, él asegura tener sangre inglesa.

Guy sintió una oleada de terror.

—¡Eso es traición! —exclamó y, ahogando una maldición, golpeó a Aimery contra la pared.

Aimery reprimió un grito de dolor.

Guy se obligó a apartarse antes de causarle una lesión grave. Con los ojos fijos en la pared de enfrente, hizo un esfuerzo por recuperar el autodominio. La pretensión de Guillermo al trono de Inglaterra se apoyaba en su parentesco sanguíneo con los reyes Ethelred y Canuto a través de su abuela, Emma de Normandía. Aunque ella sólo fue viuda de ambos reyes y por lo tanto no transmitía sangre real a su nieto, eso no era tema abierto a debate, y mucho menos por Aimery, el muy amado ahijado de Guillermo.

¿Qué diría Lucía si se enteraba de que él había arriesgado la curación de una herida para imponer su voluntad? Muchas cosas, y nada agradables. Pero Lucía era demasiado dulce para criar hombres normandos. No había más que verlo; tan pronto él había dejado de tratar al muchacho como una niñera angustiada, había brotado una chispa de vida en él. Se giró a mirarlo.

—¡No permitiré que un hijo mío haga de traidor!

—¡Mucha confianza en mí demuestras tener! —exclamó Aimery—. Por la Cruz, ¿acaso no he matado por el rey, como un buen vasallo normando? Los ingleses acudieron a resistirse a un invasor, y yo los atropellé, enterré mi lanza en ellos, rebané brazos y cabezas…

Con los dientes apretados, respiró en profundos resuellos, como si viniera del campo de batalla.

—Y parece que eso te gustó, ¿eh? —dijo Guy, malignamente.

—¿Qué?

Guy cruzó la distancia que los separaba.

—Le tomaste gusto a cazar campesinos, ¿no? ¿Por qué, si no, quieres quedarte aquí? Habrá muchas oportunidades de eso cuando Guillermo les demuestre a los ingleses de quién es la mano que lleva las riendas. Mujeres y niños también, no me cabe duda...

Paró el puñetazo, pero justito. Aimery ya era alto y fuerte. Dios, si era fuerte. Sujetando la muñeca de su hijo, tuvo que hacer un esfuerzo para dominar lo que hacía tan poco ganaba o se dejaba ganar.

Cambió la naturaleza de la contienda. Ninguno de los dos incorporó la otra mano al forcejeo, porque entonces tendría que haber entrado en juego el hombro debilitado de Aimery. Ninguno intentó maniobrar para hacer una torsión mejor. La mano de Guy, callosa por la espada, tenía cogido el brazo levantado de su hijo justo por debajo de la muñeca y por encima de un grueso brazalete. Su musculoso brazo no podía contra un brazo tan fuerte.

Estaban en un punto muerto.

Eran iguales.

Los dos reconocieron el hecho.

Aimery hizo una inspiración profunda y aflojó la presión. Había incluso humor en su expresión, y un toque de color en sus mejillas.

—Puedes soltarme, padre —dijo tranquilamente—. Te pido disculpas.

Guy lo soltó con cautela, aflojando los dedos para aliviar el dolor. Aimery se apartó, friccionándose distraídamente la muñeca enrojecida.

—La verdad —dijo mansamente—, es que estaría feliz, aunque decirlo sea indigno de un normando, si no volviera a ver nunca más en mi vida una espada desenvainada. Pero no puedo huir de esto. Si estoy aquí, tal vez pueda ayudar.

—¿Ayudar? ¿Ayudar a quién? ¿A Hereward?

Ése era el mayor temor de Guy, que Aimery se uniera al mentor de su infancia. Hereward de Mercia estaba fuera de Inglaterra en el momento de la batalla, pero se rumoreaba que había regresado y jurado arrojar al mar a los normandos.

—No —repuso Aimery, girándose a mirarlo sorprendido.

—¿No es tu intención ayudarlo en su resistencia a Guillermo?

Aimery rió amargamente.

—¿Crees que después de todo lo que he sufrido me voy a volver traidor? ¿Ahora?

—¿A quién, entonces? —preguntó Guy, francamente perplejo—. ¿A quién te propones ayudar? ¿A Guillermo? Ya te he dicho qué tipo de ayuda va a querer de ti.

Aimery se alejó de la ventana y empezó a vagar sin rumbo por la habitación.

—Al pueblo —dijo al fin—. Creo que puedo ayudar al pueblo inglés a adaptarse al nuevo régimen. Hay algo bueno y hermoso en este país. Sería un pecado ver a la gente pisoteada por pies armados, en especial cuando no pueden vencerlos y expulsarlos. Comprendo a ambos bandos. Y al parecer soy el único. Los ingleses creen que los normandos son bárbaros, y los normandos piensan que las costumbres inglesas son tonterías caprichosas.

—¿Y la opinión de quiénes vas a cambiar? —preguntó Guy, exasperado.

Una sonrisa curvó los labios de Aimery, mirando tristemente a su padre.

—La de todos, supongo.

Guy sintió deseos de estrangularlo.

—Lo único que van a tener en común será el deseo de destrozarte, trocito a trocito.

Pero esa sonrisa lo había derrotado. Era la primera sonrisa que veía en la cara del muchacho en dos meses.

—Puedes quedarte Rolleston —dijo bruscamente.

Aimery se sonrojó de asombro.

—Pero Roger...

—Aún no le he dicho nada. Hay una tierra cerca de Gales. Puede quedarse esa. A menos que los galeses experimenten un milagroso cambio de naturaleza, habrá toda la lucha que pueda desear en la frontera.

—Gracias —dijo Aimery, sintiéndose aturdido y un tanto desconfiado.

—Rolleston pertenecía a Hereward, así que por lo menos conoces la propiedad. Deberías ser capaz de mantenerla rentable. Eso sí, quiero tu palabra de que no tendrás nada que ver con ese loco.

En otro tiempo eso habría sido una orden, pero en ese momento Aimery se tomó su tiempo para considerarlo. Guy comprendió que estaba frente a un hombre; sintió una punzada de dolor ante la pérdida de su hijo menor, y una llamarada de orgullo por el hombre en que se había convertido. Por la Sangre de Cristo, Aimery tenía valor, el tipo de valor sólido que es algo más que la capacidad de matar y de ser matado.

—Te doy mi palabra de que no haré nada contra el rey —dijo Aimery—, pero si puedo influir en Hereward para que haga las paces con Guillermo, lo haré.

Volvió la exasperación a Guy. ¿Comenzarían todo de nuevo?

—Es un hombre que tiene poder sobre los hombres, Aimery —le advirtió—. Métete en su órbita y podrías encotrarte haciendo más de lo que deseas.

—No tienes mucha fe en mi, ¿verdad?

—Conozco a ese hombre —repuso Guy terminantemente—. Está loco, pero la suya es una locura especial que arde como un faro en la oscuridad. Si ha decidido oponerse a Guillermo, sostendrá la decisión hasta la muerte. Sabe Dios a cuántos otros llevará con él al infierno. Quiero tu palabra de que no lo buscarás, a no ser que sea para que haga las paces con Guillermo. O me juras eso, o te llevo a casa encadenado.

Aimery volvió a pasearse por la habitación.

—Lo haré, Aimery.

—Lo sé —repuso Aimery, tranquilamente—. Madre ha comentado a menudo lo mucho que me parezco a ti.

A Guy se le escapó un ladrido de risa furiosa. Lo avasalló el deseo de dejar inconsciente de un golpe al cachorro, aunque para eso tuviera que llamar a media docena de guardias para que lo ayudaran.

Aimery se detuvo ante él y lo miró, nuevamente con ese humor que le calentaba el corazón.

—Tienes mi palabra, padre.

Guy no estaba dispuesto a correr ningún riesgo. De la bolsa que colgaba de su cinto sacó un pequeño relicario de marfil y lo abrió, dejando a la vista el fragmento de la verdadera cruz que contenía.

—Sobre esto.

Sin vacilar, aunque con expresión perpleja, Aimery puso la mano sobre la cajita.

—Por la Santa Cruz juro que no me comunicaré con Hereward ni buscaré un encuentro con él a no ser que sea para llevarlo ante Guillermo a pedir perdón.

Guy asintió y guardó el relicario. Acercó la mano al grueso anillo de oro que Aimery llevaba en el tercer dedo de la mano derecha.

—Será mejor que me des ese anillo.

—No —dijo Aimery, apartando la mano. Al instante se apresuró a añadir, en tono más suave—: Lo siento, padre, pero no puedo darlo así. No soy hombre de Hereward como debería serlo un amigo de anillo, pero espero poder hacerlo bien por él y por el rey. Si llega el día en que no pueda, devolveré el anillo a Hereward.

—Pero no en persona.

—Pero no en persona —accedió Aimery.

Guy cogió por los hombros a su hijo, pero con suavidad.

—Sigo pensando que sería más juicioso dejarte inconsciente de un puñetazo y arrastrarte a casa.

Aimery se encogió ligeramente de hombros.

—*Wyrd ben ful araed.*

—¿Y qué significa eso? —preguntó Guy, entre dientes. Lo último que necesitaba era un recordatorio de la doble herencia de su hijo.

—El destino no se puede cambiar —suplió Aimery—. Y creo que mi *wyrd* está en Inglaterra, padre.

Guy lo soltó antes de ceder a la tentación de enterrarle el puño en el hombro vendado.

—Por los perros del infierno, ojalá nunca hubiera cedido a la estúpida idea de tu madre de enviarte a este maldito país.

—Bueno —dijo Aimery alegremente—, a veces yo pienso eso mismo. Pero ya es demasiado tarde para cambiar nada.

Antes de que su padre pudiera responder a eso, ya había salido de la habitación.

Abbaye des Dames, Caen, Normandía
Marzo de 1068

A toda prisa por el corredor del claustro en dirección al aposento de la abadesa, Madeleine se levantó las faldas del hábito para correr el último trecho. Habían tardado en encontrarla porque en lugar de estar en el *scriptorium* estaba en el jardín de hierbas. Habría penitencia por eso.

Tendría problemas por correr también, claro, pero era de esperar que no hubiera nadie por los alrededores que viera el delito.

Al llegar a la puerta de roble, se tomó un momento para recuperar el aliento y arreglarse el velo, y luego la golpeó. Al oír el permiso para entrar, la abrió y se detuvo en seco, sorprendida. No era la abadesa la que estaba allí esperándola, sino Matilde, la duquesa de Normandía. Era también, recordó, la reina de Inglaterra aún no coronada.

—Entrad, hermana Madeleine —dijo Matilde.

El primer y alarmante pensamiento que cruzó por la cabeza de Madeleine fue que la abadesa, perdida ya la esperanza de poder enseñarle decoro, había hecho venir a la gobernadora del ducado para que la disciplinara. O, peor aún, a obligarla a hacer los votos. Ella había ido postergando el asunto. Después de todo, se había luchado en Inglaterra, y su padre y hermano habían sido pródigamente recompensados; todavía había esperanza.

Pero esos asuntos tan personales no podían tener ningún interés para la duquesa.

Obedeciendo al gesto de la duquesa, se sentó en una pequeña banqueta cerca del sillón que ocupaba la dama. Mientras lo hacía, la examinó disimuladamente. La duquesa era la benefactora de la abadía y por lo tanto no le era desconocida, pero jamás la había visto tan de cerca. Era una mujer menuda y de hechura delicada. Era difícil creer que estuviera casada con el temible duque y que le hubiera parido seis hijos, pero su nariz y barbilla hablaban de tenacidad, y sus ojos oscuros parecían muy perspicaces.

—Os traigo tristes noticias, hija —dijo la duquesa sin más preámbulos—. Recibisteis noticia de que vuestro padre fue herido en la batalla cuando el duque entró en Inglaterra. Aunque la herida era grave, no se esperaba que le causara la muerte, pero Nuestro Salvador tenía otros planes. La herida no cicatrizó como era debido y por esa u otra causa, pasados unos meses le vino un ataque y se marchó a recibir su recompensa celestial.

La noticia había estado clara desde el principio, pero la larga explicación le dio a Madeleine el tiempo para adaptarse a ella. El hecho de que no volvería a ver a su padre nunca más le produjo una inmensa tristeza, pero no pudo dejar de pensar si esa pérdida favorecería o frustraría sus sueños.

—Rezaré por su alma, excelencia —dijo, manteniendo los ojos recatadamente bajos, fijos en sus manos, que tenía en la falda.

—Hay más —dijo la duquesa.

Madeleine levantó la vista.

—Vuestro hermano Marc se ahogó hace dos semanas cuando cruzaba el Canal desde Inglaterra.

Madeleine se quedó aturdida. ¿Marc? ¿Muerto? Un estremecimiento le recorrió todo el cuerpo. De pronto sintió una copa de vino en la mano. Bebió, y sintió que volvía al mundo, y a la pena, y al fin de la esperanza.

¿Se habría ahogado cuando venía a comprar su libertad?

¿Cómo podía pensar eso cuando toda su aflicción debía ser por la joven vida segada en un momento de triunfo?

Le bajó una lágrima por la mejilla y se la limpió.

—Rezaré por su alma también, excelencia —dijo, sin saber qué otra cosa contestar.

Bebió otro trago del exquisito vino tinto y dejó la copa en una mesa.

Sólo en ese instante le vino la idea de que era extraordinario que la duquesa de Normandía hubiera ido allí a darle esas tristes noticias a una simple novicia. La miró interrogante.

—A petición de vuestro padre, hija, ahora estáis bajo la tutela de mi señor marido. Él me ha ordenado que hable con vos de vuestro futuro.

—¿Mi futuro?

—¿Sabéis, hija, que después de que el rey recibió la corona en Inglaterra otorgó una baronía a vuestro padre, en recompensa de su largo y fiel servicio?

Madeleine asintió. Esa baronía había sido el eje de sus sueños.

—Baddersley —dijo.

—Parece ser que es un hermoso y próspero conjunto de tierras cuyo centro está situado cerca de uno de los antiguos caminos romanos que discurren por Inglaterra. Formaba parte de las tierras de un hombre llamado Hereward, hijo, creo, del viejo conde de Mercia. Mi señor marido se ha mostrado clemente con aquellos que se alzaron contra él una vez que le han jurado lealtad, pero este Hereward es un rebelde impenitente, por lo tanto ha perdido sus propiedades. La pregunta es, ¿quién va a ostentar la posesión de Baddersley ahora?

—Y Marc está muerto —dijo Madeleine, tontamente.

—La propiedad ha de ser vuestra, Madeleine.

—¿Mía? —preguntó, sin entender—. ¿Va a pasar a la abadía?

—No —respondió la duquesa, observándola atentamente—. Es el deseo del rey de Inglaterra que volváis al mundo y os caséis con un hombre capaz de gobernar esa tierra.

Matrimonio, pensó Madeleine, aturdida. Ése era su sueño. Eso era su libertad.

Y sin embargo, veía claro que no.

Si Marc le hubiera comprado la dispensa para salir del convento, la habría tratado con despreocupada amabilidad y le habría permitido elegir marido. Pero ese plan del rey significaba que ella y su tierra serían regaladas a un hombre, sin tomar en cuenta sus gustos. Los hombres poderosos solían ser viejos. La mayoría de los nobles normandos que conocía eran groseros, desdentados, mal hablados y sucios. Levantó la vista.

—¿Tengo que hacer esto, excelencia?

La duquesa la miró detenidamente.

—Es la voluntad de vuestro duque, el rey de Inglaterra. No obstante, si creéis que tenéis verdadera vocación para la vida religiosa…

Asaltada por la necesidad de tomar una decisión para la que no estaba en absoluto preparada, Madeleine se levantó y empezó a pasearse por la pequeña y sencilla sala, pasando los dedos por el crucifijo de madera que llevaba colgado del cuello, tratando de evaluar los dos caminos que tenía delante.

Uno, el de la abadía, lo conocía y se extendía parejo hasta donde podían ver sus ojos: tranquilo, ordenado, culto... tedioso.

El otro hacía rápidamente una curva, se perdía de vista y entraba en el misterio. ¿Qué había más allá del momento? ¿Bondad o crueldad? ¿Comodidad o penurias? ¿Aventura o tedio?

Se detuvo un momento ante el crucifijo de marfil de la pared y susurró una oración, pidiendo orientación. Recordó con cuánta frecuencia había rezado pidiendo que la liberaran de la vida religiosa. Bueno, estaba el dicho: «Fíjate bien en lo que pides, porque podrías recibirlo».

Sea, pues. Su honradez le decía que la abadía le ofrecía comodidad y seguridad, pero nada más profundo. Las oraciones y ritos que a otras transportaban al éxtasis espiritual eran meras rutinas para ella, algunas agradables, otras no.

—No —dijo—. Creo que no tengo verdadera vocación.

La duquesa asintió.

—Ésa es la opinión de la abadesa, aunque lamentará mucho perderos. Tengo entendido que tenéis un don para el aprendizaje, en especial de las artes curativas. —Se levantó—. Hay muchas maneras de servir, querida mía. Estos son tiempos difíciles, y el rey tiene necesidad de vos.

Madeleine no se dejó engañar. El rey la necesitaba para arrojarla a un hombre como recompensa, tal como los hombres arrojan las entrañas todavía calientes de sus presas a los perros cazadores.

—¿Con quién me voy a casar, excelencia?

—Eso no está decidido aún —repuso la duquesa—. No hay ninguna prisa. Un tío vuestro está cuidando de la propiedad por el momento.

El tío Paul, pensó Madeleine, nada sorprendida. Ni la familia de su madre ni la de su padre habían resultado fecundas ni afortunadas. El único pariente que le quedaba era la hermana de su madre, Celia, que se había casado con un noble pobre, Paul de Pouissey. Tampoco hubo hijos en ese matrimonio, pero tanto ella como Marc siempre habían llamado primo al hijo de un matrimonio anterior de Paul, Odo.

Paul de Pouissey, un fracasado toda su vida, no vacilaba en aferrarse a cualquier posesión que le cayera a la familia de su mujer.

—Aquí habéis sido educada mucho mejor que la mayoría de las jovencitas —continuó la duquesa—, pero necesitaréis aprender los modales y usos de la corte. Debéis uniros a mis damas. Espero que en primavera se me llame a reunirme con mi señor. Habrá tiempo suficiente entonces para decidir vuestro futuro.

Si aún no habían elegido a ningún hombre, pensó Madeleine, tal vez existía una posibilidad para que decidiera ella su destino.

—Querría pediros un favor, excelencia.

Un ligero toque de escarcha entró en los ojos de la duquesa.

—¿Y cuál será ese favor?

Los nervios estuvieron a punto de traicionarla, pero Madeleine se apresuró a formular su petición.

—Mi señora, suplico tener voto en la elección de marido.

Una mirada le indicó que la duquesa estaba realmente muy fría.

—¿Pretendéis decir que el rey y yo no debemos ocuparnos de vuestro bienestar, muchacha?

Madeleine se apresuró a caer de rodillas.

—No, excelencia. Perdonadme.

Observó el delicado zapato de la duquesa golpear tres veces el suelo. Entonces Matilde dijo:

—Bueno, vuestra crianza ha sido un tanto insólita, y alguna concesión se ha de hacer. Por lo menos tenéis el valor de...

El pie continuó golpeando el suelo. Madeleine continuó observándolo, pensando si sólo la perdonaría o ganaría algo, aunque fuera el más mínimo derecho de consulta.

—Le pediré a mi marido que tome en consideración vuestros deseos —dijo finalmente la duquesa, sorprendiéndola—. Y haré todo lo posible para conseguir que vuestro matrimonio se retrase un poco, para daros tiempo a adaptaros.

Ante esa generosidad extra, Madeleine levantó la cabeza y la miró pasmada.

—Vamos, levantaos, muchacha. Vuestra humildad ha obtenido lo que deseáis.

Madeleine se puso de pie, recelosa.

—¿Receláis? —preguntó Matilde—. Eso es juicioso. ¿Sabéis algo de mi noviazgo?

—No, excelencia.

La sonrisa de la duquesa se ensanchó y sus ojos parecieron mirar hacia el pasado.

—Guillermo le pidió mi mano a mi padre, y yo lo rechacé. Después de todo era un bastardo y nada seguro en la posesión de su tierra. Yo me mostré algo grosera en mi rechazo. Un día Guillermo entró en Blois acompañado por un sirviente, y se detuvo delante de mí en la calle. Yo iba acompañada por mi doncella y un guardia. Me subió a su caballo y me dio unos azotes con su látigo de montar.

Madeleine ahogó una exclamación, pero la sonrisa de la duquesa seguía llena de cariño.

—Después envió a alguien a pedir mi mano nuevamente, y yo acepté.

—¿Después de que os azotó?

—Porque me azotó. Ah, no creáis que deseo ese tipo de cosas. Desde ese día jamás me ha levantado la mano, y el cielo se vendría abajo con nuestra pelea si lo hiciera. Pero un hombre que se atrevió a entrar en la fortaleza de mi padre y atacarme así era un hombre cuyo destino yo deseaba compartir.

La duquesa se arregló los pliegues de su vaporosa falda color rubí.

—¿Que por qué os cuento esto? Porque apruebo la disposición de la mujer a coger su destino en sus manos e intentar dirigirlo. Os apoyaré en todo lo que pueda. También he de señalar que la responsabilidad de elegir marido no es fácil. Tened cuidado con las cualidades que busquéis.

Madeleine asintió.

—Mi capa —ordenó la duquesa.

Madeleine cogió la hermosa y suave capa blanca bordada en oro y rojo y se la colocó alrededor de los hombros; pasó los extremos por el grueso broche de oro con granate y le arregló los pliegues sobre el hombro.

Matilde asintió, aprobadora.

—En cuanto a hoy, voy de camino a Saint Lo por asuntos del ducado. Volveré aquí dentro de dos semanas y vendréis conmigo para entrar en mi séquito de damas de compañía.

Con esas palabras la despidió. Madeleine salió de la sala y se quedó en un rincón del claustro para meditar, entusiasmada y temerosa, en su futuro extrañamente alterado. Entraría en la corte e iría a Inglaterra. Entraría en el mundo, hasta el momento prohibido, de los hombres y de la cama de matrimonio.

El convento no la había hecho totalmente ignorante, porque había muchas elucubraciones susurradas acerca de los pecados, en especial de los de inmodestia y fornicación. Y al fin y al cabo había vivido en el mundo hasta los diez años. Creía saber bastante bien lo que le hacían los hombres a las mujeres, aunque no creía, como insistía la hermana Adela, que algunas mujeres se volvieran tan locas de lujuria como los hombres. Y en cuanto a la historia de la hermana Bridget de que los hombres chupaban un líquido mágico de los pechos de la mujer para endurecerse el miembro para el acto, bueno...

De todos modos, todas esas cosas no venían al caso. Se le había dado una oportunidad de vivir en el mundo, para ella eso significaba mucho más que un amoroso amante en la cama.

Entendía perfectamente la lección de la duquesa. Necesitaría un hombre fuerte para que mantuviera a salvo su baronía en un país con problemas, uno que fuera avezado en la guerra y esmerado en la administración. Nada tenía que ver eso con el color de sus ojos ni la forma de sus extremidades.

Se cuidaría de elegir bien. Entonces el duque Guillermo no tendría ningún pretexto para anularle el privilegio que había conseguido e imponerle un hombre elegido por él.

1

Baddersley, Mercia
Mayo de 1068

Madeleine iba caminando por el sendero del bosque, buscando plantas valiosas en el monte bajo y reflexionando. Baddersley había sufrido, primero bajo el gobierno de su padre enfermo y su negligente hermano y luego bajo la dura mano de su tío, Paul de Pouissey.

Jamás entendería a los hombres. ¿Qué utilidad tenía la conquista si todo el mundo se moría de hambre o de enfermedad? Era escasa la provisión de remedios en Baddersley, y el jardín de hierbas estaba sofocado por la maleza. Ella había traído una cajita con hierbas medicinales y culinarias y especias, el regalo de despedida de la abadesa, pero se necesitaría mucho más, muchísimo más.

La mayoría de las plantas, aunque no todas, eran las mismas con que se había familiarizado en el convento; se detuvo a coger un manojo de ramitas de tormentila, tan buena para el dolor de muelas. Cuando tuviera más conocimiento del extraño idioma inglés tal vez podría aprender algo de las gentes del lugar.

Eso no era muy probable, reconoció, suspirando. No era solamente el idioma lo que la separaba de los ingleses, sino el hosco resentimiento que sentían éstos por sus conquistadores normandos. Y con bastante razón, suponía, en especial dado que el representante del gobierno normando en la región era Paul de Pouissey; nunca le había caído bien su tío, y en esos momentos ya comenzaba a odiarlo.

Las cosas no estaban resultando como las había planeado.

Después de dos meses de formación en la corte de Matilde en Ruán, se había unido al séquito de la duquesa en ruta a Inglaterra, con sus arcones llenos de finos trajes y joyas que ponerse, y una doncella, Dorothy, para cuidar de sus cosas. Tenía nuevas habilidades en música y baile, y había hecho nuevas amigas, entre ellas Agatha, la hija de trece años de la duquesa, y Judith, la sobrina de dieciséis. Las tres tenían un interés común, porque iban a encontrar maridos en Inglaterra.

En esos momentos Agatha y Judith estaban en Westminster, disfrutando de las festividades para celebrar la coronación de Matilde como reina de Inglaterra, y conociendo a todos los hombres convenientes para marido. Ella, en cambio, estaba en Mercia «aprendiendo cosas acerca de su propiedad». Así fue como se lo explicó Matilde, añadiendo que a una heredera importante como ella no le convenía estar en la corte, donde la seguirían como a un conejo arrojado a los perros perdigueros.

¿No le convenía?

Sospechaba que el verdadero problema era su derecho a elegir. El rey y la reina debían de lamentar haberle prometido voz y voto en la elección de marido.

Se desperezó y con ambas manos se levantó los cabellos castaños sueltos, separándolos de la nuca. Hacía calor ese día, incluso a la sombra. Sólo llevaba una camisola y una sencilla túnica de lino azul de manga corta, entallada con un cinturón de cuero del que colgaban dos bolsas para hojas y raíces, pero su principal objetivo por el momento no era recolectar sino hacer inventario de lo que ofrecía la naturaleza.

Se desvió del sendero para ver qué plantas eran las que formaban un matorral bajo, y la falda se le quedó enganchada en una ramita. Impaciente, se subió más la túnica por debajo del cinturón, estropeando la caída de los pliegues tan primorosamente arreglados por Dorothy, y consiguiendo un largo más apropiado para una campesina que para una dama.

A Dorothy le daría un ataque si la viera, pensó sonriendo, pero ahora no estaba en posición de poner objeciones, pues se había quedado bastante atrás, apoyada en un roble y cosiendo.

Los arbustos resultaron ser de belladona, tal como había imaginado; grabó el lugar en la memoria. Si bien las bayas eran peligrosas, las hojas iban bien para calmar la agitación o el dolor.

Una vez de vuelta en el sendero vio hamamelis, saúco y unos cuantos musgos que crecían en un roble. Vio zarzas que después darían frutos. Si la administración de Baddersley continuaba como había visto ella durante la semana que llevaba allí, tal vez los alimentos silvestres serían lo único que se interpondría entre ellos y la inanición durante el invierno.

Ya sabía por qué todas las empresas de su tío Paul acababan en la nada. Fanfarroneaba, rugía y empleaba su látigo, pero no era capaz de organizar a la gente para ningún trabajo, ni de mirar hacia delante y guardar reservas para el caso de desastres.

La tía Celia era casi igual de mala. Tenía más idea de administración que su marido, pero sus vociferantes malos tratos por cualquier fallo y su imperecedera creencia de que todo el mundo quería engañarla no era conducente a un buen servicio.

Enfadada rompió una rama muerta de un olmo. Ésa era su tierra, y la estaban maltratando. Lo primero que haría cuando hubiera elegido un buen marido sería expulsar de allí a Paul y Celia. Y ellos lo sabían.

Por lo menos estaban felices de no tenerla que ver, de modo que no ponían ninguna objeción a que explorara los alrededores mientras fuera acompañada por Dorothy y un guardia. Dorothy se quejaba de que «la arrastraban por toda la propiedad», por lo tanto ella la dejaba sentada a la sombra. Los hombres de Paul eran todo lo ociosos que podían ser, y estaban felices de custodiar a la criada en lugar de a la señora. Así, la dejaban en paz para explorar.

Pero nunca se alejaba mucho. Los aldeanos se mostraban intimidados, pero poco amistosos, y no deseaba encontrarse con alguno de ellos sola en el bosque más de lo que desearía encontrarse con un jabalí enfurecido. Miró atrás por encima del hombro para comprobar que Dorothy y el soldado continuaban a la vista.

Entonces divisó agua a través de los árboles. Inmediatamente se dirigió hacia el lugar, entusiasmada, pues en la tierra pantanosa de las orillas de los ríos solían crecer muchas plantas beneficiosas.

Un fuerte chapoteo en el agua la detuvo en seco. ¿Sería un pez? ¿O sería un animal más grande? Continuó avanzando con más cautela y cuando llegó cerca de la orilla, se ocultó tras las ramas de un sauce y contempló el río.

Había un hombre allí, nadando.

Se veía claramente el suave contorno de su espalda, larga, dorada y brillante por el agua. Cuando se dio la vuelta para nadar hacia la orilla, logró verle la cara, pero no sacó mucho con eso. Era joven. Pero eso ya lo había supuesto, por su cuerpo.

Todavía en aguas profundas, el hombre dejó de nadar, se puso de pie y empezó a vadear hacia la orilla. Madeleine dejó escapar un suave suspiro cuando el cuerpo se fue revelando poquito a poquito.

Tenía los hombros anchos, musculosos, fuertes; la capa de músculos que cubrían ambos lados del pecho formaba dos elevaciones duras; entre los contornos de las costillas las bandas de músculos formaban una perfecta hendedura central, acentuada por el tenue trazo de vello oscurecido por el agua que bajaba hasta desaparecer bajo el agua.

Desnudo en medio de la naturaleza, semejaba un animal salvaje perfectamente formado.

Él se detuvo con el agua hasta las caderas y levantó los brazos para echarse atrás sus largos cabellos. Se extendieron sus hombros y la parte superior de su cuerpo pareció adquirir la forma de un corazón, para gozo de ella. Tuvo que reprimir un resollante «¡Oohh!». Él agitó la cabeza como un perro, haciendo volar gotitas de agua que brillaron como diamantes a la luz del sol.

Entonces reanudó su marcha hacia la orilla, dejando a la vista más y más de su cuerpo, pulgada a pulgada...

Madeleine continuó mirándolo, su pecho subiendo y bajando con cada respiración.

De pronto él se giró, como alertado por un ruido.

Madeleine apartó la vista, horrorizada por su desenfrenada curiosidad y por la desilusión que sintió. Sabía cómo estaba hecho un hombre; había amortajado cadáveres.

Ese hombre no se parecía en nada a un cadáver. No se parecía a ningún hombre que hubiera visto. Volvió a mirar.

Ahora estaba inmóvil como una estatua, mirando hacia la otra orilla del río. Siguiendo la dirección de su mirada, vio a tres cervatillas rojizas abriéndose paso delicadamente hacia el agua. Las tres estaban alertas al peligro, pero él estaba tan inmóvil que no se alarmaron y bajaron sus cabezas para beber.

Madeleine volvió a mirarle.

Su espalda era más hermosa que su delantera. El perfecto contorno desde sus anchos hombros hasta sus fuertes nalgas era ciertamente una obra perfecta de Dios. El largo valle de su espinazo podría haber sido trazado por el amoroso dedo de Dios. Se imaginó deslizando un dedo desde la nuca hasta la hendidura…

Cerró los ojos y elevó una silenciosa oración. «… y no nos dejes caer en la tentación…» Pero no le sirvió de nada. Entreabrió un poquitín los ojos.

Él no se había movido. Seguía tan inmóvil como una estatua y tal como lo había echado Dios al mundo. No había ninguna señal distintiva de raza ni de posición social, aunque su pelo largo revelaba que era inglés. Aunque oscurecido por el agua, era rubio, tal vez del rubio dorado escandinavo, mucho más común en Inglaterra que en Normandía.

Pero no era un campesino. Era demasiado alto, demasiado bien formado y bellamente desarrollado para pertenecer a esa clase tan baja. Era indispensable tener buena comida desde la cuna y largos años de entrenamiento en toda clase de habilidades para desarrollar un cuerpo así, flexible, capaz de manejar la espada o el hacha durante una larga batalla, capaz de controlar un caballo de guerra, escalar murallas, tender un arco…

El agua que le caía del pelo formaba un arroyuelo por la hendidura de la columna hasta llegar a las nalgas. Madeleine se imaginó cogiendo esas gotas con la lengua, deslizando la lengua por ese sensual valle hasta la nuca...

Se tapó la boca con la mano y cerró los ojos. ¡Qué cosas se le ocurrían!

Oyó algo y abrió los ojos. Él ya no estaba, sólo quedaban sus huellas de rizos en el agua; tampoco estaban las ciervas. ¿Ese pequeño ruido las había alarmado?

Roto el hechizo, Madeleine se apresuró a desandar un trecho y se apoyó en un árbol, débil, sin resuello y avergonzada de sí misma. Qué extraordinario había sido todo, como un sueño, y qué pecaminosos sus pensamientos. Tendría que confesarlos.

¡No se atrevería!

¿Quién podía ser él? No quedaba ningún noble inglés en esa región. Casi podía creerse que fuera del mundo de los elfos, un príncipe del río, un rey del bosque. ¿No había visto marcas oscuras en su cuerpo, que sin duda eran mágicas?

No se atrevió a explorar las plantas de la orilla del río. Igual la hechizaban y la metían bajo el río, cautiva de un príncipe elfo.

No era miedo lo que sentía.

Ser la cautiva de un hombre así...

De puntillas se alejó del río en dirección adonde estaban Dorothy y Conrad, y la seguridad, para estar a salvo de elfos y de su propia debilidad sensual.

De pronto la cogieron, y una mano le tapó la boca. Estaba enredada en una capa. En un segundo se encontró inmovilizada por un fuerte brazo, su espalda apoyada en el cuerpo de su captor, silenciada por una mano grande y callosa.

Su fantasía se había convertido en aterradora realidad, y ése no era un príncipe elfo. Se debatió y trató de gritar; era sajón: le rebanaría el cuello.

Él dijo algo que no logró entender, pero el tono dulce la tranquilizó y abandonó su inútil lucha, aunque el corazón le siguió latiendo acelerado y los estremecimientos la sacudían toda entera.

Él continuó hablándole en el inglés suave y gutural que ella oía todo el día pero que todavía no entendía, a pesar de las clases del sacerdote de la aldea. Por su forma de vestir, sin duda la había tomado por una de las sirvientas del castillo. Tenía que hacerlo seguir creyendo eso. Seguro que era un rebelde inglés, y si se daba cuenta de que era normanda, sí que le rebanaría el cuello.

Pero le resultaba difícil creer que fuera el enemigo, porque su tranquilizadora voz le quitaba los temores. La voz, la capa, el calor de su cuerpo que sentía en la espalda, el brazo con que la rodeaba, la estaban haciendo sentir somnolencia, como si le estuviera echando un encantamiento.

Tal vez sí estaba haciéndole eso.

¿Seguiría desnudo? Se lo imaginó desnudo detrás de ella, su maravilloso cuerpo separado del de ella sólo por dos capas de ropa. Sintió más estremecimientos que no tenían nada que ver con el miedo.

Sujeta como estaba, no veía nada de él, sólo el sendero, un trozo de tierra desnudo de vegetación por el uso constante, el arco del follaje de los árboles, flores amarillas y blancas que asomaban por entre el monte bajo. Oía el trino de los pájaros, el zumbido de los insectos y el murmullo de su hechizadora voz.

Él dijo algo y le quitó cautelosamente la mano de la boca. Ella supuso que le había dicho que no gritara. Se mojó los labios con la lengua y sintió el sabor de él en ellos. Él deslizó la mano por su cuello y volvió a subirla, hasta apoyarle suavemente la cabeza en su pecho. Ella seguía sin ver nada de él, pero en la espalda, más abajo del pelo, sintió textura de ropa. La decepcionó que estuviera vestido. Ante ese pensamiento, le subió calor a las mejillas.

Él se rió y volvió a hablarle en susurros mientras deslizaba la mano por su cuello estirado dejando una estela de fuego. Luego bajó más la mano hasta apoyarla sobre su pecho derecho.

A Madeleine se le escapó un suave gemido. Incluso a través de su túnica y la capa, sentía el calor de su mano como si la tuviera puesta sobre su piel desnuda. Se le hinchó el pezón hasta hacerse insoportablemente sensible, y él movió la mano en círculos lentos, apenas tocándola, como si lo supiera. Ella se imaginó que esa ronca voz susurrante le estaba hablando de amor y de placeres pecaminosos...

Sintió una irresistible necesidad de corresponder, de levantar la mano y apretar la de él contra ella, de girarse y besarlo, pero estaba atrapada en la capa. Deseó hablar, pero no se atrevió, porque entonces él sí sabría que era normanda.

Él volvió a mover la mano, dejándole abandonado el pecho; pero, siguiendo el sendero de su deseo, la deslizó hacia abajo hasta posarla en su entrepierna, donde la ahuecó y presionó. En una muda protesta, ella echó hacia atrás el cuerpo, pero no había sitio para retirarlo, y la verdad era que no deseaba escapar.

Ahogó una traicionera súplica, aun cuando su cuerpo se apretó contra la mano de él.

Él se rió y le sopló suavemente la mejilla caliente.

Entonces él reanudó sus encantamientos deslizando la mano hacia arriba, pasándola por encima de su pecho izquierdo hasta llegar al cuello. Subió suavemente los dedos hasta su nuca y le levantó los pesados y húmedos cabellos. Se apagó el murmullo de su voz. El roce de sus labios en la línea del pelo le produjo un estremecimiento de placer que bajó por su columna igual que el agua del río había bajado por la de él.

Sintió su lengua en la piel, húmeda, caliente, y luego fresca al tocar la brisa la estela dejada. Él le estaba haciendo lo que ella se había imaginado hacerle a él, deslizándole la lengua desde la nuca hacia abajo, por la columna, pero la humedad que encontraría allí no sería de agua fresca del río sino caliente sudor.

Caliente, tremendamente caliente.

La recorrió un estremecimiento, como si la hubiera acometido una fiebre. Dentro de ella vibró la risa de él, como un retumbo. Se rió también, hechizada hasta la locura. Decidió hablar, girarse para buscar el beso que ansiaba.

—Adiós —dijo él entonces, y ella entendió la palabra.

Él le envolvió la cabeza con la parte de atrás de la capa. Cuando logró desembarazarse de la capa, él ya había desaparecido.

Se dejó caer al suelo, desmoronada. Él tenía que ser del mundo de los elfos para ser capaz de hechizarla así. Para lo poco que sabía de inglés, seguro que él le había hablado en un lenguaje de hadas, no en inglés corriente.

Pero la capa que tenía en las manos le decía que era humano, y que su magia era humana, y por eso tanto más peligrosa. La capa era de lana fina, tejida en dos matices de verde, con los bordes en rojo y verde más oscuro. Esa no era la ropa de un hombre pobre, nada probable en un forajido o proscrito, a no ser que la hubiera robado; ciertamente no era de ningún elfo.

Deseó quedársela, pero le harían preguntas. La dobló bien, con manos amorosas, y la dejó en el mismo lugar. Después echó a andar, medio aturdida, hacia donde estaban sus acompañantes.

No había gritado. La Biblia decía que si una mujer no grita no puede alegar que la asaltaron.

Qué extraño. Qué extrañamente maravilloso.

Qué lástima que un hombre así no fuera para ella.

Por lo que a ella se refería, él bien podía ser un príncipe de los elfos. Esos hombres no existían en el mundo real, el mundo en el cual ella tendría que elegir un marido.

Pero de todos modos, no pudo resistirse a elevar una oración pidiendo que cuando finalmente se encontrara en la cama de matrimonio, su marido la acariciara tal como la había acariciado el príncipe de los elfos y la llevara hasta el final del sendero mágico que él había abierto ante ella.

Aimery de Gaillard iba riendo mientras escapaba. Cuando le tendió la emboscada a la mirona secreta, no había esperado encontrarse con esa buena pieza tan deliciosa. Ojalá hubiera podido avanzar más en el asunto, muchísimo más. Ella tenía un cuerpo hermoso, exuberante, y sensible además.

Al principio supuso que era una muchacha de la aldea, pero pronto comprendió que era normanda, tal vez una de las mujeres de *dame* Celia. Pocas inglesas tenían ese tono moreno de piel. En alguna parte tenía sangre del sur de Francia o de España.

Lista la muchacha al permanecer en silencio y ocultarlo.

Y no entendía el inglés. Si lo entendiera, habría reaccionado cuando él le detalló todas las cosas maravillosas que deseaba hacerle a su cuerpo. Volvió a reírse. Si alguna vez aprendía el idioma y recordaba algunas de las cosas que le dijo, iría tras él con un cuchillo para castrarle.

Ni siquiera pudo robarle un beso por temor a que ella lo viera de cerca. Aimery de Gaillard no tenía nada que hacer en la propiedad Baddersley, y no quería que hicieran ninguna conexión entre él y un cierto Edwald, proscrito rebelde que ayudaba al pueblo en contra de sus opresores normandos.

Por entre los árboles apareció un hombre mayor barbudo.

—Te tomas tu tiempo, ¿eh? ¿Y a qué se debe esa sonrisita?

—Sólo es el placer del baño, Gyrth —contestó Aimery—. Es una dicha volver a estar limpio.

Gyrth era hombre de Hereward, pero era el que durante sus visitas a Inglaterra, cuando era niño y adolescente, tenía encargada la tarea de atenderlo. Gyrth era quien le enseñó las costumbres y las habilidades inglesas, la reverencia por las tradiciones, la importancia de la discusión, la estoica aceptación del *wyrd*.

Cuando Gyrth se presentó en Rolleston, él se enteró de que Hereward estaba de regreso en Inglaterra y estaba planeando la resistencia. Su deber para con Guillermo le decía que debía entregar a Gyrth al rey, pero en lugar de hacer eso, lo aceptó sin hacer preguntas. Sin duda Gyrth era en parte misionero y en parte espía, pero también era su vínculo con la forma de pensar inglesa, y le necesitaba cuando intentaba explicar las nuevas leyes y costumbres normandas a la gente del pueblo llano, para ayudarlas a sobrevivir a la invasión.

Había sido idea de Gyrth, por ejemplo, que recorrieran esa parte de Inglaterra disfrazados de proscritos andrajosos. Era un plan peligroso, pero había resultado útil. Aunque él tenía apariencia de inglés y hablaba el idioma, los ingleses sabían quién era: Aimery de Gaillard, un normando, un enemigo. En calidad de Edwald el proscrito era aceptado, y oía la verdad. En muchos lugares los campesinos estaban bien bajo el dominio de señores normandos, pero en otros sufrían, como allí en Baddersley.

—¿Qué vas a hacer respecto a este lugar, entonces? —le preguntó Gyrth.

—No sé qué más puedo hacer. —Aimery se abrochó el cinturón e hincó una rodilla para atarse las cintas cruzadas sobre las holgadas calzas—. Le he explicado los derechos de los aldeanos al jefe de la aldea. Si continúa el maltrato, deberá hacer una petición al rey.

—¿Y De Pouissey le permitirá ir a Winchester a quejarse? —preguntó Gyrth con sonrisa burlona.

—Guillermo está siempre yendo de un lado a otro. Vendrá por aquí.

—¿Y tratará a ese demonio como se merece?

—Y corregirá las injusticias —dijo Aimery firmemente, incorporándose—. Guillermo desea gobernar a su pueblo con justicia y los constantes disturbios no lo hacen fácil.

Gyrth sonrió.

—No están pensados para hacerlo fácil, sino para enviar al Bastardo de vuelta a donde le corresponde estar.

—Sueños, Gyrth. Guillermo está fijado en Inglaterra como un poderoso roble, y antes traerá el infierno que ceder un acre. Pero se está portando bien con todos los que lo aceptan. Si Hereward jura lealtad, se le devolverán algunas de sus tierras.

—Se le devolverán —repitió Gyrth, con gesto de repugnancia—. La tierra de un hombre es su tierra. No le corresponde al rey darla ni quitarla.

—No es así en las leyes normandas, y la tierra de un rebelde siempre ha estado sujeta a pérdida. Guillermo respetará los derechos de los hombres leales.

—¿Y el derecho de un hombre a la libertad? Me contaron que un señor de Banbury hace esclavos a todos los hombres libres que encuentra y los pone a trabajar. ¿Dónde está tu rey justo ante eso?

Aimery se giró a mirarlo.

—Guillermo no puede saberlo todo.

—Se le puede decir. Tú tal vez. Si insistes en vivir en los dos lados, puedes hacerte útil por lo menos.

Ése era un reto. Aimery asintió.

—Sí que puedo. Tenemos tiempo para hacer una visita a Banbury antes de volver a Rolleston. Iremos allí mañana y veremos qué es lo que ocurre exactamente. —Se miró tristemente el cuerpo y la ropa limpios—. Si lo hubiera sabido no me habría bañado.

Mientras liaba la ropa tosca del disfraz que usaba como proscrito, Aimery vio la expresión de satisfacción que tenía Gyrth en la cara.

—Vamos a ir a observar para informar, no a hacer nada. No me dejaré empujar para cometer traición, Gyrth.

—¿Y quién te empuja? —dijo Gyrth en tono inocente.

Aimery agitó la cabeza y echó a andar hacia el lugar donde estaban acampados.

—Te has dejado la capa en alguna parte —comentó Gyrth.

Aimery sonrió.

—Pues sí. Espera.

Cuando volvió, Aimery se puso la capa doblada en la cara, y olió el mismo aroma suave que había aspirado en la piel de ella. Romero y verbena, tal vez.

Gyrth lo miró y se echó a reír.

—Así que eso fue lo que te hizo tardar tanto. Debes de ser rápido en la faena, pero ¿valía la pena el riesgo? Creí que no querías que nadie de aquí pusiera los ojos en Aimery de Gaillard, el señor normando.

—No me vio.

Gyrth se dio una palmada en la rodilla y se desternilló de risa.

—Por Woden, tendré que verte en acción alguna vez. Vámonos ya, antes de que aparezca su marido con un hacha.

Envuelto en la capa para protegerse del frío nocturno, Aimery intentaba dormir, enredado en recuerdos de la sirvienta morena. Trató de ocupar la mente en planes de acción, pero sus pensamientos volvían a la curva de su cadera, la seda de su pelo, el embriagador perfume de su piel.

¡Por el Cáliz, no había pasado tanto tiempo desde la última vez que estuvo con una mujer!

Se volvió hacia el otro lado, desasosegado, y se arrebujó más en la capa. Tenues bocanadas de verbena y romero lo envolvieron. Se rindió y dejó a su mente seguir el camino que deseaba.

Era linda. Por desgracia, la posición en que estaban le había dado a él menos posibilidades de verle la fisonomía a ella que a ella de verle la suya, aunque la dulce curva de su mejilla estaba grabada en su mente, y le había contemplado la nuca con placer. Una piel suave, dorada por el sol, sobre carne sutil, tibia y sabrosa en su lengua…

La excitación lo desasosegó más. Esos pensamientos no le aumentaban en nada la comodidad. Se puso de espaldas y contempló las estrellas. Tal vez debería presentarse en Baddersley como Aimery de Gaillard y tomarse el placer que la muchacha estaba tan ansiosa de darle. Aimery de Gaillard tenía todo el derecho de pasar por Baddersley y pedir hospitalidad.

Eso era una locura. Baddersley no había sido la propiedad principal de Hereward, pero él la había visitado con la suficiente frecuencia para ser conocido. Su disfraz era bueno, pero si los aldeanos de Baddersley veían a Edwald el proscrito y a Aimery de Gaillard con pocos días de diferencia, algunos podrían hacer la conexión y comentarlo.

Debía de haber pasado mucho tiempo desde que estuvo con una mujer, si dejaba que una muchacha bonita lo tentara a meterse en ese peligro.

A la mañana siguiente Aimery despertó creyéndose curado. Desayunaron pescado, pan y agua, y se pusieron en marcha hacia Banbury.

Las ropas que vestían eran las de campesinos pobres: una túnica de tela casera basta, cinturón de tiras de cuero trenzadas y, de capa, un grueso paño de lana con un agujero cortado en el centro para pasar la cabeza, con las piernas desnudas y sandalias de cuero en los pies.

Llevaban bultos grandes para parecer mercaderes de poca monta; si en el camino se cruzaban con alguna patrulla normanda, les iba bien tener motivos para ir por el camino, y motivo para cargar ropa de mejor calidad que la que llevaban puesta.

Aimery tuvo que volver a disfrazarse, ensuciarse la piel y engrasarse el pelo, por lo que el sol ya estaba bastante alto en el cielo cuando dejaron el campamento. Muy pronto se quitó la capa y la enrolló encima de su cargamento, soltando una palabrota.

—Pareces un jabalí furioso esta mañana —comentó Gyrth.

—Podría estar limpio y de camino a Rolleston —protestó Aimery—, en lugar de haberme metido en esta calurosa y polvorienta caminata de dos días a Banbury.

—O de vuelta bajo las faldas de una cierta muchachita —sonrió Gyrth—. Anoche me tuviste despierto con todas esas vueltas y vueltas.

Aimery se rió para quitarle importancia, pero era cierto. Su mal humor se debía al asunto inconcluso entre él y una cierta criada morena. Si hubiera tenido placer con ella, sin duda ya la habría olvidado. Bueno, pronto estarían lejos de las tierras de Baddersley, y el recuerdo se desvanecería en la distancia.

Viajaban alertas a cualquier peligro, porque esos eran malos tiempos para andar fuera de casa en Inglaterra. Por ese motivo, mientras caminaban por el sendero de la ladera, Aimery no tardó en divisar una mancha blanca abajo, cerca del río. Se detuvo, sonriendo. Allí estaba otra vez, y bien lejos del lugar de encuentro del día anterior. Encontró atractiva su prudencia. No habría pensado muy bien de ella si la hubiera encontrado merodeando por el mismo lugar.

—¿Pasa algo? —preguntó Gyrth, con el cuchillo en la mano.

—Una cervatilla, junto al riachuelo —repuso Aimery, quitándose el atadijo.

—No tenemos tiempo para cazar… —En eso Gyrth vio lo que había visto Aimery—. Y mucho menos una cierva de ese tipo.

—Tengo ganas de conocerla cara a cara.

Gyrth le cogió la manga.

—Deja que te eche una buena mirada, muchacho, y te recordará en otra ocasión.

—Lo dudo. Vemos lo que esperamos ver. En todo caso, no es probable que volvamos a encontrarnos.

Se soltó la manga, pero tuvo buen cuidado de comprobar que la sucia venda le cubriera bien el tatuaje de la muñeca derecha. Eso era siempre lo que más probabilidades tenía de traicionarlo.

Bajó sigilosamente por la escabrosa ladera hacia el riachuelo. Estaba bien entrenado y conocía muy bien la vida del bosque, de modo que llegó a la distancia de unos palmos de la muchacha sin que ella se diera cuenta de su presencia.

Flexible y ágil, ella iba atravesando el riachuelo poco profundo, saltando de piedra en piedra, observando el agua. Llevaba las faldas de la túnica y la enagua metidas bajo el cinturón, por lo que él disfrutó contemplándole sus largas y bien formadas piernas. Ese día llevaba el pelo recogido en una gruesa trenza que se le movía de aquí allá en la espalda. Se imaginó deshaciéndosela y sumergiéndose en la nube de cabellos castaños.

Intencionadamente pisó una ramita.

Ella se giró bruscamente, los ojos agrandados y un chillido vacilante en los labios.

—Buen día, señora.

Gyrth tenía razón. Estaba loco. ¿Qué iba a hacer? ¿Simplemente tumbarla y violarla? Ni siquiera podían comunicarse, a menos que él revelara su conocimiento del francés. Por delante era tan hermosa como se la había imaginado, una cara ovalada de piel tersa, unas cejas castaño oscuro sobre unos bellos ojos y labios suaves dulcemente curvados.

—Buen día —dijo ella, con una pronunciación horrorosa.

—Hablas inglés —dijo él, aprobador.

Es la misma voz, pensó Madeleine, estremecida. Pero se sintió decepcionada. Se había imaginado algo más elegante a ese príncipe elfo. Había pasado muchas horas insomne imaginándoselo como un noble y osado guerrero. Su mente había vagado incluso cerca de la embriagadora idea de que podría ser un posible novio. Después de todo, se rumoreaba que iban a utilizar a Judith y a Agatha para comprar la lealtad de nobles ingleses.

Pero en ese momento lo tenía delante, un campesino vestido con harapos.

Se estaban mirando mutuamente como dos bobalicones.

—Hablo muy poco inglés —dijo, vacilante.

Él se acercó un poco.

—Suerte entonces de que yo hablo un poco más de francés.

Hablaba el francés burdo de campesinos, pero con fluidez.

La recorrió un escalofrío al caer en la cuenta de que había revelado su nacionalidad, sin siquiera saber si él era su príncipe encantado. Su pelo grasiento era bastante oscuro y su piel estaba sucia, no dorada. Empezó a parecerle lobuna su sonrisa.

Retrocedió.

—No tengas miedo —le dijo él—. ¿Cómo te llamas?

Madeleine estaba en posición de echar a correr, pero algo la retuvo. Pero sabía que sería peligroso decirle que era Madeleine de la Haute Vironge.

—Dorothy —dijo.

—No huyas, Dorothy. No te haré ningún daño.

Madeleine se relajó, influida por la misma voz suave, tranquilizadora. Era él. Y había en él otra cosa tranquilizadora. Algo en su sonrisa.

Entonces lo vio: sus dientes. Dientes blancos y parejos, muy distintos a los de un campesino andrajoso.

Sonrió cuando lo hubo comprendido. Estaba disfrazado. Sí que era su príncipe elfo, sin duda un noble inglés viajando de incógnito. Una vez encuadrado ese pensamiento, le resultó increíblemente fácil ver, a través de la suciedad y los harapos, su cara hermosa, su potente cuerpo y el pelo dorado. Tenía unos pasmosos ojos verdes, descubrió, y en las comisuras se le formaban unas encantadoras arruguitas cuando sonreía.

—Me llamo Edwald —dijo él.

Ella sabía que era una mentira, pero lo comprendió.

—¿Cómo es que sabes francés? —preguntó, diciendo muy claramente cada palabra y separándolas. Sabía lo difícil que es entender otro idioma cuando lo hablan rápido.

—He viajado a Francia.

Eso hablaba de alcurnia. Tal vez era uno de los hijos de Harold, que andaba por ahí tratando de vengar a su padre. Pero en ese caso su francés sería más elegante.

—¿Haces una costumbre de vagar sola por el bosque, Dorothy? —le preguntó él.

Ella miró riachuelo abajo. La verdadera Dorothy estaba apenas visible y del guardia no se veía nada.

—Tengo amigos cerca.

Ésa era una advertencia además de información.

Él siguió la dirección de su mirada, luego le cogió la mano y la alejó del riachuelo hasta ponerla detrás de un matorral. Con el corazón acelerado, Madeleine comprendió que debía echar a correr. Si él intentaba impedírselo, debería gritar. Pero no hizo ninguna de las dos cosas.

Él le puso las manos sobre los hombros y le sonrió. Sus ojos eran muy atractivos, la verdad.

—Quería verte bien —dijo él.

La piel oscurecida y el pelo grasiento le ensuciaban la visión.

—Ojalá yo también pudiera verte bien.

Por los ojos de él pasó un relámpago de alarma, pero luego se echó a reír y movió la cabeza.

—¿Cómo has sobrevivido en este mundo cruel, Dorothy? No te preocupes, no te haré ningún daño, ni aún en el caso de que tengas mi vida en tus manos.

Le juntó las manos y le depositó besos en las palmas, haciéndoselas hormiguear con su cálido aliento, lo que le calentó algo dentro de ella, algo que reconoció como prohibido. Su conciencia la impulsó a apartarse, pero cuando él aumentó la presión para impedírselo, no insistió.

Él deslizó las manos por su antebrazo desnudo y continuó por debajo de las mangas anchas hasta los hombros, su piel áspera y callosa sobre su piel suave.

—Tu piel es como la seda más fina —susurró—. Pero has de saber, mi dulce Dorothy, que no puedo volverte a ver después de hoy.

Nadie la había acariciado de esa manera tan íntima en toda su vida; le parecía que se estaba ablandando como cera sobre el fuego.

—¿Por qué no? —logró balbucear.

—No puedo arriesgarme. Me conocerías como a un proscrito y se lo dirías a tu rey.

—No —dijo ella, con seguridad—. No se lo diría.

Él le acarició las clavículas con los pulgares.

—Pues, deberías. Sería tu deber.

Pero a los traidores y rebeldes los cegaban, o los castraban, o los mutilaban cortándoles las manos y los pies, pensó ella, temblando.

—No, te lo prometo. Jamás te traicionaré.

Él liberó las manos de las mangas y la estrechó contra su duro cuerpo.

Su conciencia gritó la alarma. Eso estaba mal. Debía huir. Ya. Pero ¿por qué no quedarse un ratito más? Era dulce como la miel estar en sus brazos.

Con enorme osadía, levantó las manos hasta sus anchos hombros, recordándolos mojados y hermosos al sol. Su mano derecha encontró piel desnuda en la nuca y se la acarició, buscando con los dedos el comienzo del valle de su columna.

—Ay, mi bella descocada...

Posó sus labios en los de ella, muy suavemente, como un beso de paz, pero a ella ese beso le produjo alboroto y revuelo, y su conciencia ganó dominio.

Retiró bruscamente las manos de su cuello y las usó para empujarlo.

—¡No debo!

Los ojos de él chispearon de risa.

—¿No debes? Entonces echa a volar, pajarito. No te detendré.

Pero esas palabras le permitieron acallar las campanas de alarma que sonaban en su mente. Él no la retendría en contra de su voluntad, y ella deseaba que la besara. Sólo un beso, nada más que eso.

Haciendo acopio de valor, posó sus labios en los de él. Él se rió y le depositó besos en la nariz, las mejillas y el mentón. Ella no quería revelar su ignorancia, de modo que lo imitó. Le bañó la cara con besos.

Él susurró algo aprobador y guió sus labios a los de él, esta vez con una mano ahuecada firmemente en la nuca. Sacó la lengua y le lamió los labios.

Ella se sobresaltó, pero resueltamente decidió hacer lo mismo. Su lengua se encontró con la de él, móvil y cálida. Él abrió la boca, ella abrió la boca y la lengua de él entró a jugar.

Madeleine emitió un suave gemido y dejó de pensar. Le zumbaba el cuerpo, y se apoyó en su maravilloso pecho, fuerte como un roble, cálido como una piedra del hogar. La mano de él en su pecho le convirtió las piernas en gelatina; se desmoronó totalmente en su potente brazo. Él dio unos pasos hacia atrás, se sentó en una piedra y la montó en su regazo.

—Sí, cariño, sí —le susurró en inglés.

Madeleine recobró unas hilachas de sentido común y comprendió que ya había tenido su beso. Era el momento de parar.

Él encontró su pecho derecho con la boca. Nuevamente Madeleine dejó de pensar. Las manos y la boca de él la atormentaban, y su cuerpo desarrolló una especie de mente propia. Se giraron solas sus caderas y se movieron contra él. Cerró los ojos.

Calor. Ansias. Sintió unas ansias agudas en la entrepierna, que de pronto estaba cubierta por la mano de él. Gimió y se movió contra él, y de pronto se quedó inmóvil, al comprender lo que estaba ocurriendo.

—¡No! —gritó, apartándose.

Él le tapó la boca con la mano. Un brazo como hierro la aprisionó. Ella se debatió y pataleó.

—Por el amor de Dios, quédate quieta —siseó él.

Ella obedeció porque era impotente contra su fuerza. Estaba jadeante y temblando como si tuviera una fiebre. El estado de él no era mucho mejor.

Él le quitó la mano de la boca.

—Suéltame —susurró—. Por favor, deja que me vaya.

Sintió pasar un estremecimiento por él.

—Por la leche de la Virgen, ¿qué te pasa?

Una fina capa de sudor le cubría la piel y sus ojos estaban más negros que verdes. Se movió ligeramente y ella sintió su miembro duro contra el muslo; pegó un salto de susto. Lo empujó por el pecho.

—¡Déjame levantarme! ¡Déjame levantarme! ¡Esto es pecado!

Él la miró y masculló algo furioso en inglés. Después, en francés le preguntó entre dientes:

—¿Eres virgen por una casualidad?

Sintiéndose como si la hubiera acusado del pecado más negro, Madeleine asintió.

Él la soltó y se incorporó lentamente, con la respiración jadeante.

—¿Cómo ha logrado una buena pieza osada como tú conservarse virgen hasta tus años? ¿Qué edad tienes? ¿Dieciocho?

—Diecisiete.

Madeleine se bajó las faldas y se estiró el corpiño. La había medio desnudado. Se atrevió a mirarlo. Señor, estaba enfadado. Daba la impresión de que iba a golpearla, y por ser virgen.

—Lo siento —dijo, y se le escapó una risita nerviosa al comprender la ridiculez de eso.

Si él estaba enfadado, pensó, también lo estaba su cuerpo, quejándose de haber sido privado de algo que le habían prometido. Le dolía todo. Se rodeó con los brazos.

Él suspiró y movió la cabeza.

—Fue un mal día cuando te conocí, Dorothy. Vuelve con tus amigos, y aprende una lección de esto.

Ella no quería separarse de él enfadada.

—Sólo quería un beso —dijo tristemente.

Él soltó una risa que sonó bastante auténtica.

—Bueno, eso lo has tenido. Venga. Vete, o podría repensarme mi noble impulso.

Madeleine dio un paso atrás y luego se le acercó, a pesar de su expresión severa.

—Ha sido un beso agradable —dijo en voz baja, y se puso de puntillas para rozarle los labios con los de ella.

Después, puesto que le quedaba un poco de sensatez, echó a correr.

Aimery estuvo un momento contemplándola, confundido. Después se pasó las manos por la cara mojada de sudor. Había buscado ese encuentro para exorcisar su efecto en él, y quedar en paz, y ahora dudaba de volver a tener paz alguna vez. Le dolía el cuerpo, y tenía la mente enmarañada.

Si de verdad era virgen, la mocita estaba desperdiciando un talento natural. Él había perdido la cabeza en el instante que la tocó. Qué placer sería enseñarle a esa fiera pieza todas las maravillas de su delicioso cuerpo, pero no podía arriesgarse a otro encuentro como ése. Estaría destrozado antes de la noche de san Juan. La única solución sería poner la mayor distancia posible entre ellos. Empezó a subir la pendiente. Una caminata de dos días hasta Banbury era justo lo que necesitaba.

Madeleine detuvo su huida junto al riachuelo para recuperar el aliento. Miró hacia atrás, pero no logró verlo. Sintió el más extraño deseo de reandar sus pasos… Negó con la cabeza. No, sabía la suerte que tenía de haber escapado. Si no seguía virgen cuando se casara, no sería honrada por su marido. Éste podría repudiarla, azotarla, dejarla prisionera en una mazmorra...

Se estremeció. Era una locura, pero en ese momento estar con él casi le parecía que valdría la pena lo que viniera después.

Se miró la apariencia. La túnica estaba derecha y decente, pero, ay, Señor, tenía un círculo mojado en cada pecho, donde él había puesto su boca.

El mareante calor la recorrió toda entera ante el recuerdo, y se colocó las manos sobre los pezones. sensibles

—¡Lady Madeleine!

Vio al guardia trotando hacia ella. Se miró la delatadora túnica. Soltando una risita, se inclinó y se metió en el agua.

—¡Lady Madeleine! —gritó el hombre vadeando hacia ella—. ¿Estáis bien? Me pareció oír algo.

Madeleine se incorporó, empapada.

—Estoy bien. Lo que pasa es que tropecé y me caí.

—Pero ¿antes? Oí un grito.

—Ah, eso. Creí ver una serpiente. —Se dejó ayudar hasta llegar a la otra orilla—. Pero has sido lento en responder. Eso me ha pasado hace mucho rato.

—No —protestó el hombre—. No han pasado más de unos minutos. Dorothy y yo comentamos si habíamos oído algo, y al instante vine a buscaros. No deberíais perderos de vista, milady.

Madeleine tenía la impresión de haber estado fuera del mundo real horas, incluso días, no sólo minutos. Aunque no estaba del todo segura de estar de vuelta, ni si lo estaría alguna vez. Mientras el guardia la conducía de vuelta hacia Dorothy, miró hacia atrás para echar una última y triste mirada al matorral cercano al riachuelo.

2

Un largo día de caminata llevó a Aimery a una noche de sueño profundo. Cuando despertó al día siguiente, su encuentro con Dorothy ya le parecía un sueño. De todos modos, le venía bien no tener necesidad de volver a Baddersley. Esa muchacha era peligrosa.

A diez millas de Banbury oyeron rumores de la esclavitud. El culpable era Robert d'Oilly, lo que no sorprendió a Aimery. D'Oilly era un rudo mercenario francés, un luchador cruel y eficiente, sin ninguna otra virtud. Era una tragedia que Guillermo hubiera tenido que emplear a hombres de su calaña para conquistar Inglaterra, y que ahora considerara conveniente recompensarlo con tierras.

Muy pronto Aimery y Gyrth dieron alcance a un grupo de hombres que iban al mercado de Banbury. Les resultó bastante fácil hacerlos hablar.

—Cogió al sobrino de mi hermana. Porque sí. No había hecho nada malo.

—Dicen que el cura de Marthwait intentó impedírselo y le rompieron la cabeza sin ninguna contemplación. Todavía no ha recobrado el conocimiento. Malditos normandos; cabrones todos.

—¿Quién es el señor feudal? —preguntó Aimery, en el mismo idioma basto que hablaban los aldeanos.

Uno escupió.

—Debería ser el conde de Wessex, pero fueron y lo mataron en Hastings, ¿no? Ahora no hay nadie fuera del maldito rey, y de mucho nos serviría quejarnos a él.

—Pero valdría la pena intentarlo —dijo Aimery.

Todos se volvieron a mirarlo como si fuera un bobo.

—Yo te diré qué —dijo uno, sarcástico—. Podrías acercarte la próxima vez que el rey Bastardo vaya pasando a caballo, y se lo dices. Y te pateará la cara.

—Sé de qué hablo —dijo Aimery, poniendo un filo de autoridad en su voz—. Soy un proscrito, pero sé que a Guillermo de Normandía no le gusta nada la esclavitud. Si logras hacerle llegar el mensaje, él pondrá fin a esto.

—¿Se volvería contra los normandos por los ingleses? —se mofó uno de los hombres.

—Hará cumplir la ley.

—¿Y qué de nuestras mujeres? —exclamó un joven—. Esos guardias cogen lo que quieren y nadie se atreve a impedírselo. Mi hermana… —Miró hacia otro lado, mascullando algo.

—La violación también va contra la ley —dijo Aimery firmemente.

El trueno de cascos de caballo interrumpió la conversación. Los aldeanos se precipitaron a ocultarse en la espesura del bosque, pero la tropa de jinetes dieron la vuelta al recodo y se lanzaron sobre ellos. En pocos instantes estaban rodeados, y ninguno había logrado escapar.

Eran los hombres de D'Oilly, que andaban a la caza de más trabajadores forzados. Aimery maldijo su suerte. Eran cinco los jinetes, y su apariencia desgarbada sugería que entre él y Gyrth podrían dominarlos con apenas una mínima ayuda de los aldeanos. Pero la violencia sólo conseguía represalias sobre la gente corriente. Se decidió por evitar llamar la atención.

Eso no sería fácil. Pasaba por una cabeza al aldeano más alto, y era mucho más musculoso. Se encorvó un poco y dio un codazo a Gyrth. Este captó el mensaje, y Aimery esperó que los demás siguieran el juego.

Uno de los soldados desenganchó un látigo de cuero de buey del arzón de su silla de montar.

—Bueno —dijo en francés—, hemos encontrado un buen grupo. —Cambió a un torpe inglés—. Lord d'Oilly tiene necesidad de trabajadores. Tú, tú, tú y tú —dijo, apuntando a los más jóvenes y fuertes, entre los que estaba Aimery, pero no Gyrth.

—Señor —dijo Gyrth al instante, en inglés—, este primo mío es... —se tocó elocuentemente la cabeza—. No te va servir de nada.

—Es fuerte. Tú vienes también.

En segundos, los elegidos fueron separados del grupo. Un hombre se resistió.

—No podéis hacer esto. No tenéis ningún derecho. Soy un hombre libre... —Le cayó el látigo sobre la cabeza y se quedó callado.

A los cinco prisioneros los llevaron caminando como a borregos una distancia de alrededor de una milla, hasta llegar al río, donde estaban construyendo un puente para facilitar el acceso al nuevo castillo de Robert d'Oilly. Ya había varios hombres trabajando ahí, algunos con aspecto de estar realmente agotados. Aimery sospechó que había más esclavos entre los hombres que se veían en la distancia levantando la torre del homenaje de madera sobre la colina.

A dos de los aldeanos los pusieron a trabajar con los hombres que estaban soltando piedras al pie de una escarpa; a Aimery y a otro les ordenaron ponerse en la fila de hombres cansados que acarreaban las piedras hasta el puente. Debido a su edad, a Gyrth lo pusieron a trabajar colocando las piedras en su lugar.

El día fue transcurriendo y no se les dio ningún rato de descanso ni refrigerio, aunque los guardias les permitían coger agua del río con las manos para beber. Los cinco guardias estaban sentados a la sombra, y hacían chasquear los látigos si creían que alguno de sus esclavos estaba ocioso. Compartían un pellejo de vino y, de tanto en tanto, comían empanadas de carne.

Con bastante frecuencia gritaban comentarios en francés, que alarmaban a los campesinos, pero por lo general eran insultos escatológicos, tontos, porque tenían que suponer que ninguna de sus víctimas los entendía.

Pero Aimery los entendía, y la rabia se le iba acrecentando y acumulando. Esos hombres eran la hez de la tierra, mercenarios venidos a Inglaterra por el atractivo de los despojos fáciles. El deseo, la urgente necesidad de eliminarlos era en él como un hambre, mucho mayor que el que le hacía doler el estómago vacío. Se repetía una y otra vez que un acto de violencia allí destruiría sus posibilidades de hacer mayor bien después y sería causa de duras represalias contra la gente del pueblo, pero se le iba haciendo cada vez más difícil hacer caso de la lógica.

Se echó una espuerta de cuero llena de piedras sobre el magullado hombro y emprendió el camino hacia el río y cuando me pasó cerca de un guardia tripudo, éste le gritó:

—¡Eh, grandullón! Apuesto a que la tienes enorme. ¡Apuesto a que se la metes a tu madre!

Aimery se hizo el sordo. Trató de apaciguar su furia imaginándose la reacción que tendría el rey cuando se enterara de esa injusticia, pero también saboreó el placer que le produciría rebanarle el cuello al guardia.

Cuando subía a buscar otra carga, el hombre que iba delante de él tropezó y se cayó. Él lo ayudó a levantarse. El guardia que estaba más cerca se rió burlón, pero no puso ninguna objeción. La respiración del hombre era resollante, y tenía los ojos vidriosos.

—Necesita descanso, señor —masculló Aimery.

—No hay descanso —dijo el guardia, apuntando el pellejo de vino hacia su boca.

Aimery ayudó al campesino a llenar de piedras su espuerta, poniendo el menor número que se atrevió. Era una suerte que estuvieran acarreando la pesada carga en descenso, pero dudaba que ese hombre aguantara mucho más. ¿Qué ocurriría si no podía más? Si los guardias tuvieran un mínimo de sensatez, cuidarían de sus bestias de carga, pero esas heces de la sociedad no tenían cerebro. Probablemente creían que había una provisión inagotable de esclavos.

Echaron a andar cuesta abajo y el hombre comenzó a tambalearse. Aimery trató de ayudarlo lo mejor que pudo, yendo delante y guiándolo, pero de pronto el campesino tropezó y cayó de cuatro patas, y quedó con la cabeza colgando, como la agotada bestia de carga en que se había convertido.

El guardia tripudo se incorporó e hizo chasquear el látigo.

—Arriba, marrano malparido. ¡Arriba!

El hombre medio se incorporó pero volvió a caerse.

En el instante en que Aimery dejó caer su espuerta con piedras y corrió a ayudar al hombre, el látigo volvió a chasquear y golpeó. El campesino se retorció y emitió un grito gutural, pero ni siquiera el dolor consiguió moverlo. El látigo restalló otra vez antes de que Aimery llegara hasta él.

—¡Quítate de en medio, bobo! —gruñó el guardia en francés, acercándose más—, o habrá más de lo mismo para ti. ¡Muévete ya! —añadió en inglés.

Aimery se giró a mirar al bruto, cuya gorda panza y fláccida cara revelaba que estaba mal entrenado y falto de ejercicio.

—Piedad, señor —dijo en francés.

—¿Una palabra decente de un gusano como tú? —Movió el pulgar en un elocuente gesto—. ¡Vete!

Aimery se incorporó lentamente, como si estuviera atontado. El guardia no le prestó más atención y echó hacia atrás el látigo, con gusto, para volver a golpear.

Aimery saltó. Pasándole un brazo por la garganta y poniéndole la rodilla en la espalda, le rompió el cuello. Cuando el hombre cayó al suelo, le sacó la espada de su vaina e hizo una mueca al sentir su tosquedad y ver la sangre vieja y óxido que estropeaba la hoja. De una patada apartó el cuerpo, una hez, como había pensado, y se giró a enfrentar al primero de los otros cuatro guardias. Intencionadamente arrastró los pies y movió la espada como si no tuviera idea de qué hacer con ella.

Una mirada le bastó para ver a Gyrth saltar sobre un guardia y a los campesinos agrupados alrededor, aterrorizados.

—¡No los dejéis escapar! —gritó.

—Esos no te van a ayudar bazofia de cerdo —se mofó el guardia que tenía más cerca, más delgado pero cuya tripa también hablaba de excesos y comodidad. Enseñaba una escasa colección de dientes amarillos y negros—. Y no te voy a matar rápido. No, nada rápido.

Aimery levantó la espada torpemente, y el hombre se rió.

—Te haremos bailar sobre una pata, mierda. Y luego jugaremos a la gallina ciega con un ciego de verdad.

Aimery evaluó la situación mientras el guardia continuaba con sus fanfarronadas, porque debía suponer que su víctima no entendía francés. Ninguno de esos hombres debía quedar vivo si querían que sobrevivieran los aldeanos, y era necesario proteger su identidad. Pero los aldeanos estaban aturdidos de terror.

Gyrth ya había matado al guardia y cogido su espada. Los otros dos normandos estaban sobre él, y la espada no era la mejor arma de Gyrth. Necesitaría ayuda.

Movió la espada de un lado a otro como haría un campesino sin entrenamiento. El guardia aulló de risa; hurtó el cuerpo y se abalanzó despectivamente para rebanarle el brazo derecho. Aimery cogió mejor su espada y le asestó un revés en el brazo. Aprovechando la sorpresa del hombre y su brazo entumecido, le dijo «Dios te salve», en claro francés, y lo decapitó.

La cabeza que cayó al suelo tenía en la cara una expresión de profunda sorpresa.

Aimery corrió a intervenir en la otra pelea. Los guardias ya estaban recelosos, y Gyrth se había visto urgido a defenderse. Ya no podía seguir simulando ignorancia en el manejo de la espada, de modo que a los pocos instantes los dos guardias renunciaron y emprendieron la huida.

Aimery dio alcance a uno y lo atravesó con la espada. El otro se giró y le hizo un tajo a Gyrth, hiriéndolo en la pierna y haciéndolo caer.

—¡Detenedlo! —gritó a los boquiabiertos campesinos.

Unos pocos se movieron para intentarlo, pero tan pronto como el soldado se giró a enfrentarlos con su espada, retrocedieron acobardados. Aimery corrió detrás del hombre, pero éste era delgado y veloz. Miró rápidamente hacia atrás y vio a los campesinos corriendo hacia el bosque como animales aterrados y a Gyrth en el suelo tratando de restañar la sangre de su herida.

Soltando una maldición, arrojó la espada al hombre como si fuera una lanza. Pero la espada no es un arma arrojadiza, de modo que sólo tocó al hombre en el hombro cubierto por la malla, acicateándolo para correr más deprisa. Aimery volvió para arrodillarse junto a Gyrth.

—Estoy bien —resolló Gyrth—. Ve tras él.

—No seas tonto. —Cortó tiras de la ropa de un guardia y le vendó la herida, haciendo una mueca por su suciedad—. Mi madre asegura que una herida vendada con trapos limpios cura mejor que una vendada con sucios —comentó—. Tendremos que esperar que esté equivocada.

—Las heridas curan o no según dispone el destino —dijo Gyrth, incorporándose—. Si hubiera tenido un hacha, ése no habría quedado vivo. —Miró a Aimery—. Ése podría escribir tu sentencia de muerte.

—Y la tuya.

—Pero yo soy un rebelde. Ahora tú también lo eres.

Aimery negó con la cabeza.

—Estaban quebrantando la ley. Si se llega a saber mi participación en esta matanza, alegaré que sólo quise liberarme de la esclavitud.

—Si se llega a conocer tu participación se sabrá todo. Ese guardia podría reconocerte si se encuentra con Aimery de Gaillard. ¿Qué harás entonces?

Aimery se encogió de hombros y lo rodeó con un brazo para que apoyara en él su peso.

—Uno de estos días estaré admirando tu cabeza enterrada en una pica —dijo Gyrth, enfadado—. Vuelve a ser un normando corriente, muchacho. O eso o únete a Hereward para expulsar al Bastardo.

—Nunca he sido un normando corriente —replicó Aimery—, pero nunca traicionaré a Guillermo.

—¡Maldita sea, muchacho! —exclamó Gyrth, exasperado—. ¡Hereward y el Bastardo se pelearán por ser el primero que te haga el primer tajo!

Aimery sonrió.

—Deberías conocer a mi padre. Tenéis mucho en común. Vamos. Desaparezcamos de aquí.

Madeleine trató de quitarse de la cabeza su encuentro con Edwald el proscrito. En vista del sufrimiento que veía entre su gente en Baddersley, era su deber casarse lo antes posible para expulsar a Paul y Celia. En esa decisión, su proscrito, su príncipe elfo, sólo era una distracción.

Pero una distracción avasalladora, que la hacía detenerse ociosa en medio de un día ajetreado y dar vueltas y vueltas sin cesar en la cama durante la noche. Nada era capaz de disciplinar sus sueños. Noche tras noche revivía sus caricias en su piel desnuda, su boca sobre la de ella, y despertaba sintiéndose dolorosamente vacía.

Fue un enorme alivio para ella cuando llegó a Baddersley su primo Odo. Tal vez él podría quitarle de la mente esa tontería.

Odo de Pouissey era hijo de Paul e hijastro de Celia, por lo tanto no tenía ningún parentesco sanguíneo con ella, pero solía pasar mucho tiempo en su casa cuando ella era niña, por lo que había llegado a considerarlo un hermano. Era alto y fuerte, de pelo oscuro como su padre y de tez rubicunda. Era jovial, a menos que lo fastidiaran, y buena compañía. Su mayor defecto era una fuerte afición a la cerveza y al vino, pero nadie podía entregarse a ningún exceso en Baddersley esos días.

Odo estaba feliz de pasar el tiempo con ella, contándole historias de la conquista de Inglaterra; Madeleine encontraba que él era el héroe demasiadas veces para ser creíble, pero de todos modos eran buenas historias. También le detalló la coronación de la reina, dando mucha importancia a su privilegiado lugar en la corte. Madeleine se sentía claramente envidiosa, y trataba de sonsacarle toda la información posible acerca de posibles jóvenes como marido.

—¿Y quién goza del mayor favor del rey? —le preguntó un día, dando puntadas en una enagua que estaba arreglando.

Estaban sentados fuera de la casa, al sol.

—Sus antiguos amiguetes. Mortain, Fitz Osbern, Montgomery.

—Pero ¿entre los jóvenes? Hay muchos forjándose fabulosos futuros, ¿no?

Él la miró receloso, y ella comprendió que creía que se estaba burlando de él, que al parecer no se estaba forjando gran cosa. Mantuvo la cara inexpresiva.

—De Varenne está bien considerado —dijo él de mala gana—, y De Faix. Beaumont... y los De Gaillard, por supuesto. El rey parece adorarlos.

—Suele ser la suerte la que lleva a un hombre a la atención del rey —comentó ella, en tono tranquilizador.

—Sí, esa es la verdad. Pero ¿qué justicia hay cuando él mima a los malditos sajones?

—¿Hay ingleses en la corte? —preguntó sorprendida.

Aun cuando el rey estuviera cortejándolos con matrimonios, ella no se había imaginado que fueran recibidos con tanta amabilidad.

—La corte está plagada de señores ingleses, todos sonrientes y reverentes para recuperar sus posesiones. No me fío de ni uno solo de ellos.

—Pero es bueno que acepten al rey. Ahora tendremos paz.

—¿Cómo puede obtener tierras un hombre si hay paz? Si Guillermo les devuelve sus tierras, ¿qué quedará para sus leales normandos? Será mejor que vigiles, Mad —dijo, despectivo—. Uno de estos días ese canalla de Hereward doblará la rodilla y el rey le devolverá Baddersley.

Madeleine dejó inmóviles las manos. Baddersley era de ella.

Odo se echó a reír.

—Eso te dolió, veo. Créeme, podría ocurrir. A Edwin de Mercia le ha devuelto la mayor parte de sus tierras. Edwin es tu señor feudal aquí ahora, ¿lo sabías? ¿Cómo te sienta hacer tu juramento de lealtad a un maldito sajón? Y Guillermo le ha prometido su hija en matrimonio.

—¿Agatha?

—Eso dicen, y hay rumores de que lady Judith se va a casar con un canalla sajón también. Si no tienes cuidado, Mad, podrías sufrir el mismo destino.

Madeleine mantuvo los ojos fijos en su costura. Había un inglés al que podría soportar; podrían acabar lo que habían empezado. Un conocido calorcillo revoloteó dentro de ella.

—¿Cómo son los señores ingleses? —preguntó.

—Demasiado guapos o demasiado rudos —repuso él desdeñoso—. Llevan el pelo largo y muchos se dejan largas barbas también, aunque ahora tienden a afeitarse para complacer al rey. —Se echó a reír—. Parecen corderos esquilados. Se visten tan fino como una dama y alardean de su oro cuando éste debería haber ido de recompensa a sus conquistadores.

Madeleine suspiró. No obtendría ninguna información útil de Odo sobre ese tema.

—Recibirás una rica recompensa con el tiempo —le aseguró.

Odo le cogió la mano.

—¿Y tú, Madeleine? Tú eres un premio.

Madeleine siseó, molesta. La había hecho pincharse el dedo y manchar la costura con una gota de sangre.

—No me gusta nada que se me considere premio de guerra —replicó.

—Yo no te considero así —dijo él sonriendo—. Siempre te he tenido cariño, Mad. Podría tocarte alguien peor que yo por marido.

Madeleine volvió a suspirar. Estaba claro que ése era el motivo que había detrás de su visita, pero había esperado evitar un enfrentamiento. Lo miró.

Era joven, sano y fuerte. Era conocido. Sí, podría tenerlo mucho peor, pero también podría tenerlo mucho mejor. Cualquiera que no trajera con él a Paul y Celia como la peste sería infinitamente mejor. Se refugió en el engaño.

—El rey me elegirá marido, Odo.

—¿Sí? Tiene muchas cosas en su cabeza, con esas rebeliones que brotan aquí y allá cada semana. Podrías languidecer esperando aquí hasta hacerte vieja.

—Espero una llamada de la reina muy pronto.

Y había bastante verdad en eso. Matilde quería que fuera una de las que la asistieran en el parto. Pero el bebé no nacería hasta agosto o septiembre. ¿La dejarían allí hasta entonces, tal vez?

—Aun en el caso de que se acuerde de ti —dijo Odo astutamente—, el rey podría usarte para pagar cualquier número de deudas, Mad. Podría casarte con un viejo sin dientes o con un muchacho imberbe; con un hombre al que le gusten las mujeres plebeyas o con uno que disfrutaría haciéndote sufrir. No me gustaría verte acabar así, Mad. Yo sería un marido amante.

—Lo siento, Odo —dijo ella, tratando de suavizar el rechazo—. Debo respetar el gusto del rey.

Vio pasar un relámpago de rabia por sus ojos y eso reforzó su resolución. La expresión le recordó desagradablemente a su padre Paul, al que muchas veces había visto levantarle el puño a Celia. No, no deseaba casarse con Odo.

Al día siguiente, que era el último de la estancia de Odo allí, Paul organizó una cacería, para diversión de su hijo, y para paliar un poco la escasez de alimentos en Baddersley. Odo había recuperado su buen humor y Madeleine se sintió feliz de poder volver a tratarlo como a un hermano. Por otro lado, estaría tan contenta de verlo marcharse como lo había estado de verlo llegar.

El día era hermoso y soleado, y a medida que cabalgaban, Madeleine fue observando que ni la negligencia ni los disturbios podían quitarle belleza al campo inglés. Una vez que el pueblo se adaptara al nuevo gobierno, ese país sería rico, magnífico y bueno. Y ella formaría parte de él, ella y sus descendientes.

—Ahh, Inglaterra —susurró para sí misma, como si se lo dijera a un amante.

Jinetes, cazadores y perros de caza se congregaron en una ancha pradera que parecía un arco iris de flores. Sonriendo, Madeleine inspiró el aire fragante. Inglaterra era muy diferente de Normandía, pensó. Inglaterra era apacible, rica en las artes, y estaba impregnada de música y poesía. Aunque seguía teniendo dificultades con el idioma, disfrutaba de las leyendas y sagas, de las historias de amor y soledad, y de las de esperanza y sufrimiento.

Normandía era más áspera y dura. O tal vez, pensó, mirando a su tío, su primo, y a sus hombres, era sólo que la gente era más áspera y dura. Ahora que el gusto normando por la guerra había llegado a Inglaterra, ¿destruiría Baddersley como había destruido Haute Vironge? No, si ella podía impedirlo. Baddersley era de ella.

Arrancó una hoja de una rama baja de un árbol y la frotó entre los dedos. La savia le manchó la piel y el aroma subió como un perfume a su nariz. Sus árboles, su tierra, sus ciervos, su gente...

Y lo único que se necesitaba era un señor capaz de mantener la baronía a salvo y hacerla prosperar.

Odo no.

Pero un señor inglés sí armonizaría con esa tierra, pensó. Aunque Edwald le había dicho que no volvería, siempre que salía al campo ella miraba por si lo veía, con la esperanza de que volviera a aparecer, con sus pies sigilosos y expertos.

Los perros captaron el olor de un ciervo y echaron a correr. Sonó el cuerno y los jinetes comenzaron la persecución. Odo iba cabalgando al lado de ella, los dos riendo por el placer de la cacería.

—¡Se dirige a ese monte! —gritó Odo—. Sigamos por allí. Podemos interceptarlo.

Hizo girar su caballo y Madeleine lo siguió, mientras los demás jinetes seguían a los perros. Galopando entraron en un bosque, en dirección al otro lado del cerro.

De pronto toparon con un riachuelo profundo y torrentoso. Los dos detuvieron sus monturas. Los árboles llegaban hasta muy cerca de ambas riberas, y no había muchas posibilidades de abrirse paso a lo largo de la orilla.

—¿Crees que podríamos vadear el río? —preguntó ella, escuchando los distantes sonidos de la cacería.

—No, de ninguna manera —repuso él.

Madeleine observó que Odo la estaba mirando de un modo raro, y la recorrió un estremecimiento de inquietud. Seguro que no era más que el frío y penumbra allí en medio de los árboles.

—Vamos, entonces —dijo, haciendo girar el caballo—. Demos la vuelta al cerro para darles alcance.

La voz de él la detuvo.

—Espera un momento. Mastery cojea. —Se apeó y le levantó una pata al caballo para examinarla—. Mad, ¿podrías bajar a sostenerlo? —añadió, tratando de mantener quieto al caballo—. Creo que se ha clavado una espina, pero no logro cogerla.

Suspirando, Madeleine bajó de su silla y fue a prestarle ayuda. Cogió las riendas de Mastery y éste se calmó inmediatamente. Al cabo de un instante cayó en la cuenta de que eso se debía a que Odo había dejado de manipular al animal. Él apareció por un lado del caballo.

—Odo, ¿qué...?

Entonces él la agarró.

Su grito fue sofocado por los labios mojados y el mal aliento de él. Pataleó y se debatió, con terrible poco efecto. El miedo y también el sofoco le hicieron dar vueltas la cabeza, y sus manos convertidas en puños sólo encontraron la tela de su capa.

Cuando él le liberó la boca, inspiró una bocanada de aire para gritar, pero él la arrojó sobre el duro suelo, echándosele encima, de modo que lo único que le salió fue un débil chillido, al sentir las punzadas de dolor en el espinazo, caderas y hombros.

Era increíble, pero él estaba sonriendo.

—Vamos, Mad, me ibas detrás cuando eras niña. —Con una mano le levantó la falda por un lado—. Apuesto a que tenías sueños calientes conmigo en tu celdita del convento. Bueno, ahora haré realidad tus sueños.

—¡No, Odo! ¡No! —gritó ella, debatiéndose.

La sonrisa de él se ensanchó. Madeleine sintió subir amarga bilis a la garganta. Frenética, continuó debatiéndose y pataleando, pero el macizo cuerpo de él era como un tronco encima de ella. Con el hombro le aplastaba la cara, haciéndole difícil respirar, y mucho más chillar.

El terror la ahogó. Si él la deshonraba, la ley ordenaba castración, pero la ley en ese lugar era el padre de Odo. La alternativa sería una boda apresurada. Y una vez celebrada, ¿intervendría el rey?

—Virgen santa, auxíliame...

La sonrisa de él se transformó en un horrible ceño.

—No llames a los santos —gruñó, tratando de subirle la ropa sin darle oportunidad de moverse ni de gritar—. Es hora de que aprendas tu... deber... ¡quédate quieta, maldita sea! Que aprendas para que está... una mujer. —En sus esfuerzos por dominarla, le soltó una de las manos—. ¡Maldición!

Ella había logrado sacar su pequeño cuchillo y enterrárselo en el brazo.

—¡Marranita!

La levantó por los hombros y le estrelló la espalda contra el suelo. El cuchillo salió volando de su mano.

Él ya estaba encima de nuevo y había logrado subirle la falda hasta arriba. Todo su peso estaba en su pecho, y casi no podía respirar.

—¡Por el Grial que necesitas una lección, Mad! —exclamó él, con la cara enrojecida—. Cuando estemos casados...

Sólo medio consciente, esas palabras le produjeron otra oleada de terror; también le produjeron una nueva oleada de fuerza. Se retorció y chilló. Él la golpeó, soltando maldiciones.

De pronto él se quedó inmóvil.

Su peso muerto la aplastó y luego el cuerpo rodó hacia un lado. Sollozando y tratando de hacer llegar aire a sus ardientes pulmones, vio a un campesino contemplando con sonrisa maliciosa su cuerpo al descubierto. Era un hombre rechoncho, canoso, con una barba y un bigote que lo señalaban como un inglés. Musitando plegarias a la Virgen y a los santos, Madeleine se puso dificultosamente de pie, recogió su patética arma y cojeando fue a apoyarse en el tronco de un frondoso roble.

—*Allez-vous en!* —exclamó con voz rasposa. Después lo intentó en un torpe inglés—: Vete.

—No tengas miedo.

Madeleine se sobresaltó al oír esa voz; miró hacia el suelo y vio a otro hombre inclinado junto al cuerpo de Odo. No era sorprendente que no lo hubiera visto, porque al ir vestido con ropas de colores ocres era difícil distinguirlo de la tierra y las hojas secas. Incluso la cabeza la tenía cubierta por un trapo sucio que le caía sobre la cara.

El hombre se levantó y movió a Odo con el pie..

—No está muerto —dijo en burdo francés—. ¿Quieres que lo esté?

Ahogando una exclamación, Madeleine lo reconoció. Después dudó. Entonces vio los ojos verdes y estuvo segura. Emitiendo un gritito, corrió a echarse en sus brazos.

Él la mantuvo abrazada mientras ella temblaba y ahogaba sollozos. Era un hombre fuerte, cálido; se sentía a salvo con él. Su mano le acariciaba suavemente la cabeza y la nuca. De pronto él se apartó un poco.

—¿Quieres que lo mate? —dijo, desenvainando un largo cuchillo de aspecto atroz.

El otro hombre dijo algo secamente. Ella comprendió que deseaba salir de ese claro del bosque, lo cual no era nada sorprendente. Eran ingleses, y habían atacado a un normando.

—No —se apresuró a decir; sólo quería que ellos se pusieran a salvo—. Marcharos, por favor.

Él se encogió de hombros y envainó la daga.

—Tú también deberías marcharte de este lugar.

Ella negó con la cabeza.

—No me pasará nada. Sólo es que me cogió por sorpresa. Por favor, vete. Mi tío anda de caza por aquí. Os matará. O algo peor.

Él no parecía tener ninguna prisa. Ahuecó una mano en su nuca y en sus ojos brilló una chispa de humor.

—Te advertí que no salieras al campo sin escolta.

—Él era mi escolta —repuso ella, mirando a Odo con repugnancia.

—Un verdadero lobo para custodiar a una oveja.

La atrajo suavemente hacia sí. Ella disfrutó de ese consuelo, pero lo miró exasperada. ¿Por qué no huía?

—Dijiste que no volverías por aquí. Es peligroso.

Él le pasó suavemente un dedo por los labios y frunció el ceño.

—Los tienes hinchados. Debería matarlo. —Luego añadió—: Tenía un asunto por aquí. Prometiste no traicionarme.

—No te traicionaré.

—Lo sé. ¿Quieres que te quite su sabor?

—Sí, por favor —repuso ella, suspirando.

Él le levantó la barbilla e inclinó la cabeza.

Su amigo dijo algo. Entonces Madeleine oyó el ruido. ¡Caballos!

—*Déguerpissez!* —siseó con urgencia, empujándolo—. Vete, por el amor de la Virgen, ¡marcharos!

—¿Estás segura de que estarás a salvo? —le preguntó él, vacilante aún.

Ella lo empujó más fuerte, con todas sus fuerzas.

—¡Sí! ¡Marcharos!

Como fantasmas, ellos desaparecieron en la espesura, y Madeleine quedó sola con su primo inconsciente. Le cedieron las temblorosas piernas y se desmoronó en el suelo. Sentía los moretones que se le estaban formando en todo el cuerpo.

Odo. Odo había intentado violarla, pero si lo delataba era tan probable que eso llevara a una boda apresurada como cualquier otra cosa. Nuevamente se echó a temblar. Pero por encima del dolor y la conmoción había dicha. Su proscrito estaba de vuelta, la había rescatado, y era tan maravilloso como le decían sus sueños.

—¡Madeleine! ¡Odo!

La voz de su tío puso fin a sus pensamientos. Llamó para atraer su atención y gateó hasta su primo. No lo quería muerto porque entonces enviarían a todos los normandos a buscar a su asesino.

No había peligro de eso. Odo tenía un buen chichón en un lado de la cabeza, pero estaba empezando a despertar y a gemir.

La irrupción en el claro de Paul de Pouissey, cuatro de sus hombres y tres perros haciendo cabriolas la sorprendió justo cuando estaba pensando qué decir para explicar la apurada situación en que se encontraba.

—¡Odo! —En un instante Paul ya había desmontado y estaba junto a su hijo, sus colgantes mandíbulas enrojecidas por la rabia—. ¿Quién ha hecho esto?

—Yo no —se apresuró a decir ella. La rabia de Paul de Pouissey tomaba fácilmente una forma física—. Nos han asaltado —explicó, movida sólo por el instinto—. Proscritos. —No, eso apuntaba demasiado a los ingleses—. Una banda de merodeadores. Eran muchos... Parecían... daneses.

Su tío emitió un gruñido ante sus balbuceos y se giró hacia sus hombres.

—¡Id a buscarlos! Encontrad a los canallas que han hecho esto a mi hijo. Y traédmelos vivos para vengarme —añadió en voz más baja.

En un instante los hombres se adentraron en el bosque, gritando, seguidos por sus perros, a la caza de otras presas. Madeleine los observó horrorizada; no había sido esa su intención. Pero se dijo que su proscrito se sentía como en su casa en el bosque y fácilmente eludiría a esos torpes cazadores.

3

Al principio, Aimery y Gyrth corrieron veloces por la espesura, camuflados entre los verdes y marrones por los colores ocres de sus ropas. Después, con la misma seguridad con que un hombre camina por las calles de su ciudad, treparon a un roble y continuaron camino pasando de un frondoso árbol a otro. Una vez que eludieron la persecución, hicieron un alto en una ladera junto a un arroyo, mientras sus cazadores giraban sin rumbo en la distancia.

Aimery contempló el agua en silencio mientras recuperaba el aliento.

Gyrth se revolcó en el suelo riendo.

—Cerdos normandos. ¡Estúpidos cochinos normandos comemierda! —Se puso serio y se sentó, moviendo la cabeza—. ¿Por qué tenías que arriesgarte así, muchacho?

—No podía mirar una violación de brazos cruzados.

Se agachó a recoger agua, se mojó la cara y la cabeza, y se quitó el exceso con una sacudida. Era tan hermosa como la recordaba, como le decían sus sueños. Debería haber matado a Odo de Pouissey. La sola idea de él tocándola...

—¿Una cerda normanda violada por un cerdo normando? —dijo Gyrth—. Lo único malo de eso es que nazcan cerditos.

Aimery reprimió el impulso de enterrar su cuchillo en Gyrth.

—Es mujer y se merece protección.

—Es la putita con que te encontraste junto al riachuelo, quieres decir. —Al ver la expresión de los ojos de Aimery, retrocedió—. Así que cumpliste tu noble deber normando. Casi te dejas matar.

—No estaba en peligro.

—Di eso si De Pouissey te coge. Fue a su hijo al que dejaste inconsciente.

—Lo sé. Conozco a Odo de Pouissey.

—Simpáticos amigos tienes —comentó Gyrth enarcando las cejas.

—No es amigo mío. Es un patán fanfarrón, y ahora es mi enemigo.

—Ah. ¿Y quién es la linda doncella? No es sirvienta, apostaría, con ropa tan fina y con cintas de oro en las trenzas.

—No. —Hasta ese momento Aimery no había pensado en su apariencia. Soltó una carcajada—. Debe de ser la heredera de Baddersley, y casi le di un revolcón junto al río ese día. No es de extrañar que chillara.

—Ahora bien —dijo Gyrth, pensativo—. Podrías tenerlo mucho peor, muchacho.

—¿Mucho peor que qué?

—Dale un revolcón junto al río, después de haberte casado con ella. Entonces Baddersley estaría en buenas manos hasta que Hereward la recupere.

Aimery se sorprendió por el creciente deseo que vibró en todo su cuerpo. Podría tenerla, y acabar lo que habían empezado. Y enseñarle a defenderse, maldita sea. ¿De verdad habría intentado defenderse de ellos con ese cuchillito? Sospechaba que sí. Era valiente, aunque bastante tonta, su doncellita morena.

—No me la imagino chillando —continuó Gyrth—, después de haber visto cómo te miraba.

Entonces Aimery recuperó el juicio.

—Deberías haber tenido esa tentadora idea antes de enredarme en los asuntos de Baddersley. He estado aquí demasiadas veces como Edwald. Si entro aquí como señor, no tardará en reconocerme alguien, y hay un traidor en la aldea.

—Pronto lo descubriremos y pondremos fin a eso —dijo Gyrth lisamente—. La mayoría de los aldeanos se dejaría matar antes que traicionarte. Eres su héroe.

—Sería una locura —repuso Aimery, aunque igualmente tentado. Pero al instante negó con la cabeza—. Ella me reconocería. No sería justo ponerla en una situación en que tendría que engañar al rey o traicionarme a mí. Tampoco sería justo atarla a un hombre que sigue el peligroso camino que he elegido. Mi caída la arruinaría a ella también.

Y su caída estaba más cercana cada día.

Le tenía un cariño especial a Baddersley, y la gente de ahí estaba sufriendo. Por eso había vuelto, sin hacer caso de lo que le aconsejaba su juicio. Había respondido a las súplicas de los más desesperados y accedido a ayudarlos a escapar. Estaban reunidos en el bosque, cerca de llí. Él los pondría en camino hacia las tierras del norte, donde el dominio normando era menos firme, pero sabía muy bien que los más guerreros se dirigirían hacia el este, hacia la región pantanosa, los Fens, donde estaba Hereward. Había visto a Gyrth hablando con algunos de los jóvenes, reclutándolos.

Y eso, proveer de soldados a los enemigos del rey, era traición, indudablemente. Iba en contra de su propio objetivo de disuadir a los rebeldes. Pero la alternativa era peor: dejar a la gente bajo la tiranía de Paul de Pouissey.

Matar normandos, ayudar a los campesinos a huir, reclutar hombres para Hereward. Algún día tendría que pagar el precio, pero eso lo había aceptado cuando puso los pies en ese camino poco después de Senlac. Su único pesar era el sufrimiento y deshonra que eso acarrearía a sus padres. No había ninguna necesidad de aumentar el número de sufrientes añadiendo a la heredera.

—Yo diría que Baddersley guarda bastantes buenos recuerdos para ti —dijo Gyrth, astutamente—. Aldreda, ¿verdad?

Aimery no pudo dejar de sonreír.

—Sí, Aldreda, la de pelo castaño y cuerpo apetitoso.

Gyrth sonrió también.

—Un hombre nunca olvida a su primera mujer.

Y eso era cierto, pensó Aimery.

Fue en Baddersley donde se hizo hombre. Acababa de cumplir los catorce años, y Hereward decretó que estaba preparado. Le hicieron el último tatuaje, el ciervo en la mano derecha, que se suponía lo dotaría de los poderes de ese animal; recibió el anillo; eligió mujer y le hizo el amor ahí mismo, en la sala grande.

Era un honor ser elegida, por lo que ni Aldreda ni Hengar, su marido, pusieron objeciones. Después de la celebración una mujer elegida pasaba la noche con el señor, y si nueve meses después nacía un hijo, se lo consideraba hijo del señor; se le concedían favores y se le daba buena educación. Y Aldreda parió una niña, llamada Frieda, aunque no había manera de saber si era de él, de Hereward o del propio Hengar.

Cayó en la cuenta de que debería preocuparse del bienestar de Frieda en esos tiempos difíciles, pero tendría que hacerlo sin encontrarse con Aldreda, porque si alguien podía reconocerlo, era ella.

Sonrió. Entonces ella sólo tenía dieciséis años, para los catorce de él, pero a él le había parecido una mujer adulta: bien formada, de caderas anchas y largos cabellos castaños. Había sido amable con un niño nervioso, y fue deliciosa en sus brazos.

Había un cierto parecido entre Aldreda y la heredera. Tal vez por eso se había sentido instantáneamente atraído por ella. Desechó el pensamiento. Madeleine de Baddersley no era para él. Por desgracia.

Gyrth interrumpió sus pensamientos:

—Entonces ¿esa encantadora sonrisa significa que vas a tratar de conquistar Baddersley?

—No —contestó, sin añadir comentario—. Ahora no hay peligro. Pongámonos en marcha.

Bajaron por la otra ladera de la colina, en dirección al campamento que habían levantado. El día anterior los aldeanos se habían ido congregando sigilosamente allí. De noche se pondrían en marcha todos.

—¿Por qué no deseas Baddersley? —insistió Gyrth.

—Porque quiero vivir para ver llegar este año a su fin.

Cuando estaban cerca del campamento, Aimery se detuvo. No se oían los ruidos que deberían oírse, porque había niños e incluso bebés entre aquellos que buscaban la libertad. No había olor a humo de leña, cuando habían acordado que no había ningún peligro en encender una fogata en ese lugar tan oculto del bosque. Haciendo un gesto con la mano a Gyrth, avanzó.

No había nadie en el campamento. La fogata estaba apagada, pisoteada, aunque todavía subían unas tenues espirales de humo. Sólo una olla volcada y un atadijo abandonado indicaban que había habido personas allí no hacía mucho rato. Él y Gyrth exploraron lentamente el campamento, perplejos.

Se oyó un ruido de hojas y ramitas. Aimery se giró con el cuchillo ya listo en la mano. Un niño asomó por debajo de un arbusto, arrastrándose, asustado.

—¿Qué ha pasado? —le preguntó Aimery, sin dejar de estar alerta al peligro.

—Hombres —dijo el niño, lloroso—, a caballo. Con perros. Nos rodearon a todos. Después vino él.

—¿Quién?

—El diablo —contestó el niño, estremeciéndose—. Dijo que habían atacado a su hijo. Los van a azotar a todos hasta la muerte. ¡A todos!

El niño se echó a llorar. Aimery lo cogió en brazos, comprendiendo que la familia del niño estaba entre los cogidos.

Otras personas salieron de la espesura, aterradas.

—Pero si nos perseguían a nosotros —dijo Aimery.

Se adelantó una mujer, con un bebé cogido a su flaco pecho.

—Estaban tan sorprendidos como nosotros cuando nos encontraron, jefe. Por eso muchos pudimos huir. ¡Maldita la zorra normanda! —exclamó, escupiendo sobre las cenizas de la fogata.

Aimery tardó un momento en registrar eso.

—¿Vino una mujer aquí?

—Vino después con el diablo, y le suplicó que nos torturara a todos. No entiendo su lengua pagana, pero cualquiera en Baddersley tiene motivos para entender la palabra *fouettez*. Azótalos, azótalos.

—¿Quién era? —preguntó él, diciéndose que debió ser la *dame* Celia. Tenía que ser ella.

—La sobrina del diablo, jefe.

Aimery no pudo creerlo.

—¿Pelo y ojos castaños? —preguntó, rogando que la mujer dijera que no.

Ella asintió.

Aimery sintió un escalofrío. ¿Qué tipo de mujer era para hacer eso? Ella sabía que esas personas eran inocentes.

Le vino la idea de si no habría otra explicación para el intento de violación que había presenciado. Tal vez ella tenía la costumbre de atormentar a los hombres. ¿Y en Odo de Pouissey encontró al fin a un hombre sin cortesía y estuvo a punto de pagar el precio? Sintió cierta amarga compasión por Odo. No mucha, pero un poco sí.

—¿Estás segura de que era lady Madeleine? —volvió a preguntar.

—Claro como el día —respondió la mujer.

—¿Y suplicaba que azotaran a la gente?

—Estaba casi desesperada.

La esperanza lo abandonó. Era una mujer mentirosa, impúdica, traicionera, cruel. Sintió repugnancia al pensar que se había sentido atraído por una mujer así.

—Lo pagará —prometió a la gente que tenía delante.

Se iluminaron los ojos de la mujer.

—Alabado sea Ciervo Dorado.

Eso le sentó como un chorro de agua helada.

—¿Qué?

La mujer le tocó el tatuaje de la mano derecha como si fuera algo sagrado.

—Así es como te llamamos, jefe.

Aimery se miró la mano. El dibujo del ciervo saltando desde el antebrazo a la mano era de un diseño tan rebuscado y con tantos adornos que muchos no reconocerían al animal, pero al parecer no era tan irreconocible. Hecho con matices de rojo, marrón y amarillo, se le podía llamar «dorado». Pero ese nuevo apodo era un desastre. ¿Cómo le habían visto sus tatuajes? Él siempre tenía buen cuidado de ocultarlos con barro o con una venda, pero en ese momento estaban claramente visibles.

Entonces se acordó de que había metido las manos en el arroyo. Eso le lavó el barro. Por lo visto había sido igualmente descuidado antes.

¿Había visible el tatuaje cuando estuvo trabajando de esclavo para D'Oilly? ¿O en otras ocasiones? ¿Cuántas personas de Baddersley recordarían el tatuaje que le hicieron a Aimery de Gaillard hace tantos años? Muy pocas, pero una bastaba si esa persona se proponía traicionarlo.

Aldreda lo recordaría, sin duda. Esperaba que continuara siendo buena y honrada, pero su fe en las mujeres estaba en marea baja.

—No debéis llamarme así —dijo a los aldeanos—. Porque entonces los normandos me encontrarán muy pronto.

—Sí, jefe —dijeron todos.

Sus ojos se encontraron con los de Gyrth y en ellos vio reflejado su escepticismo. Tratarían de cumplir su palabra, pero necesitaban un mito, y al parecer él lo era.

Sería mucho peor. Cualquier historia de resistencia inglesa sería atribuida a Ciervo Dorado; el asesinato de los cuatro guardias normandos sólo sería el primero. Ciervo Dorado tendría más de dos yardas de estatura y llevaría un hacha ardiendo en la mano. Arrancaría los árboles de raíz y los arrojaría a sus enemigos. Muy pronto todo el país estaría arrullándose con el mito. Y sólo hacía falta que un normando le mirara atentamente el tatuaje para hacer la conexión.

Probablemente su *wyrd* era una vida corta y una muerte violenta, pero era lo bastante inglés para aceptar eso. Pasó la atención a los asuntos prácticos y ordenó a los pocos aldeanos que quedaban allí que recogieran sus cosas. Tenían que marcharse todos de allí antes de que Paul de Pouissey organizara a sus hombres para dar caza a los extraviados.

En el último momento los envió con Gyrth diciendo que él se les reuniría después.

—¿Qué te propones, muchacho? —le preguntó Gyrth—. Es peligroso estar por aquí en estos momentos.

—Necesito saber qué les ha ocurrido a los que se llevaron.

Gyrth lo miró ceñudo.

—Quieres decir que quieres descubrir si la zorrita es tan mala como dicen. Acaba con eso. Te ha hechizado. Libérate mientras puedas.

—Creí que querías que me casara con ella.

—Ya no. Si te acercas lo bastante para tocarla, muchacho, le rebanas el cuello.

Madeleine estaba sentada en el aposento soleado de la vieja casa señorial de Baddersley, cosiendo bajo la mirada crítica de su tía, y tratando de no oír los ruidos provenientes de fuera: los chasquidos del látigo, los chillidos y los constantes gemidos de dolor. Eso duraba ya demasiado tiempo. Su tío había cogido casi a veinte fugitivos, los había llevado como borregos al castillo y ordenado azotarlos.

Su trabajo de aguja, aprendido en el convento, era mejor que el de su tía, aunque eso no le impedía a Celia criticarlo. Pero ese día la mujer tenía motivos para quejarse, porque a ella le temblaban las manos y las puntadas caían por todas partes.

Celia se inclinó a mirar y le dio un fuerte pellizco.

—¡Deshaz eso! —ladró—. ¡Qué inútil eres! Tan inútil como esas malditas sajonas.

La tía Celia era delgada y huesuda, y llevaba los labios permanentemente fruncidos, como si acabara de probar una manzana verde. Enterró su aguja en la tela como si quisiera enterrarla en las sajonas o en ella.

Madeleine se puso fuera del alcance de los duros dedos de la mujer y empezó a deshacer las puntadas. Estaba trabajando en una capa nueva para su tío, y cuanto peor saliera mejor, por lo que a ella se refería. Le costaba creer lo cruel que era.

Paseó la vista por el aposento. Una mujer, Aldreda se llamaba, estaba trabajando en el telar. Otra, llamada Emma, estaba hilando. Las dos se veían tensas de amargura. Las hijas de Emma y Aldreda, una de cabellos oscuros y la otra rubia como un ángel, estaban sentadas junto a sus madres haciendo costuras sencillas. Por sus mejillas corrían lágrimas y las manos les temblaban tanto como a ella.

Dame Celia metía y sacaba su aguja como si los ruidos que llegaban del patio fueran de música, no de sufrimiento. Su única ayudante normanda imitaba la actitud de su ama. Madeleine no comprendía como un ser humano podía no conmoverse por lo que estaba ocurriendo.

Continuaba pasmada por todo lo ocurrido. Todavía sentía el cuerpo rígido y dolorido por los golpes de Odo, y su mente seguía girando por las consecuencias. ¿Por qué dijo esas palabras tan odiosas? ¿Por qué no dijo que Odo se había golpeado la cabeza en una rama y caído del caballo?

Cualquier cosa.

Le había dicho a su tío que esas personas no tenían nada que ver con lo ocurrido, pero él no le creyó. No le importaba, en realidad. Alguien tenía que sufrir por el ataque a su hijo y esas personas se merecían el castigo por huir de sus casas.

Elevó una oración de gracias a la Virgen por haberlo convencido de que se conformara con azotes. Con eso había logrado salvar a los hombres de perder un pie y a las mujeres y niños de que les marcaran a fuego las caras.

Al principio se quedó a presenciar los azotes, todavía estrujándose los sesos para encontrar una manera de poner fin al castigo, pero se dio cuenta de que las personas la estaban mirando, y el odio que vio en sus ojos fue tan hiriente como un viento helado. Fue a refugiarse en el interior. No había ojos verdes entre los prisioneros, ni altura o corpulencia como las de Edwald. ¿Habían encontrado a esas personas por pura casualidad? ¿No tenían ninguna conexión con él? Si era así, el castigo era más injusto aún.

No tardó en encontrarla su tía, holgazaneando, según dijo, y la puso a trabajar de inmediato. A ella no le importaría el trabajo si éste lograra acallar los azotes, pero ese hermoso día las contraventanas estaban abiertas y no había nada que ahogara el ruido. Al oír un terrible grito apretó entre las manos la tela que tenía en la falda. Iba bien que la tela no fuera de seda o lino finos, porque ya estaría convertida en un estropajo.

Una sirvienta entró con expresión asustada, cargada con un montón de ropa para ordenar en un arcón, mirando a las normandas como si fueran el mismo demonio. Los chasquidos del látigo continuaron, y Madeleine se presionó con los dedos la dolorida cabeza.

—¿Va a acabar pronto eso? —preguntó a la muchacha, con su más esmerado inglés.

La tía Celia emitió un bufido de disgusto.

La criada levantó la vista y asintió; luego volvió a bajar los ojos, pero no antes de que Madeleine hubiera visto un relámpago de odio en ellos también. ¿Por qué? ¿Sólo porque era normanda? Motivo más que suficiente, reconoció.

Comenzó otra ronda de quejidos.

—¿Qué ocurre? —preguntó a la criada.

—Son los niños, señora —masculló la muchacha.

Madeleine se levantó, horrorizada. Su costura cayó al suelo.

—¿Va a azotar a los niños?

La muchacha se alejó amilanada.

—¿Qué haces, muchacha tonta? —dijo la tía Celia—. Recoge tu trabajo. Se va a ensuciar.

Sin hacerle caso, Madeleine entró corriendo en la sala grande, donde estaba su tío sentado bebiendo y contemplando las manchas de humo en la pared. Sus dos crueles perros estaban echados a sus pies.

La tía Celia entró detrás, pegada a sus talones, y le cogió el brazo.

—¿Qué vas a hacer? —chilló. Y añadió en un susurro—: No lo molestes, boba.

Madeleine se desprendió de la mano de su tía, pero tomó en cuenta el consejo. Odiando la necesidad, se tragó la rabia y optó por la diplomacia:

—Supongo que los azotes acabarán pronto, tío.

—Bastante pronto, creo —repuso él, indiferente—. ¿Qué pasa? ¿Te molestan sus chillidos? Tú lo quisiste así. Unos cuantos pies cortados habrían sido una lección mejor, y más rápido. Marcas a fuego impedirían que volvieran a escaparse.

—¿Cómo podrían trabajar la tierra sin pies? —protestó ella—. Tenemos pocos trabajadores. Si los haces azotar con tanto rigor, ¿quién limpiará los campos de maleza?

—Son resistentes como bueyes —replicó él—. Unos azotes no les harán daño.

—¿Y los niños?

—¿Qué pasa con ellos?

—¿No los has hecho azotar también?

—Hay que enseñarlos a edad temprana. —Levantó la vista y la miró como un oso malhumorado, y sus manos formaron dos puños gordos. Los perros levantaron las cabezas y enseñaron los dientes—. Ve a ocuparte de tus asuntos, sobrina, y deja que yo me ocupe de los míos.

«Los míos, no los tuyos, los míos». Se tragó las palabras. Se le llenaron los ojos de lágrimas de frustración, mientras a sus oídos llegaban gritos agudos, infantiles. Lo peor en la vida era ser impotente.

Como uno de los rayos de sol que pasaban por en medio del polvoriento aire de la sala, vio la verdad. Necesitaba la protección del rey y un marido, si no Baddersley se arruinaría. Sola no podía hacer nada. Necesitaba un marido que hiciera cumplir su voluntad. Sólo era necesario que fuera justo y capaz. Alto, bajo, gordo o delgado, joven o viejo, esas cosas ya no importaban; realmente creía que el rey le daría un marido que por lo menos fuera justo y capaz.

Si ese descubrimiento había sido la intención de Guillermo al enviarla allí, le concedía la victoria; pero ¿qué podía hacer? Ni siquiera tenía los medios para enviarle un mensaje sin el consentimiento de su tío.

Sintió un repentino deseo de huir. Escapar de Baddersley, internarse en el bosque, encontrar el gran camino romano que decían pasaba cerca y continuar por ahí hasta llegar a Londres. Seguro que allí encontraría noticias del rey y la reina...

Pero eso sería una locura, el acto de una niña. ¿Viajar sola por un territorio desconocido, entre personas hostiles cuyo idioma apenas lograba hablar? Sería suicida. Tendría que encontrar la forma de enviar un mensaje.

—¿Qué sigues haciendo ahí, muchacha? —le preguntó su tío—. ¿No tienes trabajo que hacer?

Madeleine deseó poder atravesar con una espada el negro corazón de su tío.

—No me hables como si fuera una sirvienta, tío —espetó.

Vio la furia candente en sus ojos y el movimiento convulsivo que cerró sus puños. Un ronco gruñido salió de sus perros. Detrás de ella, Celia emitió un gemido de miedo, pero Madeleine se mantuvo firme. En vistas de que él no decía ni hacía nada, pensó que había conseguido una victoria. Después de todo, ella era la señora ahí.

—A los niños no han de azotarlos —declaró—. Para eso enseguida.

Él se levantó lentamente, macizo y lleno de fuerza.

—Yo tengo el gobierno de Baddersley, sobrina. Esos niños aprenderán temprano el precio de sacarle el cuerpo al deber. Como aprenderás tú si adoptas ese tono conmigo.

Madeleine no pudo evitar retroceder un paso. Los perros se habían levantado y estaban al lado de él, enseñando los afilados dientes. Pero contestó con firmeza:

—Ésta es mi tierra, y esas personas son mi gente. Haz parar los azotes.

Repentinamente él estiró la mano, le cogió la delantera de la túnica y de un tirón la acercó a su apestoso cuerpo. La cara le quedó a menos de un palmo de la de él.

—Calla la boca o serás la siguiente en ir al poste para que te azoten —gruñó, echándole el fétido aliento en la cara.

Lo decía en serio. Estaba loco.

—Muchacha estúpida —terció Celia con un siseo—. ¡A un hombre no se le habla así!

Paul de Pouissey silenció a su mujer con una sola mirada, y la soltó despectivamente a ella.

Madeleine se dijo que su silencio era noble, porque no podría ayudar a la gente de Baddersley si estaba muerta. Pero sabía que fue un ciego terror el que la silenció. Por primera vez en su vida supo lo que era estar en poder de una persona cruel, para ser maltratada o no a su capricho.

He de hacer llegar un mensaje al rey, pensó. Ése debía ser su objetivo. Poner al tanto al rey y librarse de Paul y Celia para siempre. Tenía que ser posible, con la ayuda de un mercader ambulante, o alguno de los aldeanos que estuviera dispuesto a arriesgarse a hacer un viaje. Pero debía tener cuidado.

Sin hacer caso de las reprimendas susurradas de Celia, atravesó la sala y fue hasta una ventana abierta que daba al patio.

Ay, dulce Jesús, tenían a un niño atado al poste, llorando. No tendría más de ocho años. Por lo menos el látigo era más liviano, pero al recibir cada golpe el pequeño chillaba y llamaba a su madre. Lo menos que podía hacer, pensó ella amargamente, era mirar. Y eso hizo. Demasiado furiosa como para que le salieran lágrimas vio cómo llevaban a rastra a varios niños hasta el poste y los azotaban, cada uno más pequeño que el anterior.

Dios santo, ¿es que iban a azotar a bebés de pecho?

Por fin acabó el tormento, con un niño de unos tres años, al que se lo llevaron aullando de terror, a los brazos de su madre, deseó Madeleine, si la mujer no estaba demasiado enferma por el castigo recibido.

La abandonó el miedo, o más bien su candente furia lo trabajó como se trabaja el hierro en la fragua. Se sintió endurecida, fría y resuelta como una potente espada. Esa injusticia tenía que acabar, y debía ser ella la que le pusiera fin.

Aimery estaba detrás de la furiosa y silenciosa muchedumbre, y vio a Madeleine de la Haute Vironge enmarcada por la ventana. ¿Cómo podía un ser humano estar tan tranquilo en esa situación?

Qué día más maravilloso estaría pasando. Había atormentado a Odo hasta la desesperación y escapado indemne. Y en ese momento estaba disfrutando a la vista de esos pobres niños saltando y chillando a punta de látigo, como si fuera un juego de máscaras.

Ay, si pudiera tenerla en su poder una o dos horas.

4

A los pocos días le llegó a Madeleine la oportunidad de escribirle al rey. Su tío la hizo llamar.

—Tengo que enviarle un mensaje al rey —le dijo—. En alguna parte de Inglaterra tiene que haber siervos, aunque por los alrededores de aquí hay unos cuantos. El maldito cura fue a ver al obispo por un asunto u otro. Tú sabes escribir, ¿verdad?

—Sí, tío —repuso Madeleine, pensando si no sería una trampa.

—Hay un mensajero aquí, de camino hacia el rey. Le enviaré un mensaje pidiéndole ayuda. —Carraspeó y escupió en la estera—. No puedo atender bien los campos con tan poca gente. Esos bellacos que castigamos son unos inútiles que se fingen enfermos, y los aldeanos siguen marchándose como agua en una criba. Maldito Ciervo Dorado.

—¿Qué, tío?

Él la miró.

—Algunos campesinos lo llaman Ciervo Dorado. Anda incitando a los aldeanos a la rebelión, instándolos a huir del lugar que les corresponde, a desobedecer las órdenes de sus legítimos señores, a matar a los normandos. Los perros sajones están atrevidos. Los hijos de Harold andan dando mordiscos en el sur, y ese maldito Hereward está oculto en el este, tratando de traer aquí a los daneses o a los escoceses. El rey es demasiado indulgente con todos ellos. Dan ganas de vomitar. Lo que necesitamos es mostrarles el precio de la rebelión, como hice yo con ese atado de fugitivos.

—Sin embargo siguen huyendo, tío.

Él la miró furioso.

—No podrían huir sin pies y con la cara marcada al fuego, ¿verdad? No debería haber hecho caso de tus lloriqueos. Vas bien encaminada a arruinar esta propiedad, sobrina, y eso se lo diré al rey. Contigo y Ciervo Dorado estropeándolo todo, no quedará nada que valga la pena tener.

Ésa era la sempiterna actitud de Paul de Pouissey: echarle la culpa de sus desastres a todo el mundo, excepto a sí mismo. Pero Madeleine sintió curiosidad por ese Ciervo Dorado, y el corazón le bailó en el pecho. Tenía que ser su proscrito, tenía que ser él. Tal vez podría contactar con él, y trabajar con él para librar a Baddersley de su tío Paul.

Paul bebió un trago de cerveza.

—Maldita bazofia —masculló—. Ni siquiera podemos tener un poco de cualquier vino. Bueno, ve a buscar lo que sea que necesites para escribir, muchacha.

Madeleine fue a toda prisa a la pequeña capilla de piedra situada cerca de la casa señorial, y cuando se encontró en el presbiterio, se detuvo a pensar. ¿Era ésa su oportunidad de comunicarse con el rey Guillermo? ¿Se atrevería a aprovecharla?

Cogió pergamino, pluma, tinta y cuchilla cortaplumas. ¿Sería verdad que su tío no era capaz de leer una palabra? Si la pillaba, las consecuencias serían terribles, porque ella no sólo tenía la intención de poner en manos del rey la elección de su marido, sino además dejar clara la ineptitud de sus guardianes.

Pero tal vez ésta es tu única oportunidad, se dijo. Entró en la capilla y se comunicó con el Cristo en la cruz. Fortalecida, volvió a la casa. Mientras su tío le dictaba los obsequiosos halagos de rutina y continuaba con sus súplicas, ella escribió:

Mi tío desea que le busquéis siervos para esta propiedad, pero la verdad es que él, con su crueldad, ha hecho huir a muchos por miedo, ha matado injustamente a otros y hace trabajar al resto hasta matarlos. Necesito vuestra ayuda, mi rey. Necesito una mano mejor para administrar esta propiedad que tan graciosamente regalasteis a mi padre. Necesito un marido capaz, y de buena gana me someto a vuestra elección en esto.

Estaba tan absorta en la carta que casi la firmó.
—Tráela aquí —ordenó su tío.
Madeleine tragó saliva. Uno de los perros levantó la cabeza y ella creyó ver una cruel sospecha en sus ojos. Se levantó y llevó la carta a su tío, segura de que él oiría el golpeteo de sus rodillas al chocar, vería cómo le temblaba la mano al pasarle el pergamino.

Él se limitó a pasar la vista por lo escrito y garabateó torpemente: P. de P.
—Escribe mi nombre entero debajo —le ordenó.
A ella le resultó difícil no caerse al suelo de alivio.
—Apuesto a que creías que yo no sabía escribir. Eso es mejor que una cruz, ¿eh? Léemela. Quiero ver cómo suena.
Ella se quedó inmóvil.
—Léela, maldita sea. Si me has engañado y no sabes escribir bien, te haré azotar.

Madeleine se sentó bruscamente y miró la hoja. Con el corazón acelerado, se obligó a recordar las palabras medio oídas.

—Indeciso como estoy de molestaros durante vuestra enorme empresa de reformar y civilizar esta tierra bárbara...

Y así continuó, inventando cuando no se acordaba, esperando un grito indignado en cualquier momento. Cuando acabó, él asintió.

—Me parece que cambiaste un poquito allí y un poquito allá, pero suena muy bien. Tráelo aquí.

Lo selló e hizo llamar al mensajero. Antes de que transcurriera una hora, Madeleine vio salir su carta al rey llevada por el mensajero piernas largas, a salvo, por las más severas leyes, de toda interrupción en su viaje.

El mensajero iba en dirección a Winchester. Ella no tenía manera de saber a qué distancia estaba eso, pero sabía que era posible que el rey no estuviera allí. Siempre estaba yendo de un lugar a otro, sobre todo debido a los problemas que se iban presentando en todo el país. Pero el mensajero lo encontraría y pronto, muy pronto, y entonces el rey vendría, trayéndole un marido.

En las semanas siguientes la vida no fue agradable para nadie en Baddersley; las pocas provisiones almacenadas el año anterior habían durado escasamente para el invierno, y muchas personas, principalmente niños y viejos, murieron debido a eso. Los que sobrevivieron estaban débiles y faltos de ánimo.

A los pocos trabajadores que quedaban se los obligaba a trabajar más de lo que podían aguantar, en las labores del campo, el cuidado de los animales, al mismo tiempo que construían el castillo. Se los sometía a golpes y azotes por cualquier pequeña infracción. Dondequiera que mirara, Madeleine veía personas cansadas, pálidas y malnutridas, y sospechaba que ella no era una excepción. Aunque su tío gastaba monedas en comprar alimento, principalmente para él, incluso las comidas en la sala grande eran pobres.

Supuso que el dinero se estaba acabando. Sabía que Paul le había dado algo a Odo cuando volvió a sus deberes, para que éste pudiera comprarse una espada nueva y más ropa fina, para hacer de pavo real. Le había dado dinero de ella, dinero de Baddersley, que debería emplearse para cuidar de la gente.

Habría que arreglar cuentas cuando viniera el rey.

Pero hasta entonces, era muy poco lo que ella podía hacer. Puesto que la tía Celia no tenía ningún interés en las obras de caridad, ella asumió la responsabilidad de distribuir las pocas sobras que quedaban de las comidas en la mesa de la sala grande. Descubrió que los trabajadores de la cocina pasaban cestas de buena comida a sus familias, y puso fin a eso. La comida que había debía ir a los que tenían mayor necesidad. Pero no informó del robo a su tío, por miedo a las represalias que tomaría éste. ¿No había hecho colgar a un pobre hombre por haber dejado que sus cerdos entraran en los trigales?

Cada día se ponía a disposición de las personas que tuvieran problemas, en especial problemas de tipo médico, pero sólo los guardias y sirvientes normandos le pedían asistencia. Los ingleses continuaban malhumorados. No, más que malhumorados.

Los ingleses la odiaban.

También odiaban a Paul y Celia, pero ése era un resentimiento flojo. A ella la odiaban de modo activo, ardiente.

¿Por qué?

Dondequiera que iba sentía sus ojos perforándola como hojas afiladas, aunque cuando los enfrentaba, ponían expresiones sosas, indiferentes. Incluso cuando atravesaba el patio sentía hormiguear el espinazo con la sensación de que era un blanco.

Durante un tiempo continuó saliendo al campo a recoger plantas silvestres para complementar la comida. También había esperado encontrarse con su proscrito, con Ciervo Dorado, para pedirle ayuda. Pero un día la golpeó una enorme piedra, arrojada con cruel intención. Volvió corriendo adonde estaba su guardia, y renunció a las salidas.

Una noche cuando se estaba preparando para acostarse, lo comentó con Dorothy.

—¿Es imaginación mía Dorothy que la gente de aquí me odia?

—¿Por qué habrían de odiaros, milady?

—No lo sé. ¿Te han dicho algo?

—No —dijo la mujer en tono agrio—. No mováis la cabeza, ¿eh? Quieta.

Madeleine comprendió que su doncella debía de sentirse tan aislada como ella. No era de extrañar que estuviera amargada.

—¿Te gustaría asistir a mis clases de inglés, Dorothy?

Sintió un tirón particularmente fuerte en el pelo.

—No, no, milady —respondió Dorothy en tono brusco—. Ni se me pasaría por la cabeza. Enseñarles a ellos a hablar bien. Eso tiene más sentido.

Madeleine exhaló un suspiro.

—Me gustaría saber cuándo voy a tener noticias del rey.

—Sin duda tiene cosas mejores que hacer que molestarse en vuestros asuntos —dijo la mujer, lanzada a la locuacidad por una vez—. Vamos, si en todas partes las cosas están como aquí, deben tenerlo loco los condenados. Se niegan a trabajar, están siempre quejándose, tratan de huir de donde les corresponde estar, como si tuvieran derecho a ir donde les da la gana. Paganos, eso es lo que son, por mucho que recen en una iglesia cristiana.

Era cierto que la gente continuaba marchándose de la propiedad, de uno en uno y de dos en dos. Paul ponía guardias en la aldea, pero sus diarias rabietas contra Ciervo Dorado indicaban que había desaparecido otra familia más. Cuando el jefe de la aldea fue a la casa a informar que el boyero y su familia habían escapado, la cara de Paul se tornó de un rojo granate, y luego blanca.

—¿Qué? —rugió—. ¡Ve tras él! ¡Tráelo de vuelta!

No era de extrañar que estuviera furioso. Ella misma sintió una oleada de terror. El boyero era una de las personas esenciales en cualquier propiedad, y aunque era durante la cosecha cuando se necesitaban todas sus habilidades, ¿quién cuidaría de sus animales mientras tanto? Sin bueyes se morirían de hambre de seguro.

—Nadie sabe dónde se ha ido, señor —tartamudeó el hombre.

—Encuéntralo —ordenó De Pouissey. Se abalanzó sobre él y le rodeó el cuello con sus fornidas manos—. ¡Encuéntralo!

Lo sacudió hasta que el hombre empezó a hacer horribles gorgoteos.

—Tía —exclamó Madeleine—. ¡Detenlo!

Dame Celia retrocedió, encogida.

—¿Por qué? Ése es otro alborotador. Déjame que lo estrangule.

Madeleine corrió a cogerle el grueso brazo.

—¡Tío! ¡Basta!

Él soltó al hombre y le dio un empujón a ella arrojándola al suelo.

—¡Deja de estorbarme, condenada muchacha!

Sus perros se pusieron junto a ella de un salto, gruñendo, manteniéndola en el suelo a los pies de él. Miró sus colmillos y se los imaginó destrozándole la garganta.

Paul miró al jefe de la aldea, que estaba arrodillado, con las manos en el cuello y tosiendo.

—Si muere alguno de los bueyes mueres tú —le dijo ásperamente—. Ahora, fuera de aquí.

El hombre se marchó arrastrándose a cuatro patas. Entonces Paul se giró hacia Madeleine.

—Vuelve a entrometerte, sobrina, y te unciré el arado a ti.

Dicho eso, hizo chasquear los dedos y salió al patio a hacer trabajar más a los labradores a punta de azotes. Torciendo los hocicos, desdeñosos, los dos perros abandonaron a Madeleine y lo siguieron.

Ella se incorporó, temblorosa. Miró a su tía, pero no encontró ninguna ayuda en ella.

—Muchacha estúpida —exclamó la mujer—. ¿No sabes hacer algo mejor que entrometerte en los asuntos de los hombres? No sé qué te enseñaron en el convento, pero será mejor que lo desaprendas si quieres vivir. Ningún marido va a aguantar a una mujer como tú.

Una o dos veces Madeleine vio a alguien entrar sigilosamente a hablar con su tío al amparo de la oscuridad: un informante de la aldea. Siendo normanda, debería haberse sentido complacida, pero odió al hombre, fuera quien fuera. En espíritu se sentía más cerca de los ingleses que de sus parientes. La aterraba la idea de que el traidor le llevara cuentos de Ciervo Dorado y la de ver a su proscrito arrastrado ante su tío.

Un día cuando estaban sentados a la mesa, mientras se entretenía en sacar un poco de carne de un pequeño pescado, que al parecer era lo mejor que se podía obtener del río, aprovechó que Paul acababa de lanzar una furiosa diatriba contra Ciervo Dorado para preguntarle:

—¿Sabemos quién es Ciervo Dorado, tío?

—Un traidor sajón —gruñó él—. Cuando lo coja se lo haré pagar. Le cortaré las manos y los pies. Lo cegaré lentamente, le cortaré las bolas —dijo entusiasmado—, y entonces los aldeanos que lo adoran cuidarán de él cuando se ande arrastrando por la tierra como el animal que es.

Madeleine casi se atragantó con el trozo de pescado. Sabía que Paul lo haría. ¿Acaso el duque Guillermo no hizo cortar los pies y las manos a los rebeldes de Falaise? Se obligó a tragar la comida.

—Pero ¿sabemos quién es? —insistió, tratando de que le saliera un tono despreocupado.

El tío Paul gruñó y negó con la cabeza.

—Hay quienes dicen que es un señor sajón destituido, incluso dicen que es el conde Edwin de Mercia, aunque ese joven bueno para nada se ha mantenido pegado a Guillermo. Otros dicen que es Hereward, o el rey Arturo que ha venido a salvarlos. —Se echó a reír—. No es un fantasma, como se enterarán todos cuando lo oigan chillar. Pásame esa fuente, muchacha. —Hurgó en la fuente dejando un revoltijo de verduras—. ¡Mayordomo! —aulló. Cuando se acercó el hombre, nervioso, le arrojó a la cara la fuente con su contenido—. Encuentra comida decente, o Dios sabe que te caparé.

Madeleine abandonó la mesa y se fue a la capilla a rezar por la seguridad de su proscrito, y al mismo tiempo a suplicar perdón por la traición que significaba eso.

—Protégelo, dulce Salvador —susurró—, que no le pase nada malo. Pero —añadió con cierta ironía—, no le permitas que me despoje la tierra de gente antes de que yo tenga la oportunidad de hacerla próspera otra vez.

No llegaba ningún mensaje del rey.

En lugar de un mensaje, una racha de calor trajo una peste de vómito y fiebre, mortal en muchos casos. En el castillo fueron pocas las personas que la sufrieron, pero en la ya miserable aldea hizo estragos. Madeleine sabía que era la casi inanición lo que hacía tan vulnerables a los aldeanos. Maldijo aún más a su tío.

Había que ver lo que les había causado. Eran pocos los aldeanos sanos para trabajar como esclavos en sus fortificaciones. La labor del campo había disminuido casi a nada. Los animales estaban mal cuidados, y las malas hierbas crecían tan fuertes que ahogaban el trigo. El próximo invierno la hambruna era casi segura.

¿Por qué no venía el rey?

Los campesinos habían rechazado siempre su atención como curandera, pero en esa situación no permitiría que la rechazaran. Haciéndose acompañar por dos guardias salía a verlos. Seguían mirándola con odio, pero habiendo mejorado su manejo del inglés, les exigía que le hablaran. Les daba hierbas y les explicaba cómo debían tomarlas para aliviar los vómitos. Una vez vio a una mujer tirar el remedio, y habría gritado de frustración. ¿Qué les pasaba a esas personas?

Se negó a renunciar. Aunque ellos no aprovecharan su tratamiento, por lo menos sabía que estaba haciendo todo lo que podía. Un día que estaba sola en el aposento soleado atando paquetitos de hierbas, entró sigilosamente una niña y se puso a su lado, esperando. Era la hija rubia de Aldreda.

—¿Sí?

—Por favor, señora. Hay un niño enfermo.

—Hay muchos niños enfermos, hija.

—Mi hermano, señora.

Madeleine levantó la cabeza y la miró. ¿Era ésa la primera grieta? ¿La irían a aceptar?

—¿Cómo te llamas?

—Frieda, señora.

Madeleine le calculó unos ochos años. Le sonrió. La sonrisa no fue correspondida.

—¿Dónde está tu hermano? —le preguntó.

—En la casa. Está entre el castillo y la aldea, señora. Pa es guardabosques. Ma pide que vayas, pero sin tus guardias, señora. Tiene que ser un secreto, si no pa tirará el remedio.

Podía ser una trampa, pensó Madeleine, pero le resultaba difícil creer que Aldreda tramara un asesinato tan público de una dama normanda. Los castigos a toda la comunidad serían terribles. Lo más probable era que hubiera enemistad con el padre de la niña. Ésa podía ser su oportunidad de demostrar a los aldeanos que ella era su amiga. Cogió sus hierbas y se envolvió en una capa.

Atravesaron silenciosamente el patio. El terraplén estaba levantado y encima se estaban poniendo las estacas para la empalizada. Pero con tan poca mano de obra, el trabajo iba lento y había huecos aquí y allá. Aún no habían desviado el riachuelo que discurría por un lado para llenar el foso, y habían tendido toscos puentes para el paso de las carretas con troncos. Era alarmantemente fácil cruzarlos sin ser visto. Madeleine elevó una oración rogando que ningún enemigo atacara Baddersley. No veía la posibilidad de repeler a un puñado de niños armados con palos.

Pronto se encontraron ante una sólida cabaña con techo de paja situada en el linde del bosque. Salió a la puerta Aldreda, mujer de buen talle y una cara enérgica y hermosa. En su expresión Madeleine no vio el menor asomo de una mejor disposición hacia ella, pero se dijo que se sentiría más feliz cuando su hijo se mejorara.

—Está dentro —dijo la mujer.

Un tanto titubeante, Madeleine agachó la cabeza para pasar por la puerta baja, y se encontró en la típica casa de una familia próspera. Era pequeña, pero con divisiones que le daban por lo menos unas dos habitaciones aparte de esa en que se encontraban. Las paredes estaban hechas de palos bien unidos y estucados con arcilla; había una pequeña ventana, en ese momento abierta al sol, con contraventanas que se podían cerrar para protegerse del viento; el suelo, de troncos partidos, estaba limpísimo, y en el hogar de piedra del centro estaba encendido el fuego. El humo subía eficientemente hasta salir por el agujero del techo, pero una parte quedaba dentro formando una ligera niebla que, con el calor de ese día de verano, hacía sofocante la habitación.

Los únicos muebles eran dos largos arcones y un sencillo telar. En las paredes colgaban utensilios, herramientas y platos.

Paseó la vista por la habitación, en busca del niño enfermo, y vio a un hombre. ¿El padre? Estaba de pie, mirándola y no era más que una forma borrosa, con su ropa de colores terrosos.

—¿Dónde está el niño? —preguntó, inquieta por el ligero temblor que notó en su voz.

—No hay ningún niño —dijo una voz conocida, que le hizo brincar el corazón—. Te han traído aquí para verme a mí.

—¿Estás enfermo? —le preguntó ella, avanzando hacia él.

Él retrocedió. Lo iluminó la luz del fuego, la que entraba por el agujero del techo y por la ventana. Estaba tan sucio y harapiento como antes, y una capucha le dejaba en la sombra la cara.

—No.

Entonces ella captó la frialdad de su voz y se detuvo. Percibió peligro en la habitación llena de humo, y retuvo el aliento. La lógica le dijo que Edwald no le haría daño, pero su instinto invalidaba la lógica.

—Entonces estoy perdiendo el tiempo —dijo, y se giró para escapar.

Él le cogió el brazo.

—¡Quítame la mano de encima! —Sintió miedo por él y por ella. «Ay, dulce Jesús. También me odia. ¿Por qué? ¿Por qué?»—. Hazme daño y la ira de Dios caerá sobre toda la gente de aquí.

—Ése es tu estilo, ¿no, señora? Castigo, muerte.

La acercó a él. Ella estiró los brazos para mantenerlo alejado.

—¿Qué deseas? —le preguntó, desesperada.

—Ver si tu maldad ya te ha desfigurado.

A Madeleine se le encogió el corazón.

—Pero ¿qué pasa? —exclamó—. Hago todo lo que puedo. Trato de curar y tiran mis remedios. Trato de ser amable, pero nadie lo ve…

—Demasiado poco, demasiado tarde —se burló él—. ¿Por qué tiemblas? ¿Tienes miedo por tu pellejo, «Dorothy»? Deberías tenerlo. Tienes muchas culpas que expiar.

Ella dejó de forcejear y puso las manos en su pecho, suplicante.

—¿Se me va a hacer responsable de todo lo que han hecho los normandos en Inglaterra?

Él la miró, y ella habría jurado que empezó a bajar la cara hacia la de ella, pero entonces él la apartó bruscamente.

—Ah, no, no vas a usar tus ardides conmigo dos veces.

Dio un puñetazo al sólido poste, como si fuera ella. Toda la casa tembló.

Madeleine tuvo que contener las lágrimas. En sus sueños se había abrazado a ese hombre como a su fortaleza contra la crueldad y el sufrimiento. Y él la golpeaba con tanta crueldad como si hubiera empleado el puño.

—¿De veras quieres curar a la gente? —le preguntó él, girándose a mirarla.

—Por supuesto —se apresuró a responder.

Y entonces sintió asco de sí misma por continuar tan deseosa de complacerlo cuando él era tan cruel con ella. ¿Es que no tenía dignidad? ¿Qué era él, en todo caso? Sólo un proscrito harapiento. Lo miró furiosa, pero no se engañó. Sabía que recurría a la rabia para ocultar su corazón roto.

Él cogió un pequeño cuenco de barro lleno de agua y se lo puso en las manos.

—Prepara tu infusión.

—Vete al diablo —exclamó ella devolviéndoselo.

Con el movimiento se derramó agua sobre la mano de él, pero el cuenco seguía medio lleno y él le arrojó el contenido a la cara. Ella boqueó y farfulló, y de pronto él tenía nuevamente lleno el cuenco.

—Prepara tu infusión —le dijo, exactamente en el mismo tono que antes.

Madeleine cogió el cuenco. En su vida había sufrido muchas cosas peores que agua en la cara, y su valor había seguido intacto, pero ahí... ahí no había ninguna regla. Él podía intimidarla, cegarla, lisiarla.

Colocó el cuenco junto al fuego, y el agua formó remolinos por el temblor de sus manos. Puso las hierbas de uno de sus paquetitos en el agua y con las tenazas añadió una piedra caliente. Cuando el agua comenzó a sisear al calentarse, la removió, y empezó a subir el acre aroma de las hierbas. Levantó la vista, recelosa. Él estaba apoyado en uno de los postes, cruzado de brazos, observándola.

—Tiene que remojarse un rato —dijo, con un hilo de voz.

—Puedo esperar.

Y esperó. El silencio le rascó a ella los tensos nervios como un arco duro en una viola. No pudo soportarlo. Tenía que saber.

—¿Por qué has cambiado?

—Cuando nos encontramos me prometiste un buen revolcón —dijo él toscamente—. Me mentiste.

Eso fue como una puñalada.

—¿Y por eso te has vuelto en mi contra? ¿Por eso has puesto a la gente en mi contra?

—Ah, tú sola volviste a la gente en tu contra.

La rabia que sintió entonces sí era verdadera. Ése era su héroe, un patán enfadado porque ella se negó a entregarle su virginidad.

Una llamarada lo iluminó un breve instante. Podía jurar que alcanzó a ver un dibujo en su mano derecha, en el lugar donde la tenía apoyada en su codo izquierdo. Una cabeza tal vez, con cuernos. Las marcas en la piel. Los grabados en la piel de los nobles ingleses. Por lo menos no se había equivocado respecto a su cuna noble.

—¿Eres el que llaman Ciervo Dorado? —le preguntó.

Lo vio tensarse.

—¿Y qué si lo soy?

—Mi tío planea mutilarte, castrarte y dejarte arrastrándote en el polvo de la aldea.

—Mis planes para tu tío no son nada diferentes. ¿Por eso has aprendido nuestra lengua? ¿Para mofarte de los derrotados?

—La he aprendido porque ésta es mi tierra.

Él se apartó del poste y fue a inclinarse sobre ella.

—Entonces tal vez deberías cuidar de ella en lugar de hacer trabajar a tu gente hasta hacerla polvo.

—Son muy pocos —protestó ella—. Quiero sanar su enfermedad.

—Son muy pocos —repitió él, con humor macabro—. Incluso el agricultor más cruel aprende a cuidar de sus bestias de carga. Finalmente.

Madeleine renunció. Continuó observando su infusión en silencio.

—Está lista, creo —dijo de pronto.

—¿No lo sabes? —preguntó él, burlón.

—Está lista —ladró ella. Cogió una taza de madera, vertió en ella un poco de la tisana y le añadió agua de una jarra—. ¿Dónde está el enfermo?

—Bébetela.

—¿Yo? ¿Por qué?

Él se limitó a mirarla. Ella sintió unas ganas terribles de arrojarle el remedio a la cara, pero no se atrevió, y eso le supo tan amargo como la matricaria que contenía. Rígidamente se llevó la taza a los labios y se bebió todo el amargoso líquido.

—Esto ha sido un desperdicio —dijo en tono glacial—. No tengo una provisión infinita de hierbas.

Él la contempló en silencio.

—No me voy a caer muerta, sajón.

Por un instante pensó que él le iba a pegar. Le habría venido bien el dolor; podría ahogar el sufrimiento que sentía en el corazón.

—Les diré que pueden tomar tu remedio —dijo él, pasando junto a ella en dirección a la puerta.

«Les diré...». Esa gente era de ella. ¿Qué derecho tenía él a meterse ahí pretendiendo ser el señor de sus aldeanos?

—Si todavía quiero darlo.

Él se giró bruscamente a mirarla.

—Querrás, señora, o sentirás mi ira.

—No te atrevas a tocarme. El rey arrasaría Baddersley y mataría a todo el mundo.

Él sonrió burlón.

—Hay maneras. Te conseguiré más hierbas si las necesitas. Díselo a Aldreda.

—¿Cómo puedes «tú» conseguir hierbas de Turquía y Grecia?

—Díselo a ella.

Y sin más, se marchó.

Madeleine estuvo un momento lidiando con las lágrimas. No lloraría por un hombre tan indigno. Ya le había dicho él claramente la verdad. Lo único que le había interesado de ella era su cuerpo. Las monjas le habían advertido que siempre era así. Una amarga lección, pero estaba bien aprendida. Enderezó la espalda, recogió sus hierbas y salió a la luz, y se encontró frente a varios pares de ojos. Las miradas se desviaron al instante. No tardó en descubrir por qué.

—Tengo una hija enferma —dijo una mujer, tímidamente—. No puede comer ni beber.

Era sólo porque él había dado su permiso. Sintió la tentación de soltarles maldiciones en lugar de prestarles ayuda, pero eso sería una represalia mezquina. Pondría una mancha negra en su alma y destruiría toda posibilidad de ganarse la confianza de su gente.

Y deseaba esa confianza.

Por la leche de la Virgen que suplantaría a ese canalla indigno en sus corazones.

Siguió a la mujer hasta la aldea. Allí visitó hogares y les enseñó a las mujeres a preparar la infusión, dejándoles provisión de hierbas para dos días.

La situación en que estaba la aldea era horrenda. Los niños y los ancianos eran los que estaban más graves, y a pesar de sus remedios, creía que un niño moriría. Esperaba que no le echaran la culpa a ella de su muerte. Los adultos se estaban recuperando mejor, pero de todos modos les dio tisanas tónicas.

Lo que todos necesitaban era descanso y más comida. Estaban a mediados del verano y debería haber alimentos en abundancia, pero sus huertas estaban en mal estado debido a que no tenían tiempo para arrancar las malezas y regarlas. Tampoco tenían el tiempo para ir al bosque a recoger bayas y plantas silvestres.

Reanudaría sus exploraciones en el campo, y recogería las plantas más beneficiosas para dárselas a ellos. Trataría de encontrar una manera de aliviarles el trabajo en el castillo. Había necesidad de mejorar la irrigación de la huerta principal cercana a la casa señorial, que compartían los aldeanos y la casa.

Cuando llegó al terraplén de defensa, ya iba rebosante de un nuevo sentido de finalidad. Al demonio el Ciervo Dorado. Ella sola salvaría a su gente.

5

Aimery desanduvo a toda prisa su camino por el bosque para volver a su campamento. Aunque ya hacía un tiempo que no representaba el papel de Edwald el proscrito que tan bien le había servido para sus fines y tornado peligroso, en especial después de que naciera el mito de Ciervo Dorado, para esa visita había retomado su disfraz. Por una de las familias que lograron huir se enteró de la peste que azotaba la aldea y de los remedios de la heredera. En cierto modo se sentía responsable de la conducta de ella.

Al parecer era cierto que intentaba hacer algún bien, pero eso no le calentaba el corazón. Baddersley estaba hecha una ruina y su gente sufría mucho. Su preocupación por ellos llegó demasiado tarde. Habría sido más humano alimentar a los aldeanos y no sobrecargarlos de trabajo, haber sido menos pródigos con el látigo, así no habrían sucumbido a la peste.

De todos modos, no lograba eliminar un ramalazo de admiración por su valor. Incluso sola, rodeada por el enemigo, le había bufado como una gata. Y él deseó tomar lo que ella le había ofrecido y luego negado. Incluso habría disfrutado de la lucha…

Se cogió en falta soltando una maldición. Tenía que ser una bruja para tentarlo aun cuando él había visto su crueldad con sus propios ojos. No había hecho nada para controlar a sus tíos, y sólo se había preocupado por las personas cuando le pareció que podrían morir.

En el campamento encontró a Gyrth afilando amorosamente su cuchillo largo, y mirando receloso al joven que estaba sentado frente a él. Viejos enemigos, pensó. En ese momento su escudero, Geoffrey de Sceine, se levantó y lo saludó con una venia.

—Os saludo, señor. El rey os requiere en Rockingham.

Geoffrey era un joven alto, fuerte, y muy normando. Llevaba el pelo cortado al rape en la parte posterior de la cabeza, y su mano siempre estaba apoyada en la empuñadura de su espada. Si tenía algún problema por la afición a los usos ingleses de su señor, jamás hablaba de ello, aunque se desentendía despectivamente de cualquier inglés que encontrara con él.

Aimery no sabía si Geoffrey se imaginaba lo que él hacía cuando «se volvía sajón», ni si informaba a Guillermo. Eso era algo que él no podía controlar.

—¿Y qué está haciendo el rey ahí? —le preguntó en francés. Vio que Gyrth fruncía el ceño al ser excluido de la conversación—. Aprende francés —le dijo sin compasión en inglés, y se volvió nuevamente a Geoffrey—. Lo dejé en Westminster sólo hace dos semanas.

—Él y la reina están de viaje, señor. Se dice que ha regalado Huntingdonshire a su sobrina Judith, y que por eso la han llevado allí. La única pregunta —añadió sonriendo— es a quién la darán por esposa.

—Así que tiene que haber un conde de Huntingdon, ¿eh? —comentó Aimery. Se quitó el trapo con que se había envuelto la cabeza en lugar de teñirse el pelo con hollín y grasa—. Eso debe de haber puesto a gruñir a los perros. Pero me gustaría saber por qué me llama a mí.

En realidad pensaba si esa inesperada llamada a la corte no significaría que su camino había llegado a su fin.

—Sin duda para las fiestas que van a seguir al anuncio del compromiso, señor —repuso Geoffrey, con los ojos brillantes de entusiasmo.

Eso era posible, pensó Aimery y sonrió ante la alegre expectación del muchacho.

—Y a ti te hacen mucha ilusión las hermosas damas y los torneos con ricos premios, ¿verdad?

Geoffrey también sonrió y se sonrojó ligeramente.

—Sí, señor.

El muchacho sólo era cuatro años menor que él, pero no había estado en Senlac, y no tenía doble herencia, por lo que a veces lo hacía sentirse anciano. Para Geoffrey, Inglaterra sólo era un lugar para aventuras, donde un hombre podía hacer su fortuna.

Geoffrey le pasó un atadijo que él se llevó hasta el río cercano para lavarse la suciedad de su disfraz. Pero una vez allí se le desvaneció la sonrisa.

Sólo hacía unas semanas que había dejado la corte reunida en Westminster, después de la coronación de la reina, y que lo volvieran a llamar tan pronto era un mal presagio. Aparte de aquellos a los que consideraba un peligro, a Guillermo le gustaba que sus vasallos estuvieran en el campo, haciendo sentir su autoridad. ¿Sería que lo había identificado como un peligro en potencia?

A la corte habían llegado vagos rumores acerca de un héroe mítico llamado Ciervo Dorado, de los que muchos se mofaban. Afortunadamente las historias eran tan descabelladas que nadie las tomaba en serio. Se decía que Ciervo Dorado era capaz de matar a tres hombres armados con sólo sus manos, que podía desaparecer a voluntad, que echaba fuego por las narices como un dragón, etcétera.

De todos modos, Guillermo estaba empezando a interesarse por Ciervo Dorado, casi tanto como por el verdadero peligro que representaba Hereward, porque Ciervo Dorado se había convertido en un foco de rebelión en la clase más baja de la sociedad, el campesinado. Ése era uno de los motivos de que él hubiera abandonado al personaje.

Con la excepción de ese viaje. Ya lo lamentaba, aun cuando sólo lo había visto Aldreda. Y la heredera, claro.

Reconoció que podría haber investigado los remedios de la heredera desde lejos, o haberse fiado de que por sentido común no envenenaría a nadie. La amarga verdad era que había deseado volver a verla, para comprobar si parecía tan malvada como él sabía que era.

Y no lo parecía. Seguía igual de hermosa, y le agitaba los sentidos como ninguna otra mujer. Tal vez era realmente una bruja.

Al entrar en el agua fresca se vio el trozo limpio en la mano derecha y el dibujo bien destacado ahí. ¿En qué momento ocurrió eso? Todo ese tiempo había tenido buen cuidado de no dejar a la vista de nadie ese tatuaje.

Cuando la heredera le derramó el agua en la mano.

Maldijo en voz baja. ¿Habría visto ella algo en esa atmósfera llena de humo? Esperaba que no, porque eso sería desastroso si volvían a encontrarse, pero esta vez aseados. Tendría la seguridad de que él era Edwald el proscrito, y sin duda adivinaría que era Ciervo Dorado, sobre todo si tenía la oportunidad de mirar bien el tatuaje.

Se imaginó con qué placer lo delataría. Tanto más motivo para mantenerse alejado de Baddersley y de Madeleine de la

Haute Vironge, a pesar de los locos deseos de su corazón. No, no de su corazón, se dijo, sólo de su cuerpo.

Apretó los dientes y se adentró en el río, sumergiéndose en el agua más fría. Nadó enérgicamente para limpiarse la mente de ella tal como se limpiaba de suciedad el cuerpo. Cuando salió del agua, tenía el cuerpo limpio, pero su mente seguía llena de la bruja de ojos castaños.

Se vistió a toda prisa, primero la camisa blanca y las holgadas calzas de lino color tostado que le cubrían hasta los tobillos; encima una túnica de manga corta de linón azul, con los preciosos bordados hechos por su madre en los bordes del cuello, las mangas y también en las orillas; el ancho cuello de la túnica dejaba visibles los bordados que adornaban la camisa. Se puso un cinturón dorado, subiéndose la túnica por debajo hasta dejarla ablusada sobre el cinturón, de modo que el faldón le llegara hasta la rodilla, a la altura que le gustaba. Ajustó su cuchillo de mano y su bolsa al cinturón, para tenerlos cerca.

En lugar de las tiras mugrientas con que se ataba las harapientas medias, se hizo el cruzado sobre las calzas con unas cintas azules bellamente adornadas con hilos de oro, rematándolo con un complicado lazo. Entonces se puso los botines negros, contento de su comodidad después de las toscas sandalias sujetas con cuerdas.

Apareció Geoffrey y le entregó el cinto con su espada. Aimery se lo ciñó a la cintura, de modo que su espada Justesse le quedara cómodamente a mano. La espada tenía nombre francés, pero era inglesa, regalo de Hereward, y tenía grabadas antiguas runas a lo largo de la hoja. Después el escudero le pasó un brazalete de oro macizo en forma de espiral que se ensanchaba o estrechaba para conformarse al grosor de su brazo; se lo puso en la muñeca derecha; en esos tiempos tenía que hacer lo posible por ocultar el tatuaje.

La cara de Geoffrey estaba esmeradamente sin expresión mientras su señor se vestía al estilo inglés, pero Aimery sabía que se fijaba y no lo aprobaba.

No era mucha la diferencia en la forma de vestir entre normandos e ingleses, pero la había: los ingleses preferían colores más vivos, telas más finas y adornos más vistosos. Esto se debía en parte a la mayor pericia en la producción de telas y hermosos bordados, pero se había convertido en una sutil distinción. Geoffrey vestía ropa azul oscuro con ribetes blancos y negros. No usaba nada de oro.

—¿Sabes? —le dijo Aimery traviesamente mientras se ajustaba el espléndido brazalete—, cualquier inglés que te vea pensará que soy un tacaño, porque no te he regalado *geld* (oro).

Geoffrey se puso rígido.

—No os sirvo por tesoro, lord Aimery.

—Ni tesoro ni placer. Si te incomodo mucho te dejaré libre para que sirvas a otro señor más ordenado.

Estaba cerca su hora, y no querría arrastrar a Geoffrey en su caída.

El joven se sonrojó.

—No deseo... estoy feliz de serviros, lord Aimery.

—¿De veras? Pues la verdad es que no lo pareces la mayor parte del tiempo.

—Sois un excelente luchador —dijo Geoffrey, tratando de hablar en tono más formal—, y un buen administrador. Me entrenáis bien y estoy satisfecho. ¡Pero me preocupáis! —añadió bruscamente, poniéndose de un colorado subido—. Os ruego me perdonéis, señor.

Aimery se conmovió, de verdad.

—No es necesario. Yo también me preocupo por mí. —Le cogió el brazo y añadió muy serio—: Soy leal al rey y siempre lo seré, Geoffrey, pero si algo que yo haga te parece mal, ve al rey y díselo.

—Eso sería deshonroso, señor.

Aimery negó con la cabeza.

—No. Tu primera lealtad es siempre para con el rey. Ningún hombre debe seguir a su señor en actos delictivos. Tenlo presente.

Desasosegado y confundido, Geoffrey asintió. Aimery sacó otra joya de su bolsa: el anillo de Hereward.

Después de dudarlo un instante, se lo puso en el tercer dedo de la mano derecha. Eso indicaba que era hombre de Hereward, en cuerpo y alma, hasta la muerte, y aunque no era cierto, lo llevaría puesto hasta el día en que se viera obligado a renunciar a esa lealtad.

Cuando llegaron al campamento se pasó un peine por la melena que le llegaba hasta los hombros, sacudiéndola para quitarse el exceso de agua. Gyrth lo miró y asintió.

—¿Estoy lo bastante inglés para ti? —le preguntó Aimery.

Gyrth se echó a reír.

—Tendrías que ponerte más joyas, muchacho. ¿Qué tipo de hombre usa sólo un brazalete? ¿A qué tipo de señor sirve?

Gyrth llevaba pulseras, brazaletes y una enorme hebilla de oro y bronce en el cinturón.

—Este señor da tierra, no oro.

—Tierra de los ingleses.

—Los ingleses que han reconocido a Guillermo han conservado sus tierras.

—¡Esos no son nada! —exclamó Gyrth, levantándose—, *nithing*! Tienen sus tierras bajo el dominio de barones normandos, condes normandos, un rey normando. No sois mejores que esclavos, vosotros normandos, y aquellos que se inclinan ante vosotros. El rey os da tierra, pero sigue siendo su tierra, no vuestra. Alfredo no poseía Inglaterra, ni tampoco Canuto ni Eduardo. Harold sólo poseía la tierra de su familia. ¡El Bastardo asegura poseerlo todo! Entra a saco en las ciudades que se le oponen. Construye castillos y pone en ellos a sus caballeros. Destruye las tierras de los que se oponen a su tiranía. Establece su bosque donde quiere. ¡En la tierra de otros hombres!

—Ése es el nuevo régimen —dijo Aimery tranquilamente—. ¿En qué es mejor el antiguo? ¿Qué posee el portador de anillo aparte del favor de su señor? Si pierde eso, es un hombre solo en el mundo.

—Si pierde eso, no se merece nada —contestó Gyrth—. Si sobrevive a la batalla cuando muere su amigo de anillo, es un hombre al que hay que escupir —exclamó, añadiendo la acción a la palabra.

Súbitamente le cogió la muñeca derecha a Aimery y se la levantó; el anillo de Hereward destelló al sol. En la mano de Gyrth brillaba un anillo idéntico. Geoffrey comenzó a sacar su espada, pero ante una mirada de Aimery detuvo el movimiento, aunque receloso.

—¿De quién es el anillo que llevas? —preguntó Gyrth muy serio.

—De Hereward —repuso Aimery, con la mano relajada en el fuerte puño de Gyrth.

—¿Y quién eres?

La respuesta correcta era «Hombre de Hereward», pero Aimery contestó:

—Un normando. ¿Quieres llevarle de vuelta este anillo a Hereward?

Asomaron lágrimas a los ojos de Gyrth.

—Se acerca el momento de la lucha, muchacho. Si el Bastardo te pide que tomes las armas contra Hereward, debes negarte, o ser *nithing*.

Aimery desprendió suavemente la muñeca del puño del hombre.

—He hecho mi juramento de lealtad a Guillermo. Debo luchar por él siempre y dondequiera que diga, o seré maldito. —Se quitó el anillo y lo sostuvo en alto—. ¿Deseas llevarlo de vuelta a Hereward?

Gyrth negó con la cabeza, con los labios apretados. Aimery volvió a ponerse el anillo y echó a andar fuera del claro.

Al cabo de una hora de camino hacia el oeste de Baddersley, se reunieron con los caballeros de la escolta de Aimery en una posada situada en el camino romano. Se había extendido el rumor de que Aimery se escabullía de tanto en tanto para ir a una cita amorosa con una dama casada cuyo marido viajaba. Los guardias sonreían, pero tenían sumo cuidado en no referirse jamás a sus ausencias.

Cuando estaban a la vista de Rockingham, Aimery ordenó un alto en el camino. Geoffrey exhaló un suspiro.

De una bolsa que llevaba junto a la silla de montar, Aimery sacó más joyas. En ambos brazos se puso brazaletes delgados con incrustaciones de bronce, y en la muñeca izquierda una pulsera más gruesa con un dibujo en granate y obsidiana. En la delantera del cinturón abrochó una inmensa hebilla. Cogió su capa de vivo color azul, que le llevaba Geoffrey, se la puso alrededor de los hombros y se la cogió en el hombro derecho con un magnífico broche enjoyado en forma de anillo.

Así engalanado como un noble inglés, continuó camino y atravesó la aldea en dirección al castillo. Qué grandísimo contento sentiría Gyrth si lo viera así, pensó.

Rockingham había sido una plaza fuerte durante generaciones, y la colina tenía la apariencia de solidez y seguridad, a diferencia del frágil terraplén de Baddersley. William Peverell aprovechó el antiguo fuerte de piedra de paredes bajas a orillas del río Welland para construir rápidamente encima un formidable castillo de piedra, aunque todavía estaba cercado por una empalizada de estacas en lugar de murallas de piedra, y también eran de madera la mayoría de las dependencias que abundaban en el patio de armas. Más abajo, junto al río, la próspera aldea se estaba tomando bien la presencia del rey de Inglaterra.

Dejando a los hombres y los caballos en los cobertizos erigidos para alojar las monturas de recambio, continuó a pie por el atiborrado patio en dirección a la torre del homenaje, acompañado por Geoffrey.

Se detuvo el tiempo suficiente para comprar dos empanadas de cerdo en uno de los tenderetes, una para Geoffrey y otra para él. Cuando encontraran al rey era posible que tuvieran que esperar horas, y tenía hambre. Una cervecera también tenía un puesto ahí, y rápidamente se bebieron una jarra. Geoffrey inició un prometedor coqueteo con la hija de la mujer, cuyo comercio era claramente de otra naturaleza, pero Aimery se lo llevó con él.

Subieron la escalinata de la entrada y fueron admitidos por los guardias. La sala grande estaba a rebosar con la corte de Guillermo, al menos la parte masculina de la corte. Si la reina y sus damas habían viajado con el rey, no estaban a la vista. Una de las primeras personas que vio Aimery en medio de la muchedumbre de nobles, clérigos y mercaderes, fue a su primo Edwin, el conde de Mercia.

Un año mayor que él, Edwin era de constitución menos corpulenta y sus cabellos eran de color castaño rojizo. Era un joven apuesto, aunque su boca era blandamente indecisa. Si bien había sucedido a su padre como señor territorial de la mayor parte del este de Inglaterra, jamás había logrado hacer sentir su influencia. Justo después de Senlac apoyó el intento de poner en el trono al príncipe Edgar, el siguiente en la línea hereditaria, pero al quedar eso en nada, estuvo entre los muchos señores que se apresuraron a rendir homenaje a Guillermo. Como a la mayoría, Guillermo lo perdonó y lo confirmó en sus títulos. Desde entonces había permanecido en la corte y parecía feliz de unir su destino al de Guillermo de Normandía.

Como era su costumbre en ese tiempo, Edwin iba vestido al estilo normando. Llevaba la cara bien afeitada y el pelo corto, y los adornos de su ropa se limitaban a modestos ribetes. En otra época, recordaba Aimery, le había gustado llevar ropa vistosa y adornos, y se enorgullecía de sus largos cabellos y su grueso bigote.

El conde curvó los labios al verlo.

—Bueno, primo, veo que sigues tratando ser un poco de las dos cosas. ¿Cómo se encuentra el tío Hereward estos días?

Aimery no estaba dispuesto a dejarse pinchar por Edwin.

—No lo sé. ¿Cómo va la vida en la corte?

—Nada mal —respondió Edwin, con aire de suficiencia—. El rey me ha prometido a su hija Agatha.

—Felicitaciones, Edwin. Es una niña dulce, pero creo que aún no está preparada para el matrimonio.

Edwin pareció agriarse ante ese recordatorio de la familiaridad de su primo con Guillermo y su familia.

—Tiene trece.

—Eso me parece. No la he visto desde... debe de hacer tres años. ¿Está más llenita? Era una niñita flacucha.

Edwin lo miró con ojos desorbitados y lo llevó hasta un rincón discreto.

—¡No hables así! Nunca te pondrás del lado correcto del rey con esa manera de ser.

Aimery negó con la cabeza.

—Guillermo no hace ni destruye a un hombre por decir cosas bonitas de sus hijas. Tendrás que hacerle frente uno de estos días, Edwin.

Edwin palideció ante la idea, pero se las arregló para sonreír despectivamente.

—Me he ganado su hija, Aimery. ¿Qué te has ganado tú? En realidad, me gustaría saber para qué te ha hecho venir Guillermo. A mí me mantiene a su lado porque controlo Mercia. Pero ¿a ti, por qué? ¿Has estado metido en algo que no debieras? —añadió burlón—. ¿Tú, Ciervo Dorado y Hereward?

Dicho eso se escabulló antes de que Aimery pudiera responder. Aimery soltó una maldición para sus adentros. Esa alusión a Ciervo Dorado hizo sonar campanas de alarma. Instintivamente se llevó la mano a su traicionero tatuaje, pero detuvo el inútil movimiento. *Wyrd ben ful araed*. Además, nunca había sido juicioso tomarse en serio a Edwin.

Nunca le habían caído muy bien su primo ni su hermano gemelo Morcar. Eran hombres débiles, tramposos. Como normando, debería sentirse contento de que se hubieran vendido tan fácilmente, pero a su mitad inglesa le repugnaba su servil e interesado egoísmo. Lisonjeaban y adulaban al rey, como cachorros a la espera de premios, pero él sabía que si veían alguna ventaja en volverse contra Guillermo lo harían sin vacilación. Eran los hombres como Edwin los que estaban destruyendo Inglaterra: demasiado resentidos para conformarse al régimen normando, y demasiado cobardes para oponerse a él francamente.

Miró hacia la escalera de piedra que conducía a la habitación que usaba el rey. Pensó en qué estado las bajaría, pero no había ninguna vacilación en su paso mientras se abría camino por en medio de la muchedumbre, saludando aquí y allá, pero sin ceder a la tentación de quedarse hablando con nadie.

Pero al pie de la escalera apareció un hombre moreno y más corpulento que casi lo ahogó en un feroz abrazo.

—¡Hola, hermanito! ¿Todavía de una pieza?

Aimery abrazó alegremente a su hermano mayor y soportó estoicamente sus fuertes palmadas en la espalda.

—¡Leo! ¿Desde cuándo estás aquí? Deja de romperme las costillas, maldita sea. ¿Por qué no fuiste a Rolleston?

—El rey nos envió llamar.

—¿Nos? —preguntó Aimery, receloso.

—Padre está aquí.

Aimery sintió una dolorosa opresión en el pecho. Se había preparado para ver al rey Guillermo, pero no sabía si estaba preparado para ver a su padre, al que no veía desde ese enfrentamiento en la Torre hacía ya más de un año. Pensó qué podría opinar su padre del modo como se estaba comportando, aunque solamente supiera la mitad, y sintió el cobarde deseo de quitarse sus arreos ingleses y hacerse un buen corte de pelo.

Leo lo miró atentamente, con ojos perspicaces.

—¿Qué has estado haciendo exactamente? —De pronto se desvaneció su expresión de alegría reemplazada por una severa—. ¿Traición?

—No —dijo Aimery simplemente y su hermano asintió—. ¿Cómo están Janetta y los niños? —se apresuró a preguntar antes de que a su hermano se le fueran ocurriendo más preguntas.

—Bien. Al parecer estamos criando niños bastante fuertes. El castillo de Vesin fue visitado por una peste en otoño y murieron cinco personas. Todos los niños enfermaron y no tuvieron ningún problema en mejorar. Si seguimos a este ritmo vamos a tener un ejército particular de guerreros ávidos de tierras.

—Simplemente no los envíes a Inglaterra.

Leo lo miró con suspicacia.

—Ésta es tu tierra ahora, ¿verdad?

Aimery asintió.

—Pero sigo siendo medio normando, hermano.

—Será mejor que vayas a ver al rey. Dio órdenes de que te hicieran pasar tan pronto llegaras.

—¿Por qué?

Leo al menos no tenía ningún presentimiento negativo.

—Tal vez simplemente le gustan tus lindos ojos verdes. Vamos.

Aimery entregó su capa a Geoffrey y subió detrás de su hermano hasta la vigilada puerta de roble. Sentía el corazón acelerado, la sensación de hormigueo propia de la preparación para la batalla, que sólo es otro nombre del miedo.

—¿Está Roger aquí? —preguntó, sólo por decir algo.

—No. Está feliz matando galeses y cubriéndose de gloria. ¿Por qué?

—Nada especial. Simplemente pensé que podríamos tener una alegre reunión familiar. Me sorprende que madre haya permitido que la dejaran en casa.

—Con muchas protestas —rió Leo—. Padre se puso firme —añadió en voz más baja—: Creo que no está tan optimista como el rey respecto a la estabilidad de las cosas aquí.

Su padre o sospechaba o sabía que iba a ocurrir algo desagradable, pensó Aimery. ¿Haría llamar Guillermo a un viejo amigo para que presenciara la mutilación de su hijo? Igual sí.

Los guardias les permitieron entrar en una habitación toda revestida de tapices y equipada con muebles dignos del rey de Inglaterra. Pero era pequeña, y los seis hombres reunidos allí casi la llenaban. Había dos escribanos trabajando en documentos; estaban dos de los seguidores más íntimos de Guillermo, William Fitz Osbern y Roger de Mortain, el rey y el conde Guy de Gaillard. Un grupo ominosamente eminente para recibir a un hijo menor.

—Ja. Aimery de Gaillard, por fin —dijo el rey con su voz bronca—. Te tomas tu tiempo, muchacho.

Guillermo era rechoncho pero fuerte, de pelo color bermejo corto y vivos ojos azules. Como siempre cuando no era una ocasión ceremoniosa, vestía ropa práctica, de lana marrón con adornos muy sencillos.

Aimery se arrodilló para besarle la mano.

—Nadie, *sire*, puede igualar vuestra velocidad.

El rey lo miró de arriba abajo.

—Habrías viajado mucho más rápido si no fueras cargado con tanto oro.

Aimery ni siquiera intentó dar una respuesta. Estaba sufriendo de una oleada de alivio. Ese recibimiento no podía ser el preludio de un castigo cruel.

A un gesto del rey, se le acercó el conde Guy. Aimery le besó la mano y su padre lo levantó para darle un beso en la mejilla. Vio que su padre estaba encantado de verlo bien, y furioso por su apariencia inglesa. Pero allí no le diría nada al respecto.

—¿Cómo va tu tierra? —le preguntó el rey.

—Bien, *sire* —contestó Aimery, sonriendo relajado. Después se preocuparía sobre lo que había detrás de la llamada del rey—. Si Dios nos concede buen tiempo, veremos una buena cosecha.

—Eres uno de los pocos que dice eso —refunfuñó Guillermo—. Supongo que tu gente trabaja para ti porque eres inglés.

—Medio inglés, mi señor —corrigió Aimery firmemente, provocando un siseo de alguien y un relámpago en los ojos del rey.

Pero entonces Guillermo sonrió.

—Bribón insolente. Dime, entonces, ¿por qué tu gente trabaja bien para ti?

—Intento atenerme a sus tradiciones y leyes, *sire*.

—¡Por el esplendor de Dios, yo también! —explotó el rey.

Aimery sabía que, hasta cierto punto, eso era cierto, y trató de apaciguar al enfadado monarca.

—Como habéis dicho, *sire*, debe de ser porque soy en parte inglés.

Comprendió que eso era un error tan pronto como las palabras le salieron de la boca. Se hizo un silencio en la habitación como si sólo estuvieran ellos dos allí.

—Arrodíllate —le dijo el rey, en un tono alarmantemente calmado.

Aimery se arrodilló sumiso.

La palmada en la mejilla lo inclinó hacia un lado y le hizo zumbar la cabeza, pero fue un alivio que casi lo mareó. Esa era disciplina paterna, no regia.

—¿No tengo yo sangre inglesa? —le preguntó el rey.

—Sí, *sire*, por la reina Emma.

Eso no era estrictamente cierto. Emma de Normandía, la abuela de Guillermo, fue la madre del rey Eduardo y viuda de dos reyes ingleses antes de casarse con el duque de Normandía, pero eso no daba sangre real a Guillermo. Pero era parte de su pretensión al trono inglés, y no un tema abierto a discusión.

El rey asintió y lo miró fijamente a los ojos. Había algo más allí que una palabra imprudente y un enfado real, comprendió Aimery. El mensaje subyacente estaba claro: da un paso fuera de los límites y se te castigará, amado ahijado o no; castigado exactamente como merece tu delito.

Volvieron sus recelos. ¿Cuánto sabría Guillermo?

Nuevamente le cogió la mano, la mano que acababa de darle el golpe, y se la llevó a los labios para darle el beso de lealtad.

—¡Vamos, levántate! —exclamó el rey, con una irritación que mal disimulaba su cariño—. Eres un cachorro fastidioso, y si yo tuviera algo de sentido común... En fin, te he traído aquí con la intención de recompensarte, así que compórtate. Ahora vete con tu familia. Tenéis habitación en alguna parte. ¿Trajiste tu lira?

—No, señor.

—Tonto. Búscate una. Esta noche tocarás para nosotros.

Inclinado en una reverencia, Aimery salió de la sala pensando si su dolorida mandíbula iría a recibir otra bofetada por parte de su silencioso padre.

6

Cuando llegaron al pequeño cuarto dipuesto para los hombres De Gaillard, su padre se limitó a suspirar.

—Quítate esas malditas decoraciones.

Aimery se quitó las joyas, con excepción del brazalete de la muñeca derecha y el anillo de oro.

—Los normandos también las usan, padre —dijo mansamente.

—En ti tienen un efecto agresivo. De Sceine dice que sólo te las pones para venir a la corte.

—No son cómodas para trabajar los campos... —se interrumpió ante la expresión que vio en los ojos de su padre.

—Estaré muy feliz de hacerte un moretón en la otra mejilla, si quieres.

Aimery guardó silencio. Sabía que era el miedo lo que hacía enfadarse a su padre; miedo por su hijo menor.

—Por tus informes sobre Rolleston, lo estás haciendo bien allí —dijo el conde Guy—. Pero he sabido que de vez en cuando te ausentas. ¿Adónde vas? ¿A ver a Hereward?

—¿Es que todo el mundo me cree un traidor? Te di mi palabra y la he cumplido. No he visto a Hereward desde antes de Senlac. —Vio que su padre se relajaba—. Soy medio inglés, padre, y no renegaré de mi parte inglesa, pero soy fiel al rey.

—Más te vale. Si lo traicionas, será muchísimo más duro contigo que con uno que siempre haya considerado su enemigo.

—Lo siento, padre, pero soy lo que soy.

Guy de Gaillard cogió a su hijo en un abrazo de oso.

—Cuídate, hijo mío.

Aimery saboreó el fuerte abrazo, sintiéndose un momento como si volviera a ser niño, a salvo en los brazos de su padre. Entonces cayó en la cuenta de que era más alto y ancho que él. Guy de Gaillard estaba empezando a envejecer, mientras que él, a sus veintidós años, estaba en la plenitud de la virilidad. Lo sorprendió y desconcertó un sentimiento protector hacia su en otro tiempo imponente padre. Lo ocultó volviéndose hacia su arcón para guardar sus joyas.

—¿Sabéis qué «recompensa» tiene pensada el rey para mí? —preguntó despreocupadamente.

—Como lo estás haciendo tan bien en Rolleston —contestó Leo—, te dará una tierra propia.

—Eso no es muy probable. Está rodeado por seguidores ávidos de tierra, con más derechos que un hijo menor medio inglés. Y mientras padre me deje dirigir Rolleston, estoy satisfecho.

—¡Ja! —exclamó Leo—. Espera a tener un batallón de hijos hambrientos. Estarás contento de recibir cualquier pequeña propiedad.

—No estoy en ánimo de casarme, Leo —dijo Aimery sonriendo—, y a las herederas inglesas se las pelean como a huesos con tuétano.

El conde Guy les pasó copas de vino.

—Dudo que Guillermo te permita casarte con una inglesa, Aimery. Le disgusta la influencia inglesa que ya tienes.

—Ahí tienes —dijo Aimery a Leo—. Y me considero afortunado. ¿Has visto a alguna de esas viudas inglesas?

Leo era siempre un optimista.

—Bueno, entonces, tal vez tiene pensado darte una hermosa heredera normanda. Oye, a lo mejor te da a lady Judith.

Aimery se atragantó con el vino.

—Sólo si se ha vuelto loco. Ésa es un turrón para cazar una presa mucho más importante que yo. ¿Supiste que le ofreció Agatha a Edwin? Bueno, eso es buen uso de una dama de la realeza. Comprar todo el este de Inglaterra.

Leo no tuvo más remedio que aceptar el argumento.

—Pero dijo que te iba a recompensar, así que será mejor que le des el gusto. Vamos a buscarte una lira, hermanito. —Apuró la copa y la dejó sobre el arcón—. Vamos.

Y así empezaron una alegre exploración del castillo y la ciudad, reuniendo a varios jóvenes en el camino. La búsqueda de un instrumento musical era algo bastante insólito, y los llevó por un buen número de tabernas y un burdel. Cuando volvieron tambaleantes al castillo para cambiarse para la noche, Aimery gimió:

—Después de esto, ¿esperas que yo cante?

—Tienes tu lira, ¿no?

—Hace horas.

—Y tuviste tu práctica, ¿no?

Aimery recordó haber cantado canciones de batalla en la sala de los guardias, canciones verdes en una taberna, donde aprendió algunas también, y bonitas canciones tiernas para las prostitutas, que se tornaron sentimentales y lo recompensaron en conformidad.

—Creo que estoy todo zumbado, Leo —dijo, poniéndose una túnica limpia.

La túnica era de suntuosa seda roja con mangas largas ceñidas y ribeteada por una gruesa trenza de hilos de oro. Después de un momento de vacilación, se puso sus brazaletes y una pulsera extra.

—Padre te va a arrancar las entrañas —dijo Leo, sin mucha preocupación. Todos los muchachos De Gaillard se habían criado abofeteados, azotados y amados por su padre, y esa le parecía una buena forma de criar hijos, por eso él hacía lo mismo con su pequeña tribu—. Vamos, o sabe Dios dónde acabaremos sentados.

La sala grande era bastante espaciosa, pero apenas podía contener a la corte. Por todas partes los comensales se abrían paso a codazos y empujones, peleándose por un asiento en las mesas. En la mesa principal estaban sentados el rey, la reina, Fitz Osbern, De Mortain, Peverell, lady Judith y lady Agatha. Sólo había presentes un puñado de damas más.

Agatha había engordado, observó Aimery, pero no mucho. Era de huesos finos y muy niña para su edad, pero mejoraría con el tiempo. Ella lo vió, se rió y lo saludó con la mano. Él le sopló un beso.

No conocía alady Judith, porque era hija de la hermana de Guillermo y se había criado en Lens. Ella sí era bien rellenita, una beldad curvilínea de largas trenzas dorado rojizas y ojos chispeantes. Todo eso y Huntingdon, pensó.

Vio que lady Judith había captado su admiración. La sonrisa con hoyuelos que le dirigió era de interés, y su mirada, inequívoca. La saludó con un guiño. El hombre que la recibiera tendría una buena pieza. Una buena pieza deliciosa, pero buena pieza de todos modos.

Tal como predijera Leo, tuvieron que sentarse apretujados donde pudieron, pero a Aimery no le importó. Se encontraba entre amigos, recordando experiencias y anécdotas y poniéndose al día de las noticias, tanto personales como marciales.

—Ver a la deliciosa lady Judith —dijo un joven— me recuerda a esa heredera, la de Baddersley. Vivo deseando que mi camino me lleve por allí, pero que me cuelguen si sé donde está eso.

—No muy lejos de aquí —suplió Aimery—. Un poco al sur de Huntingdon.

Eso fue causa de alboroto.

—No me digas que nos has ganado por la mano, De Gaillard.

—Simplemente conozco mi camino por Mercia.

—Y demasiado bien —dijo una voz burlona—. Está llena de antipáticos parientes sajones.

Aimery levantó la vista y se encontró con los abrasadores ojos oscuros de Odo de Pouissey, que se estaba introduciendo a duras penas en un asiento frente a él. Nunca le había caído bien ese hombre, y en esos momentos su aversión estaba intensificada por lo que había visto. Ése era el hombre que trató de violar a Madeleine de la Haute Vironge, y aunque la odiaba, recordarlo manoseándola lo hizo desear arrancarle las entrañas.

Apretó fuertemente la copa que tenía en la mano.

—Llena de antipáticos parientes normandos también —dijo—. La heredera es tu prima, ¿verdad?

Odo enrojeció de furia.

—Sólo es sobrina política de mi padre. Y, por el Grial, ¿qué pretendes insinuar respecto a Madeleine?

Aimery controló su genio. El rey los colgaría por pelearse en la mesa, sobre todo si era por el tema de sajones y normandos. Para distraerlos a todos dijo:

—Bueno, entonces, ¿quién necesita un mapa con la situación de Baddersley para ir a la caza de la heredera?

—Será el rey quien la dé —dijo un hombre al que el vino había puesto melancólico—. No creo que importara si ella me tomara afecto, así que ¿para qué?

—Muy cierto —repuso Aimery, y añadió traviesamente—. Además, podría serte difícil ser tierno con ella si descubrieras que es turnia y tiene el genio de una arpía.

Eso no disminuyó notablemente el atractivo.

—Yo podría ser tierno con un monstruo por una buena baronía —declaró Stephen de Faix.

Los demás manifestaron a coro su acuerdo. Joven apuesto y popular, Stephen tenía una actitud alegre hacia la vida, y su gusto por el hedonismo muchas veces estorbaba sus ambiciones. Sí que le gustaría tener una esposa heredera.

—Dinos, Odo —ordenó—, ¿tiene muy mal genio?

—Madeleine tiene su genio —respondió Odo—, pero cualquier mujer se puede dominar. Amordázala en la cama y no le hagas caso el resto del día.

—Por la Cruz que me casaría hasta con una bruja por tener tierra propia —declaró otro hombre—. Siempre hay alguna muchacha bonita por ahí para divertirse. Pero dinos qué tan horrorosa es.

Odo comprendió claramente la ventaja de pintar un cuadro nada atractivo de la heredera de Baddersley, por lo tanto dejó caer insinuaciones para inflar el cuento de horror. Al final de la comida ya todos estaban convencidos de que la heredera era fea, coja, mal hablada, y que por eso el rey la tenía escondida lejos.

De todos modos, todos aprovecharían entusiasmados la oportunidad de casarse con ella.

Aimery sintió una punzada de compasión por la muchacha; nuevamente lo estaba hechizando, incluso de lejos. Sabía que ella era cruel y codiciosa. Si uno de esos hombres se convertía en su marido sabría qué esperar y no se dejaría arrastrar por su cuerpo bien formado y sus hermosos ojos. Tanto mejor.

La orden del rey de que tocara algo lo arrancó de sus reflexiones. Fue a colocarse en el espacio del centro, sabiendo que las luces de las antorchas destacarían sus cabellos dorados y sus adornos. Al pasar vio fruncir el ceño a su padre. Tal vez eso lo impulsó a ser más cauteloso de lo que había pensado: en lugar de cantar canciones inglesas cantó las favoritas normandas. La reina pidió una canción cómica acerca de un pez y una manzana. Después, la lady Judith se inclinó sobre la mesa:

—Lord Aimery, ¿sabéis la canción sobre el lord Tristán y lady Isolda?

Aimery notó el destello en sus ojos y mantuvo su expresión educadamente distante al responder:

—Sí, señora, la tocaré para vos.

Conocía el tipo de mujer que era lady Judith, y ya tenía bastantes problemas sin atraer el interés de uno de los trofeos del rey. Pero le parecía bien que a ella le gustara el estilo inglés, puesto que ése sería su destino sin duda.

Mientras cantaba hizo un repaso de los candidatos posibles. Edwin era el principal, pero al parecer ya le habían prometido a Agatha. El príncipe Edgar era el único varón que quedaba del linaje real inglés, pero era un niño sin ningún poder y lo más probable era que jamás tuviera ninguno. El gemelo de Edwin, Morcar, podría ser importante, pero aún no había hecho nada que lo distinguiera. Gospatric, el conde de Northumbria, estaba casado.

Waltheof.

Waltheof, hijo de Siward de Northumbria, sólo tenía unas pocas propiedades, pero por herencia era uno de los grandes hombres de Inglaterra. Tenía legítimos derechos al condado de Northumbria, pero eran sus fuerzas personales lo que lo distinguían. Había un algo especial en Waltheof, pensó; aunque sólo era dos años mayor que él, atraía seguidores como si los tirara con hilo de oro. Todos recordaban las historias del matrimonio de su abuelo con una mujer que era mitad hada y mitad osa.

Si Guillermo era astuto, que ciertamente lo era, ataría a él a Waltheof Siwardson.

Entonces divisó a Waltheof; estaba escuchando atentamente, con una sonrisa en su cara larga y hermosa. Tenía una cierta apariencia de elegante, pero nadie que lo hubiera visto luchar lo consideraría débil. Su vestimenta y adornos eran muy similares a los suyos, aunque prefería colores menos vistosos. Vio que movía sus extraños ojos color ámbar y siguió la dirección de su mirada; estaba mirando a Judith, que estaba escuchando embelesada la canción.

Entonces supuso que sería Waltheof; tal vez ya estaba arreglado el matrimonio. Milady Judith, pensó, tenéis un interesante *wyrd*.

Continuando la canción, hizo viajar sus ojos por la sala. Su mirada se detuvo y se equivocó en una nota. Estaban entrando unos recién llegados: Robert d'Oilly y un soldado que le pareció el superviviente de una cierta escapada de la esclavitud.

Se obligó a desviar la mirada y seguir paseándola por la sala, esperando no haberse saltado o repetido toda una estrofa. Cuanto menos atención atrajera, mejor. Pero esa sola idea era ridícula, puesto que estaba sentado solo en el espacio central, vestido de escarlata y oro. Sólo le cabía esperar que el contraste entre su esplendor y el proscrito harapiento y sucio fuera suficiente para evitar que aquel hombre lo reconociera.

Tan pronto como Tristán e Isolda encontraron su triste final, d'Oilly irrumpió en el espacio central.

—¡Mi señor rey! —tronó—. Os traigo una historia de violencia y rebeldía.

—¿Más diversión? —preguntó Guillermo—. Sed bienvenido, lord Robert. ¿Habéis comido?

Aimery se puso a afinar su lira.

D'Oilly, que era un hombre corpulento, de edad madura, fuerte, duro y de limitada inteligencia, avanzó hasta situarse cerca de Aimery.

—No, *sire*, y todavía no comeré —respondió—. Tenemos un peligroso sinvergüenza entre nosotros, *sire*.

El rey paseó la vista por la sala.

—Muchísimos, lord Robert —dijo irónico—. Pero venga, contadnos vuestra historia.

D'Oilly hizo un gesto con la mano ordenando a su guardia que se acercara.

—Este hombre la puede contar mejor, porque estuvo allí. Es el único superviviente de una masacre.

Aimery comprendió que su posición tenía ventajas; el hombre estaba tan intimidado que solamente tenía ojos para el rey. Prestaría poca atención a alguien que estaba casi a su lado.

—*Sire* —dijo el hombre, muy nervioso—. Yo y cuatro compañeros fuimos atacados por un gigante, y sólo yo quedé vivo.

El rey lo miró fijamente.

—Vamos, hombre, eso es interesante, pero no tiene mucho de historia. ¿No podrías contarla mejor? ¿Qué tipo de gigante? ¿Cuántas cabezas tenía?

El hombre agrandó los ojos.

—Una, *sire*. Era... sólo era un hombre, *sire*. Pero alto.

—Ah. Y mató a cuatro soldados. ¿Sólo con sus manos? —preguntó en tono festivo—. Parece que tenemos a ese maldito Ciervo Dorado otra vez.

—Sí, *sire*.

El rey lo miró más serio.

—¿Era ese ser que se hace llamar Ciervo Dorado?

El hombre negó enérgicamente con la cabeza.

—N-no, *sire*. Pero... mató sólo con sus manos. B-bueno —tartamudeó, deseando sin duda que el suelo se abriera a sus pies y se lo tragara—, al menos al primero. Estaba construyendo el puente, *sire*. Entonces mató a Pierre, sólo con sus manos, y le sacó la espada. Entonces le cortó la cabeza a Loudin; después atravesó a Charlot. A Gregoire lo mató el otro.

—¿Otro gigante? —preguntó el rey, fingiendo asombro, pero Aimery vio con qué astucia le estaba sonsacando todo.

—No, *sire*. Otro esclavo. Le rebanó el cuello a Gregoire.

Aimery sonrió al ver el fastidio que pasó por la cara de D'Oilly ante la palabra «esclavo». Seguramente que dio órdenes al hombre de que no mencionara las circunstancias. Bueno, D'Oilly era notorio por su torpeza, y la estaba demostrando.

—Esclavo —repitió el rey, pensativo—. ¿Cómo es que tenéis esclavos, lord Robert? Hace décadas que no se acepta la práctica de esclavizar a personas por delitos.

Empezó a brotar sudor en la frente de D'Oilly.

—Eh... no esclavos exactamente, *sire*. Trabajadores. Necesitábamos mano de obra para construir el castillo y el puente.

—Eran habitantes de vuestra tierra que estaban haciendo su jornada de trabajo, ¿verdad?

—Eh.. no, *sire*. Necesitábamos manos extras, así que... Se les habría pagado cuando acabaran el trabajo, *sire*.

—¿Se les habría? —repitió el rey—. Y tal vez este gigante se molestó por el retraso en la paga y mató a cuatro guardias. —Se inclinó sobre la mesa, desaparecido su buen humor—. Bien merecido lo teníais. Trataréis con justicia a mis súbditos o sentiréis mi ira.

Robert d'Oilly palideció. Mientras tanto en la sala se oyeron ruidos de movimientos inquietos, procedentes de los que estaban decidiendo cambiar sus prácticas de contratación.

Pasado un momento, el rey volvió a apoyarse en el respaldo de su asiento.

—Pero me gustaría muchísimo saber cómo lo hizo ese gigante. Tal vez vuestros guardias tienen necesidad de adquirir más destreza.

—¡Luchaba como un demonio! —protestó D'Oilly, y dio un codazo al hombre—: Díselo al rey.

—Sí, *sire* —dijo el aterrorizado guardia—. Manejaba la espada como un guerrero entrenado. Creo que pocos hombres en esta sala podrían haber luchado bien contra él. Cuando yo iba corriendo para escapar me arrojó la espada y casi me atravesó.

El rey frunció el ceño y se quedó en silencio, sumido en sus pensamientos. Pero cuando volvió a hablar, fue simplemente para decir:

—Lord Robert, tenéis mi condolencia por la pérdida de vuestros hombres, pero estabais quebrantando mi ley. Quiero que todos tengáis presente que no se ha de esclavizar a mi gente. Un señor tiene derecho al trabajo, y a nada más sin común acuerdo y pago. Daremos por concluido este asunto. Lógicamente no puede haber castigo para aquellos que fueron esclavizados, ni multa a los aldeanos, ni *wergild*, la compensación a las familias de las víctimas.

Después de un amargo momento, Robert d'Oilly inclinó la cabeza en señal de aceptación. Cuando se alejaba para buscar un asiento, el rey volvió a hablar:

—Pero si volvéis a encontraros con ese gigante, lord Robert, me interesaría muchísimo conocerlo. ¿No saben vuestros hombres quién era?

—No, *sire*. Era un hombre que viajaba cargado. Algunos dicen incluso que era un bobo al que su amo usa de bestia de carga. No hay manera de entender a esta gente.

—Mmm. Dudo mucho que haya sido un bobo, o es que vuestros guardias son un desastre. —Entonces el rey esbozó esa encantadora sonrisa que empleaba en ciertas ocasiones y que ponía especialmente nerviosos a quienes lo conocían—. Pero, vamos, tomad asiento y comed. Y permitid que vuestro hombre venga a sentarse aquí a mi lado, para que me cuente algo más de esta fabulosa historia.

D'Oilly se vio llevado hasta una mesa donde le pusieron comida; su hombre de armas tendría una clara visión de Aimery de Gaillard, clavado en el centro de la sala, con la atención fija en él. Aimery sonrió y comenzó una alegre melodía.

No ocurrió nada que lo perturbarse. El hombre de armas casi ni miró al músico y pronto fue despedido por el rey. Al marcharse parecía estremecido de gratitud por haber escapado indemene de la presencia real. Aimery lo entendió muy bien.

Después el rey llamó a otro para que lo relevara en el puesto de entretener, y a él le ordenó que se fuera a sentar en la banqueta que tenía junto a su rodilla.

Lo miró sonriendo halagüeño.

—No has perdido tus habilidades, Aimery.

—Eso espero, *sire*, puesto que os complacen.

—Me complacen, sí. Para mañana he ordenado una competición en tiro al arco. ¿Cómo están tus habilidades en ese terreno?

—No están oxidadas, *sire*, pero el arco no es mi fuerte.

—¿Cabalgar en el estafermo?

—Ahí debería hacer honor a mis maestros.

—¿Luchar con la espada?

Aimery lo miró a los ojos. ¿Tendría algún segundo sentido esa pregunta?

—Creo que mi esgrima es bueno, *sire*.

El rey asintió pensativo, y sus ojos se deslizaron por sus finos y abundantes adornos.

—Si alguna vez encuentro muy disminuido el tesoro de mis arcas, te arrojaré al fuego para derretirte. Ya que te gustan estas cosas...

Guillermo se quitó un anillo hecho de alambre dorado trenzado; su diseño era insólito, tal vez obra de sarracenos o de las misteriosas tierras más lejanas. Lo que estaba claro era que inglés no era.

—Toma —le dijo, poniéndoselo en el tercer dedo de la mano izquierda—. Es una recompensa, Aimery. Úsalo.

¿Sabría Guillermo el significado del anillo?, pensó Aimery. ¿Sabría que ser dador de un anillo significaba ser un gran señor y que ser portador del anillo significaba ser hombre de ese señor hasta la muerte y más allá? Era casi seguro que sí.

—Lo guardaré como un tesoro, mi señor.

El rey le clavó una severa mirada.

—Simplemente úsalo. Ahora bien —continuó, como si hubiera quedado establecido algo—, ¿qué te parece ese gigante?

Aimery sintió el golpeteo de su corazón y procuró parecer tranquilo.

—Da la impresión de que fue un campesino que perdió la paciencia ante tanta injusticia, *sire*.

—Raro, ¿no te parece? ¿Y que sea hábil con una espada?

—Con mi respeto, *sire*, ese guardia tenía que inventarse una buena historia para no quedar como un cobarde. Sin duda estaban borrachos y el campesino tuvo suerte.

—Muy posible —dijo Guillermo sonriendo—. ¿Y qué piensas de Ciervo Dorado?

Aimery puso una expresión de educado interrogante.

—¿Ciervo Dorado, *sire*? Se supone que es un rebelde, un rebelde del pueblo. Yo sospecho que más que ser una persona de carne y hueso es un mito que se está hinchando.

El rey lo estaba observando como un halcón.

—¿Es eso todo lo que sabes?

Aimery evitó responder a eso.

—No creo que Ciervo Dorado plantee una seria amenaza a vuestro reinado, *sire*.

—Eso lo sé —dijo Guillermo, de plano—. Nadie plantea una seria amenaza a mi reinado. —Como para demostrarlo, hizo un gesto a Edwin de Mercia, y el conde corrió hacia él, ansioso de complacer—. Conde Edwin, mañana tendremos una competición de pericia con las armas. Me agradaría ver algunas de las habilidades inglesas, la lanza y el hacha. ¿Estaría dispuesto uno de mis súbditos ingleses a organizar esta justa? El vistoso mestizo que tengo a mi lado participará, sin duda.

Edwin se apresuró a hacer una profunda inclinación.

—Por supuesto, majestad.

Hacía años que Aimery no practicaba la lucha inglesa, por lo que al día siguiente su actuación fue sólo pasable. Cazando había conservado su habilidad con la lanza, y dio en el blanco dos veces; con el hacha se sintió afortunado por dar en el blanco cada vez; el hacha arrojadiza no era tan pesada como la de guerra, pero bastante pesada de todos modos.

Al oír el mordaz comentario de Leo sobre su actuación, le dijo:

—Oye, un hacha es para partir en dos a una persona, y más con fuerza bruta que con habilidad. Arrojar una tiene tanto sentido como arrojar tu caballo. Y es igual de difícil. Si no me crees, prueba a hacerlo.

Leo probó. Con su fuerza y corpulencia lo hizo bastante bien, pero erró el blanco una vez de cada tres. Volvió friccionándose el hombro.

—Fiuu. Creo que prefiero arrojar mi caballo. Oye, ¿y qué hacéis en una batalla cuando habéis arrojado el hacha?

Aimery se echó a reír.

—Siempre he deseado saberlo. Creo que es un último gesto noble antes de ir al Valhala.

—Hablando de gestos nobles —dijo Leo—, el rey me dio la tarea de organizar los combates a espada. Te he puesto con Odo de Pouissey.

—¿Y debo agradecértelo?

—Sí. Está claro que no hay ningún afecto entre vosotros. El combate a espada no es ningún juego. Siempre es mejor que haya un poco de sentimiento.

—Ese hombre es un estúpido cuando está borracho y un pelmazo cuando está sobrio. Tengo cosas mejores que hacer con mi tiempo que pelear con él.

Leo lo miró fastidiado un momento y luego agitó la cabeza.

—A veces eres un condenado sajón, ¿eh?

—Sí. Vamos al campo de tiro.

El rey también participó en las pruebas de tiro al arco. Lo hizo moderadamente bien, y no se sintió ofendido por los que lo derrotaron. Entregó una copa de plata al ganador.

La prueba de cabalgar en el estafermo lo dejó para los jóvenes, alegando que sería estúpido que el monarca quedara en el suelo sin sentido en un juego.

Pero aunque él lo llamara juego, el estafermo era trabajo serio, la base del estilo normando de guerra montada que los había llevado por toda Europa y gracias al cual ganaron la batalla de Senlac. Aimery fue certero con la pesada lanza cada una de las tres veces que pasó cabalgando junto al estafermo; los menos hábiles acabaron en el suelo, golpeados. Odo de Pouissey y Stephen de Faix resultaron ilesos, pero estuvieron a punto de caer. Willian dio el premio, una hermosa daga con pomo tallado en ámbar, a Aimery.

Durante el descanso para comer carnes asadas y beber cerveza, Odo le miró envidioso la daga en su vaina dorada, por lo que Aimery comprendió qué debía esperar cuando empezara el combate a espada.

Las espadas estaban romas y los contrincantes vestían cota de malla y yelmo, y llevaban largos escudos en el brazo izquierdo, pero de todos modos no era un asunto para tomárselo a la ligera. Aimery había esperado que cuando se enfrentara con Odo éste ya hubiera perdido su animosidad, pero no era así.

—Bueno —siseó Odo mientras se medían—. Te crees capaz de luchar como un normando de pura raza, ¿no?

—No seas tonto —replicó Aimery, observando cómo el otro movía los pies y la espada—. Todo está en el aprendizaje, y mi aprendizaje fue totalmente normando.

Hizo el cambio de pies y volvió a su postura inicial. Odo tardó una décima de segundo en reaccionar al movimiento. ¿Era torpe, estaba bebido, o era ése su método? Tenía buena reputación como guerrero.

Odo echó un tajo y Aimery lo paró con el escudo; en ese momento podría haber atravesado a Odo aprovechando que su cuerpo estaba al descubierto, pero ese golpe mortal no estaba permitido en un combate de ejercicio, y tendría que pagar *wergild* a su familia. Esperaba que Odo lo comprendiera, y no pensara que la muerte de él valía los 1.200 chelines.

Aunque si supiera que fue él quien le impidió violar a la heredera de Baddersley pensaría que su muerte valía cada penique. Al recordar ese vil ataque, empezó a pensar que sí valdría la pena pagar la *wergild* por matar a Odo.

Se apartaron, chocaron espada contra espada y luego espadas contra escudos. De pronto lo único que le importó a Aimery fueron los ruidos metálicos, los ruidos sordos y la concentración. Uno de sus peores defectos, al menos eso le decían siempre sus maestros, era su incapacidad para tomarse en serio los combates de entrenamiento. Lo sorprendió sentir arder la sangre como en la guerra, experimentar esa concentración que lleva a descargar la muerte. Se debía a ese intento de violación.

Sus reacciones se aceleraron, parando golpes y atacando. Asestó un fuerte golpe sobre el hombro con Odo. Éste retrocedió tambaleante, lo miró furioso y se abalanzó para atacar.

A partir de entonces, el combate fue acalorado. Aimery se protegía igual que en una batalla, y los brazos de la espada y del escudo le hormigueaban por los constantes golpes. Le dolían los dedos de sujetar la espada. Le entraba sudor en los ojos. Vagamente oyó el rugido de aprobación por ese fiero combate, pero su atención estaba centrada únicamente en su enemigo.

Quedaron trabados, escudo con escudo, espada con espada, los dos retrocedieron para mirarse y recuperar el aliento. Aimery se limpió el sudor de la frente y en ese instante vio algo más allá de Odo que captó su atención.

Alguien.

El hombre de armas de D'Oilly estaba mirando el combate.

El desvío de su atención fue brevísimo, pero Odo lo aprovechó. De un salto avanzó con un altibajo; Aimery levantó la espada para pararlo, pero se dio un doloroso golpe en el muslo con el escudo. Al ladearse, por poco se entierra la punta del escudo en el pie. La muchedumbre aulló ante ese injusto contratiempo.

Se abalanzó sobre Odo moviendo la espada en un enérgico tajo; necesitaba hacerlo caer, derrotarlo. El dolor desapareció, como en la batalla. Atacaba, paraba golpes, trababa escudos, como si su energía fuera inagotable. Entonces consiguió asestar un golpe tal como quería, justo en el lugar del hombro que más duele. Odo bajó ligeramente el escudo en el preciso momento en que Aimery hacía un revés para golpearle la muñeca. La espada de Odo cayó al suelo.

La recogió, y habría continuado, pero sonó el cuerno que indicaba la señal del rey de acabar el combate. El rey felicitó amablemente a los dos hombres, pero dio la victoria a Aimery por haber desarmado a su contrincante.

Aimery miró disimuladamente hacia donde había visto al hombre de D'Oilly. Éste levantó la vista como si hubiera percibido que alguien lo estaba mirando y por un momento se encontraron sus ojos.

¿Había algo que interpretar en esa mirada sosa? Nada que sirviera a alguna finalidad, pensó Aimery. Si el hombre lo había reconocido y tenía la intención de denunciarlo al rey, él no podía hacer nada. Fue a sentarse con sus amigos para ver la paliza que le daría Leo a Stephen de Faix.

Su hermano era enorme, fuerte y sorprendentemente ágil; formidable con una espada. Stephen luchó lo mejor posible, pero estaba claro desde el principio que sólo deseaba salir del combate con el cuerpo y el honor intactos.

Él tuvo que luchar otras dos veces. Resueltamente se quitó de la cabeza al guardia que estaba mirando, y aunque seguía dolorido por el combate anterior, lo hizo bien. Podría haber ganado la competición si no hubiera sido porque su último contrincante fue, como no, su hermano.

—Das golpes desde la derecha con demasiada frecuencia —le dijo Leo cuando ya se estaban recuperando tumbados en la hierba.

—Qué importa desde dónde te ataque a ti, buey gigante.

—Muy cierto —dijo Leo, sacudiéndose el pelo mojado de sudor—. Pero no deberías ser tan previsible. Alguien debería haberte quitado ese defecto a golpes.

—Creo que lo intentaron. —Aimery agitó una mano hacia Geoffrey, que se les acercó y alegremente les vació encima un cubo de agua—. Pero todavía no he recibido un verdadero golpe de espada.

—Batallas. Nadie te analiza en una batalla. Si te encontraras en un combate uno contra uno, por ejemplo uno para defender el honor, un buen contrincante te lo detectaría. De Pouissey debería haberlo detectado. Yo podría haberte matado unas diez veces.

Aimery se sentó y se echó hacia atrás el pelo mojado. Miró a su hermano muy serio. Tal como estaba su vida esos días, un combate a muerte uno contra uno no era un imposible.

—¿Quién es el mejor maestro de esgrima por aquí?

—Yo —respondió Leo, con una sonrisa lobuna—. Tendremos unas semanas para trabajar en eso, hasta que yo tenga que volver a casa. Pero si no aprendes rápido, hermanito, quedarás morado.

Leo cumplió lo prometido, y le demostró que no le había mentido acerca de su vulnerabilidad. Con su espada roma lograba muchas veces, demasiadas, asestarle fuertes golpes, y a pesar de la ropa de cuero acolchado que se ponían, había días en que él se sentía casi incapaz de salir a rastras de la cama. Y no le resultaba fácil cobrar ánimos cuando su padre o el rey iban a mirar el entrenamiento y a hacer comentarios mordaces. Por suerte D'Oilly se había marchado llevándose a su hombre, sin dirigir ninguna sospecha hacia él.

El rey anunció el acuerdo de matrimonio entre Judith, condesa de Huntingdon, y Waltheof, que muy pronto sería conde. A algunos normandos les disgustó bastante que hubieran arrojado ese sabroso bocado a un perro inglés, pero en general el compromiso se tomó como pretexto para hacer una celebración. La corte se trasladó a Huntingdon con muy buen ánimo.

A pesar de las palizas diarias de su hermano, Aimery disfrutaba de sus semanas en la corte. Si Guillermo tenía sospechas acerca de sus actividades, no lo manifestaba con actos, y durante ese tiempo no tuvo ninguna necesidad de lidiar con lealtades contradictorias ni con la omnipresente injusticia. Empezó a imaginar que ya había pasado lo peor. Los nobles ingleses daban por fin la impresión de haber aceptado a Guillermo y, fuera de incursiones oportunistas de escoceses y galeses, parecía que la paz se asomaba por el horizonte.

Siempre estaba la pregunta de qué haría Hereward, por supuesto. Se le ocurrió si no sería ya el momento de intentar unir a su tío y al rey. Pero eso también tendría que esperar.

No parecía haber mucho peligro de que alguien se diera cuenta de que él era Ciervo Dorado. En realidad, el mito estaba trabajando a su favor, porque mientras él estaba en Huntingdon divirtiéndose, Ciervo Dorado estaba, según decían, matando a un caballero normando en Yorkshire y después dirigiendo una insurrección cerca de Shrewsbury.

Y así iba de caza, se banqueteaba, putañeaba y se sentía más libre que nunca desde Senlac.

Hasta que apareció Gyrth.

Un día el hombre entró en el establo cuando él estaba atendiendo a su nuevo bayo castrado, regalo del rey.

—Hermoso caballo —comentó Gyrth—. ¿Cómo se llama?

—Estoy tentado de ponerle Cabrón —contestó Aimery agriamente—. Este caballo y yo aún no hemos llegado a un entendimiento. ¿Alguna noticia?

—No de Rolleston. De Baddersley.

Aimery miró alrededor y salió a campo abierto, donde nadie podría acercarse sigilosamente a escuchar.

—¿Qué pasa?

—Bueno, la vida de la zorrita se ha vuelto muy desgraciada.

—¿Qué le ocurre? —preguntó Aimery secamente—. No la habrán tocado, ¿verdad? El rey les caerá encima como un lobo de invierno.

—No, no, no la han tocado —repuso Guy con cara angelical—. Es la tía. Se ha vuelto loca. —Se rascó la nariz—. Con un poquitín de ayuda...

Aimery lo miró fijamente.

—¿Qué has hecho?

—Todo el mundo sabe que es fácil aguijonear a la tía. Hablé con Aldreda y se nos ocurrió un plan. Si conseguía que la muchacha pareciera culpable de esto y aquello, la tía la castigaría y la aldea quedaba libre de culpa. Con un poco de suerte, la tía le haría daño de verdad a la zorra y entonces De Pouissey y su mujer sentirían la ira del rey. Los colgaría de las paredes, y nos veríamos libres de todos ellos.

Aimery se sorprendió por la instantánea indignación que sintió. Era un plan inteligente.

—¿Qué ha ocurrido, entonces?

Gyrth sonrió perversamente.

—Te sorprenderían las cosas que puede llegar a hacer una moza. Veamos. Puso sal en la nata y serrín en la harina. Tiró al fuego el mejor broche de su tía y le afeitó un trozo a su antipático perrito. Me sorprendería si la muchacha ha comido algo más que pan y agua durante semanas, y un día su tía le fue detrás con una carda y le despellejó el brazo. Lo mejor fue cuando rompió con un cuchillo una túnica que la tía estaba haciendo para el querido y encantador Odo. La siguió con un tronco y le rompió las costillas.

Aimery se sintió enfermo. Se merece eso y mucho más, se dijo, pero deseó correr a su lado para protegerla.

—Estás loco. Está bajo la tutela del rey. Pon fin a eso.

—¡Se merece cada golpe! Y no creo que pueda ponerle fin. Los aldeanos de Baddersley han quedado hechos polvo, así que ya son escasamente humanos. Ahora tienen un foco para su odio y están gozando de cada momento.

Aimery le cogió el brazo y se lo apretó hasta tocar el hueso.

—Si la muchacha acaba muerta o lisiada, la ira del rey se descargará sobre toda la región. Pon fin a eso.

—¿Quieres romperme el brazo? —protestó Gyrth, ceñudo—. ¿Por qué tan tierno? Pensé que te la habías sacado a patadas de tu organismo. —Ante la mirada de Aimery se puso cauteloso—: Haré lo que pueda. Aunque es probable que necesiten que se lo diga Ciervo Dorado.

Aimery no aflojó la presión.

—¿Y eso por qué?

Gyrth hizo una mueca de dolor y desvió la vista.

—Bueno..., fue él quien los incitó a hacerlo, o eso creen ellos.

—Ciervo Dorado está muerto. Como tú estarás muerto para mí si vuelves a usar ese nombre para cualquier fin.

La cara de Gyrth se tensó ante esa amenaza.

Aimery lo soltó.

—Ve a deshacer el mal. No iré a Baddersley otra vez. Cuando hayas arreglado las cosas, mantente alejado del lugar también. El rey parece estar en ánimo matrimonial, y sin duda pronto dispondrá el matrimonio de la heredera. Bien podría ser con un inglés, Morcar tal vez. Las cosas se resolverán solas. Pero, por el amor de Dios, procura que la muchacha esté de una sola pieza cuando llegue el rey allí.

● ● ●

Aimery trató de no pensar en Madeleine de la Haute Vironge, pero imaginársela perseguida, prisionera, maltratada, golpeada, no le permitía descansar. ¿Habrían aplastado ese espíritu indómito? ¿Habrían desfallecido esos hermosos ojos oscuros?

Se lo merecía, se decía. Se merecía sufrir como había hecho sufrir a otros. Pero ansiaba cabalgar hasta Baddersley para protegerla.

Pero aunque fuera tan débil de voluntad, eso sería imposible. El rey los vigilaba a todos mientras jugaba a la política. Estaba atizando la vieja enemistad entre Gospatric de Northumbria y Waltheof, cuyo padre y abuelo habían sido condes. Escuchaba cortésmente a los mensajeros de los reyes de Escocia y Dinamarca y estaba fortaleciendo la vanidad de Edwin de Mercia. Lo interesante, sin embargo, era que Waltheof ya estaba comprometido con Judith, mientras que el matrimonio de Edwin con Agatha estaba por ver.

Una rabia peligrosa se estaba acrecentando en el campamento merciano a causa de eso, en particular porque parecía que entre Edwin y Agatha se había desarrollado un verdadero afecto mutuo. La verdad era que él encontraba repugnante la forma como giraban uno en torno al otro.

El ambiente de la corte estaba empezando a ponerse denso, aunque Guillermo continuaba mostrándose jovial y prometiendo todo a todos.

Guillermo no había vuelto a hacer mención de su recompensa, y estaba pensando que podría pedir permiso para marcharse cuando el rey lo llevó a un aparte.

—Te he observado, Aimery, y eso alivia mi mente.

—¿*Sire*?

El rey paseó la vista por la sala atiborrada, observando quién estaba hablando con quién, quiénes estaban sonrientes y quiénes ceñudos.

—Son tiempos difíciles estos, hijo mío —le dijo—, y esta situación no es obra mía. Sólo quiero el bien de mis súbditos ingleses.

—Eso lo sé, mi señor.

Guillermo asintió y lo miró a los ojos.

—Siempre actuarás por mi bien, ¿verdad?

—Ésa es siempre mi intención, *sire*.

Guillermo sonrió y le cogió el brazo.

—Te voy a dar la heredera de Baddersley.

Aimery se paralizó, incapaz de reaccionar adecuadamente. El rey retiró la mano.

—¿He de colegir que no estás encantado? —le preguntó fríamente.

Aimery se reconcentró.

—Me siento abrumado, *sire*. Pero tengo Rolleston para gobernar.

—Rolleston, según tú, va sobre ruedas engrasadas. He sabido que Baddersley está muy mal. ¿Te da miedo el trabajo?

Aliviado, Aimery comprendió que el rey no estaba enfadado sino simplemente curioso.

—Conoces la propiedad, ¿verdad? —le preguntó Guillermo—. Pertenecía a ese azote, Hereward, junto con Rolleston. ¿No es una propiedad apetecible?

—Está en una ubicación fuerte, *sire*, y la propiedad contiene buena tierra, bien drenada.

—Dime entonces francamente por qué eres el único de todos los jóvenes que no está babeando por ese premio.

Porque es firmar mi sentencia de muerte. Hay un traidor en la aldea de Rolleston que me traicionará por unas cuantas monedas de plata, y si escapo a él, la heredera me reconocerá y os informará... Logró encontrar una explicación que contenía un elemento de verdad.

—Dice el rumor que la heredera es fea de cuerpo y mente. Yo me crié en un hogar feliz rebosante de amor y bondad. Ni siquiera por una hermosa propiedad quiero casarme con una mujer así.

El rey se le acercó y le apretó fuertemente los hombros. Aimery vio lágrimas en sus ojos.

—¡Bien dicho! Yo también conozco el valor de una esposa bondadosa. Eres más juicioso de lo que correspondería a tu edad. —Pero entonces le arreó una buena sacudida a su ahijado—. Pero ¿y si ese rumor miente y es hermosa en todos los aspectos? ¿Qué entonces, eh?

El humor que vio en sus ojos le dijo a Aimery que Guillermo sabía que la heredera era hermosa.

—Entonces soy un tonto —dijo— y os he arrojado a la cara vuestra generosidad, *sire*.

El rey lo soltó y empezó a pasearse de aquí allá, sumido en sus pensamientos.

—Muy bien —dijo al fin—. Echaremos esto en la falda del destino. Sigue tu *wyrd*, como dirían nuestros antepasados vikingos.

Aimery detectó en el rey un asomo de travesura que le inspiró muchísimo recelo.

—La reina descansará aquí por un tiempo —dijo Guillermo—, pero yo deseo ver algunos de los nuevos castillos. Visitaremos Baddersley y a la heredera. ¿Dice el rumor que la dama va a elegir a su marido?

—No, *sire*.

Aimery estaba evaluando todos los ángulos de ese desastre, en busca de una ruta de escape.

—Es la verdad. Así que me encargaré de llevar conmigo solamente a nobles casados, aparte de ti, Stephen de Faix y Odo de Pouissey. De Faix es un hombre que encuentra fácilmente el favor de las mujeres, y De Pouissey es conocido de la *demoiselle*. Creo que le tenía cariño cuando era niña. Los tres sois valiosos, y la dama tendrá su elección. —Lo miró severo—. ¿Lamentas tu decisión ahora?

—No, *sire*. Me atendré al deseo de Dios y de la *demoiselle*.

Por fin el rey lo despidió y logró encontrar un lugar en paz para considerarlo todo. Qué situación creada por el infierno.

Sólo sería cuestión de tiempo que la heredera lo reconociera como Edwald y se lo fuera a chillar al rey. De ahí a Ciervo Dorado y al gigante de D'Oilly había un corto paso.

Y aunque no ocurriera eso, no tenía el menor deseo de casarse con una mujer capaz de suplicar que azotaran a personas inocentes.

Pero estaba seguro de que ella no elegiría jamás a De Pouissey, después de ese ataque, lo cual dejaba solamente a De Faix entre él y una vida de sufrimiento. Agradeció a Cristo que De Faix fuera el tipo de hombre que las mujeres encontraban muy agradable, aunque sintió mal sabor de boca al imaginársela en los brazos de otro hombre.

Locura. Brujería.

Entonces recordó la historia de Gyrth, lo cual planteaba otro problema.

Si al llegar a Baddersley encontraban a la heredera abatida por los malos tratos, lo pagaría alguien, y estaba seguro de que al final, como siempre, lo pagarían los plebeyos ingleses.

7

Madeleine yacía inmóvil en la cama, pensando tristemente en los frutos de su noble resolución.

Había hecho todo lo que estaba en su mano para cumplirla. Había recolectado todos los alimentos posibles para darlos a los más necesitados; les había suministrado remedios y consejos. Incluso había trabajado en la huerta de la casa señorial, arrancando malas hierbas y acarreando agua. Había desviado la crueldad de sus tíos siempre que le fue posible.

Había hecho algún bien, sabía que sí, y sin embargo la gente no estaba mejor dispuesta hacia ella, y el mundo se había vuelto loco. Empezaron a ocurrir extraños accidentes y actos de crueldad hacia su tía, y siempre ocurrían de tal manera que ella parecía ser la culpable.

Día tras día había soportado acusaciones y malos tratos sin perder su fortaleza interior. Pero ésta se desvaneció cuando se enteró de la verdad.

Un día se le acercó Aldreda y le preguntó en voz baja:

—¿No se te ha ocurrido pensar por qué hacemos esto, lady Madeleine?

En ese momento comprendió que todos sus problemas eran un complot tramado por la gente de Baddersley. Saberlo le dolió más que cualquier golpe.

—No —contestó medio aturdida—. ¿Por qué?

—Órdenes —dijo Aldreda—. De Ciervo Dorado. La próxima vez que te golpee tu tía, recuerda que el golpe viene sólo de él.

A Madeleine no le cupo la menor duda de que eso era cierto. Él había prometido castigarla, aunque el por qué no lo sabía. Y no debería importarle; era un hombre cruel e indigno. De todos modos las palabras de Aldreda le robaron lo último que le quedaba de su fortaleza y ánimo, y se metió en la cama.

Trataba de comer lo que le llevaba Dorothy, pero apenas comía un poquito. Observaba las sombras que marcaban el paso del sol en esos hermosos días de verano. Si llegaba a venir el rey, le pediría que la enviara de vuelta a la abadía. Seguro que ese infierno era el castigo de Dios por haber dejado el convento, cuando había sido el acariciado deseo de su madre que fuera allí. Castigo también por desear a ese proscrito.

Claro que fue el rey el que la hizo abandonar el convento, pero si ella hubiera alegado verdadera vocación él no habría insistido. Y nadie la había obligado a comportarse impúdicamente junto al río. Ésas eran las únicas manchas que tenía en la conciencia, las que explicaban por qué Dios le había vuelto la espalda. Entendía cómo debió de sentirse Harold cuando vio al ejército normando enarbolando el estandarte del papa, vio cambiar el viento en favor de ellos y comprendió que Dios estaba disgustado.

Estaba contemplando ociosamente a una araña tejiendo su tela en un rincón, cuando su tía irrumpió en la habitación.

—¿Qué haces acostada ahí, muchacha? No estás herida. Levántate, levántate y sal al sol. ¡Estás más pálida que un fantasma!

—Déjame en paz.

La tía se abalanzó sobre ella y la tironeó del pelo para bajarla de la cama.

—¡Levántate! ¡Viene el rey!

Madeleine la miró sin entender, y *dame* Celia la sacudió.

—Tienes que estar bonita. Sin duda te trae un marido, y si no lo encuentras tan amable como mi querido y dulce Odo, eso será tu castigo, muchacha desagradecida.

Madeleine la hizo a un lado y se bajó de la cama, mareada y débil.

—¿El rey?

—¡Va a venir! Hay que limpiar la casa. —*Dame* Celia agitó las manos como un pajarillo lisiado—. No tenemos tapices, hay pocas camas. No hay esteras limpias... —Nuevamente se abalanzó sobre Madeleine—. ¡No vas a sacarle el cuerpo al trabajo, marrana perezosa!

Madeleine la apartó de un empujón. Celia se precipitó hacia un arcón en el otro extremo de la pequeña habitación, lo abrió y sacó un largo de tela. Estaba hecho trizas.

—¡Canallas! ¡Canallas! —chilló—. Nosotros no tenemos la culpa de que esta gente sea tan diabólica. ¡Es ese Ciervo Dorado! Ciervo Dorado. El rey lo encontrará y entonces ya veremos. —Miró furiosa a Madeleine—. ¡No te quedes ahí! ¡Haz algo!

—Viene el rey —repitió Madeleine, y la esperanza comenzó a desenroscarse en su interior.

Dame Celia volvió a acercársele a pellizcarle las mejillas, aunque no con crueldad, y pasó torpemente los dedos por entre sus enredados cabellos.

—Tiene que ver cómo hemos cuidado de ti. Hemos cuidado de ti, ¿verdad?

A Madeleine le entró la risa, que pronto se tornó histérica. Celia le dio una palmada en la mejilla, aunque no fuerte.

—¿Te fijas? Tú me haces hacer estas cosas. Pongo a Dios por testigo de que lo he hecho lo mejor que he podido. Si te quejas al rey de mi trato, me veré obligada a decirle la causa, tu malvada ingratitud, tu locura, su impudicia...

—¡Soy pura!

—Si tu marido te repudia, no será por culpa mía —continuó su tía—. Nadie puede culparme. No me extraña que te hayan echado del convento.

—¡Nadie me va a repudiar! Soy virgen.

—Todo eso de largarte furtivamente al bosque —siguió despotricando Celia—. No puedo traer nada bueno, seguro. Odo tuvo la suerte de escapar por los pelos.

Madeleine comprendió que la mujer estaba totalmente desquiciada.

—Sí, tía —dijo en tono tranquilizador—. Tuvo suerte, sin duda. ¿No te convendría descansar?

—¿Descansar? ¿Descansar? —chilló Celia agitando los brazos—. ¿Cómo puedo descansar cuando el rey está a punto de llegar? Paul dice que viaja como el viento. Podría llegar aquí en cualquier momento. ¡Cualquier momento!

Diciendo eso salió a toda prisa gritando órdenes contradictorias a cualquiera que encontrara en su camino.

Madeleine estaba débil por el hambre y la inactividad, pero un renovado sentido de finalidad empezó a animarla. La liberación estaba cerca. Además, Baddersley era de ella, y tenía que recibir al rey con cierto orgullo. Debía tomar las riendas, y al parecer finalmente podría hacerlo. Ordenó a Dorothy que la peinara y le envolviera el pelo en una cofia, para trabajar. Sin poder evitar gestos de dolor, porque todavía le dolían las costillas, se desvistió y se puso un vestido práctico de lino marrón y salió a hacerse cargo de la preparación de su casa.

Dame Celia estaba gimoteando y desvariando en su aposento. Madeleine le preparó una tisana calmante que la haría dormir el resto del día. Paul de Pouissey estaba tan aterrado como su mujer, pero estaba descargando su terror sobre sus hombres y los sirvientes, para que acabaran la empalizada. No lo lograría, pero por lo menos no la estorbaría dentro de la casa.

Revisó las provisiones en las despensas y descubrió que con la reciente cosecha, tenían suficiente, aunque no abundancia. La visita del rey sería causa de escasez después, pero en esos momentos no podía preocuparse de esos asuntos.

Había cerveza y aguardiente de miel en abundancia, pero casi nada de vino. Trató de sacarle monedas a su tío, pero éste se negó, alegando que no había para esas cosas. Había contratado a unos hombres para que trabajaran en la muralla y debía pagarles.

Madeleine hizo matar un ternero lechal. Así tendrían carne tierna, y el estómago para hacer natillas y requesón. Ordenó preparar pasteles y otras pastas. Hizo venir a Hengar, el guardabosques jefe, para informarse de los animales que se podían cazar. Al parecer habría deporte para el rey y más carne para la mesa. Observó que el hombre estaba notablemente inquieto, y recordó que era el marido de Aldreda. Supuso que la gente de la aldea temía que se quejara al rey. No se quejaría, porque era de sus tíos de los que quería librarse, pero no tenía la menor intención de decirles nada de eso a los aldeanos para tranquilizarlos. Que se lo sudaran.

Inspeccionó el establo y encontró los corrales en muy mal estado. Quería a los caballos y no veía por qué tenían que sufrir. Consiguió robar unos pocos trabajadores de la construcción de la empalizada, y pronto tuvo a esos hombres haciendo las reparaciones.

Opinaba que el castillo de madera no era nada ejemplar, y que el trabajo en la empalizada iba retrasadísimo; pero eso era problema de su tío, no de ella.

En Baddersley sólo había tres camas, la grande de sus tíos que estaba en el aposento soleado, y dos camas estrechas en dos cuartos pequeños. Una la ocupaba ella y la otra se reservaba para Odo o para cualquier otro huésped de categoría. Hizo sacar a orear los colchones y lavar la ropa de cama y ordenó traer paja para armar jergones sencillos que servirían para la mayoría.

Descubrió un buen número de rollos de tela guardados en un arcón y todavía intactos. Uno era de fina lanilla marrón con dibujos. Lo hizo colgar en la pared del aposento soleado, que sería la habitación del rey. No era lo bastante gruesa dar abrigo en invierno, pero suavizaba la frialdad y desnudez de las paredes de madera.

Cuando estuvieron acabadas todas las reparaciones posibles en el establo, puso a los carpinteros a montar más mesas de caballete y bancos para la sala grande. Extendidas en el suelo por la noche, formarían las bases para los jergones de paja. Su tío alegó que necesitaba a los hombres para la construcción, pero ella lo hizo callar con una sola mirada.

Descubrió que era capaz de someter a cualquiera con una mirada. Sabía que sus tíos no se atreverían a hacerle daño estando tan próxima la visita del rey, pero no lograba entender el cambio en los ingleses. No veía afecto en ellos, pero había desaparecido ese mordaz odio. Escuchaban sus órdenes con rostros impasibles y hacían exactamente lo que les ordenaba. El miedo al rey los acicateaba, sin duda.

Durante esos cuatro días de arduo y útil trabajo, Madeleine mejoró. Empezó a comer con apetito y a dormir bien. El tercer día se encontró en medio del patio mirando con orgullo su casa y su tierra. Era un buen lugar. Con buena atención sería un hermoso hogar, y le correspondía a ella darle esa atención.

Oyó a su tío gritarle a un pobre hombre para obligarlo a trabajar más de lo que era humanamente posible. Sabía que la tía Celia estaba acostada en una cama estrecha despotricando porque la cama grande estaba preparándose para el rey. Baddersley debía librarse de esos dos, y eso sólo podría lograrlo con su matrimonio.

Revisó los preparativos preocupada. Mucho ya estaba hecho, y mal, pero el tiempo era escaso. El rey podía llegar ese mismo día.

Las nuevas mesas de caballete eran más bajas que las viejas, y las viejas necesitaban reparación; muchos de los bancos estaban podridos, pero el tío Paul había exigido que le devolviera los carpinteros con tanta desesperación, que ella cedió. No había suficientes esteras para cubrir el suelo, y no había tiempo para hacer ni las colgaduras más sencillas. Tenían velas de sebo, pero muy pocas de cera. Al menos las noches eran cortas.

Una vez revisado todo, pudo dedicar unos momentos de reflexión a su apariencia. Era importante que en su primer encuentro con su marido estuviera vestida como una dama de rango y dignidad. La reina la había provisto de finos trajes, la mayoría de los cuales no había usado. Cuando abrió el arcón con llave donde guardaba toda su ropa buena, recordó la ilusión y ánimo con que había dejado Normandía. Recuperó un asomo de ese optimismo.

El rey venía en camino y pronto tendría un marido.

Colgó hermosos vestidos y túnicas para orearlos y alisarlos y pasó revista de sus cinturones y joyas. Se lavaba el pelo con agua de romero y se lo hacía cepillar por Dorothy todas las noches. Cada día, una vez terminado el trabajo más arduo, se vestía con ropa elegante, lista para recibir al rey y a su marido.

Fue pura mala suerte que estuviera en la cocina con su ropa de trabajo cuando el vigía de la torre hizo sonar su cuerno. Eso sólo podía significar que el rey estaba a la vista.

—¡Astros y ángeles! —suspiró.

Hacía tres días había hecho matar y colgar tres cerdos, y esa mañana había decidido que los cocinaran, antes de que se estropeara la carne. Justamente en esos momentos estaba enseñando a los cocineros a preparar un guiso con unas de sus preciosas especias, para que durara unos cuantos días.

Por lo menos ese día tendrían una buena comida.

Corrió a su pequeño cuarto, llamando a Dorothy. Ésta le ayudó a quitarse el vestido de lino y a ponerse uno de seda verde claro con el cuello bordado y los puños ribeteados en amarillo y azul, y una túnica de seda azul celeste ribeteada en rojo y verde, con forro de seda roja que quedaba a la vista al doblarse las mangas hasta el codo. Se ciñó un cinturón rojo y Dorothy le arregló los pliegues mientras ella se quitaba las horquillas del pelo. Hasta ese momento había estado dudando entre recibir al rey con el pelo suelto como doncella o con trenzas y velo como una señora de categoría. Pero ya no tenía opción.

Mientras Dorothy le pasaba un peine por sus largos cabellos, se asomó a la ventana, atenta a la aparición del rey. El primer caballo llegó justo cuando Dorothy dijo:

—Ya está. Esto irá bien.

Cogió un cintillo de oro trenzado y corrió a la puerta. Sin aliento fue a ponerse junto a sus tíos, con la esperanza de no parecer tan desesperada como ellos. Se ajustó el cintillo en el pelo justo cuando la comitiva del rey empezaba a entrar por la puerta inconclusa de la empalizada inconclusa.

Eran unos treinta hombres, principalmente soldados, pero también escribanos y clérigos; el trabajo del rey continuaba dondequiera que decidiera viajar. Venían cinco perros sabuesos seguidos por sus cuidadores sosteniendo sus correas. Muchos de los hombres traían halcones en las muñecas.

Madeleine se mordió el labio. En Baddersley nadie tenía halcones, por lo que no había halconera.

Incluyendo a los hombres del tío Paul, sería difícil acomodar a todos en la sala grande.

¿Duraría la comida?

El rey entró montado en un fino caballo oscuro. Llevaba cota de malla pero no yelmo. Se veía bastante corriente, con su pelo castaño rojizo, ya raleando, y no llevaba ningún distintivo de realeza, aparte de su estandarte. ¿Es que había esperado que llevara puesta la corona?

¿Y estaba su marido ahí?

Miró atentamente a los recién llegados, pero todos los hombres se veían iguales: grandes formas en cotas de malla coronados por yelmos cónicos con largos cobertores de la nariz. Volvió los ojos al rey. En el instante que su caballo llegó a la entrada de la torre del homenaje, Paul de Pouissey se adelantó a hincar la rodilla. *Dame* Celia y Madeleine hicieron sus venias.

Guillermo se apeó de su montura y entregó las riendas a un noble que las esperaba, luego tendió la mano a Paul para que se la besara, y lo levantó. Sin mucha aprobación, observó Madeleine. Los sagaces ojos del rey viajaron por su entorno, sin perderse nada. No tenía nada de corriente, comprendió ella. Percibió el poder que lo había llevado de hijo bastardo de un duque insignificante a rey de Inglaterra.

Después de unas palabras amables a *dame* Celia, el rey se acercó a Madeleine. Ella se mojó los labios, nerviosa, y repitió su venia.

—Bueno, *demoiselle*, os he traído un marido —dijo él, sin más.

—Ah.

En lugar de darle gracias, como sabía que debía hacer, miró alrededor, en busca del elegido.

El rey se echó a reír.

—Después. Primero quiero ver esta propiedad.

Le ofreció la mano y la introdujo en la sala, dejando atrás a sus tíos.

Al instante *dame* Celia echó a correr chillando:

—¡Vino! ¡Vino para el rey!

Madeleine tragó saliva.

—No tenemos vino, *sire*.

—La cerveza es mejor después de un polvoriento viaje —dijo el rey, mirando alrededor—. Esta sala tiene un aire algo espartano, *demoiselle*. Estoy seguro que en tiempos de Hereward era más suntuosa.

Madeleine hizo un gesto para que le trajeran la cerveza al rey.

—Me imagino que se llevó sus posesiones cuando huyó, *sire*.

El rey se sentó en uno de los dos sillones que había en la sala de madera y con un gesto invitó a Madeleine a sentarse en el otro. Enfurruñado, Paul se vio obligado a sentarse en un banco. Apareció un nervioso sirviente con un jarro grande de cerveza. Madeleine lo cogió para servir una copa al huésped principal, como era su deber como la dueña de la casa. El sirviente se alejó lívido de terror.

—Gracias, *demoiselle* —dijo el rey, aceptando la copa. Y añadió, irónico—: Ojalá todos los ingleses se aterraran tanto ante mi aparición.

—En realidad, *sire* —dijo Paul, inclinándose hacia él—, gobernamos con mano firme a estos canallas.

El rey bebió un largo trago.

—Buena cerveza, *demoiselle*.

Hizo un gesto y se acercaron dos hombres. Un hombre mayor y uno joven, éste muy corpulento y moreno. ¿Sería ése su marido?, pensó Madeleine, con el corazón acelerado. Parecía agradable.

—*Demoiselle*, os presento al conde Guy de Gaillard y a su hijo lord Leo de Vesin. Ellos os harán compañía mientras yo voy a otro sitio a hablar con lord Paul. Con esa mano tan firme debe de tener buenas cosas de qué informarme.

Paul tragó saliva y se levantó para conducir al rey al aposento soleado. Madeleine le deseó buena suerte en la entrevista.

Guy de Gaillard contempló a la joven que le ofrecían a su hijo y experimentó el conocido deseo de coger a Aimery y golpearle la cabeza contra una pared de piedra. Era una joya. No una belleza legendaria, pero sana y bonita, de piel lozana y dientes blancos. Más importante aún, había un destello de valor y humor en esos hermosos ojos castaños. Aunque no había ningún parecido físico, Madeleine de la Haute Vironge le recordó muchísimo a Lucía cuando la vio por primera vez.

Miró alrededor en busca de Aimery, pero no logró verlo. ¿Dónde demonios se habría metido? Odo de Pouissey también había desaparecido, pero tal vez estaba presentando sus respetos a su madrastra. Stephen andaba rondando cerca, con cara de no poder dar crédito a su buena suerte.

—Así pues, lady Madeleine —dijo—. ¿Cuánto tiempo lleváis en Inglaterra?

—Sólo ocho semanas, milord. Vine con la duquesa... la reina, quiero decir.

—Ah, sí. Os envió mensajes y regalos. Os tiene en muy alta estima. Creo que espera que os reunáis con sus damas antes de que nazca el bebé.

—¿Está bien, milord?

—Muy bien, que yo sepa. ¿Y os gusta Inglaterra?

—Es muy bella, y podría ser un paraíso, creo, si no fuera por las luchas.

El conde Guy se echó a reír.

—Para algunas personas el paraíso «es» lucha. —Al ver la expresión sorprendida de Madeleine, añadió—: Muchos normandos consideran aburrida la vida sin una pelea, y para los vikingos el cielo era el Valhala, donde los hombres podían luchar y morir también todos los días y luego resucitar para volver a luchar al día siguiente. Tenéis que conocer a mi hijo menor —continuó—, él os puede explicar este tipo de cosas mejor que yo.

—¿Es un erudito?

El hombre más joven se echó reír.

—Aimery es demasiado culto tal vez para ser normando, pero no es clérigo. Lo comprenderéis cuando lo conozcáis. No sé dónde se ha metido. —También miró alrededor y se levantó—. Creo que iré a buscarlo.

Dame Celia se apresuró a sentarse en el lugar desocupado, junto a Madeleine.

—Qué agradable tener a Odo de vuelta en casa, ¿verdad, Madeleine?

—Ésta no es su casa, tía —replicó Madeleine.

Celia estiró la mano para pellizcarla, pero la retiró al instante.

—No tendremos suficiente comida —ladró—. Tú estabas a cargo de la comida. No sé que has estado haciendo, muchacha gandula.

Leo intercambió una mirada con su padre y se marchó.

Aimery había elegido una falsa preocupación por su caballo como pretexto para mantenerse alejado de la heredera. Que Stephen y Odo se la pelearan, y entonces tal vez ella no tendría muchas oportunidades de verlo de cerca. Tenía pocas esperanzas de que no lo reconociera si pasaban mucho tiempo juntos.

Recordó su apariencia cuando le hizo la venia al rey, radiante en una exquisita túnica azul bordada en rojo y oro, sobre un vestido verde claro igualmente bien engalanado. Sus largos cabellos sueltos, cogidos con un cintillo de oro, le caían brillantes hasta las caderas, y se mecieron sobre la curva de su trasero cuando se giró para entrar en la sala con el rey.

Era evidente que toda su preocupación por lo que le dijera Gyrth sobre malos tratos era una tontería, se había preocupado sin motivos. Estaba incluso más hermosa de lo que recordaba; ahora tenía que repetirse diez o veinte veces al día que era un bruja desalmada... unas cien veces al día.

—Bueno, estás aquí —dijo Leo acercándose a darle una palmada nada suave en la espalda. Se había quitado la armadura y el golpe le dolió—. ¿No te gustaría arrojarte sobre ella? Una acogedora buena pieza.

—Eso depende de su naturaleza —dijo Aimery lúgubremente.

Su hermano meneó la cabeza.

—¿Seguro que no tienes furúnculos en el culo? Con cada milla que cabalgábamos te has ido poniendo más malhumorado. —Miró alrededor—. No es que esta ruina parezca todo lo que debiera ser. Quiero echarle una mirada más de cerca al castillo.

Llamó a gritos a su escudero y también se quitó la armadura. Después de ponerse una túnica bien bordada, los dos salieron a dar una vuelta, Leo hurgando y tocándolo todo.

—Esto ha sido construido demasiado rápido —comentó, mirando la base de piedra de diez pies de grosor del castillo de madera—. Las piedras no están bien encajadas.

En la empalizada empujó un enorme tronco clavado en el suelo y éste se movió.

—¡Eh, tú! —gritó a un trabajador que estaba cerca—. ¿Cuándo se hizo esto?

Él hombre lo miró aterrado y balbuceó algo en inglés.

—¿Qué ha dicho?

—Te ha preguntado, lógicamente, qué has dicho —repuso Aimery—. ¿A nadie se le ha ocurrido aprender el idioma?

Entonces recordó que a una persona sí se le había ocurrido.

—Pregúntale lo que le he preguntado —dijo Leo, impaciente.

Pronto se enteraron de que toda esa parte se había construido en una semana. El hombre les dijo que sabía que no estaba bien hecho, pero que ésa fue la orden del señor.

—Si te conviertes en el señor aquí, tendrás que echar abajo todo esto y hacerlo de nuevo.

—Y te extraña que no desee esa tarea —replicó Aimery—. Vamos a mirar el establo. Quiero ver en qué condiciones están nuestros caballos.

Encontraron los caballos bien albergados, aunque los escuderos tenían que trabajar más de lo normal por la escasez de mozos en la casa señorial. En un extremo vieron una improvisada halconera donde estaban clavando apresuradamente unas toscas perchas. Aimery agradeció no haber traído ningún pájaro.

Nuevamente Leo se dedicó a hacer preguntas, empleando a Aimery como intérprete, y pronto descubrieron que lady Madeleine había hecho reparar el establo y los graneros.

—Rica y eficiente —comentó Leo, aprobador—. Yo en tu lugar me pondría mis mejores galas y empezaría a bailar por atenderla. Regálale alguna de esas pesadas joyas de oro que tanto fastidian a padre. Con ellas podrías comprar la mitad de las mujeres de Inglaterra.

—¿Insinúas que ella es ese tipo de mujer? —preguntó Aimery, irónico, apoyándose en el marco de la puerta de un granero.

—Todas son ese tipo de mujer —rió Leo—. Calculan cuánto se las valora por lo que gastas en ellas. Regálale ese brazalete con incrustaciones de azul y granate.

—Es oro de guerrero. ¿Crees que es una luchadora?

Por fin Leo captó la resistencia en el tono de su hermano y lo miró atentamente, perplejo.

—¿Sigues sin desearla? ¿Cuál es el problema? ¿Es que tienes un verdadero amor en alguna parte? Cásate con ella, y no puedes, cásate con la heredera y conserva a la otra para variar.

Aimery se echó a reír.

—Si tú tienes alguna para variar metida por ahí, es que no conozco a Janetta.

Leo reconoció la verdad con un gesto cómico, pero no alcanzó a hacer ningún comentario porque fueron interrumpidos por el cuerno, que llamaba a todo el mundo a la comida del atardecer. Caminaron a toda prisa hacia la casa.

La sala grande de la casa señorial de Baddersley tenía su elegancia con las vigas y paneles tallados. Tal vez Aimery, que había estado allí en mejores tiempos, era el único que echaba en falta los hermosos tapices, la imponente colección de bruñidas armas, y los muebles tallados y dorados.

La mesa principal estaba bien dispuesta, con una colgadura frontal bordada que caía hasta el suelo y ocultaba las piernas de los comensales, y níveos manteles. Detrás estaban los dos robustos sillones en los que ya estaban sentados el rey y Madeleine. A la derecha de Madeleine estaba sentado Paul de Pouissey, con expresión resentida y asustada. A la derecha del rey *dame* Celia, al parecer loca de inquietud. A su lado el conde Guy intentando entablar un conversación racional. Él levantó la vista y miró a sus hijos con expresión de desesperación.

Las mesas de caballete eran de diferentes tamaños y alturas, y estaban situadas a lo largo de las paredes, de modo que era difícil caminar por detrás para encontrar un asiento. Estaban cubiertas por un variopinto surtido de manteles, algunos con los bordes desilachados, indicando la prisa con que se había preparado la sala. Cuando Aimery y Leo encontraron un sitio, miraron con desconfianza el destartalado banco donde debían sentarse. Se sentaron con sumo cuidado y el banco se meció y crujió. Otros dos hombres llegaron a sentarse con ellos.

—Sentaos con cuidado amigos —tronó Leo—, y así tendremos la posibilidad de sobrevivir a la comida.

Aimery observó que la heredera se ruborizaba y dirigía una rápida y furiosa mirada a su hermano. Su mirada se posó un instante en él y se desvió. La vio fruncir el ceño, pensativa, pero en ese momento un fuerte crujido y un grito la hicieron volver su atención a otra parte. O bien los comensales habían tenido menos cuidado o el banco estaba más decrépito. En esa parte de la sala, una hilera de hombres sentados desapareció de la vista.

Durante un momento no se vio nada fuera de un brazo moviéndose, pero entonces, desafortunadamente, un pie golpeó la mesa y la envió volando hacia lotra, que casi quedó destruida.

Madeleine medio se levantó y miró nerviosa al rey. Guillermo estaba desternillándose de risa. En eso un alarido rasgó el aire, el que hizo volverse al rey, todavía riendo, hacia la dama que tenía a su izquierda. *Dame* Celia estaba chillando algo y apuntando a Madeleine, mientras el conde Guy trataba de tranquilizarla. El griñón de la dama le cayó sobre la mitad de la cara; ella lo cogió y se lo arrancó, dejando a la vista un nido de canas enredadas.

Madeleine dijo algo, aunque Aimery no logró oírlo pues sus palabras fueron ahogadas por las risas y las maldiciones de los hombres caídos. *Dame* Celia le arrojó el griñón a la muchacha, pero éste fue a caer de lleno a la cara del rey. Se hizo el silencio.

El rey se quitó el griñón de la cara, mirando asombrado la dama de ojos desorbitados y a su marido. Paul se tornó rojo, después blanco y se levantó de un salto. Se precipitó hacia su mujer y levantó la mano para asestarle un fuerte golpe; el conde Guy, con rostro severo, le cogió el brazo y se lo inmovilizó.

El cuadro continuó así durante un silencioso momento. El rey rompió el silencio:

—No creo que eso vaya a producir una cura, lord Paul. Está claro que vuestra esposa necesita descanso. Será mejor que mañana os marchéis de aquí y la llevéis a su país natal. Sugiero que tal vez os convenga dejarla al cuidado de un convento durante un tiempo para que recupere el juicio. Os juro que esta Inglaterra es suficiente para volver demente a cualquiera. Tal vez será mejor que os la llevéis a otra parte y cuidéis de ella.

Rígidamente Paul se zafó de la mano del conde y cogió del brazo a su mujer. Cuando salían de la sala, el rey le dijo:

—Cuidadla con suavidad, lord Paul.

Se reanudó la conversación, primero en murmullos, y rápidamente el volumen fue aumentando hasta convertir la sala en un manicomio. Aimery volvió su atención a la mesa caída y vio que era poco lo que se estaba haciendo. Los sirvientes estaban atontados o impedían el arreglo intencionalmente y los señores que estaban cerca encontraban gran diversión en aplastar a los caídos tratando de poner los tablones encima de ellos.

—Cuidado con el banco, amigos míos —dijo exasperado—. Voy a subirme encima.

Una vez encima del banco, cogió su vida en sus manos y saltó por encima de la mesa hasta el espacio central para ir a arreglar el enredo. Dando enérgicas órdenes en francés y en inglés, y haciendo uso de la fuerza en un caballero travieso, consiguió levantar a los caídos y poner las mesas en sus caballetes. En una breve conversación con el mozo de la despensa logró que trajeran dos arcones para reemplazar los bancos rotos.

—Y sed agradecidos —dijo a los hombres mientras se sentaban—, probablemente tenéis los asientos más sólidos de la casa.

Cuando iba de vuelta a ocupar su lugar, se inclinó en una irónica reverencia ante la mesa principal.

—Mis gracias, Aimery —dijo el rey—. Pero no puedo permitir que vuelvas a arriesgarte saltando por encima de la mesa. Mira, ha quedado desocupado un asiento, al lado de *demoiselle*. Siéntate ahí.

8

Aimery obedeció, maldiciendo su costumbre de intentar siempre arreglar los entuertos. Estúpidamente había atraído sobre él la atención de todos los presentes, entre los que se contaban personas de la aldea, hechas venir para ayudar a los sirvientes de la casa, y la de la heredera, cómo no. Pero claro, no podía postergar indefinidamente un encuentro con ella.

Mientras él tomaba asiento en la banqueta a la derecha de Madeleine, el rey hizo la presentación:

—*Demoiselle*, os presento a lord Aimery de Gaillard, hijo del conde Guy, al que ya habéis conocido. Como veis, es un joven muy útil.

Madeleine casi no le prestó atención. Se sentía furiosa y humillada. Había hecho todo lo que estaba en su mano para esa comida, pero los meses de negligencia y, sospechaba, el sabotaje intencionado, no eran cosas que se pudieran deshacer en pocos días. Debería sentirse agradecida de ese joven que había arreglado tan bien ese desastre para que por fin pudiera servirse la comida, pensó. Pero le resultaba difícil. Ese modo irónico de inclinarse ante la mesa, le sentó como un insulto, no dirigido a Guillermo sino a ella y a su casa. De todos modos, no debía desentenderse del trabajo realizado por él.

—Gracias por vuestra ayuda, señor —dijo sin entusiasmo, con los ojos fijos en el tajadero que tenía delante.

—Tenía hambre —respondió él muy tranquilo—, y ese contratiempo estaba retrasando la comida.

Ella lo miró de soslayo, con el mayor disimulo que le fue posible, y vio... ¿qué? ¿Indiferencia? ¿Aversión? ¿Qué motivo podía tener él para tenerle aversión? Los jóvenes señores normandos tenían que desear agradarla, y el que había conocido hacía unos momentos se había esforzado en eso, ciertamente. Stephen de Faix era un joven apuesto y encantador.

En ese instante cayó en la cuenta, sorprendida, de que ese hombre no era un normando. Sus cabellos rubios y largos hasta los hombros se lo dijeron. Lo había visto antes y le extrañó. Entonces él la miró y vio que sus ojos eran verde claro. Ahogó una exclamación. ¡No era posible!

—¿Quién sois? —susurró

—Aimery de Gaillard, *demoiselle*.

—¡Sois sajón!

Él curvó sus hermosos labios.

—¿Teméis que os asesine en vuestra cama? Soy normando. Mi madre es inglesa. Es una dama de Mercia.

Ella meneó la cabeza ante su estupidez. Él hablaba en perfecto francés normando; era el hijo menor del conde Guy de Gaillard, pariente lejano y amigo íntimo del rey Guillermo; era el hijo que sabría hablarle acerca del Valhala. Entendió lo que quiso decir el conde. Parecía un bárbaro vikingo con su melena rubia y sus brazaletes de oro, pero estaba claro que no podía ser un sajón proscrito.

¿Estaría casado?, pensó. Eso explicaría su indiferencia. Había descubierto que su hermano Leo estaba casado y eso la desilusionó; Leo de Vasin parecía ser bondadoso y digno de confianza.

Colocaron una fuente de cerdo delante del rey; él eligió unos cuantos trozos e indicó que se lo pusieran delante a ella. Ella cogió un trozo.

—¿Me permitís que os sirva, lord Aimery? —ofreció.

Él masculló sus gracias y dejó que ella eligiera unos selectos trozos de carne para poner en su pan. Por un momento creyó que ella lo había reconocido, pero al parecer no era así. Si lograba mantener su mano derecha fuera de su vista podría evitar que lo descubriera.

Se llenaron las copas y llegó una fuente de legumbres, seguida por pan blanco de harina fina. Al parecer eso era el total de sus provisiones, y vio que Madeleine estaba observando nerviosa la distrubución de las fuentes por las mesas. Era probable que algunos hombres acabaran comiendo más legumbres que cerdo.

El líquido que habían puesto en su copa resultó ser aguardiente de miel. Inclinó la cabeza hacia la heredera.

—Lamento tener que añadir otra preocupación a las que ya tenéis, lady Madeleine, pero al rey no le gusta el aguardiente. Si no tenéis vino, sería mejor que le ofrecierais cerveza.

Ella se ruborizó y lo miró con una expresión preocupada y molesta a la vez; luego llamó a un sirviente con un gesto. A los pocos minutos colocaron ante el rey una copa limpia y una jarra de cerveza. Guillermo asintió en señal de agradecimiento.

—¿Tenéis alguna otra sugerencia? —le preguntó Madeleine a Aimery, consciente de que su tono era injustamente mordaz.

No lograba explicarse su hostilidad hacia él. No lo conocía y escasamente lo había mirado desde que se sentó a su lado; sin embargo tenía la sensación de que le estaban brotando púas de puerco espín en ese lado del cuerpo. Tal vez se debía a que le había tomado antipatía a los ojos verdes.

—Relajaos —le dijo él en un tono indulgente que le hizo chirriar los nervios—. El rey no es glotón, ni amante de las ceremonias porque sí. Vuestra comida está bien preparada y es adecuada. Está claro que no se han administrado bien las cosas aquí.

Ella apretó los dientes.

—Acabo de empezar a tomar parte en la administración de Baddersley, lord Aimery.

—Entonces tal vez sois lenta en comprender vuestro deber, milady.

La rabia la hizo girar la cabeza hacia él.

—¡Sólo llegué aquí en abril!

—Es extraordinario lo rápido que se puede arruinar un lugar, ¿verdad? —dijo él con fingida sonrisa y le acercó una cesta con nueces—. ¿Me permitís que os rompa una, lady Madeleine?

—¡Podéis romperos la cabeza, señor! —siseó ella.

Se puso rígida al oír una risita del rey.

—Por la Sangre, Guy, ya riñen como marido y mujer —lo oyó decir.

¿Ya?

Miró al rey y a lord Aimery, horrorizada. ¿ése iba a ser su marido?

Jamás.

—Sire, ¡me prometisteis poder de elección!

Al ver pasar un relámpago de fastidio por los ojos del rey, se mordió el labio. Pero al instante el rey ocultó el malhumor detrás de una sonrisa.

—Y soy un hombre de palabra, *demoiselle*. Hay tres jóvenes para elegir aquí, los tres sin compromiso, los tres capaces de ayudaros en Baddersley. Tendréis vuestra elección. Pero luego os casaréis con vuestro elegido. Por desgracia tengo de privaros de la presencia de vuestros tíos. Y no puedo dejaros aquí sin protección.

Madeleine sintió que la sangre abandonaba su cara. La recorrió un escalofrío. ¿Estaría casada dentro de días? ¿Con quién?

Como si le hubiera leído el pensamiento, el rey continuó:

—Vuestras opciones son lord Aimery, lord Stephen de Faix, aquel que está allí de azul, y Odo de Pouissey, al que ya conocéis. Tratad de conocerlos bien, *demoiselle*. Ponedlos a prueba si queréis. Dentro de dos días os casaréis con vuestro elegido.

Dicho eso el rey se volvió hacia el conde Guy y Madeleine sintió que alguien le ponía su copa en la mano. El de los ojos verdes. Bebió un largo trago del aguardiente. Hubo un tiempo en que pensaba que le gustaría casarse con un inglés rubio, pero eso fue antes de que él la traicionara tan cruelmente.

Así que ésas eran sus opciones: Odo, al que en otro tiempo podría haber elegido si no fuera por sus padres; el de ojos verdes al que no le caía bien y que le recordaba demasiado vivamente a un cruel canalla, y el agradable joven que había estado coqueteando con ella hacía un rato.

Miró a Stephen de Faix. Tenía la cara tersa, bien afeitada y llevaba corto su pelo castaño, aunque no en el exagerado estilo preferido por Odo. Tal vez podría clasificarlos por el pelo: corto, mediano, largo. Se mordió el labio para reprimir una risita que tenía mucho de nerviosa.

La elección era obvia: Stephen de Faix, su marido.

Pero la decisión no le calmó los nervios; la desasosegó. Seguro que sólo eran las preocupaciones y trabajos del día, se dijo, y eso de que le hubieran presentado las opciones tan súbitamente. Poco a poco se iría acostumbrando a la idea.

—Stephen es un hombre muy agradable —dijo a su derecha el demonio de ojos verdes, en tono aprobador—. Es notablemente cortés para ser normando, competente en la guerra, comedido en la bebida.

Madeleine se giró a mirarlo.

—¿Vos no sois todas esas cosas?

—Soy demasiado cortés para ser normando —replicó él—. No me gusta la guerra, y ahogo mis penas bebiendo.

Para demostrarlo, apuró su copa e hizo señas a un sirviente para que se la volviera a llenar.

Ella no le creyó, lo cual dejaba sólo una interpretación: él no la deseaba. Ella tampoco lo deseaba a él, pero el rechazo le dolió de todos modos.

—¿Queréis que me case con lord Stephen?

—Creo que Odo no os conviene —repuso él, encogiéndose de hombros—. Pero claro, no sé mucho de vos.

Madeleine se puso una sonrisa en la cara.

—¿No queréis casaros conmigo y ser el dueño de Baddersley?

Él negó con la cabeza sin pedir disculpas.

—Ya tengo bastante con gobernar Rolleston en nombre de mi padre. —Rompió una nuez con un eficiente golpe de su muy sólido brazalete de oro, le quitó la cáscara y se la ofreció—. Rolleston está en East Anglia. No es un lugar de lo más pacífico.

Ella cogió la nuez distraídamente.

—Pero Baddersley sería sólo vuestra si nos casáramos. ¿No os atrae eso?

¿Por qué le digo estas cosas?, pensó. Es como si le estuviera suplicando que me corteje.

—Según las leyes inglesas, la baronía es vuestra por derecho, lady Madeleine. Vuestro marido será simplemente vuestro defensor.

Rompió otra nuez y se la echó a la boca. Tenía unos dientes muy fuertes y blancos.

Iguales a los de otro hombre. Lo miró fijamente. Su cara tenía una forma similar. No, nuevamente era su estúpida imaginación que lo veía en todos los hombres de ese tipo.

Pero él se comportaba de un modo muy raro. Todo en él era raro. Nunca había visto a un hombre con una túnica de un color verde tan vivo. Jamás en su vida había visto brillar así a un hombre. Llevaba despreocupadamente toda una fortuna encima y eclipsaba con mucho al propio rey.

Tal vez fue sincero cuando le dijo que no le gustaba la guerra. No era muy corpulento, y tenía aspecto de pasar más tiempo dentro de ropas que de armadura. Ni su padre ni su hermano habrían desperdiciado en bordados y adornos el dinero que podían gastar en un caballo o en una espada. Y no, no le gustaría casarse con un hombre incapaz de luchar. Por otro lado, la idea de ser la señora de Baddersley en algo más que de nombre era asombrosa, pero maravillosa.

—¿Queréis decir que si me casara con vos, lord Aimery, consideraríais Baddersley mi propiedad? Creo que tal vez sí deseáis casaros conmigo, para tentarme así.

—¿La idea de tener el poder aquí os resulta muy atractiva? —preguntó él con un claro tono burlón, pero a ella no le importó.

—Poder —dijo, saboreando la palabra, que pasó por su lengua como un pastel de miel.

Aimery comprendió que había cometido un grave error. Más de uno, toda una sarta de errores. ¿Cómo podía esa muchacha obnubilarle el juicio de esa manera cuando él sabía muy bien lo que era? Cuando lo miraba con esos soñadores ojos castaños, parecía que una niebla le nublaba la razón.

Durante semanas había llevado en su mente la imagen de una malvada arpía, pero ésta ya se estaba desvaneciendo, para ser reemplazada por la de Dorothy, dulce y turbada junto al río. Su intención había sido informarla de su posición bajo las leyes inglesas, pero veía su error. Ahí estaba ella, fiel a su tipo, relamiéndose ante la idea de tener el poder absoluto en Baddersley, sin duda viéndose con ilusión manejar el látigo con sus manos.

No tuvo tiempo para continuar sus elucubraciones, porque el rey le pidió una canción. Mientras hacía su inclinación y salía a buscar su lira, comprendió amargamente que el rey haría todo lo posible por presionar a la muchacha para que lo eligiera a él, y él no podría rehusar el «honor» una segunda vez. Tendría que aplicarse en hacerse desagradable a la heredera de un modo tal que ni su padre ni el rey lo sospecharan.

Al mismo tiempo debía hacer lo imposible por evitar que Madeleine de la Haute Vironge tuviera alguna oportunidad de reconocerlo o ver su tatuaje. Al parecer no le reconoció la voz hablando francés noble, pero era difícil creer que algún día al mirarlo no viera a Edwald el proscrito.

Y siempre estaba el peligro de que alguno de los aldeanos lo reconociera y dejara escapar algo. Aldreda ya le había hecho un guiño.

En suma, pensó suspirando, su situación era como para marcharse de peregrinaje, un peregrinaje de decenios.

Cuando volvió a la sala, ya se habían retirado las fuentes de las mesas y los hombres deambulaban de aquí para allá bebiendo de las copas llenas. Las ventanas estaban abiertas y el sol del crepúsculo iluminaba la sala. Madeleine y el rey seguían sentados en sus respectivos sillones, y entonces a él le vino la idea de que ella era la única mujer allí. Ella estaba en una extraña posición, y sospechó que el rey había manipulado las cosas para que fuera así. Le daba cierto poder de decisión en su matrimonio, pero con opciones hábilmente limitadas.

Guillermo estaba resuelto a que la muchacha lo eligiera a él y emplearía todo tipo de ardides para conseguir su fin. Y cuando Guillermo de Normandía decidía algo, las posibilidades de eludirlo eran francamente muy pocas. Por otro lado, el rey le había prometido elección a la muchacha, y no se echaría atrás en su promesa. Ésa era la única esperanza.

Debía dirigirla firmemente hacia Stephen de Faix. Stephen era indolente y comodón, carecía de la necesaria venilla de crueldad. Pero eso lo supliría con creces su esposa, se dijo.

Mientras afinaba su instrumento hizo un rápido repaso de su repertorio, pensando cuál le gustaría menos a su propuesta esposa. Descartó todas las canciones líricas sobre la belleza de las estaciones y también las de historias románticas. ¿Cómo reaccionaría ella a una turbulenta saga guerrera? Estaba claro que no era bondadosa, por lo que a lo mejor le gustaba.

Sin embargo, tenía que ser una de esas, de modo que eligió la más violenta y sanguinaria de todas, una antigua epopeya nórdica que él mismo había traducido al francés a petición de Guillermo. Era la historia de Karlig, que cuando quedó atrapado por sus enemigos luchó hasta la muerte rodeado por sus hombres. El código nórdico dictaminaba que ningún hombre leal puede sobrevivir a su jefe, el dador de su anillo, y los seguidores de Karlig acataron el código de muy buen ánimo. La historia estaba contada desde el punto de vista del enemigo, porque Karlig y todos sus hombres perecieron. El narrador, aunque supuestamente uno de los enemigos, se vanagloriaba de la nobleza de la gesta; alababa a cada hombre enviado al Valhala, relatando en detalle cada herida, cada pierna cortada, cada ojo reventado.

No era una de las canciones favoritas de Aimery. Tal como había supuesto, agradó a su público masculino. Muy pronto todos estaban golpeando los bancos y el suelo al ritmo de las cadencias, entonando a gritos las partes más sanguinarias. Entonándolas automáticamente, porque más que una canción era un cántico, y la antigua casa de Hereward se estremecía con las entusiastas voces. De pronto Aimery se sintió avasallado por el recuerdo de Senlac: los gritos de batalla, los chillidos, los ensordecedores choques de armas, Harold caído, y sus hombres y familiares luchando tenazmente hasta morir a su lado. El olor de la sangre, las entrañas a la vista, los brazos y piernas cortados...

Al volver en sí cayó en la cuenta de que había acabado la canción y los gritos de aclamación estaban haciendo temblar las vigas. Hizo un esfuerzo por despabilarse. Oyó los gritos pidiendo otra, pero negó con la cabeza y le pasó la lira a Stephen.

Su rival la cogió con una mueca.

—Demonio. ¿Qué puedo hacer después de eso?

—Tienes que agradar a la *demoiselle*, no a estos pícaros sanguinarios. Cántale una bonita canción.

Stephen miró dudoso hacia la heredera y Aimery siguió su mirada. Ella estaba absorta en sus pensamientos, y tenía los ojos bastante brillantes. No parecía disgustada.

Aimery aprovechó el momento para escabullirse y salir al apacible anochecer antes de que el rey pudiera llamarlo a sentarse junto a la heredera. Un hombre debía sentirse contento de tener una mujer fuerte y valiente, pero él encontraba a la heredera demasiado sanguinaria para su gusto. Oyó a Stephen comenzar una melodiosa balada. Stephen tenía una voz bastante agradable y un gusto por la música franca con más melodía y menos temas marciales. ¿Qué mujer rechazaría a Stephen?

Una vez en el patio, dando la espalda al nuevo terraplén y al castillo, casi logró imaginarse que estaba en Baddersley cuando el señor allí era Hereward. La sala habría resonado con canciones también. A Hereward le encantaba la epopeya de Karlig, y se enorgullecía de las costumbres de los antiguos nórdicos. Pero la habría cantado en inglés. Miró hacia el campo, los ondulados campos que se extendían hacia el bosque, que ahora estaba más lejos, observó. Habían talado muchos árboles para hacer el castillo.

Se rompió la ilusión y comprendió que el pasado había desaparecido para siempre. Había menos campos cultivados que antes, y menos animales engordando en los pastos. Y la gente...; también estaba distinta la gente. Había menos aldeanos, y los que había se veían pálidos y flacos. Muchos tenían furúnculos y otras escabrosas señales de desnutrición. Andaban con movimientos furtivos, con los ojos fijos en el suelo. No había silbidos ni risas mientras trabajaban; no había niños jugando. Hasta los gatos andaban sigilosos por las sombras en busca de ratas.

La obra de Paul de Pouissey y su sobrina.

Era posible reparar las cosas. La idea le pasó repentinamente por la cabeza y se apresuró a desecharla.

—¿Demasiado aguardiente?

Aimery se giró a mirar a su padre.

—No, sólo estaba pensando cómo se ha podido llevar a este estado una propiedad próspera.

El conde Guy se sentó en unos troncos apilados junto a la empalizada inconclusa.

—Siempre se me olvida que debes de conocer bien este lugar.

—No demasiado. Hereward prefería Rolleston. Pero vine aquí una o dos veces.

—Yo diría que te gustaría tener la oportunidad de ponerlo en buen orden.

—Ya tengo bastante que hacer.

Aimery vio moverse un músculo en la comisura de la boca de su padre; eso indicaba irritación. Se preparó para la batalla. Pero el conde Guy se limitó a decir:

—Qué no daría por saber lo que pasa por esa cabeza tuya, Aimery. La paciencia del rey no es infinita.

—No creo que me destierre por no querer casarme con Madeleine de la Haute Vironge.

El conde exhaló un largo suspiro.

—Aimery, algo te ha estropeado el juicio. Me gustaría creer que es el amor, pero si lo es, no actúas con lógica. Si amas a otra muchacha, díselo al rey. Puesto que él ama a su reina, lo perdonará. Si no, considera bien lo que quieres. Guillermo es tu amoroso padrino. También es duque, y ahora es rey, y esas cosas son de primordial importancia. Si no lo sirves, perderás su favor, y llegará el día en que lo necesitarás.

—Lo sirvo.

—Mírame —dijo Guy severamente, y Aimery lo miró a los ojos—. Lo sirves como te conviene. Eso no basta. Si el rey desea tu tierra, se la das; si desea tu mano derecha, se la das también. O tu vida, o las vidas de tus hijos. Si desea que te cases con Madeleine de la Haute Vironge, te casas con ella. No preguntas por qué.

Padre e hijo se miraron en silencio entre trinos de pájaros y los distantes mugidos de ganado.

—No me lo ha pedido —dijo Aimery al fin.

—Porque si lo hiciera tendrías que hacerlo.

Aimery desvió la mirada y exhaló un largo suspiro.

—Es posible que ella no me desee.

—Entonces, sea. No te incumbe a ti ladear la balanza.

Aimery curvó los labios en una sonrisa.

—¿No te parece que el rey ya lo ha hecho? Stephen y Odo...

—Está en su derecho.

Aimery se llevó el puño cerrado a la boca y luego lo relajó.

—Ninguno de vosotros sabéis qué pedís. No puede haber felicidad en este matrimonio.

—Entonces dinos qué pasa —dijo el conde Guy. Y pasado un momento le preguntó—: ¿Por qué vives haciendo eso? ¿Te arde?

Aimery se dio cuenta de que se estaba frotando el tatuaje del dorso de la mano derecha. Ciertamente no podía explicar a su padre que ese tatuaje era su sentencia de muerte.

—No, no. —Se giró hacia la casa para escapar de los sagaces ojos de su padre, y echó a andar—. Si he de empeñarme en cortejar a la *demoiselle*, será mejor que vuelva allí.

La voz de su padre lo detuvo:

—Simplemente recuerda. Ninguna mujer en su sano juicio elegiría a Stephen o a Odo por encima de ti, y el rey y yo lo sabemos.

· · ·

Cuando lord Aimery no volvió a su lado, Madeleine se vio obligada a seguirle con cautela la conversación al rey, mientras escuchaba cantar a otro de sus pretendientes, aquel con el que se iba a casar. Su voz era muy agradable, reconoció, y estaba cantando muy bien acerca de una dama y una alondra.

¿Por qué entonces su mente no paraba de volver a la otra canción, la de violencia y muerte? Era algo que vio en el rostro del cantor. La había metido en la batalla para que oliera la sangre y oyera los gritos de dolor.

—Creo que lord Paul y su esposa no tenían la capacidad de administrar bien esta propiedad, *demoiselle* —dijo el rey.

Madeleine comprendió que ésa era su oportunidad de hacer la lista de sus agravios, pero dado que sus tíos ya habían perdido el favor del rey, le pareció mezquino hacerlo.

—Eso no es fácil en estos tiempos, y mi tía no está nada bien.

—Eso veo. Pero me escribisteis, *demoiselle*, y os quejasteis de la mala administración.

O sea que recibió su carta.

—Mi tío es excesivamente duro, *sire* —admitió—. Ésa no es una manera productiva de tratar a las personas. —Ante la mirada del rey se oyó decir—: Hizo colgar a un hombre por dejar entrar sus cerdos en un trigal.

—Negligencia, sin duda —comentó el rey enarcando una ceja—, pero no motivo para colgar a alguien.

Se hizo otro silencio. Madeleine descubrió que no podía apartar los ojos de esos ojos azul claro. Al final se sintió obligada a decir algo, cualquier cosa.

—Una vez hizo azotar a niños, cuando algunas familias trataron de huir —dijo, sin entender por qué había sacado a luz ese determinado incidente.

—¿Niños? —repitió el rey.

Ella vio algo en sus ojos que la heló. Asintió, con la boca reseca.

El rey comenzó a tamborilear con un dedo sobre la mesa, y le preguntó en voz baja:

—¿Niños grandes? ¿De doce años? ¿De trece?

Madeleine prefirió mirar el dedo a encontrarse con sus ojos. Negó con la cabeza y tragó saliva, nerviosa. Entendió por qué Guillermo era tan temido.

—Creo que el menor tenía tres años, *sire* —susurró.

—¡Por la Sangre! —exclamó Guillermo, dejando caer el puño sobre la mesa y haciéndola saltar. Se hizo el silencio en toda la sala—. Leo —llamó—. Tú eres padre de niños fastidiosos, sin duda. ¿Por qué motivo azotarías a uno de tres años?

Leo pestañeó.

—¿Queréis decir unas palmadas en el trasero?

El rey miró a Madeleine interrogante y ella negó con la cabeza.

—Con látigo —dijo en voz baja, y volvió el recuerdo, y la rabia—. Atado a un poste —añadió en voz más alta.

Se oyó un murmullo en la sala, y Leo de Vesin dijo:

—Por ningún motivo bajo el sol, *sire*.

El rey asintió y se quedó en silencio. Poco a poco retornaron las voces, pero muchos de los hombres estaban observando al rey, pensando dónde se harían sentir las reverberaciones de su silenciosa ira.

Madeleine esperó, aterrada. ¿Le echaría la culpa a ella del asunto?

—¿Y a vos, *demoiselle*? —preguntó el rey de pronto, haciéndola pegar un salto—. ¿Os azotó a vos alguna vez?

—Sire, no tengo ningún deseo de...

—¡Contestad! —bramó él.

—No, *sire*.

—Sin embargo os veo un moretón debajo del ojo.

—Esa fue tía Celia, *sire*. Ella... no está bien.

—Creo que tal vez debo pediros disculpas, *demoiselle*. Os envié aquí sin pensarlo mucho. Puesto que vuestro padre había dejado la baronía en manos de sus parientes, supuse que todo iría bien hasta que yo tuviera el tiempo para considerar el asunto. ¿Qué queréis que haga con lord Paul?

—¿Que hagáis, *sire*?

—Estaría dentro de mis derechos colgarlo por su mala administración aquí.

—No, *sire* —se apresuró a decir ella—. Eso no.

El rey asintió y bebió un trago de cerveza.

—Eso está bien. No he ordenado matar a ningún hombre desde que llegué a Inglaterra, y si puedo continuaré así. Puedo hacerlo atar a su poste y desollarle la espalda a azotes.

—No, *sire* —dijo Madeleine. Sintió subir bilis a la boca ante la idea. Si podía hacer las cosas a su manera, nadie volvería a ser azotado en Baddersley jamás—. Sólo deseo que se marche.

El rey se encogió de hombros.

—Sois demasiado blanda, pero supongo que ésa es la consecuencia de haberos criado en un convento. Lo enviaré a la propiedad de vuestro padre en Haute Vironge. Eso está convertido en una ruina ahora, triste es decirlo. No creo que De Pouissey pueda arruinarla más. Si me fastidia ahí, lo desterraré. —La miró y sonrió; ella encontró depredadora su expresión—. Vuestra situación aquí ha sido desafortunada, pero las cosas mejorarán pronto. Lo único que tenéis que hacer es elegir el marido correcto.

Ella notó el énfasis en la palabra «correcto».

—¿De verdad podré elegir, *sire*? —preguntó, recelosa.

—¿No os lo he dicho? —respondió el rey con un buen humor que a ella le inspiró desconfianza—. Incluso después de recibir vuestra petición de ayuda he sido justo. Os he traído tres jóvenes capaces para elegir, los tres diferentes, los tres de probado valor en la guerra y de probada lealtad.

—Pero ese... pero lord Aimery es en parte sajón —se le escapó a ella.

El rey le clavó una mirada capaz de arrugar a un espíritu más osado.

—También yo —dijo—. La mayoría de los ingleses reconocen mi derecho a la corona, y a cambio yo los elevo tan alto como a cualquier hombre de Normandía. He dado en matrimonio a mi querida sobrina a un hombre de sangre inglesa total, y he prometido mi hija a otro. ¿Os consideráis superior?

Madeleine estaba petrificada, y antes de que lograra balbucear una disculpa, a él se le alegró la cara.

—Pero ciertamente os he entendido mal. Habéis visto la ventaja de lord Aimery. Su ascendencia merciana significa que es más capaz que muchos de manejar a los ingleses, que, después de todo, son gente rara.

Ésa era una manera de expresarlo, pensó Madeleine. Experimentó la inquietante sensación de que sabía quién era el marido «correcto». Jamás resultaría, pero no estaba para decirle eso a Guillermo todavía.

—Me resulta difícil entender a la gente aquí, *sire* —dijo, con la esperanza de cambiar el tema.

—Hablad con Aimery. Él los entiende.

—Lord Stephen me parece un hombre agradable —continuó Madeleine, desesperada—. ¿Procede de buena familia?

El rey la miró y ella tuvo la impresión de que sus sagaces ojos le veían hasta las medias, pero él le siguió la vena.

—Sí, y canta bonitas canciones. Y Odo sale con un chiste divertido de tanto en tanto.

La mirada de Guillermo le decía: «Retuércete todo lo que quieras, *demoiselle*, que al final harás lo que yo quiero».

Cásate con ese sajón, con su pelo largo, su cargamento de oro y esos vivos ojos verdes que te recuerdan un sueño amargamente destrozado…

—¿Qué sabéis de un hombre que se hace llamar Ciervo Dorado? —le preguntó súbitamente el rey.

—¿Ciervo Dorado?

En el instante en que repitió esas palabras, las llevó a su mente para fijarse en la inflexión de su voz, tratando de recordar qué expresión tenía en la cara al decirlas. ¿Por qué le importaba eso? Si Edwald caía en las manos del rey y acababa ciego o mutilado, ¿qué tenía que importarle a ella?

—Por lo que dijo lord Paul, él es el veneno de esta región —dijo el rey, mirándola atentamente con sus perspicaces ojos—. Le echa la culpa de todos sus problemas.

—Mi tío ha hablado de él —dijo Madeleine, cautelosa—. Le echa la culpa de todos nuestros problemas, pero yo no tengo manera de saber la verdad. Los aldeanos huyen, y se dice que Ciervo Dorado los ha ayudado, pero huyen porque sus condiciones de vida son pésimas. A veces —añadió osadamente— creo que Ciervo Dorado es tan mito como los elfos y las hadas.

El rey la estaba mirando con demasiada atención.

—Tal vez saltáis a conclusiones acerca de los elfos y las hadas, lady Madeleine. Tendríais que hablar con Waltheof Siwardson sobre eso. Es nieto de una hada-osa.

Antes de que ella pudiera decir algo sobre esa extraordinaria sugerencia, el rey continuó:

—En cuanto a Ciervo Dorado, es tan real como lo son estas cosas. Ha hecho sentir su presencia en otras partes. ¿No estáis de acuerdo con vuestro tío, entonces, de que una barrida por los bosques de los alrededores lo haría salir de su madriguera? Dijo algo de un ataque de este hombre a vos y a Odo.

Madeleine vaciló. Ése era el momento de revelar lo que sabía.

—Nos atacaron unos rufianes, *sire* —se oyó decir—. Si alguno de ellos era Ciervo Dorado, no es el personaje mágico que dicen que es.

Pero ¿qué le pasaba? Lo quería encadenado, ¿no?

—Nunca lo son —dijo el rey, sarcástico, mirándola pensativo—. Algún día tendré a ese canalla en mis manos y lo demostraré. —Miró por encima del hombro de ella—. Ah, Aimery.

Entonces Madeleine vio la sombra que caía en su regazo. Levantó la vista y vio a Aimery de Gaillard delante de ella.

El rey se levantó.

—Hazme el favor de hacerle compañía a la *demoiselle*, Aimery. Tengo que ir a hablar con lord Paul, si ha de ponerse en camino mañana.

Madeleine no miró a su nuevo acompañante cuando se sentó. Trató de buscar un pretexto para escapar. No podría con otra batalla verbal.

—Parecéis agotada —dijo él, serio.

Madeleine se dio cuenta de que tenía casi cerrados los ojos y se obligó a abrirlos, y enderezó la espalda.

—Ha sido un día muy ajetreado.

Se arriesgó a mirarlo. La primera vez que lo vio en la sala le llamó la atención por lo distinto que era, con su pelo rubio largo y su vistosa vestimenta, pero en ese momento hacía parecer sosos a los demás hombres. ¿Por qué estaba tan segura de que no debía casarse con Aimery de Gaillard? Cuando no estaba pinchándola o burlándose era muy atractivo. No debía dejarse influir por su parecido con un cierto canalla lujurioso.

Edwald era un proscrito burdo, que jugó con ella para divertirse y luego volvió en su contra a los aldeanos porque ella se negó a satisfacer su deseo. Aimery de Gaillard era un normando, y hombre honorable.

—¿Por qué me miráis tan fijo? —preguntó él, bruscamente.

Ella notó que cerraba en un puño la mano derecha. Algo había ahí... De pronto él la cambió de sitio para apoyar el mentón y desapareció lo que fuera que había atormentado a su cansada mente.

—¿Estaba mirando fijo? —dijo, confundida—. Perdonadme, por favor. Me vaga la mente.

—Creo que os deberíais ir a la cama —dijo él, casi con amabilidad—. Mañana será un día más ajetreado aún, y estos hombres se están emborrachando rápido con vuestro aguardiente y la cerveza.

Ella miró alrededor y se ruborizó al ver que muchos hombres ya estaban borrachos. El tono de las conversaciones y cantos era claramente verde. Se puso de pie de un salto, y él hizo lo mismo.

—Os acompañaré a vuestra habitación —dijo.

Ella echó a andar delante, de pronto nerviosa por su seguridad. La cortina que separaba su cuarto del corredor que salía de la sala siempre le había parecido bastante protección, pero en esos momentos, con tantos desconocidos, le parecía poca cosa.

Cuando se detuvo ante su habitación, él levantó la cortina para dejarle paso.

—No os preocupéis, *demoiselle*. No creo que nadie sea tan tonto para molestaros, pero de todos modos pondré un guardia de confianza. Al fin y al cabo, necesitáis dormir. Mañana tenéis que tomar una importante decisión.

El sol ya se había puesto. La única iluminación era una luz rojiza de una antorcha cercana y la tenue luz crepuscular que entraba por la pequeña ventana de la habitación. Él tenía el brazo levantado, apoyado en el marco, sosteniendo la pesada cortina. Delante de sus ojos estaban los fuertes músculos de sus antebrazo, cubierto por fino vello dorado.

Madeleine se estremeció, pero no de miedo.

—¿Por qué no queréis casaros conmigo? —le preguntó en un susurro.

—No deseo casarme con nadie, lady Madeleine. Eso es todo.

—¿Sois célibe? —preguntó ella, esperando que la semioscuridad ocultara su vergüenza por preguntar eso.

Él sonrió y ella vio sus blancos dientes.

—No.

—¿Hay… una mujer que amáis, pero no podéis casaros con ella?

—No. No hay nadie con quien desee casarme. —Le puso la mano en la espalda y la hizo entrar de un suave empujón—. Buenas noches, señora —dijo, y dejó caer la cortina entre ellos.

Sintió caliente el lugar de la espalda donde él había puesto la mano, como si lo hubiera tenido apoyado en las piedras calientes del horno para el pan. Se cubrió la cara ardiente.

¿Por qué se sentía atraída por él? ¿Por qué repelida? Todo eso era incomprensible.

Dorothy le había dejado agua. Se lavó la cara caliente, se quitó la ropa hasta quedar con la enagua de lino y se metió en la cama.

Trató de pensar en los otros aspirantes a su mano y propiedad. Odo quedaba fuera de combate, aunque el rey no tenía por qué saberlo. Lord Stephen, sin embargo, parecía una excelente opción: apuesto, cortés, ingenioso. Cantaba tolerablemente bien cosas agradables...

Pero no como cantaba Aimery de Gaillard. Él tenía un don extraordinario, en particular para ser un hombre cuyo oficio era la guerra; una voz pura y clara. También era expresivo. Cuando cantó la historia de esa horrorosa batalla ella se sintió transportada a la guerra. ¿Cómo sería si cantara de amor?

El cuerpo se le movió bajo las sábanas, del mismo modo que se movió bajo las manos de Edwald. Eso era una locura, una dulce, dulce locura.

A medianoche despertó de un enmarañado sueño con proscritos rubios, su tía y el rey, consciente de algo de suma importancia; algo que había visto o medio visto. Por un instante lo había tenido claro, pero en ese momento había desaparecido como una neblina de verano.

Cuando volvió a despertar a un nuevo día de sol, recordaba la urgencia, pero no había ni rastros del motivo.

• • •

Aimery volvió a la sala y buscó a Leo. Juntos estuvieron bebiendo varias copas de aguardiente de miel. Leo quería hablar de las posibilidades de Baddersley si quedaba en buenas manos. Aimery estaba resuelto a no hablar de eso y sacó el tema de la cetrería. Encontraba claramente preocupante su reacción ante la heredera. Tenía que esforzarse para mantener viva su hostilidad, e incluso estaba preocupado por el futuro de ella.

De ninguna manera podía dejar que eligiera a Odo. Aun en el caso de que ella pasara por alto su intento de violación, Odo sería un marido y un señor de mano dura, casi tan malo para Baddersley como su padre.

Stephen sería mejor. Sería bastante amable con Madeleine mientras ella no hiciera preguntas sobre sus aventuras amorosas. Pero haría poco caso de Baddersley, y cogería todo cuanto pudiera para enviarlo a Normandía, donde poseía una pequeña y pobre propiedad a la que le tenía mucho cariño.

La idea de Madeleine en la cama de Odo o de Stephen le hizo subir un amargo sabor de bilis a la boca.

—¿Qué te pasa? —le preguntó Leo—. ¿Tienes ampollas por la silla de montar?

—No —suspiró Aimery—. Estaba pensando qué puedo hacer para que la heredera no me elija a mí, de modo que no lo noten ni padre ni el rey.

Leo movió la cabeza.

—No hay manera de entenderte. Ni siquiera tendrás que contender con el tío ni la tía. ¿No sentiste nada cuando la heredera dijo algo de lo que ocurría aquí? Azotes a niños de tres años, por el amor de Dios.

—¿Qué?

—¿No estabas ahí? Le contó al rey que Paul de Pouissey había hecho atar al poste a niños para azotarlos. Guillermo estaba lívido. Le ofreció hacer azotar al hombre.

Aimery recobró sus amargos sentimientos por Madeleine de la Haute Vironge.

—Eso sería divertido.

—Ah, declinó la oferta. Sólo lo van a enviar a pudrirse en la propiedad de Haute Vironge, que está en avanzado estado de pudrición y en medio de una zona en guerra.

—¿Declinó? —dijo Aimery con sonrisa burlona—. Me sorprendes.

—Bueno, tal vez no es vengativa —dijo Leo. Vio que su hermano tenía aspecto de estar deseando azotar a alguien, sólo Dios sabía por qué. Suspiró—. Unas buenas horas de sueño. Eso es lo que los dos necesitamos, aunque dónde, no lo sé.

Miró alrededor. Algunos hombres ya habían puesto los jergones de paja y estaban acostados envueltos en sus capas, mientras otros seguían la juerga. El rey había invitado al conde Guy y a sus dos clérigos a compartir su habitación. Todos los demás tenían que arreglárselas como pudieran.

—Tienes razón —dijo Aimery incorporándose—. Voy a dormir fuera, al aire libre. Así me quitaré de la nariz el olor de este lugar.

Encogiéndose de hombros, Leo siguió a su hermano menor, el que normalmente no perdía su serenidad.

Encontraron un rincón tranquilo cerca del establo y se envolvieron en sus capas. Era una noche cálida y estrellada. Aimery se dedicó a contemplar las formas que dibujaban las estrellas.

La brujita. Cierto que tenía que saldar algunas cuentas con Paul de Pouissey, pero qué manera de eximirse ella de su delito. Se imaginó exactamente cómo estaría cuando le estaba contando todo al rey. Seguro que tenía lágrimas en esos grandes ojos castaños por esa terrible crueldad.

Pero él la había visto con sus propios ojos. Suplicó que los azotaran y se quedó un rato mirando el injusto castigo hasta que se aburrió. Y cuando se enteró de que llegaba el momento de que sufrieran los niños corrió a la ventana para no perderse el espectáculo.

¿Cuándo aprendería él?, pensó. Ella era una mujer cruel, y tanto más peligrosa por no parecerlo. Por la Cruz, ojalá eligiera a Odo; eso era exactamente lo que se merecía.

A la mañana siguiente Madeleine eligió concienzudamente la ropa para ese día tan importante: un hermoso vestido de lino con franjas marrones y rojas y ribeteado en negro. Como el día prometía ser caluroso, no se puso túnica. Dorothy le levantó los pliegues bajo un cinturón dorado de modo que una buena parte de la enagua color crema quedara visible en la parte inferior.

—Ya está, milady —dijo la mujer—. Digna de un rey, se lo digo yo. Ahora el pelo.

Madeleine decidió que le hiciera dos trenzas. Le gustó llevar el pelo suelto el día anterior, pero era el momento de ser recatada.

—Trénzalas con cintas rojas.

Cuando Dorothy terminó su trabajo, las gruesas y lustrosas trenzas estaban ingeniosamente entretejidas con cintas color escarlata y dorado, atadas en las puntas con un primoroso lazo.

—Muy bonito —comentó Dorothy, aprobadora, y luego sorprendió a Madeleine con su charla extra—: Dicen que lord Paul y *dame* Celia se van a marchar y que vos vais a elegir a uno de los hombres por marido.

—Es cierto.

—Eso no está bien, que una muchacha como vos elija marido.

—Sólo se me permite elegir entre tres —observó Madeleine—. Los tres garantizados por el rey.

—Os equivocaréis. Lo sé.

Madeleine se giró a mirarla, ofendida, y entonces vio que en realidad Dorothy no ponía en duda su juicio sino que estaba nerviosa.

—Vamos, Dorothy —le dijo—. Parece que te preocupas por mí.

—Pues claro que me preocupo —espetó la mujer, dejando el peine a un lado con un fuerte golpe—. Una muchacha como vos. Y con las cosas como han estado. Bonitos embrollos. Y ahora esto. —Dobló y volvió a doblar la túnica de Madeleine—. No me gusta mucho Odo de Pouissey —masculló.

—A mí tampoco —dijo Madeleine, bastante conmovida por ese inesperado lado de la taciturna Dorothy.

—Estupendo —dijo Dorothy guardando por fin la casi destrozada túnica—. ¿Queréis un velo, milady?

—No, sólo me estorbaría, y creo que voy a tener bastante trabajo. —Se levantó y volvió a arreglarse los pliegues, mirando atentamente a su doncella—. ¿Qué te parecen los otros dos?

—No sé —respondió Dorothy, arrojando el agua por la ventana—. Ese sajón... cae bien a la gente de aquí.

—Me imagino, pero no lo conocen mejor que yo.

Dorothy estiró las sábanas y arregló la cama.

—Ha estado aquí antes. Con el antiguo señor, Hereward.
—Ah.

¿Así que ése era el problema? ¿Le dolía que ella fuera la propietaria? Miró a su doncella, sorprendida.

—¿Cómo te has enterado de eso, Dorothy? ¿Es que algunos han aprendido francés?

—Ellos no —bufó la mujer—. O no más que para entender las órdenes más sencillas. Yo he aprendido algo de su forma de hablar, para arreglármelas. Si no aprendía, ¿como iba a lograr que hicieran algo?

—Y prefieren a Aimery de Gaillard, ¿verdad?

—Prefieren a uno de los suyos. —Dorothy se giró a mirarla enfurruñada—. Bueno, adelante. Tenéis que tomar una decisión, así que tomadla, pero no olvidéis, cuando una hace su cama tiene que dormir en ella.

Y eso no era nada tranquilizador, tratándose de una cama de matrimonio. Madeleine se dirigió a la sala pensativa.

Así que Dorothy también opinaba que Aimery de Gaillard era la mejor opción. Recordó lo que sintió la noche anterior en la semioscuridad con su cuerpo cálido y fuerte al lado de ella. Trató de imaginarse cómo habría sido si él se hubiera inclinado a posar sus labios sobre los de ella.

¿Habría sido como con Edwald? El simple hecho de que se pareciera un poco no significaba que tendría el mismo efecto en ella. Aunque, la verdad, le parecía que sí.

Entró en la sala grande aturdida. Él estaba hablando con su hermano. Sí que era un hombre hermoso.

Aimery levantó la vista. Ella le sonrió.

Él sonrió también, pero la sonrisa no le llegó a los ojos. Los ojos siguieron fríos. No, no fríos. Ardientes de algo muy desagradable. Al cabo de un rato, durante el cual fue como si estuvieran los dos solos en un mundo lúgubre, duro, él la saludó con una inclinación.

—Buenos días, lady Madeleine. Espero que hayáis dormido bien.

A ella eso le pareció una advertencia.

9

El primer acontecimiento del día fue la partida de Paul y Celia de Pouissey. Madeleine iba a ir a despedirse de ellos, pero el rey se lo prohibió terminantemente y envió al conde Guy a despedirlos y ponerlos en camino. Aunque se quedaba sin ninguna dama de categoría para acompañarla, Madeleine sintió elevarse su ánimo. Baddersley era de ella, al menos por un día.

Pero luego tendría que casarse con Stephen de Faix. ¿Qué otra opción tenía?

Todo en Aimery de Gaillard hablaba de su aversión por ella. La noche anterior había dejado claro que no deseaba casarse, pero ese día sus sentimientos parecían más intensos y más desagradables. De ninguna manera podía elegirlo.

De todos modos sus ojos vagaban a cada rato hacia el otro extremo de la sala, donde él estaba conversando con unos hombres, entre ellos ese hermano corpulento y moreno. Alguien debió haber explicado un chiste porque de pronto él se echó a reír francamente, sus dientes blancos contra su piel dorada, las comisuras de sus ojos arrugadas de risa.

Estuvo a punto de echarse a llorar porque él nunca se reiría así con ella.

Con esfuerzo desvió la vista.

Vio a Odo mirando al grupo, enfurruñado. Tal vez acababa de volver de despedir a su padre y madrastra. Madeleine comprendió lo difícil y violenta que debió ser la situación para él, y sintió verdadera compasión. Pese a eso, y a los intentos de Odo de congraciarse con ella recordando momentos más felices de la infancia compartida, ella no podría elegirlo jamás. Después de ese ataque, no soportaba que la tocara.

Por lo tanto tendría que ser Stephen y, se dijo firmemente, no había nada malo en eso. Pero ¿dónde estaba?

En eso entró Stephen en la sala, jovial, sus cabellos rojizos un poco revueltos, sus ojos cálidos, su boca relajada en una sonrisa. Sería un agradable compañero en la vida. Pero un algo en su expresión le produjo una comezón de inquietud. Era una expresión parecida a la de un gato satisfecho, saciado.

Desesperada, volvió a pasear los ojos por los tres: el que la odiaba; el que ella odiaba, y el que tendría que elegir cuando todos sus instintos le gritaban que sería un error terrible.

Se le acercó un sirviente a hacerle una pregunta. Aprovechó el pretexto y salió a toda prisa para comprobar que todas las disposiciones para la estancia del rey seguían en orden. Todo estaba resultando sorprendentemente bien. Era un alivio comprobar que todos los sirvientes eran competentes si recibían órdenes claras y no se los atontaba con amenazas. Se les podía confiar el diario quehacer de la casa.

Además, la gente de Baddersley ya no la miraba con odio ni malignidad. A veces incluso la trataban como a su ama y protectora ante ese grupo de invasores normandos, que incluía a ese terror, Guillermo el Bastardo. Podía decirse que algunos estaban desesperados por complacerla. Incluso Aldreda se mostraba amable. Sin duda temía que ella tratara de vengarse por su crueldad pasada. Le hablaba con tranquilo respeto y mantenía los ojos recatadamente bajos.

Cuando se asomó a la sala a comprobar cómo iban las cosas, vio a Aldreda poniendo manteles en una mesa; cuando salía de la sala, la mujer se desvió de su camino para pasar junto a Aimery de Gaillard. Le dijo algo. Él levantó la vista, le sonrió y le contestó. Aldreda se rió y continuó su camino meneando sus anchas caderas.

Madeleine se mordió el labio. ¿Serían amantes? Aldreda era unos años mayor que él, pero bonita. Se dijo que eso no tenía por qué importarle y volvió a la cocina a ver como iban los preparativos.

Había un montón de pan fresco caliente, listo para salir a la mesa del desayuno, además de queso maduro y cerveza fuerte. Tres corderos bien grandes estaban girando en espetones, y se estaban preparando un buen número de pollos para la comida. También se estaban preparando empanadas y púdines, y las natillas estaban listas. El festín de esa noche, juró, haría justicia a Baddersley.

Recorrió la cocina repartiendo aliento y elogios, y alguna sugerencia aquí y allá. Se condolió con los cocineros por la falta de especias, y sacó otro poco de sus provisiones ya casi agotadas. Se prometió que de alguna manera conseguiría más. Uno de los grandes problemas, estaba descubriendo, era la falta de moneda. Si había entrado algún dinero en Baddersley el año recién pasado, había desaparecido.

Cuando iba atravesando el patio de armas desde la cocina a la sala grande, sintió una agradable sensación de finalidad y autoridad, pero también todas las cargas que venían con aquella autoridad. Suspiró. Si las cosas llegaban a lo peor, tenía las joyas que le había regalado la reina. Las vendería, para mantener Baddersley. Pensó si Stephen de Faix tendría dinero para aportar. Pensó en los adornos de oro de Aimery de Gaillard; esos sí que podrían mantener Baddersley muy bien.

Vio un destello dorado y cayó en la cuenta de que era él. Estaba hablando con una mujer fuera de la sala. ¡Aldreda!

Con los labios fruncidos observó cómo se meneaba la mujer junto a él, y le colocaba la palma en el pecho. Él le puso la mano en la cadera, con familiaridad, le levantó el mentón, le dio un rápido beso en la boca y luego entró en la sala. Aldreda se quedó mirándolo, irradiando satisfacción sensual.

Bueno, pensó Madeleine, amargamente, estaba claro en qué había andado Aimery de Gaillard esa noche. No era de extrañar que no estuviera interesado en una simple heredera. ¡Hombres! Todos eran la forma más vil de vida que se arrastraba por la tierra. Entró en la sala en una excelente disposición para envenenarlos a todos.

El rey seguía trabajando con su amanuenses y consejeros. Durante la noche habían llegado mensajeros, y justo cuando ella estaba en la sala llegó otro. Nadie rompería el ayuno mientras no estuviera el rey, por lo tanto salió hacia la capilla para oír misa. Ese día en especial necesitaba la aprobación divina.

Había pocas personas en el servicio religioso. Los clérigos del rey y el personal de la casa estaban todos ocupados. La mayoría de los nobles no eran piadosos, eso estaba clarísimo. Stephen entró silenciosamente y fue a arrodillarse en el suelo de piedra al lado de ella. Su presencia era parte de su galanteo, pero de todos modos demostraba que tenía interés por ella. Se le calmó la indignación. Si su marido al menos la quería lo bastante para intentar agradarla, eso ya era algo.

Después de la misa, mientras volvían juntos a la sala, él le habló alegremente de todo tipo de cosas sin importancia y se las arregló para dejar caer una buena cantidad de cumplidos. Era una representación tonta, pero a ella le alegró el corazón y el ánimo. Cuando iban entrando en la sala, le sonrió con auténtica simpatía. Su futuro ya no le parecía tan negro.

En ese instante el rey iba saliendo del aposento soleado. Los vio y un ligero ceño le marcó la frente; después sonrió:

—Buen día, *demoiselle*. Veo que añadís piedad a vuestras muchas virtudes, pero ¿qué otra cosa se podría esperar de una joven criada en un convento?

Madeleine hizo su venia y correspondió a su saludo; después fue a sentarse al lado de él mientras empezaban a traer la comida. Él la hizo hablar de la región, de su tierra y de su gente, pero ella percibió que tenía otras preocupaciones en mente. ¿Habría traído malas noticias uno de los mensajeros?

Cuando pareció que se iba a hacer el silencio, dijo:

—Es una lástima que el trabajo os siga a todas partes, *sire*. Todo hombre necesita un interludio.

Él se rió.

—Yo elegí mi camino. Ningún hombre que desee una vida fácil debe aspirar a una corona. Pero lo que me trajo uno de mis mensajeros os tranquilizará respecto a ese Ciervo Dorado, lady Madeleine. No está acechando en vuestros bosques. Está sublevando a los campesinos de Warwickshire.

O sea que no era Aimery de Gaillard, pensó ella. Hasta ese momento no había tenido conciencia de que tenía esa sospecha metida en algún recoveco de la mente. Sintió deseos de reírse de su estupidez. ¿Cómo podía haber creído algo tan absurdo como que Edwald fuera un caballero normando disfrazado?

—¿Habrá otra batalla, *sire*?

—No, no —la tranquilizó él—. Es un asunto de poca importancia que solucionará mi sheriff allí. Pero es de esperar que esta vez cojamos a ese pícaro.

—¿Qué haréis con él, *sire*? —preguntó. A pesar de todo, no quería ver a Edwald castigado.

—Eso depende —repuso el rey—. Yo no desperdicio talentos, lady Madeleine. No se le corta el cuello a un caballo fiero y rebelde. Se lo doma. Es decir, si quiere someterse a las riendas. Pero —añadió jovialmente—, si vuestros bosques están libres del ciervo humano, espero que podáis ofrecernos algunos del tipo animal para cazar.

—Desde luego, *sire*. Y jabalíes, y mucha caza menor. Mis hombres llevan días explorando la floresta, marcando las rutas y rastros de los ciervos.

Las palabras «mis hombres» le supieron dulces al pasar por su lengua. Miró alrededor con renovado orgullo.

—¡Excelente!

El anuncio de la diversión por el rey fue recibido con vítores por todos los hombres.

Madeleine exhaló un suspiro de alivio. Un día de caza proveería de alimento. También la dejaría a ella en paz para continuar poniendo en forma la casa.

Entonces descubrió que tenía que acompañarlos.

—Pero, *sire*, necesito quedarme aquí para organizar las cosas para vuestra mayor comodidad.

—Vuestros sirvientes parecen bastante capaces, *demoiselle* —dijo él, implacable—, y os queda poco tiempo para sopesar vuestras tres opciones. No podemos permitiros desperdiciar ni un solo momento.

Debía decirle al rey que ya había hecho su elección, pero la idea la acobardó. Él deseaba que se casara con De Gaillard, y personas más valientes que ella habían postergado el momento de decirle a Guillermo de Normandía algo que él no quería oír. Tal vez, pensó desesperada, ocurriría algo que retrasaría la decisión: la rebelión en Warwickshire, una peste, una invasión vikinga...

Cualquier cosa.

Pero nada iba a retrasar la exigencia de que fuera a la cacería.

Despotricando contra reyes, reinas, demonios de ojos verdes y el mundo en general, fue a su habitación a ponerse ropa de montar: botines y calzas debajo de un vestido de lino azul. Ordenó a Dorothy que le convirtiera las dos trenzas en una, y luego se la recogió con un pañuelo. Se subió el faldón por debajo del cinturón hasta dejárselo no mucho más largo que las túnicas de los hombres, y salió al establo, a montar, una mujer entre veinte hombres.

Y pensar que alguna vez había pensado que una situación así sería emocionante.

Todos esperaban cazar jabalíes y ciervos, pero muchos también llevaban halcones en sus muñecas para cazar sabrosos pájaros. La mayoría llevaban arcos, por si encontraban caza menor, liebres o tejones. Madeleine no tenía halcón, pero sí un arco, de modo que se lo llevó. Ése no era un talento que se aprendiera en el convento, y sólo estaba comenzando a adquirir cierta habilidad. Lo más probable era que no se atreviera a usarlo, porque estaría tan nerviosa que no atinaría a arrojar bien una flecha, y los hombres se reirían de ella.

Apretó los dientes al imaginarse al sajón de ojos verdes riéndose de ella. Entonces pensó, desesperada, por qué sus pensamientos giraban en torno a él como el hilo alrededor de un huso.

Él no hacía ni el menor ademán de acercarse a ella, pero por si acaso, se colocó entre Odo y Stephen. Los esfuerzos de ellos por agradarla le calmaron sus discordantes nervios. El agudo humor de Stephen la divertía, e incluso Odo la hizo sonreír con una anécdota de su infancia. Pero entonces él arrimó su caballo al de ella y le colocó una peluda mano en el muslo. Ella apartó su caballo poniéndose fuera de su alcance. Él le dirigió una fea mirada resentida, y Stephen sonrió satisfecho como un gato en una lechería.

Madeleine descubrió que era tremendamente desagradable ser un plato de suculenta nata.

Pero era un hermoso día de verano, de modo que decidió disfrutarlo a pesar de su apurada situación. Hacía calor y corría una suave brisa refrescante. Los árboles estaban verdes y frondosos, y el cielo azul estaba despejado, con sólo unas manchas de nubecillas blancas aquí y allá semejantes a rebaños de ovejas. La cabalgata discurría por entre un mar de flores, ranúnculos, anémonas, celidonias, margaritas y amapolas, todas muy trabajadas por las abejas. Una tonta liebre salió de su madriguera y echó a correr por la pradera; alguien cogió su arco y pronto la liebre estaba colgada en el arzón de una silla, la carne destinada para un plato de carne, la piel para ribetear una capucha o forrar un par de botas.

Esa primera presa entusiasmó a todo el mundo. Stephen inició una canción acerca de una lebrato, y pronto estaban cantando todos, a excepción de Madeleine, que no sabía la letra. Era una larga y alegre canción, muy tonta en algunas partes. De pronto comprendió que las palabras tenían doble sentido. Si la coquetona liebrecilla era una muchacha y no una liebre, algunas de las estrofas más tontas adquirirían sentido, en especial por el lugar donde entraba la flecha.

Le subieron los colores a la cara. Odo se rió disimuladamente. Madeleine miró ceñuda a Stephen, pero él se limitó a hacerle un guiño. A ella no le gustó la expresión de los ojos de su futuro marido. Eso no era sólo una burda diversión; él estaba disfrutando del azoramiento de ella. ¡Hombres!

Sabía que Aimery de Gaillard cabalgaba detrás de ella. No tenía la menor intención de girarse a mirarlo pero se lo imaginó sonriendo también por su ingenuo azoramiento.

¡Por la Sangre!, tenía que haber un hombre honrado en Inglaterra que quisiera casarse con una heredera y hacer el bien junto a ella. ¿Por qué tenía que elegir entre esos tres? Miró furiosa la espalda del rey de Inglaterra, el autor de todos sus problemas.

El rey llamó a Stephen para que fuera a ponerse a su lado. Madeleine deseó que fuera para reprenderlo, pero dudó que fuera ése el motivo. Todos los hombres eran unos puercos groseros y crueles. Avanzó otro jinete y se puso a su lado. Ella retuvo el aliento y se giró a mirar. Entonces suspiró aliviada. Era el otro, el hermano, Leo.

—No creo que fuera su intención molestaros, *demoiselle* —dijo Leo plácidamente—. No existe ninguna canción de caza escrita que no sirva de tapadera a la otra obsesión principal de los hombres.

—Sería más lógico que los hombres ocuparan su mente en lo que «verdaderamente» les incumbe —dijo ella, mordaz—, el bienestar de su gente y la prosperidad de sus tierras.

—Tiene una lengua de todos los demonios —rió Odo.

—Tiene razón también —dijo Leo, mirando despectivo a De Pouissey—. Por eso los hombres deben casarse, lady Madeleine. El matrimonio le quita el filo a su obsesión por cervatillas coquetas.

Madeleine se giró hacia él furiosa, pero el levantó una mano y sonrió.

—Paz, señora. Pero tenéis que comprender que estemos alborotados por vuestra elección. Es el punto de contención más interesante desde Senlac.

—Dudo que se pueda equiparar mi matrimonio con la conquista de Inglaterra, milord. No voy a sucumbir a la espada más poderosa.

—Podríais apoyaros en eso, si queréis —dijo Leo amablemente—, pero yo no lo haría, a menos que queráis casaros con Aimery. Él es el mejor espadachín aquí, después de mí.

—Yo podría disputar eso —gruñó Odo.

—Lo intentaste en Rockingham. Y desde entonces Aimery ha estado entrenando conmigo.

Eso silenció a Odo. Madeleine consideró el asunto con interés. ¿Era Aimery de Gaillard un experto guerrero entonces, pese a su declarada aversión a la guerra y sus bonitas galas? Jamás se lo habría imaginado capaz de luchar ni un sólo momento contra un hombre tan macizo e imponente como su hermano.

Si eso era cierto, entonces él le había mentido intencionadamente. Bueno, no se saldría con la suya en eso.

—Tal vez debería ver las habilidades de mis pretendientes en la lucha —musitó.

—No olvides, Mad —terció Odo—, que la familia De Gaillard necesita toda la tierra que pueda conseguir para proveer a su tribu de varones.

—¿Y los De Pouissey sois ricos en propiedades? —preguntó Leo, sarcástico—. Ciertamente os hacen falta hombres. —Se dirigió a Madeleine—: Me adelantaré para decirle al rey que deseáis una justa de armas hoy.

Partió al trote antes de que ella pudiera desdecirse. Su rápida lengua lo había complicado todo.

—Si dejas que te hagan bailar al son de su melodía Mad —dijo Odo, furioso—, serás la viuda de un traidor antes que des a luz a tu primer bebé.

Madeleine retuvo el aliento y se giró a mirarlo.

—¿Qué quieres decir?

—Sólo tienes que mirar a De Gaillard —dijo él, jactancioso—. Ningún verdadero normando se viste como él. Le he visto hablando en rincones con su primo Edwin de Mercia. No es un hombre en el que se pueda confiar más allá de un recodo en el camino.

—¿Es primo del conde de Mercia?

Ella sabía que De Gaillard era en parte inglés, pero no se había imaginado que estuviera tan emparentado con la nobleza inglesa. Y también era pariente sanguíneo de ese notorio rebelde Hereward. De pronto un alter ego en la forma de un proscrito inglés no le pareció tan rebuscado como le había parecido antes.

Pero Ciervo Dorado estaba en Warwickshire.

Eso decía el rumor.

—Sí, y está estrechamente relacionado con los sajones. Y todos están esperando el momento. No han aceptado a Guillermo. Algún día, muy pronto, volverán a sublevarse, y el sajón De Gaillard estará con ellos.

Dulce Jesús, tal vez sí era Ciervo Dorado. Se giró a mirarlo, buscando a Edwald y a su príncipe elfo, pero su torturada mente sólo pudo ver a un normando de pelo largo.

—En cuanto a Stephen —continuó Odo en tono engreído, sacándola de sus reflexiones—, espero que no te importe compartir sus favores. Se pasó toda la noche follando en el establo.

Madeleine recordó la sonrisa felina de saciedad y comprendió que Odo decía la verdad. Cuando entró Stephen en la sala esa mañana venía de haber estado con una mujer. Dios de los cielos, y ¿ahora qué?

—Mad, yo soy la única opción cuerda —le dijo Odo amablemente—. Me conoces, te gusto. Yo no sabía lo mal que te trataban padre y *dame* Celia. Ojalá me lo hubieras dicho, porque entonces yo podría haber hecho algo.

—Estaba a punto de decírtelo cuando trataste de violarme —repuso ella amargamente.

—No —protestó él—. Eso no. Me dejé llevar por mis sentimientos. No estabas mal dispuesta, sólo sorprendida. Pero yo te asusté, y lo lamento. —Le enseñó algunos de sus dientes torcidos—. Eres para hacer perder el juicio a cualquier hombre, Mad.

Eso debería halagarla, pensó ella. No se sintió halagada, pero pensó si tal vez no debería reconsiderar a Odo. Por lo menos era algo ser deseada, y probablemente conocía lo mejor y lo peor de él. Sabía tan poco de los hombres que tal vez había malinterpretado ese ataque. Éste le parecía muy lejano, y si se casaba con Odo ya no tendría que aceptar a Paul y Celia con él.

—El rey quiere hablar contigo, De Pouissey —dijo una voz.

Madeleine se giró tan rápido que le crujió el cuello. Aimery de Gaillard iba cabalgando a su derecha.

Miró a la izquierda y vio el mal gesto de Odo, pero él no podía negarse a una orden del rey, de modo que siguió adelante. Recelosa, se volvió a mirar detenidamente al joven rubio. En ese momento no parecía ni normando si sajón sino sólo ser un arrogante.

Sólo vestía una túnica de manga corta hasta la rodilla, un justillo de cuero sin mangas y medias hasta la rodilla sujetas con cintas entrecruzadas. Pero su vestimenta no tenía nada de sencilla. El justillo estaba adornado por un precioso dibujo en metal de serpientes entrelazadas que no sólo era hermoso sino que también podía doblar una flecha; su cinturón de cuero tenía grabados y dorados y se abrochaba con una hebilla de oro con incrustaciones de amatista; sus medias eran de un vivo color verde atadas con cintas cruzadas bordadas en marrón y blanco.

Y, cómo no, llevaba sus vistosos brazaletes. Ella no pudo resistirse a calcular que valdría por lo menos una de esas gruesas joyas.

—¿Lo queréis? —le preguntó él.

Ella levantó la vista a esos fríos ojos verdes.

—No —dijo, pero añadió—: ¿Me lo daríais si os lo pidiera?

—Tengo órdenes de cortejaros —dijo él ásperamente—. Si deseáis mi oro, sólo tenéis que pedírmelo ante testigos.

—Sí que necesito dinero —admitió ella, en tono igualmente frío—. Todo ese oro es una tentación.

Él se rió, pero en un tono afilado, duro.

—Tenéis la rara virtud de la sinceridad. Qué lástima que tengáis tan pocas virtudes sobre las que ser sincera.

Ella sintió subir los colores a la cara y un chisporroteo de rabia:

—Lord Aimery, ¿por qué me tenéis antipatía? Mi situación no es mejor que la vuestra. No deseo casarme con ninguno de los pretendientes impuestos por el rey, pero no dispongo del lujo del rechazo. Vos, en cambio, no tenéis ninguna obligación, por lo tanto no veo ningún motivo para vuestra amargura.

Él le cogió las riendas y detuvo su caballo.

—Lady Madeleine, nosotros no disponemos de más lujo que vos para rechazaros. Vos podéis rechazarnos a todos y volver al convento. Si nosotros nos negamos a aceptar vuestra decisión se nos arrojará a la oscuridad exterior donde nunca brilla el favor del rey.

Estaba mortalmente serio.

—Pero él os favorece.

—Eso tiene muy poco que ver con esto.

Los jinetes que venían detrás se dividieron y continuaron su camino rodeándolos. Al parecer nadie quería poner objeciones a ese *tête-à-tête*. Tampoco Madeleine. Él parecía estar en disposición de hablar claramente, y tal vez por fin ella podría entenderlo todo.

—¿Por qué no deseáis casaros conmigo? —le preguntó, mirando otra vez atentamente su cara, por si veía a Edwald.

Era difícil estar segura. Si era Edwald, se precipitaría a aprovechar la oportunidad de tener en su poder una baronía para usar todos sus recursos para la rebelión.

—No quiero casarme con una mujer que no me gusta.

Ella ahogó una exclamación.

—¿Por qué os soy tan repulsiva? Con toda sinceridad, no soy más pecadora que cualquier prójimo. Sin pecar de vanidad he de decir que no estoy mal de ver. ¿Por qué?

Él tenía los ojos duros, nada parecidos a los de Edwald.

—Hablo inglés —dijo—, y conozco Baddersley. Sois una mujer dura y cruel. Sin duda esas son excelentes cualidades en algunas circunstancias, pero no son las que busco en una esposa.

—¿Dura? —preguntó ella, sin entender—. ¿Cruel?

Él se bajó del caballo y se puso junto al de ella, apoyando una mano en el arzón.

—¿Esa descripción os ofende? Yo habría pensado que esos calificativos os harían sentir orgullosa.

Ella le miró la cara y luego la mano que tenía apoyada en el arzón de su silla. Se le obnubiló la mente con la sensación de esa mano tan cerca de su entrepierna, del lugar donde sus piernas se abrían sobre la silla, del cálido peso de su antebrazo sobre el muslo. Miró alrededor, aturdida. Estaban solos.

—La caza...

—Continuad, entonces.

Con los ojos fijos en esa mano, ella no hizo el menor ademán de hacer avanzar el caballo. Él la odiaba, y sin embargo su cuerpo respondía a él como a ningún otro. Aparte de Edwald.

—Habladme en inglés —le dijo.

Él se sorprendió, pero al cabo de un momento recitó una estrofa de un poema:

—Día tras día al despuntar el alba, debo dolerme solo de todas mis aflicciones. Ya no vive nadie a quien me atreva a abrir las puertas de mi corazón.

Las melodiosas y claras palabras inglesas fluyeron de su boca con una concisa belleza que ella jamás había oído antes. No se parecía en nada a la tosca voz de Edwald.

—¿Qué deseáis? —preguntó en un suspiro.

—Vuestra palabra de que no me elegiréis por marido.

Tendría que serle fácil aceptar, porque ¿acaso no había decidido que sería una locura casarse con él? Pero eso fue antes de que supiera lo de Stephen.

—No sé —dijo—. No puedo casarme con Odo; no os puedo decir por qué, pero de verdad no puedo. Y no deseo casarme con Stephen. —Lo miró de reojo—. Odo dice que ha estado divirtiéndose con las mujeres del castillo.

Él sonrió despectivo.

—¿Y eso os ha vuelto en su contra? Ni Odo ni yo somos vírgenes, ¿sabéis?

—Supongo que vos también os habéis entretenido con algunas mujeres de Baddersley —dijo ella en tono lúgubre, pensando en Aldreda. Él tenía razón en reírse de su ingenuidad.

—Por supuesto —contestó él, con expresión de estar recordando algo muy agradable—. Fue un encuentro muy memorable.

Madeleine apretó los dientes, pero pensó que lo conocía mucho más de lo que era explicable; con un relámpago de inspiración le preguntó:

—¿En esta visita?

Él agrandó los ojos, le cogió el brazo y la bajó del caballo.

—¡Qué...! ¡Soltadme!

Él la tenía cogida con un duro puño, y una mano en la nuca, como si quisiera romperle el cuello. Se le aceleró el corazón, aunque no solamente de terror. Recordó el ataque de Odo y su inmediata reacción de rechazo y repugnancia. En ese momento tenía miedo, pero también se sentía atraída hacia algo, como una polilla a una mortal llama.

—¿Qué vais a hacer? —susurró.

—Besaros.

A ella le hormiguearon los labios y se los mojó con la lengua, mientras una esperanza no reconocida empezaba a subirle en espiral al cerebro.

—Creí que no queríais casaros conmigo.

—No os va a gustar —le prometió él—. O bien el rudo Odo o el mariposón Stephen os va a parecer un tesoro, comparado conmigo.

La esperanza se rompió en trocitos ácidos. Se apartó, pero él aumentó la presión. Tocó una vieja magulladura y ella se quejó.

Al instante él aflojó la presión, y ella vio su preocupación por haberle hecho daño. Era capaz de amenazar, pero dudaba que pudiera realmente maltratarla. Entonces ¿por qué lo intentaba?

—¿Por qué? —volvió a preguntar—. ¿Por qué?

Él apretó los labios, bajó el puño como un grillete hasta su muñeca y la alejó de los impacientes caballos, llevándola hasta un inmenso roble. Bruscamente la apoyó en el tronco, encerrándola con su duro cuerpo.

—No me gustáis, Madeleine de la Haute Vironge, no deseo Baddersley. Si me obligáis a casarme con vos os haré la vida muy desgraciada.

La áspera corteza del árbol se le enterró en la espalda, reviviéndole algunos moretones, pero la molestia quedó ahogada por el olor a cuero y sudor, por la cálida dureza de su cuerpo cubierto por capas de metal y joyas. Sus crueles palabras chocaban con mensajes que su alma creía.

—¡Yo tampoco quiero casarme con vos! —exclamó, sabiendo que era una absoluta mentira.

Y él también lo sabía.

—Nos vamos a asegurar de eso —dijo él.

Con una mano le dejó aprisionadas las dos muñecas; con la otra le cogió la mandíbula, le aplastó duramente los labios con los de él, obligándola a abrir la boca; entonces introdujo la lengua hasta el fondo, una vil invasión. Madeleine sintió bascas, trató de liberarse, pero apenas podía moverse. Sus protestas salían en forma de maullidos y desazón. Empezó a envolverla la oscuridad...

De pronto él, emitiendo un gemido, le liberó la boca y la estrechó en sus brazos, apartándola del árbol. Sus brazos dejaron de ser prisión para convertirse en refugio. Cuando le rozó suavemente los labios con los de él, ella no se apartó. Cuando su lengua le rozó los dientes, la lengua de ella se movió como por voluntad propia para recibirla. Había aprendido bien sus lecciones. Lo miró, desconcertada. También los ojos de él estaban oscuros, confundidos y preocupados.

Él le pasó la mano por la espalda, jugueteando sobre ella como si fuera su lira, calmándole dolores y llevándole música a sus sentidos, prometiéndole mareantes placeres. Cuando sus juguetones dedos encontraron un pecho, ella gimió, pero no de protesta. Esa magia también le era conocida, y su cuerpo brincó, y no se dejó engañar.

Era Edwald. Ése era Ciervo Dorado. Sonrió.

Él se apartó bruscamente, tan aturdido como ella, pero también horrorizado.

—Eres mi muerte y condenación, bruja.

Eso le sentó como una puñalada.

—No quiero hacerte ningún daño —protestó.

Él volvió a subir la mano a su cuello, pero suavemente. Le frotó la mandíbula con el pulgar.

—Entonces no te cases conmigo, Madeleine.

Ella deseó llorar. ¿Por qué no? Pero ya sabía por qué. Los aldeanos de Baddersley lo conocían como Ciervo Dorado, y uno de ellos era un traidor que podría reconocerlo y delatarlo al rey. No, se recordó, el traidor era Ciervo Dorado. El informante era fiel al rey Guillermo. No podía desear casarse con un traidor. No podía.

Él le leyó el pensamiento en la cara. Su pulgar detuvo su tierno movimiento y su rostro se endureció:

—Reconozco que tenéis un lascivo poder sobre mí, *demoiselle*, pero sigo despreciándoos. No creáis que podéis casaros conmigo y dominarme con la lujuria.

Madeleine se apartó de él y le volvió la espalda para controlar las lágrimas.

—No tengo la menor intención de elegiros a vos. Me voy a casar con Stephen.

Él la hizo girar, le escrutó la cara, y asintió.

—Estupendo —dijo, gravemente.

Y continuaron allí, mirándose.

Ella lo miraba y veía a un príncipe elfo, a un tierno proscrito y a un cruel traidor.

Él la miraba y veía una doncella morena, una muchacha sensual y una bruja cruel.

Se miraron ceñudos mientras sus cuerpos se iban acercando irresistiblemente.

Alguien se aclaró la garganta.

Se apartaron y los dos se giraron a mirar. El conde Guy estaba ahí de pie contemplándolos con expresión escrutadora.

—¿Ya habéis hecho vuestra elección, *demoiselle*? —preguntó, sarcástico.

Aimery y Madeleine se miraron. Sostuvieron la mirada un momento, hasta que él giró sobre sus talones y echó a andar hacia su caballo.

—Me ha hecho muy feliz —dijo—. Se va a casar con Stephen.

Dicho esto montó y se alejó, llevándose con él todas las esperanzas de felicidad de Madeleine.

• • •

El conde Guy desmontó y se le acercó.

—Será mejor que montéis y continuéis cabalgando, lady Madeleine. Vuestra ausencia con Aimery se ha hecho notar. No hay ninguna necesidad de provocar más habladurías.

La ayudó a acomodarse en la silla y partieron.

—¿Os hizo daño? —le preguntó el conde Guy.

Ella percibió su ira. Le sería fácil vengarse diciendo que sí, para que ese hombre castigara a su hijo, que ciertamente lo haría.

¿Vengarse de qué?

—No puedo responder a eso —dijo sinceramente.

—*Demoiselle* —dijo él en tono grave, severo—, está claro que en esta situación hay más de lo que yo sé, pero es vuestra vida la que está en juego, la vuestra y la de mi hijo. Os pido que tengáis cuidado.

—¡Lo sé! —exclamó ella—. Pero ¿qué puedo hacer? —Se volvió a mirarlo, suplicante—. ¿Me daría más tiempo el rey? ¿Otras opciones?

Él negó con la cabeza.

—Tiene muchos otros asuntos en la cabeza, lady Madeleine. Éste debe quedar resuelto.

Se unieron al resto del grupo. Habían hecho un alto para tomar un refrigerio. Aimery estaba conversando con su hermano. Cuando Madeleine se bajó del caballo notó que era el foco de muchas miradas curiosas, pero nadie dijo absolutamente nada. Odo y Stephen parecían agriados, pero cuando ella no hizo el menor movimiento para ir a reunirse con su rival se relajaron.

Muy pronto Stephen fue a ponerse a su lado, acariciando al halcón que llevaba en la muñeca. Con implacable resolución, ella le sonrió. Como había dicho Aimery, ¿qué importaba un poco de mariposeo? Eso significaría que pasaría menos tiempo en su cama.

—Es muy hermosa esta región —comentó él, sin poder eliminar del todo la codicia de su voz.

—Sí, es muy hermosa.

—Y afortunadamente no está en un bosque de la realeza. El señor aquí puede cazar sus propios ciervos.

Bien podría haber dicho «Podré cazar mis propios ciervos». Madeleine se dijo que él era su única opción y ensanchó la sonrisa.

—Eso es una suerte —dijo—. Con lo mal administrada que ha estado la propiedad, creo que tendremos que cazar para sobrevivir este invierno. Tal vez podríamos vender venados para comprar grano y otras cosas de primera necesidad.

Vio que él se pavoneaba al notar su uso de la primera persona del plural.

—Seguro que este lugar debe de producir lo suficiente para alimentar a los aldeanos —dijo él despreocupadamente, mientras sus ojos tomaban posesión de ella—. Hay pocos, parece.

—Pero necesitamos más —repuso ella, advirtiendo que había retrocedido un paso ante esa mirada codiciosa. No, eso no resultaría. Plantó firmemente los pies en el suelo—. Habrá que alimentarlos durante el invierno.

Él descartó eso con un encogimiento de hombros.

—Se mantendrán solos. Siempre se las arreglan de una u otra manera, como los animales salvajes. —Se le acercó y ella se obligó a quedarse quieta. Él le puso una mano en el brazo y la miró a los ojos—. No te preocupes, ángel mío, yo...

Una garza real emprendió el vuelo desde el río cercano. Lanzando un grito de entusiasmo él se giró y soltó a su peregrino. Toda su atención se concentró en el vuelo del halcón.

Estaba muy bien, pensó ella, con ironía, que a ella no le interesara su afecto.

La había conmovido un poco ese encantador «ángel mío», pero estaba muy consciente del enorme alivio que sintió ante la repentina interrupción de ese momento de intimidad. No podía borrar de su mente el pensamiento de que si... de que «cuando» se casara al día siguiente, la boda llevaría a su conclusión natural. La lengua de él invadiría su boca, su mano le acariciaría el pecho, y no lograba imaginarse que eso produjera la magia que ella había experimentado en otros brazos.

Sus ávidos ojos buscaron a Aimery de Gaillard y sin ninguna dificultad lo desnudaron hasta dejarlo en su príncipe elfo.

Se dijo severamente que el matrimonio era algo más que dos cuerpos en una cama; Stephen sería un buen marido. Entonces recordó su despreocupada actitud hacia el bienestar de la gente. Pero por lo menos era leal al rey, se dijo desesperada.

El halcón peregrino de Stephen erró el vuelo y la garza fue atrapada por otro halcón. Cuando volvió el pájaro a su muñeca, él le dijo «burro» en tono malhumorado, y bruscamente le puso el capirote.

Madeleine apretó los dientes. Debía dejar de fijarse en sus malas cualidades. Ningún hombre es perfecto, se dijo. Esa lección al menos ya la había aprendido.

Iría inmediatamente a anunciarle su decisión al rey, para acabar de una vez por todas.

10

Sólo había dado dos resueltos pasos cuando el jefe de ojeadores hizo sonar su cuerno. Los perros habían encontrado presas. Todos corrieron a sus caballos y partieron en dirección al sonido. Mientras galopaba, Madeleine era consciente de su sensación de alivio.

Los ojeadores encontraron los animales mejores y más peligrosos: jabalíes. Dos jabalinas y diez jabatos estaban acorralados por los gruñidores perros. Un festín, si se lograba matarlos a todos. Los hombres avanzaron sobre sus monturas a acorralar más a los animales. Los cazadores cogieron las lanzas para jabalí que portaban los sirvientes. Madeleine se quedó atrás. No tenía arma apropiada, y un jabalí enfurecido es peligroso. Sus colmillos son afilados como navaja y no le tienen miedo al hombre.

Los chillones jabatos fueron fácilmente atravesados por las lanzas arrojadas desde los caballos, pero las jabalinas adultas tendrían que cazarlas a pie. No había otra manera de matar a un jabalí ya crecido. Los hombres gritaron pidiendo el honor de hacer esa matanza, pero el rey dirigió una lobuna sonrisa a Madeleine y asignó la tarea a Odo y Aimery.

Ella supuso que tenía que considerar eso una parte de la prueba, pero ciertamente ya no tendría ningún valor puesto que se iba a casar con Stephen.

Los dos hombres se apearon de sus monturas y cogieron una lanza. A Madeleine le pareció que Odo estaba nervioso, y tenía motivos; muchos hombres resultan muertos por jabalíes. Como para demostrar la verdad de eso, un perro se acercó demasiado a una jabalina; los colmillos lo golpearon, y lo tiraron hacia un lado al perro, aullando de dolor y chorreando sangre de una herida mortal.

Un cazador se apresuró a matar al perro enterrándole un cuchillo en la garganta.

Madeleine tragó saliva, y clavó los ojos en Aimery. Él no parecía nervioso, pero ella estaba aterrada por él. Era unos cuatro dedos más bajo que Odo, y menos corpulento. Sus movimientos indicaban agilidad, pero a ella le resultaba difícil imaginárselo soportando el ataque de un jabalí enfurecido.

—¡Qué divertido! —oyó decir.

Miró hacia la voz y vio a Stephen a su lado, con los ojos brillantes y sonrojado de excitación. Llevaba un jabato muerto en su lanza, como un trofeo, y la sangre le corría por la mano.

—Matanza perfecta —declaró él.

¿Qué habilidad se requería para matar a un jabato con una lanza?, pensó ella.

—Qué lástima que no hayáis tenido la oportunidad de matar a una de las hembras —dijo, volviendo la atención a la acción que se estaba desarrollando.

—Eso es un trabajo muy sangriento —rió él—. En cambio, tal vez los animales acabarán con mis rivales, y yo estoy aquí con vos mientras ellos la sudan ahí.

Madeleine lo miró con el ceño fruncido. No logró imaginárselo disfrutando de un trabajo sucio y sudoroso, y eso era lo que necesitaba Baddersley. Desvió la vista antes de que se le ocurriera otra cosa decepcionante acerca de él.

Las jabalinas estaban enloquecidas por el círculo de hombres a caballo, todos gritando, y por la matanza de sus cachorros, pero aún no habían elegido a quién atacar. Avanzaban unos pasos hacia un lado y unos pasos hacia otro; de pronto corrían hacia los caballos, que se apartaban bailoteando. Pero los jinetes tenían buen cuidado de no dejar ninguna ruta de escape.

Los ardientes ojillos miraban de uno a otro lado, los largos y peligrosos colmillos se agitaban y de los hocicos caía espuma.

Aimery gritó y movió la lanza para atraer la atención de una de las bestias. Dio resultado. La más pequeña fijó su mirada en él y en su brillante justillo.

Rascó el suelo con sus afiladas pezuñas, y se lanzó. Un repentino movimiento de Odo desvió a la jabalina hacia él. Rápidamente Odo bajó la lanza y la afirmó en el suelo, justo en ángulo para enterrársela al animal en el pecho. Aimery volvió su atención hacia la otra jabalina. Volvió a gritar pero ésta no se movió. Se le acercó un poco, su atención concentrada en ella.

A Madeleine le martilleaba el corazón. Miró hacia Odo. El enfurecido animal iba derecho hacia él. Él parecía tranquilo, pero en el último momento retrocedió y vaciló. La lanza se enterró en el hombro del animal, en lugar de en el pecho. La jabalina herida chilló y se retorció. Odo resistió, pero el animal lo empujó hacia un lado y fue a chocar directamente con Aimery.

Madeleine no pudo contener un grito cuando Aimery cayó al suelo. Las serpientes de su justillo brillaron como fuego cuando pasó rodando por en medio de un rayo de sol. Entonces decidió atacar la otra jabalina.

Los hombres gritaron para distraerla, pero iba lanzada, sorda a todo, con los colmillos apuntando al brillante justillo de Aimery en el suelo. Mientras los hombres saltaban de sus caballos a enterrar espadas en la otra jabalina herida para inmovilizarla, Aimery rodó hasta quedar de rodillas y puso su lanza entre él y el animal.

No tuvo tiempo de afirmarla en el suelo.

La lanza se enterró certera en el centro del pecho. La misma velocidad que traía el animal se la enterró hasta la cruz, y empezó a brotarle sangre del hocico. Pero contra esa fuerza Aimery no podía seguir sosteniendo firmemente la quemante lanza, y sus manos se fueron resbalando por ella hasta chocar con la cruz y con el musculoso y agitado cuerpo del animal.

En un último espasmo de muerte, la jabalina agitó la cabeza y un colmillo le rasgó el dorso de la mano derecha y se la levantó, cogido en el brazalete de oro, en ensangrentada y pírrica victoria.

Se hizo el silencio y luego se oyó un griterío de gente corriendo.

Madeleine estaba aturdida. Si estuviera muerto... No podía estar muerto. Un animal tan cerca de la muerte tenía que estar débil.

—Ciertamente me alegra mucho haberme perdido ese honor —dijo De Faix alegremente—. ¿Cabalguemos hasta el río, ángel mío, a buscar más pájaros?

Madeleine lo miró fijamente.

—Podrían llamarme para que ayude —dijo.

Y al decirlo comprendió que era su deber ofrecer auxilio. Puso en marcha a su yegua. Los hombres se apartaron y vio a Aimery de Gaillard de pie con el brazo y la mano vendados toscamente con un trapo todo ensangrentado. Estaba bastante pálido, pero la herida no podía ser demasiado grave. El alivio la mareó.

—Lord Aimery debe volver a Baddersley para que le curen la herida —dijo el rey—. Lo acompañarán su padre y su hermano, pero ¿iréis también vos, lady Madeleine? Tengo entendido que tenéis formación en medicina.

—Por supuesto, *sire*.

Habría jurado que De Gaillard tenía aspecto de querer protestar. Seguramente no la detestaría tanto como para no permitir que le curara la herida, pensó tristemente.

—Hacedlo lo mejor posible —dijo el rey enérgicamente—. Necesito sanas todas las manos derechas leales.

Acto seguido emprendió la marcha para continuar la cacería. Reflexionando sobre esas palabras del rey, Madeleine pensó si no sería su deber hacer mal la curación con el fin de privar al traidor del uso de su mano de la espada. ¿Cuando se convenció con tal seguridad de que Aimery de Gaillard se disfrazaba de proscrito sajón?

Cuando estaba en sus brazos, cuando sus sentidos le dijeron esa verdad innegable.

Leo insistió con mucho aspaviento en ayudar a su hermano a montar su caballo.

—Basta, Leo —dijo Aimery, suspirando—. Eres tan exagerado como mi madre. —Se volvió hacia Madeleine—. No es una herida profunda, lady Madeleine. No es necesario que sacrifiquéis un día de deporte por esto.

A ella le volvió todo el resentimiento. Él ya se lo había dicho muy claro antes.

—No me supone ningún sacrificio —contestó, displicente—. Me alegra tener un pretexto para volver a Baddersley, pero vuestra mano se puede pudrir, por lo que a mí me importa.

Sin decir palabra, él hizo girar su caballo y emprendió la marcha hacia el castillo. Leo avanzó hasta ponerse a su lado. El conde Guy situó su caballo junto al de Madeleine para hacerle compañía.

Ella notó que él la miraba atentamente. Él se tocó la muñeca y ella vio que se había puesto en ella el brazalete de Aimery. Él lo abrió y se lo pasó a ella.

No le dio ninguna explicación, pero ella no estaba en disposición de ánimo para preguntarle el motivo de ese extraño acto. El brazalete estaba tibio, por el calor del cuerpo del conde, y era muy pesado. La banda de oro tenía casi media pulgada de grosor, y sin embargo el colmillo de la jabalina lo había doblado. Sin duda eso fue lo que le salvó el brazo a Aimery. Aunque se notaba que lo habían limpiado, todavía quedaban huellas de sangre en el brazalete, sangre de él o del animal.

—Parece antiguo —comentó—. Es muy hermoso.

—Es antiguo —dijo el conde Guy—. Y valioso. Y peligroso. Es una antigua joya de Mercia, regalada a Aimery por Hereward, que es un traidor al rey de Inglaterra. Hereward también le dio la espada, gran parte de su forma de pensar y el anillo que lleva en la mano derecha. El anillo que lleva en la mano izquierda se lo regaló Guillermo, al que ha jurado lealtad absoluta, sobre la cruz. Su rango y la mayor parte de su formación proceden de mí. Es un hombre agobiado por el peso de muchas lealtades, *demoiselle*. Yo he tratado de romper su ligazón a algunas de ellas, pero es imposible. Algún día estas podrían destrozarlo.

Eso casi equivalía a reconocer que su hijo era un traidor, pensó Madeleine.

—¿Por qué me decís todo esto? —le preguntó—. Eso no lo hace un marido atractivo en estos tiempos difíciles.

Él la miró. Sus ojos verdes, tan parecidos a los de su hijo, eran francos.

—Como dije antes, no entiendo nada, y creo tener el juicio suficiente para ser consciente de eso. Teníais que saber ante qué os encontráis.

—No lo elegiré a él —dijo ella, y muy en serio. No se casaría con un traidor.

Él asintió.

—Es vuestro derecho. Y a juzgar por lo que he visto, eso podría ser juicioso.

Cuando llegaron a Baddersley, Aimery nuevamente intentó disuadirla de curarle la mano.

—Esta venda ha restañado la sangre —insistió—. No hay ninguna necesidad de quitarla.

Estaba pálido y se veía tenso, lo cual no era sorprendente dados la sangre que había perdido y el dolor que debía de estar sufriendo. Ella pensó si no estaría ya afiebrado por la herida, porque lo que decía no tenía mucho sentido. Pese a lo que le dijera antes, enfadada, no podía dejar que en su casa muriera un hombre de herida infectada.

—Siempre ha sido un cobarde terrible —bufó Leo.

—Basta de tonterías —dijo el conde Guy—. Deja que lady Madeleine te la trate. Una herida de animal puede ulcerarse muy fácilmente.

—¡Pues sea! —exclamó Aimery, mirando enfadado a su padre y hermano—, pero no quiero tener testigos cuando llore. Marchaos.

Los dos hombres obedecieron, con expresiones divertidas.

Se quedaron solos. Madeleine miró a Aimery con recelo, pero era evidente que no estaba en condiciones para un ataque amoroso. Ordenó que le trajeran agua, fría y caliente, y lo llevó a su habitación, donde guardaba sus materiales médicos.

—Sentaos junto a la ventana, a la luz —le dijo enérgicamente.

Entonces se dio cuenta de que todavía tenía el brazalete en la mano. Se lo pasó. Él lo dejó despreocupadamente en una repisa y fue a sentarse donde ella le había ordenado.

—Quitaos la venda, por favor.

Él se la quitó, tirando sin vacilar la última parte pegada. Ella se acercó a mirar la herida. Aunque él parecía tranquilo, ella percibió su tensión, pero no le dio importancia. Muchos hombres valientes temen la mano del curandero.

Se concentró en su tarea. La herida era fea, pero no grave, a no ser que se infectara. El colmillo le había rasgado la piel por en medio del tatuaje del dorso de la mano y parte del antebrazo, dejándole un corte del largo de un dedo. No había manera de decir qué representaba el dibujo, y era muy improbable que quedara igual.

Tal como había dicho él, el corte no era profundo, sin duda debido a que el brazalete absorbió la mayor parte del peso y la fuerza del animal. La banda superior del brazalete le había dejado un verdugo morado en el lugar donde le presionó, pero eso sanaría solo. Pero un brazo más débil se habría quebrado en esa contienda. Ella estaba muy consciente de la fuerza muscular del brazo que estaba examinando.

—¿Podéis hacer todos los movimientos del brazo? —le preguntó.

Obedientemente él dobló y movió el codo y la muñeca. Los hermosos músculos se estiraron y flexionaron bajo la piel.

El movimiento hizo brotar un poco de sangre, pero no causó una hemorragia peligrosa.

—Cicatrizará bien, creo. Sólo tengo que limpiarla y ponerle puntos.

Se levantó a dar instrucciones a los sirvientes que habían traído el agua. Cuando se marcharon, él dijo:

—No le pongáis puntos.

—Os quedaría una cicatriz muy fea. Estorbaría el movimiento de la muñeca. Si la coso, podría sanar muy bien.

—No la quiero cosida.

Madeleine lo miró exasperada. El valiente y noble guerrero tenía miedo. Rápidamente se dirigió a la sala grande.

—Conde Guy, vuestro hijo se niega a que le cosa la herida, y hay que coserla.

Guy arqueó las cejas, pero la acompañó hasta la habitación. Cuando Aimery lo vio, hizo un gesto como si quisiera estrangular a alguien, a ella, sin duda.

El conde Guy examinó la herida e hizo una mueca.

—Ciertamente hay que poner puntos. No más tonterías, Aimery.

—Muy bien —suspiró Aimery.

Su padre asintió y salió de la habitación.

Madeleine miró ceñuda a su paciente. A una orden de su padre había renunciado a la pelea. Qué hombre más raro. Le sirvió un poco de aguardiente. Eso no haría más agradable la curación, pero podría calmarle los nervios.

En un cuenco puso corazoncillo y murajes a remojar en aguardiente, y en otro puso raíz de lirio, alhova, helecho macho y belladona en agua caliente con miel. Después cogió un paño limpio, lo mojó en agua y suavemente limpió los bordes de la herida, nerviosa a la espera de que él retirara la mano o le diera un cachete. Cuando llegara el momento de coser, pensó, tal vez le convendría llamar a su muy corpulento hermano para que lo sujetara.

Una rápida mirada a su cara le indicó que si él estaba preocupado, era por otras cosas. Encogiéndose de hombros, cogió el cuenco con la decocción en aguardiente.

—Esto va a arder —le advirtió.

Le cogió firmemente la muñeca, le puso el brazo hacia abajo y vertió el líquido de forma que corriera por dentro de la herida. Él cerró el puño y retuvo el aliento, pero no hizo ademán alguno de retirar la mano. Al sentir flexionarse esos músculos ella comprendió que no había manera de impedirle nada.

—Las heridas de animal siempre son peligrosas —comentó, mirando atentamente la herida por si quedaba alguna suciedad—, pero no la voy a cauterizar. Estaré vigilante, y si veo que hay alguna señal de infección, lo haré después.

—Sería más sencillo hacerlo ahora —dijo él, como si una cauterización fuera una insignificancia.

Muchos hombres se acobardaban ante un hierro caliente; tal vez él nunca lo había experimentado.

—No cicatrizaría tan bien, y parece limpia. Es extraño lo difícil que es saberlo —musitó, hablando consigo misma—. Una herida se ve sucia pero cicatriza bien, otra se ve limpia pero mata a un hombre.

—Gracias —dijo él, sarcástico.

Ella lo miró avergonzada, sintiéndose culpable, porque no se debían decir esas cosas a un paciente. Pero al parecer él estaba más divertido que temeroso. Se sonrieron tímidamente.

Retornó el recuerdo de ese beso, extrayéndole como una sanguijuela las fuerzas de brazos y piernas. Confundida, se apresuró a desviar los ojos. Cogió una aguja y un hilo de seda, y se obligó a aquietar las manos. No le gustaba esa tarea, en especial si el paciente armaba alboroto, pero era más compasivo hacerlo rápido y con firmeza que titubear.

Requería pericia poner puntos a una herida de modo que cicatrizara bien sin dejar apenas marca, y eso era algo para lo que era buena. Aunque la tarea la hacía encogerse por dentro, siempre procuraba mostrar una cara tranquila al paciente. Muchas veces la habían felicitado por su resolución al coser una herida aunque el herido tironeara y llorara suplicando piedad; por dentro ella también se encogía con cada puntada y lloraba suplicando piedad.

Y en este caso había un factor extra sacudiéndole los nervios. El recuerdo de su cuerpo apretado contra el de ella; el olor a cuero y otros aromas particulares de él; el contacto de sus manos con su fuerte y flexible brazo.

Se dijo que se iba a casar con Stephen de Faix, que sin duda también tenía fuertes y lisos músculos.

Hizo una inspiración profunda y juntó los bordes inflamados de la herida. Serenándose, enterró firmemente la aguja en la carne, preparada para la pelea. Notó un ligerísimo movimiento del brazo, que al instante se quedó inmóvil. Pasó la aguja por el otro borde y ató el hilo, ni demasiado apretado ni demasiado flojo.

Volvió a enterrar la aguja un poco más abajo. Él no podía impedir la tensión de su brazo, que estaba duro como piedra, pero aparte de eso era como si estuviera cosiendo carne para un guiso, no carne viva. Si él continuaba controlándose tan bien, ella podría hacer un buen trabajo.

Entonces no era un cobarde, pensó, mientras continuaba su trabajo simulando que era un trozo de cerdo lo que estaba cosiendo, como los que cosía cuando estaba aprendiendo en la abadía. Qué fácil sería la curación si uno pudiera desentenderse del dolor del paciente.

Pero ¿para qué tanta oposición antes, si era capaz de soportar el dolor? ¿Por qué detestaba que ella lo tocara? Al pensar eso se equivocó de lugar y tuvo que sacar la aguja y volverla a meter. Lo miró avergonzada del fallo. Él no mostró ninguna reacción.

Cielos, iba a ser ella la que acabaría llorando, no él.

Ató el último punto y exhaló un tembloroso suspiro de alivio. Apareció una copa delante de ella.

—Sois muy experta —dijo él, sosteniendo la copa.

Ella la cogió y bebió un largo trago.

—Y vos un paciente excelente. ¿Puedo esperar que continuéis así y no uséis ese brazo uno o dos días?

Le devolvió la copa y él bebió un poco también. Eso era compartir la misma copa, pensó Madeleine. Lo encontró insoportablemente íntimo.

—Eso depende —dijo él— de si insistís o no en una lucha para conseguir el favor de la doncella. No creo que me permitan mantenerme al margen, y no manejo bien una espada con la mano izquierda.

—No se os ocurra levantar una espada durante una semana —dijo ella, horrorizada.

Él arqueó una ceja.

—Creo que vuestra experiencia anterior no ha sido con guerreros, *demoiselle*. Si me llaman a luchar, lucho.

Ella se giró a guardar algunos de sus materiales.

—No pediré una prueba de armas.

Esa loca escena en el bosque había vuelto como si estuviera ocurriendo otra vez. La ira de él, sus amenazas, su beso, el sufrimiento que vio en su cara. Cerró el arcón sin verlo, y se volvió hacia él, pero sin saber qué decir.

Él la estaba mirando, perplejo.

—Hace unos meses azotaron a algunas personas aquí —dijo—. ¿Qué ocurrió?

Ella frunció el ceño, pensando en la pregunta, pero de pronto eso llevó sus pensamientos al ataque de Odo, y a Edwald, que fue amable con ella ese día, por última vez. Edwald, que llevaba un tatuaje en la mano derecha. Al fin se decidió a preguntar:

—Estas marcas que tenéis en la mano, ¿son comunes entre los ingleses?

Al parecer a él no lo sorprendió el cambio de tema.

—Sí. A todos los nobles ingleses se los marca de este modo.

—¿En el mismo lugar?

—En la mano y brazo de la espada.

Empezó a flaquear su anterior certeza de que ese hombre era Ciervo Dorado. Las palabras de Aimery sugerían que Edwald y Ciervo Dorado podría ser otro apuesto noble inglés de pelo dorado y ojos verdes.

¿Uno que le hacía flaquear las rodillas con sólo tocarla?

—Los tatuajes en la cara solían ser populares —añadió con sonrisa irónica—, pero han pasado de moda, de lo cual estoy muy agradecido.

Parecía tranquilo, relajado. Ella le levantó la mano.

—¿Cómo se hacen?

—Con aguja y tintes —contestó él. Su mano reposaba en las de ella, sin resistencia.

—Debe de ser doloroso.

—No más que los puntos que me habéis puesto.

—Pero son muchas más agujas. ¿Qué edad teníais?

—Catorce. Es una señal de virilidad aguantar sin rechistar.

Tenía la piel inflamada y amoratada; era difícil distinguir el dibujo. Más arriba, en el antebrazo, se veía la estilizada anca de un animal con las patas levantadas, como dando un salto. Podía ser cualquier animal, caballo, ciervo, cordero. Le giró la mano hacia la luz del sol, simulando observar el trabajo del tatuaje, pero en realidad para analizar las líneas rojas, marrones y amarillas.

No le sirvió de nada; no logró identificar al animal, pero si la herida cicatrizaba bien, dentro de unos días volvería a verse claramente el dibujo.

Dentro de unos días ella estaría casada con Stephen de Faix y Aimery de Gaillard habría desaparecido de su vida para siempre.

Él giró la mano para coger la de ella.

—¿Qué pasa?

Ella negó con la cabeza y retiró la mano para extender el emplasto en la venda y recuperar el autodominio. Cuando volvió a girarse hacia él ya era dueña de sí misma.

—No me lo digáis —dijo él, adelantándose a sus palabras—. Me va a doler.

Ella curvó los labios.

—Si no duele, tal vez no haga ningún bien.

—Me recordáis a mi madre —comentó él alegremente.

Tan relajado estaba que soltó una maldición cuando ella le aplicó el emplasto tibio sobre la herida. Rápidamente ella lo afirmó vendándolo con piel de oca y tiras de cuero.

—Mañana quiero ver cómo está —dijo enérgicamente.

—El día de vuestra boda. Qué dedicación.

Ella cerró los ojos un instante.

—Un día de bodas nada normal —dijo.

Se hizo un silencio en la habitación, que se acumuló como un nido de cuchillas, doloroso se volviera donde se volviera.

Lo miró a los ojos.

—Me voy a casar con Stephen.

Él se levantó.

—Será para mejor.

Ella creyó que la iba a besar, y lo deseó, pero él se limitó a mirarla un momento, y se marchó.

Madeleine se tragó las lágrimas y se desmoronó sobre la banqueta donde había estado sentado él, mirando como una tonta unas gotas de su sangre sobre la estera.

Se dijo que él era el hombre que había jugado con ella, el hombre que le causó una terrible aflicción. Era un traidor a su rey y a sus juramentos de caballero. No debía sufrir por un hombre así. No debía.

Y sin embargo siempre había sido amable, incluso cuando estaba furioso. Ese día, cuando deseaba herirla y rechazarla, no fue capaz de hacerlo. Conociendo ya los juramentos que tiraban de él, incluso comprendía sus lealtades quebrantadas. ¿Cómo se comportaría ella en una situación así? No lo sabía.

Era un hombre bueno, amable y valiente; un hombre mucho mejor, muchísimo mejor, que Odo y que Stephen. De todos modos, no se casaría con él. Sería una tonta si uniera su destino al de un hombre así, pero más importante aún, atraparlo allí podría llevarlo a su destrucción. Le había prometido no hacerlo, y era una mujer de palabra.

El sol hizo brillar el brazalete. Lo cogió, ya frío pero todavía pesado, manchado con sangre seca. Se lo puso en la muñeca derecha y con cierta dificultad lo apretó hasta que se unieron los bordes formando un brillante cilindro. Le quedaba tremendamente suelto, lo cual le trajo a la memoria la forma y tacto de su musculoso brazo.

El brazalete era valioso y debería ir a entregárselo inmediatamente, pero no podría soportar estar con él cuando no podía tenerlo. Se lo quitó y lo guardó en su joyero.

Al día siguiente se casaría con Stephen de Faix, y un día después se marcharían todos, dejándola en paz. Todos, a excepción de Stephen. Él estaría con ella el resto de su vida.

Madeleine no soportaba a las quejicas, de modo que se sumergió en los preparativos para su boda. Avisó a los cocineros que habría carne de jabalí para asar para el festín de bodas, y ordenó que mataran y pusieran a asar dos novillos castrados también.

Sería su día de bodas y toda la gente de la aldea debía banquetearse también.

Entregó su segunda mejor cadenilla de oro al mayordomo y lo envió a Hertford con tres guardias, con la orden de traer barricas de vino.

Sería su día de bodas y todo el mundo se emborracharía, incluso ella si tenía voz y voto en el asunto.

Con mano pródiga autorizó el uso de las provisiones de frutas pasas y en conserva. No sabía qué harían después del día siguiente, ni le importaba. Era como si su mundo estuviera a punto de acabar.

El festín para esa noche ya estaba bien avanzado. Los efluvios de cordero asado llenaban la sala grande haciendo la boca agua a todo el mundo. En la despensa había pilas y pilas de tartas y un montón de pasteles. Madeleine dirigió su feroz energía a las mesas.

Desde la partida de Paul de Pouissey estaba parado el trabajo en las defensas, de modo que no hubo escasez de hombres para reparar las mesas de caballete y los bancos. Pocos fueron acabados con cierto grado de elegancia, pero muy pronto todos los bancos y mesas estuvieron al mismo nivel, estables y sólidos.

Mientras los hombres trabajaban en eso, ella cogió a dos mujeres y atacaron los manteles. Se hicieron los dobladillos que faltaban, se remendaron o parcharon los rotos, se quitaron las manchas donde era posible. Tampoco en eso había tiempo para hacer un trabajo fino, pero por lo menos la apariencia de la sala esa noche sería más digna.

En todo momento estaba consciente de la presencia de Aimery de Gaillard en alguna parte de la casa, pero no lo vio ni una sola vez. Tal vez él ponía tanto cuidado en eludirla a ella como el que ponía ella en eludirlo a él.

El vigía anunció el regreso de los cazadores. Madeleine pegó un salto en su banqueta junto a la ventana y puso su dobladillo a medio terminar en las manos de una de las mujeres. Se había olvidado de su apariencia. Llamando a Dorothy corrió a su habitación, se lavó la cara y las manos y se deshizo las trenzas. Dorothy ya estaba ahí para peinarla.

—¿Suelto o en trenzas, milady?

Ésa sería su última noche como doncella.

—Suelto —dijo, estremeciéndose al pensar en lo que vendría después.

Se puso su mejor vestido de seda, y eligió una túnica de terciopelo escarlata con franjas bordadas en oro. Era demasiado gruesa para ese tiempo caluroso, pero pensó que el anuncio de su elección exigía un poco de ostentación. Se ciñó la cintura con un cinturón de alambres de oro y obsidiana, la cabeza con un cintillo también de alambres de oro trenzados.

—¿Cómo estoy? —le preguntó a Dorothy.

—Magnífica —repuso la mujer en tono reverente—. Nunca os he visto tan… no sé, es como si tuvierais fuego dentro. ¿Ya habéis hecho la elección, entonces?

—La elección está hecha —dijo ásperamente.

Fue a coger el brazalete de Aimery para entregárselo, pero se detuvo. La única manera de soportar esa velada era eludirlo; olvidarlo; borrarlo…

Le asomaron lágrimas a los ojos, pero se las tragó resueltamente. Se cortaría el cuello antes de demostrar debilidad esa noche.

Salió a la sala. El murmullo de la conversación se detuvo, y recibió una andanada de miradas curiosas. Pronto se reanudó la conversación y se le acercó el conde Guy.

—Si no tenéis la intención de elegir a mi hijo, *demoiselle* —le dijo en tono irónico—, ha sido desafortunada vuestra elección de vestimenta.

Ella miró alrededor y lo vio al instante. Estaba vestido de un llameante rojo y mucho oro. Él se giró como si alguien hubiera dicho su nombre. Se encontraron sus ojos y sostuvieron la mirada. Pasado un discreto momento, él desvió la mirada y volvió a su posición.

Madeleine se sintió como si toda la sangre le hubiera abandonado el cuerpo. Se dijo que se sentiría mejor cuando todo estuviera hecho. Ella era una persona práctica, después de todo, y una vez que fuera la esposa de Stephen su hambre de Aimery de Gaillard le parecería un sueño de niña. Buscó al rey con la vista, con la intención de ir inmediatamente a anunciarle su decisión. No estaba presente.

—¿Está ocupado el rey? —preguntó.

El conde asintió.

—Más mensajeros. No se os ocurra pedirle más tiempo a Guillermo, lady Madeleine —le advirtió—. Hay asuntos urgentes que hacen necesaria su presencia en otra parte.

—¿Ciervo Dorado? —preguntó ella, con el aliento retenido.

Él la miró y ella alcanzó a notar un destello de alarma en sus ojos, que desapareció al instante.

—¿Ese producto de la imaginación? —dijo él—. No, el conde de Mercia.

Su reacción dio que pensar a Madeleine. Si Aimery de Gaillard llevaba el dibujo de un ciervo en el brazo, una persona que tenía que saberlo era su padre. Tenía que decir algo para ocultar sus pensamientos.

—Pero ¿el conde de Mercia no es...?

—¿Mi sobrino y primo de Aimery? Sí —dijo, y añadió, exasperado—. Esta mañana supimos que huyó de la corte de la reina. Ahora nos enteramos de que se le ha reunido su hermano Morcar. Están preparando una rebelión.

Madeleine recordó su deseo de que ocurriera algo para postergar su matrimonio. Pero no eso.

—¿Aimery... vuestro hijo se unirá a ellos?

Al conde le relampaguearon los ojos.

—Primero lo querría muerto, *demoiselle*. Aimery puede parecer un inglés, pero es un guerrero normando, obligado por juramento a servir a Guillermo y sólo a Guillermo. —La miró ceñudo—. ¿Es eso lo que os refrena? ¿Teméis que se convierta en traidor? No lo hará.

Sus palabras sonaron firmes, pero ella percibió la inquietud que encubrían. Decidió no contestar esa pregunta.

—¿El rey tendrá que marcharse inmediatamente entonces? —preguntó, esperanzada.

—No, os casará primero. Después de todo, Baddersley está en un lugar estratégico. La quiere en manos fuertes.

—Yo creía que la situación de Inglaterra ya estaba resuelta. ¿De veras el conde se va a levantar contra el rey?

—No temáis, lady Madeleine. Edwin no es particularmente belicoso y dudo que desee una guerra. Va a hacer un amago de rebelión para forzarle la mano a Guillermo en el asunto de su matrimonio.

—Da la impresión de que simpatizáis con el conde.

—Recibió una promesa, y él y la muchacha se han tomado verdadero afecto, pero un rey tiene muchas cosas que tomar en cuenta. Ah, ahí está.

Si el rey estaba abrumado por una amenaza de rebelión inminente, no lo parecía, en absoluto. Alegre y jovial, hizo entusiastas comentarios sobre la excelente cacería. Tan pronto como le pusieron comida delante, le preguntó a Madeleine:

—¿Y la mano de De Gaillard? ¿Cómo está, *demoiselle*?

—Si la herida no se infecta, señor, sanará bien.

—Excelente.

—Pero —se apresuró a añadir ella—, no deberá usar ese brazo en nada vigoroso, *sire*. Como luchar, por ejemplo.

El rey la miró con una ceja enarcada.

—Entonces, ¿debo cancelar la exhibición de destreza en la lucha de vuestros pretendientes?

—Si Odo y lord Stephen desean exhibir sus habilidades —contestó ella, impasible—, yo no tengo ninguna objeción.

—Sería injusto dejar fuera a un contendiente. ¿Qué entonces? ¿Música? ¿Adivinanzas? ¿Baile?

Madeleine hizo acopio de su valor.

—Será inútil cualquier otra exhibición de habilidades, *sire*.

Él rey se puso serio y la miró fijamente con esos ojos claros y calculadores.

—Así que ya habéis tomado vuestra decisión. Me gustaría saber si es la juiciosa. ¿Habéis notado qué buena pareja hacéis con Aimery de Gaillard esta noche?

Madeleine estuvo a punto de echarse a reír ante esa falta de sutileza, pero recordó a tiempo que era el rey de Inglaterra. Él tenía el poder de la vida y de la muerte sobre todos. Ya estaba mal que ella fuera a frustrar sus planes, sin necesidad de encontrar divertido el asunto.

—No puedo igualarlo en oro —dijo irónica.

—Él os regalaría su oro si se lo pidierais.

—No tengo ningún derecho a su oro —rebatió ella, y buscó una manera de desviar la conversación a otro tema—. En todo caso, tengo entendido que esos adornos ingleses son para guerreros, dados por un jefe a sus hombres. ¿No se parecen en eso a anillos de boda? ¿Símbolos de unión?

Guillermo la miró con ojos fríos.

—¿Estudiáis los usos ingleses, lady Madeleine? Eso está bien, pues formaréis parte de mi nuevo reino anglonormando.

Desvió la mirada para coger un muslo de pollo de la bandeja que le presentaban. Madeleine aprovechó el momento para hacer una temblorosa inspiración. ¿Qué haría el rey cuando por fin le dijera claramente su decisión?

Él se giró hacia ella, amable nuevamente.

—En realidad, sólo el anillo es ese tipo de símbolo, *demoiselle*. Las joyas de oro, o *geld*, como las llaman, es más cuestión de rango. Los jefes más poderosos dan más. Los seguidores más favorecidos reciben más. —Tomó un bocado de pollo, lo masticó y lo tragó—. Pero yo soy un hombre moderno. A mis seguidores fieles les doy tierra. Y herederas. —Sus ojos se enfriaron y amenazaron—. Y fui lo bastante tonto para dar poder de decisión a una heredera.

Madeleine sintió un nudo en la garganta, pero se obligó a decir:

—Esa decisión está tomada, *sire*.

Él bajó las cejas y la miró como si pudiera leerle los pecados en el alma. Ella esperó a que le preguntara el nombre del elegido para hacer el anuncio. Pero él se relajó y sonrió.

—Entonces podemos dejar de lado ese asunto, lady Madeleine, y relajarnos. Hagamos sudar a esos tres esperanzados esta noche.

Hizo un gesto para llamar la atención de los comensales.

—Lady Madeleine nos comunicará su decisión mañana por la mañana. Después vendrán el compromiso y a continuación se celebrará la boda. Inmediatamente después, nos marcharemos al norte para vérnoslas con el conde de Mercia.

Las conversaciones aumentaron de volumen, y ella recibió más miradas calculadoras pues los hombres trataban de decidir por su comportamiento cuál era el elegido.

—Están haciendo apuestas, *demoiselle* —le dijo el rey—. Si estáis en ánimo travieso, podrías desorientar a los crédulos.

En ese momento llegó otra fuente y él se giró a coger un trozo de cordero tierno. Lo colocó sobre el tajadero de ella y cogió un poco para él.

—Disfrutad del festín, *demoiselle*.

Era el rey el que estaba en ánimo travieso, pensó ella. Había adivinado que no elegiría a De Gaillard y quería darse más tiempo para tramar más ardides. ¿Qué podría hacer, puesto que parecía tan resuelto a respetar su promesa y permitirle elegir? No lo sabía, pero las posibilidades le quitaron el poco apetito que tenía por causa de los nervios.

Comió poco y bebió muchísimo aguardiente de su copa, tanto que la cabeza empezó a darle vueltas. Odo se veía malhumorado, resignado a que no sería él el elegido. Stephen estaba muy animado. Cuando captó su mirada le sopló un beso, el que fue celebrado con vivas y gritos de aliento. Ella casi levantó las manos para protegerse de esa invisible señal de afecto.

Sus ojos encontraron a Aimery de Gaillard, sentado con su hermano y otros hombres. Vio cómo Leo le daba un codazo animándolo a seguir el ejemplo de Stephen. Haciendo una mueca, él levantó la vista, le hizo una leve inclinación con la cabeza y volvió la atención a su comida con aspecto sombrío. Ella observó que él tampoco tenía mucho apetito.

No pudo soportarlo más.

—¿Puedo retirarme, *sire*? —preguntó al rey—. Estoy muy cansada y mañana será otro día ajetreado.

Él la miró ceñudo, pero luego sonrió de oreja a oreja.

—Y la noche de mañana será ajetreada. Dormid bien, lady Madeleine.

Ella se levantó y salió sin mirar a nadie. La noche siguiente tendría que dejar que Stephen de Faix hiciera lo que quisiera con su cuerpo. Estaría entregada a su custodia en cuerpo y alma, y no tendría derecho a poner ninguna objeción a nada, a menos que la golpeara cruelmente.

Pero ¿por qué se le ocurriría pensar esas cosas de un hombre que parecía, en todo caso, demasiado indolente? Odo sí era del tipo para tornarse cruel, como su padre.

Una vez en su habitación se quitó las joyas y la pesada túnica, y sintió un inmediato alivio del calor. Mientras doblaba esmeradamente la ropa y la guardaba en un arcón, la brillante túnica escarlata le recordó a Aimery de Gaillard. ¿Se habría puesto su ropa más bárbara en gesto de desafío?

Se sentó junto a la ventana y abrió uno de los preciados libros ingleses que le había encontrado el padre Cedric. Trató de concentrarse en la lectura para olvidar las otras preocupaciones. Cuando el sol se iba perdiendo en el horizonte, se encontró ante el poema que le había recitado Aimery, *El vagabundo*.

> *Así habla el vagabundo,*
> *acuciado por recuerdos de matanzas horrendas*
> *y de la muerte de sus amigos:*
> *«La aurora suele hallarme triste en mi soledad,*
> *pues ya no vive nadie a quien me atreva*
> *a revelar la verdad de mi corazón.*

¿Lo habría elegido él al azar o habría querido expresar los sentimientos de su corazón? Los sentimientos de él se hacían eco de los suyos. Los dos, de modos distintos, estaban desconectados de sus pasados y solos. Continuó leyendo la triste historia de un hombre arrancado de su tierra, de sus seres queridos y de su mundo.

> *Piensa en la casa señorial, abundante*
>   *en riquezas,*
> *en los fabulosos festines de su amigo de anillo*
> *en la época de su juventud,*
> *un esplendor ya llegado a su fin.*

¿Dónde está ahora el caballo, dónde el gran
   hombre?
¿Dónde está el dador de anillos?
¿Dónde las alegres fiestas?
¿Dónde las canciones?
Ay, llora por el aguardiente, llora a los
grandes guerreros, llora a los soberbios príncipes.
Tragados, todos tragados por las fatales sombras
   de la noche,
que no dejan rastros para los que quedan solos.

El poema parecía predecir la ruina de la cultura inglesa.

Madeleine lloró por esa Inglaterra perdida, porque con ella se habían perdido en la niebla de la historia sus posibilidades de ser feliz. Era la fidelidad de Aimery al pasado lo que se interponía entre ellos, y ella no podía seguir al poeta y resignarse a las obras del destino.

Le corrieron las lágrimas por las mejillas. Algún día, supuso, estaría vieja y marchita, y todo eso le parecería una tontería infantil. Pero en ese momento, ay, en ese momento, le dolía como el líquido que vertió en la herida de Aimery para limpiarla.

11

En la oscuridad más profunda de la noche, Madeleine despertó con las sacudidas de Dorothy. Una luna creciente arrojaba muy poca luz.

—¿Qué?

—Un hombre vino a decir que el rey desea hablar con vos, milady.

Agitando la cabeza para despabilarse, Madeleine se puso el vestido. ¿Qué ardid pretendía intentar ahora el rey?

—¿En su habitación?

—No, en el establo.

—¿En el establo? ¿Por qué?

—¿Cómo puedo saberlo? —dijo la mujer, irritada—. Un caballero me despertó y me dijo que os despertara y os enviara a hablar con el rey en el establo.

Los caballos, pensó Madeleine, atontada. ¿Estarían atacados por alguna horrible enfermedad? Pero el rey no estaría ahí para ocuparse de esas cosas. Recordó el ataque de Odo. ¿Es que alguien, cualquiera, pretendería algo similar?

—¿Quién era el caballero?

—No le sé el nombre, pero era uno de ellos. —Dorothy captó su desconfianza—. Yo os acompañaré, milady. Si es el rey, no debéis hacerlo esperar.

Salieron por una puerta lateral para no pasar por la atiborrada sala, y de pronto Madeleine se encontró en un lugar desconocido; a la luz grisácea de la preaurora, nada del patio de armas le parecía conocido. Tropezó con una bala de heno abandonada en el suelo y masculló una maldición. Pasado un segundo oyó la maldición de Dorothy por haberse tropezado también. Cuando sus ojos se adaptaron a la penumbra, vio formas que podrían ser hombres durmiendo. Comprendió que unos cuantos preferirían dormir ahí antes que en un estrecho rincón de la sala.

Caminó lentamente hacia el establo, atenta a cada paso. Los únicos sonidos eran las apagadas voces de los guardias en el terraplén y uno que otro chillido de algún animal nocturno al caer presa de otro.

Sacada así del sueño, sentía el cuerpo frío y tembloroso, a pesar de que la noche estaba cálida. Sintió toda la inquietud propia de esa hora de la noche, en que deambulan las ánimas, y a eso se sumaba el presentimiento de que ocurriría algo que no sería ventajoso para ella. Oír a Dorothy caminar a tientas a su lado le produjo un inmenso alivio.

Cuando estaban cerca de la larga cabaña que constituía el establo, oyó los suaves movimientos de los caballos. Entonces sintió voces y vio la tenue luz de una linterna. Se relajó. Fuera cual fuera el problema, no era una trampa secreta.

—Creo que todo está bien —susurró, volviéndose hacia Dorothy—, pero el rey debe de desear hablar conmigo en privado. Quédate aquí.

La ancha puerta del establo estaba abierta. Entró lentamente, para adaptar los ojos a la luz diferente. La linterna estaba colgada en un corral de un extremo, situada tan abajo que lo único que veía era el reflejo de su luz. Las voces provenían de ahí, un suave murmullo entre dos personas, le pareció.

Se acercó, y estaba a punto de anunciar su presencia cuando alguien exclamó:

—¡Ay, lord Stephen!

Oyó la risa sensual de Stephen.

Se quedó inmóvil, comprendiendo qué era lo que ocurría y la broma que le había gastado el rey. ¿De veras creía que eso la haría cambiar su decisión? Se giró para marcharse. Como dijera Aimery de Gaillard, ninguno de sus pretendientes era virgen.

Pero qué manera de empezar su día de bodas.

—Vamos —oyó decir a Stephen—. Eso es. Muy bien...

Había avanzado dos pasos, lo último que deseaba era que la sorprendieran ahí, cuando oyó un grito agudo y las palabras:

—¡No! No quiero...

La voz fue acallada, con una mano, al parecer. Madeleine se quedó inmóvil. ¿Violación?

—Te gustará —susurró Stephen—. Relájate. No te haré daño. Vamos, ángel mío. No te resistas a este fuerte caballero normando.

«Ángel mío». Madeleine se sintió enferma. ¿La llamaría así en la cama de matrimonio? Deseó huir, pero no podía volverle la espalda a una violación. Pero ¿podía entrar y entrometerse cuando dentro de unas horas tendría que casarse con ese hombre? Titubeó un momento, y entonces los sonidos se convirtieron en jadeos y gruñidos.

¿Acoplamiento? ¿O lucha?

Tragando saliva, se acercó sigilosamente, levantándose las faldas para que no rozaran con la paja. Cuando llegó al corral, se asomó cautelosamente por entre los tablones, preparada para echar una rápida mirada y marcharse.

Miró.

Y continuó mirando, sin lograr entender lo que veía.

Dos cuerpos medio desnudos, pero había algo mal. Estaban del revés. Se quedó con la boca abierta. La pareja de Stephen era un hombre, un muchacho más bien. Uno de los mozos del establo.

Retrocedió, dio un mal paso y volcó un balde de madera. Se quedó inmóvil, sin atreverse ni a respirar. Stephen emitió un grito jadeante. Hizo rodar al muchacho y puso su boca en...

Madeleine se recogió las faldas muy alto, y echó a correr, mirando bien dónde ponía los pies. Una vez fuera, cogió del brazo a la sobresaltada Dorothy y la arrastró hacia la parte de atrás de la porqueriza, y allí se ocultó, indicando con gestos a la sorprendida mujer que guardara silencio.

Pasaron unos minutos y no ocurrió nada. Tal vez a Stephen no le importaba quién lo viera. Tal vez era ciego y sordo cuando estaba...

Trató de pensar, de comprender. Había oído hablar de esas prácticas pero jamás lo había creído del todo.

—Lady Madeleine —susurró Dorothy—, ¿qué pasa? ¿Era una trampa? ¿Estáis herida?

—¿Una trampa? Sí, una trampa. Ay, Dorothy, ¿qué voy a hacer ahora?

—¿Estáis herida?

Madeleine se sentía como si la hubieran torturado, pero dijo:

—No, no. ¡Tenemos que volver a nuestra habitación!

Pero mientras atravesaban sigilosamente el patio, iba aferrada a Dorothy y temblando. Cuando por fin llegaron a su habitación, le dijo:

—Dorothy, por favor, ve a la cocina y tráeme un poco de aguardiente. Necesito algo.

La mujer le dio unas palmaditas en el hombro y se marchó precipitadamente. Madeleine se presionó la cara un momento, abrió la cortina y entró en su habitación.

Vio moverse una sombra.

Su grito fue sofocado por una mano dura.

—Silencio —dijo Aimery de Gaillard, y la soltó lentamente.

Madeleine miró la forma gris que apenas distinguía.

—¿Qué hacéis aquí?

—No podía dormir. Os oí correr por el patio. ¿En qué andabais?

Madeleine deseó que la abrazara, que la rescatara de esa intolerable situación, pero el tono de él era desconfiado, no preocupado. Se rodeó con los brazos, desesperada.

—En nada. Marcharos. Estoy a salvo.

—Evidentemente. ¿Por qué salisteis con ese sigilo?

—El rey me envió a llamar. ¡Marcharos!

—El rey no estaba en el establo.

—No.

Él guardó silencio un momento.

—¿Era una trampa? Para que rechazarais a Stephen, sin duda. ¿Qué visteis? ¿A él con una amante? Os dije que ninguno de nosotros es un santo.

Madeleine le dio la espalda y se cubrió la cara con las manos.

—¡Iros! ¡Por favor!

Se oyeron pasos. Él la giró y le bajó las manos. Ella no pudo evitarlo; se le acercó y apoyó la cara en su ancho pecho. Él la rodeó con los brazos durante unos preciosos momentos y la apartó.

—Stephen no es peor que el resto de nosotros.

Ella se echó a reír, histérica. Él le dio una palmada, fuerte y dura. Ella se llevó la mano a la dolorida mejilla.

Una mano la acarició, suave como una brisa, como disculpándose, y la caricia se desvaneció.

—Recordad vuestra promesa.

Y entonces él también se desvaneció.

Dorothy entró como una tromba, con una vela en una mano y una jarra en la otra.

—¿Qué pasa? —La miró horrorizada a la luz de la vela—. ¿Quién os golpeó? ¿El rey en el establo?

Madeleine se sentía aturdida, desesperanzada.

—No quiero hablar de eso.

Fue a su botiquín y sacó un jarabe de opio. Echó una buena cantidad en la jarra. No le importaría mucho si no despertaba jamás.

Pero después de tomar un largo trago, Dorothy cogió la jarra y la vació en el suelo. Metió a Madeleine en la cama y la tapó.

—Dormid. Las cosas nunca son tan malas por la mañana.

Madeleine se rió de eso y luego lloró hasta quedarse dormida.

Cuando Dorothy la despertó a la mañana siguiente, Madeleine sintió la boca agria y la cabeza le pesaba como una piedra. Le llevó unos momentos recordar todas las causas de su desgracia. Entonces maldijo a Dorothy, maldijo al rey y deseó estar muerta.

—Eso es un pecado inicuo —dijo Dorothy, muy impaciente—. Vamos milady, el rey ya os mandó llamar. No tenemos mucho tiempo.

—Tengo todo el tiempo del mundo —respondió ella en tono fatalista—. No voy a ir. Y tampoco me voy a casar con nadie.

Dorothy palideció.

—¿Por lo de anoche? ¿Por esa palmada? Ya no tenéis ninguna marca. No puede haber sido una palmada muy fuerte. Siempre hay golpes entre marido y mujer, pero una palmadita así no es algo para irritarse. Venga, pues. Lavaos la cara. Ya he sacado vuestras mejores galas.

Madeleine se sentía extrañamente tranquila y encontró innecesario todo ese alboroto.

—No me puedo casar con ninguno —explicó—. Es absolutamente imposible. Supongo que tendré que volver al convento, pero eso no será tan horroroso.

Dorothy alzó las manos al cielo y salió de allí corriendo. Al cabo de unos minutos volvió acompañada por el conde Guy, magnífico con su larga túnica de lino color crema, bellamente bordada. Él despidió a Dorothy con un gesto de la mano.

—¿Qué significa todo esto, *demoiselle*? —preguntó amablemente.

Madeleine lo miró.

—Vuestro hijo me golpeó.

A él se le movió una ceja, pero se limitó a decir:

—Entonces casaos con Stephen, pero no creo que no os vaya a levantar la mano.

Madeleine negó con la cabeza.

—¿Odo de Pouissey?

Madeleine volvió a negar con la cabeza.

—¿Os vais a casar con Aimery? —preguntó entonces el conde, sorprendido, pero complacido.

—No me voy a casar con ninguno —explicó Madeleine—. El rey tendrá que proveer otro lote o enviarme de vuelta a la abadía. Creo que prefiero eso último.

El conde Guy avanzó y fue a sentarse en la cama. Ella trató de mirar hacia otro lado, pero él le cogió la barbilla con tanta firmeza que ella se vio obligada a enfrentar sus ojos verdes.

—Basta de esto. Os ganasteis el privilegio de elegir. Lo haréis. El rey no tiene ningún deseo de que os metáis a monja, y no tiene más tiempo para desperdiciar en vuestra estúpida indecisión.

Ella trató de liberar el mentón y él levantó la mano.

—Yo tampoco le hago ascos a golpear, *demoiselle*.

Madeleine comprendió que decía la verdad.

—El rey sólo quiere que me case con vuestro hijo —masculló.

—Entonces se os podría ocurrir hacer lo que desea vuestro soberano. Pero él os ha dado poder de decisión y no lo revocará. Usadlo.

—No puedo —susurró ella, y empezaron a caerle las lágrimas.

Él la puso boca abajo sobre la cama y le propinó una buena palmada en el trasero. Madeleine soltó un grito y se quedó quieta, pasmada, frotándose la parte dolorida. Luego rodó y miró su severa cara.

—Tengo órdenes de sacaros de aquí, con la decisión tomada, antes de una hora, lady Madeleine. Y yo cumplo las órdenes que me indica mi monarca. Eso ha sido una muestra, pero si hemos de optar por meteros sensatez a golpes, ordenaré que me traigan un látigo, para evitarme el dolor de la mano.

—Aimery no quiere casarse conmigo —protestó ella.

—Si se niega, lo haré entrar en razón a latigazos, también. Ahora bien, ¿pido un látigo u os vestís y salís a cumplir vuestro compromiso?

El hombre era como una roca. Madeleine comprendió que haría lo que decía, y que la azotaría hasta sacarle sangre si era preciso, para cumplir las órdenes del rey. Y en una cosa tenía razón. Ella tenía un deber para con el rey.

—Tenéis que ser un padre horroroso —masculló, poniéndose de pie con una mueca de dolor.

—Si os convertís en mi hija, podréis discutir el tema largamente con mis otros hijos.

Fue hasta la puerta y llamó a Dorothy, que entró al instante, muy nerviosa.

—Está lista —le dijo él. Por encima del hombro miró a Madeleine—. Si no estáis en la sala pronto, volveré, armado.

Dorothy miró a uno y al otro con ojos como platos.

—Allí estaré —dijo Madeleine, muy seria—. Simplemente recordad en el futuro que esto ha sido obra vuestra.

Él no se inmutó, y sonrió antes de salir.

Por orden del rey, Aimery estaba junto a Odo y Stephen. En la cara de Odo se reflejaba claramente que tenía muy pocas esperanzas, y ya estaba en su segunda copa del excelente vino que había aparecido repentinamente. Stephen estaba representando el papel del ganador modesto, condescendiente.

Aimery sentía un intenso deseo de borrarle de un puñetazo la engreída sonrisa de la cara, pero se repetía que todo estaba resultando según sus deseos. Madeleine elegiría a Stephen; tendría lugar la boda; todos se marcharían a castigar a

Edwin, pero a él, por causa de su herida, se le permitiría volver a Rolleston a ser desgraciado en paz.

No había pegado ojo esa noche, y pasado las largas horas combatiendo una necesidad casi avasalladora de pedirla para él. Sabía, tal vez lo sabía desde ese día junto al río, que ella estaba hecha para él. Cada vez que se encontraban se intensificaba más esa sensación. Su cuerpo reaccionaba a ella como un perro sabueso ante el olor de la presa. Sólo era deseo lujurioso, se decía. Ya se le pasaría. Tendría que pasársele si quería conservar la cordura.

Era más que deseo; le estaba cobrando simpatía, afecto. Estaba empezando a pensar que su mala reputación debía de ser un error. ¿Podía una mujer que casi había llorado al coserle la herida sentir placer ante los azotes a niños pequeños?

Pero, se repitió por enésima vez, él la había visto con sus propios ojos, asomada a la ventana, mirando. ¿Qué podía inducir a una dama a mirar algo tan horripilante hasta el último momento si no era un retorcido gusto por la crueldad?

El poder que ella ejercía sobre él era animal; debía combatirlo. Ya estaba desesperado porque saliera de una vez, eligiera a Stephen y se acabara todo.

Guillermo estaba tan impaciente como él. De hecho ya comenzaba a enfadarse, y cuando Guillermo de Normandía perdía la paciencia había muchas probabilidades de perder la cabeza.

Con la rebelión de Edwin y sus repercusiones, Guillermo no tenía tiempo para seguirle el juego a Madeleine. La última noticia era que Gospatric, el conde de Northumbria, también había huido de la corte en dirección al norte, y había rumores de incursiones galesas. Era muy posible que los señores ingleses se unieran al fin, malditos todos ellos.

Cuando el rey envió al conde Guy a ver cómo estaban las cosas, él ya sabía cómo iba a ir la entrevista. Sólo esperaba que Madeleine comprendiera la inutilidad de hacerse esperar hasta que comenzara a correr la sangre.

¿Qué motivo podía haber para su retraso? Ella había declarado que se casaría con Stephen, y él no percibió ninguna duda en su voz. No podía ser tan tonta para faltar a su palabra simplemente porque Stephen había estado retozando en el establo con una muchacha. Si era así de fácil, ojalá él hubiera aceptado una de las claras insinuaciones de Aldreda, y hecho llamar a Madeleine para que lo viera con ella.

El pensamiento le produjo mal sabor de boca.

Venga, date prisa. Acabemos de una vez.

Volvió el conde Guy e informó a Guillermo. El rey asintió bruscamente y bebió un largo trago de vino. O sea, que vendría. Todo acabaría pronto.

Al oír un ligero ruido se giró a mirar y vio entrar a Madeleine en la sala. Vestía un vestido de seda color crema y una túnica de seda más gruesa en crema y amarillo tejida de tal forma que los colores formaban franjas onduladas. El cuello y las mangas llevaban exquisitos bordados en oro, perlas y amatistas. Una amatista brillaba en el grueso cintillo de oro sobre sus largos y sedosos cabellos.

Parecía una diosa.

Estaba pálida y parecía desesperada, como una mujer que va camino de su muerte, pensó Aimery. Pero si su padre se había visto obligado a golpearla para someterla así, no había dejado ninguna marca visible. Ella avanzó hasta el rey y se inclinó en una profunda reverencia.

—Buen día, lady Madeleine —la saludó el rey, fríamente—. Nos habéis hecho esperar.

Aimery notó su sobresalto al comprender lo enfadado que estaba el rey.

—Os suplico me perdonéis, *sire* —dijo ella—. Me dio un ataque de nervios.

—Pues, que ésta sea una lección para vos, *demoiselle*; no os busquéis más responsabilidades de las que sois capaz de manejar. —Pero el rey había recuperado el humor al ver su actitud sumisa—. Ahora a vuestra elección. Espero que hayáis tomado bien en cuenta el bienestar de vuestra gente de Baddersley, y mis deseos también.

Aimery se tensó. Eso daba la impresión de que Guillermo seguía presionando a Madeleine para que acatara sus deseos, pero fue el tono lo que lo inquietó; el rey parecía confiado. Cuando Madeleine se giró a mirarlos a los tres, él puso una expresión severa. Por el rabillo del ojo vio la cálida sonrisa que Stephen le dirigió.

Ella avanzó hacia ellos como una sonámbula, moviendo los ojos nerviosamente de uno a otro. Una vez él había visto a un hombre mirar así, recordó: un bandolero sorprendido *in fraganti*, que sólo esperaba la muerte, acorralado, herido y agotado, miraba a sus tres contrincantes pensando cuál de ellos le asestaría el golpe fatal. Y fue él el que avanzó y puso rápidamente fin a su sufrimiento.

Y la escena de esos momentos también se estaba alargando demasiado; tuvo que dominarse para no avanzar y ponerle fin.

—¡Por el dulce Salvador, elegid! —bramó el rey.

Entonces Madeleine cerró los ojos y puso la mano en la manga de Aimery.

Hubo un momento de silencio y luego risas y vítores irónicos. Los hombres empezaron a ocuparse de sus apuestas.

—Por fin —dijo el rey, avanzando hacia ellos—. Podríamos haber llegado a este punto hace semanas, sin tantos nervios, *demoiselle*, si no hubieseis sido tan tonta. —Le dio una fuerte palmada en la espalda a Aimery—. Felicitaciones. Venid a firmar los documentos.

Aimery miró a Madeleine, sorprendido y enfurruñado, pero ella desvió la vista; y ése no era el momento ni el lugar para exigir explicaciones. Por el amor de Dios, tendrían toda una vida para arreglar cuentas. Miró a Stephen y se encogió de hombros.

Stephen sonrió, pero con una sonrisa un tanto torcida.

—Mujeres —dijo—, no hay manera de entenderlas. Por lo menos esto ha puesto a Guillermo de mejor humor.

Y eso era tal vez lo único positivo que se podía decir de todo el asunto, pensó Aimery caminando junto a Madeleine hacia la mesa donde estaban extendidos los documentos con las cláusulas del contrato de matrimonio. Allí estaba su padre observando mientras los escribanos añadían los últimos detalles pertinentes.

Iba a tener que casarse con Madeleine de la Haute Vironge, y no había ni una sola maldita cosa que pudiera hacer para evitarlo. Y para colmo de colmos, cuando ella hizo su elección, él sintió una enfurecedora oleada de dicha y deseo; estaba duro de excitación en ese momento. Lo combatiría, aunque para eso tuviera que usar una camisa de fuerza.

Pero ¿cómo podía combatir el otro peligro, que lo delataran como al Ciervo Dorado? ¿Quién revelaría la verdad? Tal vez la propia Madeleine. ¿Tendría ella la idea de enviudar rápido? Pero eso no le serviría de mucho, porque inmediatamente la obligarían a volver a casarse. ¿O pensaría sostener su conocimiento como un hacha sobre su cabeza? Antes él se lo confesaría todo a Guillermo.

Aun en el caso de que Madeleine callara, estaba el traidor de la aldea, al que aún no había descubierto. Y si el traidor no lo reconocía, estaba el peligro de que se le escapara algo a quienes sí lo reconocieran; bastaría con una sola palabra dicha al descuido. O dicha con rencor: Aldreda ya se estaba tornando áspera a causa de su negativa a darle a probar sus habilidades en la cama adquiridas a lo largo de los años.

El escribano comenzó a leer el contrato de matrimonio, pero él le prestó poca atención. Sí se fijó, sin embargo, en que los documentos estaban redactados en el estilo normando. Eso le daba a él el dominio de su esposa y su tierra. Pues sea. Si ella lo había elegido tontamente por lo que él le dijera sobre las leyes inglesas y los derechos de propiedad de las mujeres, pronto comprendería su error.

Entonces oyó el párrafo siguiente y, sorprendido, miró a su padre. El conde Guy le cedía Rolleston, y por lo que estaba oyendo, él se lo daba a Madeleine como su propiedad para la viudez.

—No —dijo, instintivamente, y todos lo miraron. No soportaba la idea de dejar Rolleston en sus crueles manos, pero se decidió por el tacto—: Eso no tiene mucho sentido. Ésta es la casa de lady Madeleine y ella la conoce. La casa señorial de Baddersley debería ser su propiedad para la viudez.

El rey se encogió de hombros.

—Como quieras. Los otros terrenos y casas que vienen con la baronía serán la propiedad familiar.

Es decir, mías, pensó Aimery. Echó una rápida mirada a Madeleine, para ver su reacción. Ése no era un cambio a favor de ella, porque Baddersley estaba empobrecida y en un estado caótico, mientras que Rolleston prosperaba. Pero ella parecía indiferente.

El escribano continuó leyendo los derechos de propiedad de cada parte y las estipulaciones para el caso de muerte de cualquiera de los dos, y para sus hijos, en el caso de que no hubiera hijos, y para sus nietos, en el caso de que hubiera nietos, etcétera.

Mientras tanto Madeleine apenas oía la voz del escribano leyendo ese largo pergamino. Los derechos de propiedad no le importaban. Se iba a casar con un hombre que la odiaba.

De pronto él habló, interrumpiendo la lectura para poner una objeción. Comprendió que él le devolvía Baddersley, como propiedad de ella para la viudez. Lo miró perpleja, porque no había esperado amabilidad por su parte. Pero él no la miró a la cara.

Entonces llegó el momento de firmar. Madeleine tenía las manos pegajosas, pero cogió la pluma y firmó. Después firmó él.

Y a continuación, comenzando por el rey, firmaron y añadieron su sello todos los hombres que quisieron. Muchísimos testigos para testimoniar que todo eso se había hecho conforme a las leyes y usanzas.

Acabada esa parte, el rey le cogió la mano a Madeleine y, sonriendo de oreja a oreja, la colocó en la mano de Aimery. Ella notó la renuencia de él en su mano.

—Ahora a la iglesia —dijo el rey—, y entonces podremos comer por fin. El estómago me aletea como una bolsa vacía. Necesitas un anillo —le dijo a Aimery—. Tienes uno para dar.

Madeleine sintió la tensión que lo atenazó, y miró los dos anillos, el de alambres de oro trenzados que llevaba en la mano izquierda y el de oro macizo que llevaba en la derecha. ¿Adornos de oro, *geld*? No, esos anillos eran símbolos de una unión tan estrecha como el propio matrimonio. ¿Cuál era para dar? ¿Por qué era tan importante eso?

Percibía el peligro en la atmósfera cuando el conde Guy avanzó, quitándose un anillo del dedo meñique.

—Éste fue el anillo con el que me casé con mi primera esposa. Sería un honor para mí que se usara.

Aimery lo cogió con un suspiro de alivio.

—Gracias, padre.

Eso pareció lo más sincero que había dicho ese día.

El padre Cedric estaba esperando en la puerta de la iglesia. Su sonrisa se tornó radiante al ver a quién había elegido Madeleine, y levantó las manos para bendecirlos:

—*In nomine Patris et Filiis et Spiritu Sancti...*

Todos los componentes del séquito del rey estaban presentes para ser testigos de la boda, y también se habían congregado allí muchas personas del castillo. El padre Cedric aprobó enérgicamente sus declaraciones de voluntad y acuerdo, y declaró su satisfacción de que ésa era una unión sincera.

El rey le cogió la mano a Madeleine y la puso en la de Aimery, dándole poder total y absoluto sobre ella. Aimery le puso el anillo de su padre en el tercer dedo de la mano izquierda.

—Con este anillo me caso contigo —dijo sombríamente—, con este oro te honro y esta dote te doy.

—Entonces estáis unidos a los ojos de Dios —anunció el padre Cedric feliz—, y recibiréis sus innumerables bendiciones. Aimery, sé siempre amable con tu esposa y apóyala en todas sus empresas. Madeleine, sé siempre amable con tu marido y apóyalo en todas sus empresas.

¿Incluso en la traición?, pensó ella. En eso ciertamente no. Y añadió una promesa por su cuenta: «Si Aimery de Gaillard no renuncia a su trabajo por los ingleses, lo delataré al rey».

El padre Cedric volvió a bendecirlos en el nombre de la Trinidad, de la Virgen y de todos los santos.

Acto seguido, el sacerdote se dio media vuelta para conducirlos dentro de la capilla, pero entonces intervino el rey:

—Arrodillaos ante vuestro marido, lady Madeleine, como manda la costumbre. Sois propensa a ser atrevida. Arrodillaos y besadle la mano a lord Aimery, la mano que os castigará si erráis.

Seguía enfadado con ella, eso estaba claro.

Si supierais, *sire*, que me ordenáis rendir homenaje a un traidor, pensó ella, pero se arrodilló y besó los dedos de la mano derecha de su marido, que era lo único que sobresalía del vendaje.

Durante toda la misa pidió las fuerzas para hacer algo de su matrimonio y desviar de la traición a su marido.

Acabada la misa, procedieron a volver a la sala en medio de vítores. Madeleine trató de sonreír, pero no le resultó muy bien la actuación. Aimery ni siquiera lo intentó. Ay, dulce Jesús, pensó, desesperada, ¿qué ocurriría esa noche cuando estuvieran solos? ¿No le había prometido él hacerle la vida muy desgraciada si lo elegía?

Entonces recordó que tenía un arma. Su vida estaba en sus manos.

La comida, por lo menos, era espléndida: todo un festín, no un desayuno. Desde la tarde anterior no había hecho nada por adelantar los trabajos en la cocina y sala, pero los sirvientes demostraron su valía presentando carnes tiernas, deliciosos postres y abundancia para todos. En el patio de armas se estaba asando un novillo para toda la gente de la localidad.

Aimery y ella ocupaban los asientos principales; incluso el rey se sentó en un lugar inferior. Estaban comiendo en silencio. El conde Guy se inclinó hacia su hijo y le dijo:

—Háblale. Tiene que ocurrírsete algo que decir.

—Muchas cosas. Esperarán hasta después.

Al oír eso Madeleine perdió el poco apetito que tenía.

Cuando la comida tocaba a su fin, el rey se giró hacia ella.

—Tal vez no entendéis la situación, lady Madeleine. Es necesario que nos marchemos lo más pronto posible, pero antes tenemos que ver acabado este asunto. Creo que se ha dispuesto el aposento soleado para vosotros.

—¿Ahora? —preguntó ella, sorprendida.

—Ahora —dijo él—. Id. No os tomará mucho tiempo, y creeremos en vuestra palabra ante todos de que se ha hecho.

Madeleine se estaba poniendo de pie, aturdida, cuando el rey añadió:

—Y no olvidéis curarle la mano.

Ante ese descenso a lo vulgar, ella se rió, una risita que sonó desesperada incluso a sus oídos.

El rey suspiró.

—No sé por qué se da tanta importancia a este tipo de cosas. Aimery, llévatela, por el amor de Dios y consuma el matrimonio. Necesito ponerme en camino. Te dejo aquí encargado de esta propiedad, así que tendrás todo el tiempo que necesites para divertirte. De todos modos, no tienes ninguna utilidad como luchador, durante una semana o algo así, según tu mujer.

Aimery se levantó y le tendió la mano. Antes que ser arrastrada a la cama de matrimonio, Madeleine prefirió dejarse llevar por él hasta el aposento.

12

*L*a habitación se veía muy vacía. Ya se habían llevado las pertenencias del rey, y Paul y Celia se habían llevado consigo todo lo que consideraban suyo. Había dos arcones, un escritorio y la cama, con sus limpias sábanas dobladas hacia atrás.

Al oír caer el pestillo de la puerta, se giró y se encontró sujeta fuertemente por la mano izquierda de él.

—No tengo ninguna intención de elegiros a vos —remedó amargamente—. Me voy a casar con Stephen. ¿Recuerdas eso, Madeleine de la Haute Vironge?

—Recuerdo muy bien muchas cosas —espetó ella, tratando de soltarse—. ¡Suéltame!

—¿No eres la esposa dulce y obediente? —se burló él, aumentando la presión.

Ella cerró el puño y le golpeó la mano derecha. Él hizo un gesto de dolor pero no la soltó.

—Eso ya se ha intentado antes, también.

La arrastró por la habitación y la arrojó en la cama.

Madeleine se bajó de un salto por el otro lado.

—¡No me toques!

Él se apoyó en un poste de la cama.

—¿Qué esperabas cuando elegiste marido? ¿Un santo rey Eduardo? No hay muchos hombres dispuestos a abrazar el celibato en el matrimonio, y en todo caso tenemos a un rey impaciente e irritable esperando la noticia de tu pérdida de la virginidad.

—Podemos decirle que está hecho —dijo ella, desesperada.

—¿Mentir? Ése es tu sistema, ¿verdad? El mío no. Sube a la cama o lo haremos en el suelo.

Madeleine hizo una honda inspiración.

—Tócame, Aimery de Gaillard y le diré al rey que eres Ciervo Dorado.

Eso le llegó, pero se recuperó.

—La locura debe de ser cosa de familia. Ciervo Dorado está en Warwickshire en estos momentos.

—Muy listo —reconoció ella, observándolo atentamente—. ¿Es pura suerte que otros estén usando tu nombre o has enviado a gente a crear una cortina de humo?

Él aparentaba estar relajado, pero ella notaba toda su tensión.

—¿Qué te hace pensar que soy un rebelde sajón? Soy un caballero normando.

—Ciervo Dorado habla francés.

—También lo hablan muchos ingleses. ¿Y cómo sabes cómo habla Ciervo Dorado? —le preguntó con una sonrisa desagradable.

—¡Sabes perfectamente bien que nos encontramos! Y justo después de la última vez, mi tía se volvió totalmente loca y me hizo la vida insoportable. ¡Por instigación tuya!

—Conociéndote, dudo que haya necesitado estímulo. Al rey le va a interesar saber que has estado encontrándote con un rebelde en el bosque.

—¡Encontrándome contigo!

—¿Te follé entonces? —le preguntó él con maligna curiosidad.

—Soy virgen —replicó ella entre dientes.

A él se le borró la falsa sonrisa.

—Entonces será mejor que hagamos algo al respecto, antes de que entre aquí el rey y nos aparee como a recalcitrantes animales de granja.

Horrorizada, Madeleine cayó en la cuenta de que había arrojado su arma más potente, sin conseguir nada.

—Lo digo en serio —dijo, desesperada—. Se lo diré al rey.

—Será interesante ver su reacción.

Rápido como un rayo, se arrojó en la cama, rodó hasta el otro lado, la cogió y volvió a rodar. Madeleine se encontró aprisionada debajo de él. Se debatió, pero sus esfuerzos fueron total y aterradoramente inútiles.

Él la había rescatado de Odo, pero en ese momento no había nadie para rescatarla de él. Si gritaba, lo único que harían los hombres de la sala sería reírse. Vio furia en los ojos de él, y la recorrió un triste miedo.

—Por favor —susurró—. No me violes.

—Un hombre no puede violar a su esposa, Madeleine. —Pasado un momento, suspiró—. Me siento muy inclinado a golpearte, pero me disgusta la violación. ¿Podríamos ser «amables» en esto?

Derrotada, ella tragó saliva y asintió.

—Estupendo. —Rodó hacia un lado, receloso—. Quítate la ropa.

Madeleine nerviosa, se sentó y empezó a quitarse la ropa con manos temblorosas. Le castañeteaban los dientes y no se atrevía siquiera a mirarlo. Cuando se hubo sacado la túnica y el vestido, quedó cubierta solamente por la fina enagua de lino.

—¿T-tengo q-que sac-carme e-es-ssto también? —tartamudeó.

—Supongo que a la luz del día te sentirás mejor teniendo algo encima —respondió él, pragmático.

Ante ese tono calmado se atrevió a mirarlo. Ya no parecía enfadado, pero tampoco estaba tan calmado como parecía indicar su voz. En sus ojos vio una oscuridad que le recordó el modo como la miró Edwald ese día junto al riachuelo. Y era Edwald, ciertamente. De inmediato su cuerpo recordó lo que le hizo sentir él ese día, y se agitó en ella un rayito de esperanza.

—Túmbate otra vez —le dijo él, con voz algo ronca.

Ella obedeció, y él se sentó a su lado. Le puso una mano en la cadera y la subió suavemente hasta dejarla apoyada sobre un pecho. Ella retuvo el aliento. Él comenzó a frotarle el pezón a través de la tela de la enagua. Era un acto mecánico, pero similar a lo que hiciera aquella vez cuando la deseaba. Lo miró sorprendida.

—¿Qué haces?

—Te dolerá menos si estás preparada. Relájate.

Y eso le resultó difícil cuando él le bajó un poco la enagua y puso la boca sobre el otro pecho. Se acordó de la hermana Bridget. Y pensar que todas se habían reído de ella.

¿Le estaba chupando la leche que lo excitaría? La succión le estaba produciendo cosas extrañas. Respiraba más rápido y su cuerpo sentía la necesidad de moverse por su cuenta, sólo Dios sabía por qué.

Mientras él succionaba, metió la mano bajo su enagua y le acarició el muslo. La caricia era tan suave que comenzaron a desvanecerse su temor y sus recelos. Entonces él le colocó la mano en las partes pudendas, y ella se tensó. Ni siquiera ella debía tocarse ahí, a no ser para lavarse. Pero entonces recordó que a un marido se le permite tomarse libertades. A un marido se le permite cualquier cosa. Cuando él le separó los muslos, tragó saliva, pero no opuso resistencia. Continuó allí, mirando la madera del cielo raso, con la cara encendida, deseando que llegara la magia y pusiera fin a los pensamientos.

Sintió entrar un dedo en un lugar especial que experimentó unas ansias que ella recordaba. Retuvo el aliento.

—Qué raro —comentó, soltando una risita nerviosa—, que lo que antes era pecado ahora es un deber.

No hubo ninguna reacción en él; no le siguió el humor.

Madeleine cerró los ojos y trató de apartar la mente de lo que él estaba haciendo; trajo a la memoria momentos mejores: ese día con el príncipe elfo, la dulce voz susurrante, las suaves caricias de su mano, el cálido roce de sus labios en la nuca. Ante ella se abrió el mismo sendero dorado de caliente placer.

Recordó los momentos con Edwald. Sus ávidas manos y boca. La vehemente necesidad que quedó dolorosamente insatisfecha. El cuerpo se le arqueó contra esa mano exploradora.

—Estupendo, estás mojada —dijo él—. Reaccionas muy bien. Si después de todo esto descubro que no eres virgen, te daré una paliza, por eso y por muchos otros motivos.

Su tono brusco rompió toda la magia. Madeleine abrió los ojos y se tensó, rechazándolo, cuando él se puso encima de ella. Exhalando un suspiro de exasperación, él volvió a poner la boca sobre su pecho, rodó ligeramente hacia un lado y le metió la mano en la suave entrepierna, frotándola suavemente.

Ella sintió el efecto de esa caricia, pero la magia había desaparecido. Eso era pura manipulación, como estirar los tendones de una pata de pollo cortada. Tiras de ese tendón y se levanta un dedo. Tiras de otro y de otro...

Pero de todos modos se le entrecortó la respiración, le temblaron las piernas y se abrieron. Él volvió a colocarse encima, y ella sintió su miembro duro apretado contra ella. Lo sintió entrar en ella, duro, largo, tocándole lugares cuya existencia ignoraba y sin embargo deseaban eso como si lo supieran.

Se le escapó un tembloroso gemido, que sonó como si fuera de aflicción.

Pero estaba hecha para un hombre, para ese hombre, comprendió en aquel mismo momento, y su cuerpo lo sabía. Sus brazos lo rodearon, como movidos por propia voluntad, y sus muslos se tensaron para retenerlo. De pronto el dolor la puso rígida.

—Tranquila —susurró él—. Por lo menos no tengo que golpearte hoy.

Ella se rió nerviosamente. Recordó el valor de él cuando le tuvo que coser la herida, y aceptó el dolor que le causaba, perforante, quemante. Entonces algo se rompió y él se instaló en lo profundo de ella, expulsando el aire en una lenta y larga espiración.

Él tenía apoyado su peso en los brazos, pero con la mano izquierda le apartó suavemente un mechón de pelo que le había caído sobre la cara. La ternura de ese gesto fue lo que la hizo sentirse unida a él como no lo había estado nunca jamás con nadie. Su cara estaba muy cerca de la de ella, su cuerpo la cubría como una manta, y una parte de él estaba enterrada en lo más profundo de ella, pero no era eso. Era una intimidad muy diferente, que provenía de sus ojos oscurecidos.

—¿Y ahora qué? —susurró—. ¿Paramos ahora?

—¿Y nos perdemos la parte buena? —preguntó él, sonriendo.

Entonces empezó a moverse, saliendo casi totalmente y luego entrando hasta lo más profundo, lenta, casi tiernamente, una y otra y otra vez.

El ritmo se apoderó de su mente y alma, vibrando en sus venas y llevándola de vuelta a su mundo de ensueño. Reconoció el sendero del placer mágico y lo acogió con los brazos abiertos. Cerró los ojos y se dejó llevar, gloriándose en la sensación de tenerlo entre sus brazos y entre las piernas. A través de sus ropas sentía sus flexibles músculos, sus bien definidos huesos, tal como lo había admirado desnudo ese día. Esa belleza y esa fuerza eran de ella en ese momento, mientras en lo más profundo su cuerpo había encontrado su pareja.

Dejó escapar un grito cuando el sendero se hundió en un profundo pozo oscuro y arremolinado, donde él la encontró y donde se unieron en el frenesí, boca con boca, caderas con caderas.

En uno.

Lentamente volvieron a la realidad, aturdidos y temblorosos. Madeleine abrió los ojos para sonreírle, pero no vio su rostro porque él tenía la cara apoyada en su hombro y sólo vio el pelo dorado oscurecido por el sudor. Era verdaderamente su marido.

Qué absolutamente extraordinario.

Entonces él hizo una inspiración profunda, rodó hacia un lado, bajó de la cama y se arregló la ropa.

—Vístete —dijo, secamente.

Sorprendida Madeleine le miró la espalda.

Él se giró hacia ella.

—Vístete, a no ser que quieras volver así a la sala.

Tiritando de glacial conmoción, ella se bajó de la cama y buscó su ropa. La encontró en el suelo, y se la metió a toda prisa por la cabeza, ansiosa de su protección. ¿Cómo podía él volver de ese lugar y mostrarse tan frío, tan distante?

Él se peinó con los dedos y la miró evaluador. Le arregló mejor los pliegues de la túnica.

—Ahí hay agua y paños. Tal vez te convenga lavarte.

Mientras ella se lavaba, él fue a mirar por la ventana. Quedó sangre en el paño, lógicamente. Miró hacia la cama y vio sangre en la sábana. Se sintió tan herida como indicaba la sangre, pero sus heridas no eran físicas.

Se tragó las lágrimas antes de hablar.

—Estoy lista.

Él se apartó de la ventana y sacó la sábana de la cama; después, con ella doblada sobre el brazo derecho, le cogió bruscamente la mano y la llevó de vuelta a la atestada sala. Habían desarmado ya las mesas; el rey le estaba dictando algo a un escribano mientras leía un documento. La mayoría de los hombres ya estaban armados, preparados para la marcha, pero se giraron a mirarlos cuando ellos hicieron su entrada.

—¡Hecho! —anunció Aimery en voz alta, agitando la sábana.

Varios hombres se tomaron el trabajo de gritar vivas.

Como si se hubiera rendido un castillo de poca importancia, pensó ella. Sentía arder la cara y no sabía dónde mirar. Entonces se les acercó el conde Guy y la liberó del aprisionador puño de Aimery para darle un ligero beso.

—Bienvenida, hija.

Ella se inclinó en una venia, sin poder olvidar que fue la implacabilidad del conde la que la había llevado a esa situación.

—Bienvenida a la familia —le dijo Leo, dándole un efusivo beso.

Leo era tan grande, cálido y «normal», que Madeleine estuvo a punto de echarse a llorar sobre su ancho pecho.

—Aimery deberá llevaros muy pronto a conocer a toda la familia —continuó Leo—. Madre deseaba venir esta vez, y tendrá mucho que decir por no haber estado presente en la boda de su hijo.

—No me lo recuerdes —dijo el conde Guy, con un gesto pesaroso—. Pero me pareció peligroso, y la situación ahora parece que me va a dar la razón.

—¿Pronósticos de desastre? —dijo el rey uniéndose al grupo. También atrajo a Madeleine hacia él para darle un seco beso—. Puesto que os habéis casado con mi ahijado, lady Madeleine, tenemos un parentesco espiritual. Mientras hagáis mi voluntad podéis recurrir a mi bondad de padre.

Madeleine le agradeció con una venia, diciéndose para sus adentros que podía pasar muy bien sin la bondad de Guillermo. Si no hubiera sido por él, aún estaría a salvo en la abadía.

El rey abrazó afectuosamente a Aimery.

—Te he recompensado ricamente, así que sírveme bien.

El cariño era tan sincero que Madeleine no entendió cómo Aimery podía mirar al rey a los ojos. Ella ya no podía, porque estaba implicada en la traición, era culpable por asociación y silencio.

—Vendré a Baddersley más avanzado el verano —dijo el rey cordialmente—, y espero encontrarla en mejor estado, y a vos, lady Madeleine, ya hinchada con un hijo. —Miró la venda—. Ese vendaje no se ha cambiado, lady Madeleine, sois negligente.

—No tuvimos tiempo, *sire* —dijo Aimery, sarcástico.

—¿Cuánto tiempo lleva? —preguntó el rey—. Ah, estos jóvenes...

Acto seguido giró sobre sus talones y volvió a sus documentos, dando una seca orden de que se pusieran en marcha. Todos los hombres armados salieron al patio y los escribanos no tardaron en guardar todos los rollos y salieron a reunírseles. La sala quedó casi vacía, con sólo los pocos sirvientes que estaban limpiando.

Madeleine y Aimery salieron detrás de todos a ver la partida. Los hombres montaron; los caballos de carga fueron formados en fila; trajeron a los perros sujetos con sus correas. Entonces la procesión pasó por la abertura en medio de la empalizada que debería haber sido una puerta, y pronto se perdió de vista en el camino hacia Warwick.

Madeleine miró de soslayo a su marido. Allí estaba ella sola con Aimery de Gaillard, el Ciervo Dorado, el traidor.

—Será mejor que me dejes verte la mano —dijo.

Él no puso ningún problema. Cuando le quitó el vendaje se vio que la herida estaba curando bien. El dibujo era claramente un ciervo saltando, pero ninguno de los dos dijo nada al respecto.

Madeleine puso un apósito limpio sobre la herida y lo envolvió con una larga tira de lino.

—Procura no usar la mano más de lo necesario.

—Dudo que Edwin ataque Baddersley, así que supongo que podré evitar usar la espada. Pero no podré eludir el trabajo. Tenemos que cumplir la orden del rey de poner Baddersley en forma. Ve a hacer un inventario de todos los bienes y provisiones de la casa, y yo le echaré una mirada después.

Dicho eso se alejó.

Ésa había sido una orden seca, de amo a sirvienta, que expresaba claramente cómo serían las cosas. Madeleine recordó los momentos pasados en la cama y esa mística sensación de que eran uno. Seguramente él no la experimentó. Eso la inquietó, pero no pudo dejar de sentir una grata sensación al pensar que repetirían la experiencia esa noche, y todas las noches. Tendría eso para oponer a su frialdad durante el día.

Sin embargo más tarde, cuando fue a buscarlo con las listas preparadas, sentía aprensión. Las cosas estaban muchísimo peor de lo que había imaginado. Durante los pocos y caóticos días transcurridos desde que tía Celia se había quedado en la cama, ella no había tenido tiempo de hacer una buena revisión de las provisiones. Acababa de descubrir que eran peligrosamente pocas, y que no había nada de dinero. Si había habido plata, Paul de Pouissey se la llevó con él.

Encontró a su marido sentado ante el escritorio del aposento soleado trabajando con números y dibujos; ésa era su evaluación de las defensas. Le entregó las listas y él la dejó de pie allí, como a una sirvienta, mientras les echaba un vistazo. Al final, levantó la vista.

—Parece que todos vamos a adelgazar.

—No hay la más remota posibilidad de sobrevivir este invierno —dijo ella, hablando más claro—. Aun en el caso de que lo que se ha plantado dé cosecha, será muy poco.

—Alguien debería pagar por la mala administración.

Madeleine tragó saliva.

—Mis tíos tenían el gobierno de la propiedad, como sabes muy bien. Además —exclamó furiosa—, ¡a las mejores personas se las animó a huir a otras propiedades!

—Habla dulcemente, esposa —dijo él—, o me veré obligado a enseñarte modales.

Madeleine captó el tácito mensaje: No menciones jamás a Ciervo Dorado. Dominó su rabia.

—¿Qué vamos a hacer, «marido»?

Él volvió a mirar las deprimentes listas.

—Compraré provisiones para mantenernos este invierno y terminar la construcción de las defensas. Pero a partir de ahora esperaré de ti una mejor administración. —Y añadió—: Creo que sé donde encontrar personas para traer aquí.

Madeleine apretó los dientes. No le cabía la menor duda de que «encontraría» a algunas de las personas que habían huido a instigación suya. Pero a su manera él se mostraba generoso, e iba a tomar medidas prácticas para la prosperidad futura de la propiedad, de modo que no sería juicioso poner objeciones.

También comprendió que él quería dejar claro cómo sería su matrimonio y que él tenía todo el poder.

Cuando Madeleine salió del aposento, Aimery relajó su expresión severa y exhaló un suspiro. ¿Qué pecados lo habían llevado a esa situación? Si ésta es la idea de Guillermo de una rica recompensa, pensó, que Dios se apiade de aquellos que desea castigar.

Baddersley se encontraba en un estado tal que era difícil imaginarse una recuperación: mala construcción, trabajadores debilitados, despensas vacías. Además, tendría que enderezar todo eso a la vez que trataba con una esposa capaz de enmarañarle el cerebro con una mirada de sus hermosos y soñadores ojos castaños.

Recordó esos ojos cálidos y maravillados por el placer de su cuerpo, y cómo lo sumergieron en las profundidades de la pasión. Maldijo su debilidad.

No debía rendirse a sus caprichos ni a su sensualidad; ella ya había intentado someterlo a su voluntad amenazándolo con delatarlo. Misericordia, dulce Salvador, si alguna vez ella se enteraba del poder que tenía sobre él. Tenía que mantenerla en su lugar y no olvidar que era una mujer engañosa y cruel, de la que no se podría fiar nunca jamás.

Día tras día, mes tras mes, todo el resto de sus vidas.

Embrollado por la eficiencia de ella para curar, el día anterior había empezado a ablandarse, por lo tanto trajo a su memoria todo lo que revelaba su verdadera naturaleza. Le había jurado que no lo elegiría a él, y no cumplió su promesa. También quiso mentir acerca de la consumación del matrimonio.

Madeleine tenía dos caras, igual que Jano, pero también tenía el poder de Eva. Eso lo supo la primera vez que la tocó, pero entonces no se imaginaba que el destino lo arrojaría en sus redes.

Con los labios fuertemente apretados, se concentró una vez más en los planos para las defensas de Baddersley. Si lograba ponerlas en cierto orden, podría marcharse, aunque su único pretexto fuera unirse a Guillermo en su lucha contra Edwin. Incluso luchar contra su primo y contra Hereward era preferible a vivir día a día con Madeleine de la Haute Vironge.

• • •

La comida de esa noche fue un asunto serio. En la sala sólo estaban dos guardias libres de servicio, unos pocos sirvientes de alto rango, Aimery y ella. Sí, también estaba su escudero, Geoffrey de Sceine, pero éste era un joven callado y nervioso que no alegraba para nada el ambiente.

Cuando desarmaron las mesas, a ella se le ocurrió pedir una canción o una partida de ajedrez, pero después de una mirada a su severo marido no hizo ninguna de las dos cosas. Al final decidió retirarse al aposento para acostarse. Cuanto antes se fuera a acostar él y la llevara a ese lugar especial, antes se enderezaría su mundo otra vez.

Le habría gustado saber por qué estaba enfadado. De acuerdo, ella le dijo que se casaría con Stephen y luego la obligaron a cambiar de decisión. Con eso había hecho la voluntad del rey, ¿y qué terrible sino había caído sobre Aimery de Gaillard? Estaba casado con una heredera, y una que de tanto en tanto parecía gustarle. Tal vez debería contarle lo de Stephen, pero no se creía capaz de atreverse a hablar de esas cosas.

Se quedó dormida antes de que llegara su marido a acostarse, y despertó a la salida del sol en el momento en que él se levantaba y salía de la habitación.

No la había tocado.

Probablemente no lo haría nunca.

Entonces Madeleine conoció de verdad la desesperación.

> *La aurora suele hallarme triste en mi soledad,*
> *pues ya no vive nadie a quien me atreva*
> *a revelar la verdad de mi corazón.*

El bardo autor de ese poema conocía muy bien la condición humana. Para ella, vivir con Aimery de Gaillard en ese lugar frío y árido que él había construido, siempre juntos pero nunca unidos, era el árbol de la desesperación que sólo podía dar los frutos más amargos.

No podría vivir con esa fría cortesía. Deseaba que él nuevamente le tendiera la mano con ternura; deseaba poder mirarlo y ver sonreír esos ojos; deseaba relajarse con él, reír juntos de un chiste, y verlo arrebolado de risa como lo viera esa vez.

Deseaba que él la estrechara contra él y le susurrara esa dulce magia mientras su mano la exploraba y la llevaba al placer. Deseaba un beso. Deseaba tenerlo en su...

De un salto se bajó de la cama, que no contenía nada aparte de tortura. ¡La peste se lleve a todos los hombres!

Salió a asumir sus deberes como señora de Baddersley y señora de Aimery de Gaillard. Encontraría solaz en el trabajo, y se sumergió en él con denuedo.

Dadas las probabilidades de que escasearan las provisiones, era esencial mantenerlas y guardarlas bien. Organizó la limpieza de las despensas y puso a unos niños a cazar ratas. Después examinó la solidez de las estructuras y las encontró defectuosas. Nuevamente tendría que discutir con un hombre acerca de las urgencias relativas de las defensas y de los asuntos domésticos. Empezó a buscarlo, pero le fallaron los nervios. Si lo encontraba, tendría que soportar otra vez esa frialdad, aceptar que él la odiaba. Tal vez dentro de uno o dos días le mejoraría el humor.

Si a él le mejoró el humor, no fue evidente. Era escrupulosamente cortés con ella, pero frío. Ella se esforzaba en mostrarse fría con él también, pero mientras trabajaba aquí y allá, estaba ardientemente consciente de él: en el terraplén, en la torre del castillo, entrenando a sus hombres en la zona reservada para liza. Estaba atenta a todo lo que él hacía, y así fue como vio cuando un día él envió a un mensajero. ¿A quién iba dirigido el mensaje?

El recuerdo de que él era Ciervo Dorado le propinó un buen golpe. ¿Tan hechizada por él estaba que lo había olvidado? Entregaría su alma a Satán antes que permitir que él continuara sus actividades traicioneras desde Baddersley. Pero ¿qué podía hacer? Incluso en ese momento no lograba imaginarse entregándolo a la justicia del rey.

Lo observaría y esperaría. Si descubría pruebas de que continuaba en su perfidia, se prometió, temblorosa, informaría al rey. Fue a la capilla a rogarle a la Madre del dulce Jesús que apartara la traición de su corazón para no verse ella ante semejante deber.

Ahora tenía más motivos aún para vigilar todos sus movimientos.

Observó con qué frecuencia se detenía él a hablar uno o dos momentos con la gente de la aldea, y cómo muchas veces la persona de la aldea era Aldreda. Su reacción fue una desagradable mezcla de miedo leal y de ciegos celos. Fue Aldreda la que la mandó llamar a la cabaña ese día. ¿Es que volvía a ser la mensajera de Ciervo Dorado? ¿O sus conversaciones eran de naturaleza más personal? ¿Qué era peor?

Cuando revisaba el trabajo de sus costureras, ¿se imaginaba el gesto desdeñoso en la cara de Aldreda? Tuvo que reconocer que, ahora que la comida era más abundante, Aldreda se estaba rellenando bellamente. Sólo podía ser un par de años mayor que Aimery. Las monjas le habían explicado que los apetitos sexuales de los hombres eran insaciables. Puesto que él no los satisfacía en la cama de matrimonio, bien podía ser que los estuviera satisfaciendo en otra parte.

Le tomó un pecaminoso odio a Aldreda, y rogaba muchísimo a Dios que se lo quitara.

Cinco días después de la boda, el vigía de la torre hizo sonar su cuerno, anunciando la llegada de alguien. Madeleine salió corriendo de la sala a mirar. Dos carretas y una hilera de percherones cargados iban subiendo hacia la puerta. Por un momento pensó que era el rey que volvía, pero no vio ningún estandarte real.

Aimery estaba en la liza entrenando con los guardias. Ágilmente trepó al terraplén y al parapeto a medio construir que bordeaba la empalizada, e hizo señas de que dejaran entrar la procesión.

Madeleine comprendió que esas debían ser sus posesiones.

Aimery estaba con cota de malla y brillante de sudor bajo el sol, pero su paso era ágil y su sonrisa ancha cuando levantó la mano para saludar a uno de los jinetes que estaba desmontando.

—¡Bienvenido, Hugh! Se te necesita terriblemente.

Dos sabuesos que venían en la primera carreta tiraron de las cuerdas que los sujetaban y las soltaron. Bajaron de un salto y corrieron brincando a adorar a su amo. Venían también dos halcones, y Madeleine creyó ver que volvían las cabezas encapirotadas en dirección a su voz.

El jinete se echó atrás la capucha de su cota de malla, dejando al descubierto cabellos castaños canosos sobre una cara cuadrada de rasgos vigorosos.

—Eso veo —dijo el hombre, haciendo un guiño—. ¿Sudando? ¿Después de un ligero ejercicio con la espada?

Aimery se rió y le dio una palmada en la espalda como para derribar a cualquiera, pero el hombre sólo se balanceó un poco.

—Hay diez tambores de grasa necesitados de palizas para ponerse en forma, y esta construcción hay que mejorarla para que sirva de defensa. Hay pocos trabajadores, y la comida peca de falta de variedad y cantidad. Pronto estarás sudando, también. Quietos —dijo a los perros.

Los perros se echaron y se quedaron quietos, pero en los movimientos de sus flexibles músculos Madeleine vio el vivo deseo que sentían de brincar alrededor de él. Sus brillantes ojos lo miraban con adoración.

En ese momento Hugh miró hacia ella; entonces Aimery echó a andar con él en su dirección. Los perros se quedaron quietos donde estaban, ansiosos por seguirlo.

—Madeleine, te presento a Hugh de Fer. Él ha sido mi maestro de armas en Rolleston, y ha venido aquí a ocupar ese puesto en Baddersley. Si das tu aprobación, claro.

Un poquitín retardada la consulta, pensó ella, pero le sonrió a Hugh, que se veía capaz y sólido.

—Sois bienvenido, lord Hugh. —No se pudo resistir a añadir—: Las cosas están mejorando aquí, y con la ayuda de Dios, continuaremos mejorando. Esperemos no morir de hambre.

—Con la ayuda de Dios y mi dinero —terció Aimery, irónico. Y enseguida preguntó a Hugh—: ¿Te has cruzado alguna vez con Paul de Pouissey?

—Sí —contestó el hombre, haciendo un mal gesto.

—Entonces no hace falta ninguna explicación. Vamos, quiero enseñarte el lugar. —Cuando se alejaba, se giró hacia ella—. Ocúpate de que descarguen las cosas, Madeleine. Habrá ropas y libros, pero también debería haber alimentos, vino y especias para que hagas lo que quieras con ellos.

Madeleine pensó que estaba indicado darle las gracias, y de verdad sentía gratitud, pero su tono fue tan cortante que no logró encontrar las palabras. Antes de que pudiera hacerlo, él se alejó, hizo chasquear los dedos despreocupadamente, y los perros corrieron a brincar tras sus talones.

Si él le hiciera chasquear los dedos, sin duda ella también correría a brincar tras su talones. Ojalá pudiera odiarlo, pensó, pero aparte de su frialdad con ella, todo conspiraba para iluminar sus virtudes. Era constantemente justo, bondadoso, eficiente y muy trabajador. Su dirección allí después de Paul de Pouissey era como el sol después de una tormenta. No, no podría odiarlo.

Suspirando, echó a andar para cumplir la orden. Llamó a los sirvientes y supervisó la descarga. Se le alegró el corazón al ver lo que había hecho traer. Un tonel de vino fue llevado rodando hasta la fresca bodega de piedra; cinco jamones bañados en cal fueron colgados en la despensa de los platos y copas; sacos de cebada, trigo y avena fueron llevados al granero recién limpiado. Había una cesta llena de anguilas vivas.

Sintió henchido el pecho de gratitud. Después le daría las gracias que no le había dado inmediatemente. De la gratitud brotó la esperanza. Ciertamente un hombre tan generoso no podía continuar frío eternamente.

Los arcones cerrados con cuerdas los hizo llevar al aposento. Una vez allí los contempló, acompañada por Dorothy.

—¿Crees que deberíamos abrirlos? —preguntó Madeleine.

—¿Cómo vamos a ordenar las cosas si no? —fue la práctica respuesta de Dorothy.

Dos cofres estaban cerrados con llave; Madeleine supuso que allí estarían las preciosas especias y los tesoros de Aimery. Los otros arcones se abrieron sin dificultad y dejaron a la vista un montón de ropa, armas y dos cajas con libros.

Madeleine puso las dos cajas sobre la mesa y no pudo resistirse a explorar su contenido. La mayoría de los libros estaban en inglés, pero había algunos en latín y en francés. Había una vida del gran rey inglés Alfredo y otra de Carlomagno; un relato de un peregrinaje a Jerusalén, de ése había un ejemplar en la abadía; otro sobre el viaje de un mercader a Rusia; también encontró uno en inglés sobre hierbas, y sintió la comezón de leerlo. Con inmensa disciplina, cerró las cajas. Ya habría tiempo para leer cuando estuviera terminado el trabajo; y si Aimery se lo permitía.

Cuando él entró, la mayor parte de sus pertenencias estaban guardadas muy ordenaditas en los arcones más grandes, con capas de hierbas para ahuyentar las polillas.

Él se había quitado la armadura, que traía Geoffrey, detrás de él, en su colgador. Y por lo visto se había lavado junto al pozo; todavía tenía mojado el pelo y la camisa de lino y las calzas de lino se le pegaban al cuerpo. Llevaba su espada y cinto en la mano y los dejó en un rincón.

—¿Encontraste las especias? —le preguntó.

Madeleine señaló el cofre.

—Pero está cerradocon llave.

Aimery sacó una llave de su bolsa y fue a abrir el cofre más grande, el que ella suponía contenía sus tesoros. De ahí sacó una llave y se la entregó.

—Gracias.

Él volvió a su cofre y hurgó dentro hasta sacar una pesada bolsita.

—Aún no te he hecho el regalo de la mañana siguiente —dijo, entregándosela.

Su tono era impersonal, pero era un regalo.

—Me regalaste Baddersley —dijo ella.

—Eso ya era tuyo.

Ella lo miró pensativa.

—Como dijiste, me has dado dinero para mantenerla.

—Te ha dolido, ¿eh? —dijo él, sonriendo levemente—. Puedes devolvérmelo cuando la propiedad esté prosperando.

Eso no era precisamente lo que ella había pretendido.

Soltó las cuerdas de la bolsita y la abrió. De su interior sacó dos brazaletes similares al de espiral de él, pero del tamaño apropiado para los brazos de una mujer. Cada uno tenía una fantástica forma de pájaro y llevaba incrustaciones de piedras preciosas.

Geld? Un regalo así, que en cierto modo los unía, podía tener inmensa importancia, pero no logró discernir si tendría algún significado.

—¡Qué hermosos! —comentó—. Nunca había visto un trabajo tan exquisito.

—Pertenecieron a mi abuela, Godgifu de Mercia.

—Gracias.

Los dos se quedaron ahí, incómodos, sin saber qué hacer o decir. En un matrimonio normal eso pediría un beso, pero el matrimonio de ellos no era normal.

Madeleine fue a guardar los brazaletes en su propio cofre de tesoros. Después abrió el cofre con especias y examinó su contenido. Algunos los guardó en su botiquín, los otros los dejó donde estaban y sacó una pequeña cantidad para dársela al cocinero.

Cuando acabó la selección, Aimery ya se había marchado.

13

Mejoraron las cosas con la llegada de Hugh. Las comidas del atardecer habían sido agobiadoramente silenciosas, porque Aimery y ella hablaban poco, y Geoffrey era taciturno por naturaleza. Pero Hugh de Fer resultó ser un conversador genial, dispuesto a llevar él solo la conversación si era preciso. Dado que sus historias siempre eran de guerras y combates, los otros dos participaban. Ése no era un tema de interés para ella, pero por lo menos ya no tenía que aguantar los agobiadores silencios, y escuchando empezó a comprender mejor a su marido.

A él le gustaban las conversaciones sobre teorías y tácticas, pero se mostraba escéptico ante los actos heroicos y se quedaba en silencio cuando el asunto pasaba a sacar la cuenta de los cadáveres. Hugh disfrutaba con las batallas; cuando hablaba de ellas le brillaban los ojos como si estuviera hablando de una amante. En cambio a Aimery esa conversación lo tornaba serio.

Madeleine pensó que era lamentable que el mundo no ofreciera opciones a un hombre de la cuna de Aimery aparte de la iglesia o la guerra. Dudaba que fuera apto para la vida religiosa, pero sin embargo sufría con las matanzas. Rogaba aún más que antes que llegara la paz a Inglaterra para poder dedicarse, ella y su marido, a cuidar de su tierra y a progeger a su gente. Esperab que él no tuviera que volver a luchar nunca más.

Pero cuando les llegaron las noticias de las medidas tomadas por el rey para someter a los rebeldes, asedio, emboscadas y pillaje, comprendió que eso era un sueño tan imposible como que Aimery llegara a la cama una noche susurrándole palabras de amor.

Madeleine y Aimery se eludían mutuamente todo cuando les era posible, pero llegó el día en que ella ya no pudo seguir dejando para después el asunto de los trabajadores que necesitaba para reparar las despensas.

Encontró a Aimery en el lado este del terraplén trabajando con una pala junto a varios hombres. El pelo le colgaba lacio por el sudor y sólo llevaba un par de calzas holgadas hasta las rodillas y los zapatos. Se había quitado sus adornos de oro, y su mano sólo la cubría la sucia venda de lino.

Llevaba las calzas atadas a la altura de las caderas, y ella nuevamente tuvo ante su vista su hermoso torso, brillante de sudor, no de agua del río, pero era él; para dar prueba de que no estaba equivocada estaba su tatuaje azul en el brazo izquierdo.

¿Alguna vez podría pasar la lengua por el valle de su columna?, pensó amargamente.

Alguien lo advirtió de su presencia y él se giró, enterró la pala en el suelo y bajó de un salto.

—¿Sí?

Madeleine estaba absorta mirándole los marcados bordes de una cicatriz en el hombro izquierdo. La cicatriz estropeaba la belleza de su cuerpo, pero más que eso, hablaba de un escalofriante roce con la muerte.

—¿Qué demonios te pasó ahí? —le preguntó.

Él levantó la mano para frotársela.

—Ya decía yo que te faltaba experiencia con soldados. Herida de hacha, en Senlac. ¿Me has interrumpido sólo para revisar mis cicatrices?

Ante esa reprimenda, a ella se le acabó la cordialidad.

—No deberías usar esa mano en un trabajo tan pesado, y necesito algunos hombres para reparar las cabañas de almacenaje.

—Mi mano está muy bien, y se necesitan todos los hombres si han de terminarse las defensas. Tal vez después —añadió, girándose para volver a subir al terraplén.

—Después podría ser demasiado tarde. ¿De qué sirve hacer defendible este lugar si nos morimos todos de hambre? —preguntó con aspereza.

Él se giró bruscamente.

—Vigila tu lengua. —Pasado un instante, añadió—: Enviaré dos hombres.

Él volvió a su trabajo y ella se quedó un momento mirándolo, preocupada por su hombro y por su mano. Se obligó a girar sobre los talones y a alejarse.

Su mano estaba curada, pensó; sólo llevaba la venda para ocultar el tatuaje, para no tener que usar su brazalete en ese pesado trabajo. En cuanto al hombro, había vivido casi dos años con el hombro así, y ya tenía que saber qué podía hacer y qué no hacer con él.

Preocuparse por su salud sólo le recordaba su distanciamiento, y no podía producirle otra cosa que aflicción.

Y consiguió sus trabajadores.

Y tenía su poder. Cierto que él insistía en una sumisión formal cuando estaban juntos, pero la dejaba libre para llevar la casa y apoyaba su autoridad siempre que era necesario.

Ella había tomado la costumbre de pasar por la cocina con frecuencia y cuando menos la esperaban, atenta a cualquier falta de honradez o desperdicio. Supervisaba personalmente la recogida de sobras y su reparto entre los más necesitados. No hacía caso de los malos gestos del personal de la cocina ni de sus maldiciones masculladas.

En realidad, en cierto modo encontraba consoladora esa actitud. No era el odio mordaz de antes; esos malos gestos contenían un elemento de pesaroso respeto.

Observó la misma actitud en las mujeres de la casa: Aldreda, la tejedora; Emma, la costurera, y Hilda, la encargada de la lavandería. Las tres parecían estar resentidas por su exigencia de más y mejor trabajo, pero obedecían.

Pero cuando estaba trabajando con ellas, remendando ropa fina o acabando ropa para ella o Aimery, echaba en falta una atmósfera más alegre. En la abadía, parte del tiempo para coser era tiempo de recreo, en que se les permitía hablar. En la corte de Matilde las mujeres siempre cotilleaban alegremente mientras movían sus rápidos dedos. Ahí, la conversación se interrumpía en el instante en que entraba ella en el aposento.

Se sentía sola. «Ya no vive nadie a quien me atreva a abrirle las puertas de mi corazón.»

Un día hizo azotar a uno de los cocineros. Irónicamente recordó su juramento de no usar jamás el látigo en Baddersley. Pero el hombre había estado robando pollos para venderlos, cuando estaban trabajando por la supervivencia de todos. No cabía sentimentalismo. Los miembros del personal de la cocina eran especialmente difíciles de manejar, pues se habían acostumbrado a todo tipo de privilegios. Siempre le había fastidiado verlos regordetes a ellos y sus familias mientras otros se morían de hambre.

De todos modos, no fueron azotes fuertes, sino sólo una demostración de su autoridad. Se obligó a presenciar los diez azotes dados por Hugh. Después le dio un ungüento a la mujer del hombre para que se lo pusiera en la espalda. Esperaba que el castigo sirviera de ejemplo y disuadiera a otros ladrones.

Aimery se reunió con ella cuando estaban a mitad del castigo. No intervino, pero cuando acabó le preguntó:

—¿Cuál fue su delito?

Cuando ella se lo explicó, él asintió y se marchó, pero ella vio que llevaba el ceño fruncido. ¿Objetaba a que ella impusiera disciplina?

Esa noche se lo preguntó.

—Tú tienes el gobierno del personal doméstico mientras no seas demasiado dura —contestó él, y no dijo más.

Cansinamente ella se preguntó por qué se esforzaba en entenderlo cuando ya estaban bien establecidas las pautas de sus días y sus noches.

Pero las cosas mejoraban día a día. La empalizada estaba terminada y era sólida; la puerta estaba colocada, y los hombres ya estaban trabajando en la torre del homenaje del castillo. Aimery había aconsejado no trabajar demasiado en eso, porque después sería mejor construirla en piedra. Las cabañas despensas estaban firmes, sin rendijas y secas, y ya empezaban a llenarse.

Cuando recorría el castillo, de tanto en tanto oía cantar, en los talleres y en los campos. En la aldea había niños trabajando, pero también jugando y estorbando. Eso también era bueno. No se había parado a pensar en lo antinatural que era que los niños de Baddersley fueran tan callados.

Pero todas esas mejoras serían tan útiles como la escarcha si ella no tomaba precauciones para el invierno. En esa época del año incluso los mal cuidados campos y huertas producían alimentos nutritivos, pero cuando llegara el crudo invierno sería su previsión la que los mantendría a todos vivos. Sabía que podía tomar el camino débil y confiar en que su marido seguiría manteniendo la propiedad, pero su riqueza no era ilimitada, y ella estaba resuelta a demostrar su valía. Él le había regalado esa propiedad y le daba carta blanca en su administración. Por la leche de la Virgen que la administraría bien.

Dio la orden de que la mayor parte de las legumbres se pusieran a secar, y empezó a calcular qué otras plantas se podían secar para el invierno. No era muy ducha en esa técnica, pero sabía que debían guardar todo lo que pudieran. Una variedad limitada de alimentos durante los meses oscuros llevaría a enfermedad, caída de dientes y ceguera. Por otro lado, tenía que tener en cuenta la necesidad de alimentar bien a la gente antes de que llegara el invierno, para que entraran en esa difícil estación lo más fuertes posible.

Deseaba desesperadamente ayuda y consejo, pero aunque Aimery supiera de esas cosas, no podía cargarlo con más responsabilidades.

Estaba tomándose un momento de descanso en un banco junto a la capilla cuando un guardia la llamó desde la empalizada para avisarla de que se acercaban viajeros. Debían de ser personas sencillas, pensó ella, puesto que no habían llamado la atención al vigía. Se levantó y fue a ofrecerles hospitalidad.

Dos figuras oscuras venían caminando con paso enérgico por el sendero. Cuando estuvieron más cerca quedó claro que las dos robustas mujeres eran monjas. Daban la impresión de venir de muy lejos, y sin embargo caminaban ágilmente. Cuando se les acercó a saludarlas, vio lo brillantes y alegres que eran sus ojos. También vio que eran gemelas.

—Bienvenidas, hermanas. ¿Os puedo ofrecer algo?

Las dos hicieron sus venias.

—Cama y comida —dijo una con una ancha sonrisa.

—Nos envía la abadesa Wilfreda a ayudaros —dijo la otra.

Madeleine pestañeó. La primera monja sacó un rollo de pergamino y se lo pasó diciendo:

—Soy la hermana Gertrude.

—Y yo la hermana Winifred —dijo la otra.

Madeleine sólo pudo decirles que eran bienvenidas; y, la verdad, esas dos alegres monjas tenían que serlo. Dio órdenes de que les prepararan la otra habitación pequeña, les sirvieran comida y les llevaran agua para lavarse. Después se fue a leer la carta.

La carta de la abadesa Wilfreda resultó ser una presentación de las dos hermanas y tapadera de otra carta más larga:

Querida hija:

No tengo palabras para expresar lo encantada que estoy de saber que Aimery se ha casado, y la furia que me embarga por estar aquí en Normandía en semejante momento. No me cabe duda de que el retraso del conde Guy en regresar a casa tiene menos que ver con la necesidad del rey de sus servicios que con sus pocos deseos de enfrentarme.

Adjunto una nota para mi hijo que contiene la orden urgente de que te traiga a Gaillard para que me conozcas.

Sin embargo, leyendo entre líneas la carta de mi marido, y habiendo ido a visitar a la pobre lady Celia de Poussey, tengo la impresión de que tendrás un pesado trabajo en tu propiedad este año. También parece que esos descuidados hombres te han dejado sin compañía ni ayuda.

Por lo tanto le he escrito a mi hermana Wilfreda, abadesa de Withington, pidiéndole que envíe a dos hermanas para que te ayuden en tus labores. Si no las necesitas, o las encuentras entrometidas, se las envías de vuelta cuando quieras.

Sabe que eres bienvenida en nuestra familia, Madeleine, la que, cómo verás, es una familia amorosa. A una palabra tuya te apoyaremos en todas tus empresas. Hago extensiva esta misma promesa a toda mi familia inglesa. También con ella descubrirás que con sólo decir mi nombre te darán todo lo que necesites, aunque sé que en estos tiempos difíciles tal vez no veas conveniente solicitar tal ayuda.

Cuida de Aimery en mi nombre. Ya ha recibido dos heridas desde que nos separamos, y me preocupa como sólo una madre puede preocuparse. Encuentro solaz en el hecho de que tienes formación en curación, pero si logras persuadirlo de que venga a verme a casa, aunque sea por poco tiempo, habrás hecho una gran cosa.

Tu madre ante Dios,

Lucía de Mercia y Gaillard

Madeleine sorbió por la nariz para tragarse una lágrima. No sabía bien qué la había conmovido más, si el enérgico tono amistoso de la primera parte o la clara nostalgia del final. Tal vez era simplemente la adquisición de una madre.

Cogió la pequeña hoja doblada y salió en busca de su marido. Lo encontró en el establo, hablando con un mozo acerca de un caballo. Él se le acercó tan pronto apareció ella en la puerta.

—Tenemos visitas —le dijo—. Dos monjas de la Abadía Withington, que al parecer está gobernada por una tía tuya. Y tienes una carta de tu madre.

Él la cogió y la leyó rápidamente. Una sonrisa jugueteó en su cara, lo que le dijo mucho a Madeleine acerca de su relación con su madre.

—Quiere conocerte.

—Me lo dice en la carta que me envió.

Él la miró.

—Puedes viajar al castillo de Gaillard si lo deseas.

—¿Sola?

—Te daría una escolta.

—Quiere verte a ti también.

—Yo no puedo ir todavía.

—Entonces tampoco iré yo.

La aterraba pensar que cuando ella no estuviera él volviera a contactar con los rebeldes y acabara encadenado.

Él se dio unos golpecitos en los dedos con el pergamino.

—¿Para qué las monjas?

—Ellas me van a ayudar en la administración de la propiedad.

—Bien pensado —dijo él, asintiendo—. Pero estando ellas aquí, puedes tomarte un tiempo libre. Yo habría creído que estarías feliz de escapar.

La paciencia de Madeleine se hizo trizas al fin.

—Baddersley no es en absoluto una prisión, mi señor, sino mi hogar.

Acto seguido, giró sobre sus talones y se marchó pisando fuerte.

—Madeleine.

Ella se detuvo pero no se volvió, esperando medio esperanzada sus represalias.

—Si cambias de opinión sobre visitar Normandía, dímelo —le dijo.

No la detuvo cuando ella reanudó la marcha.

Encontraba muy tentador huir a Normandía y ser mimada como una nueva hija, pero no podía hacer eso a menos que Aimery estuviera a salvo a su lado.

Con la llegada de las hermanas Gertrude y Winifred se aceleró el trabajo en Baddersley. La hermana Gertrude era toda una experta en agricultura, de modo que no tardó mucho en tener los cultivos en la mejor forma posible, y planes ya adelantados para obtener un mejor rendimiento para el año siguiente.

—No hay ningún motivo para que la próxima cosecha no sea muy abundante —declaró alegremente.

Lo primero que hizo fue trabajar la huerta cercana a la casa y el campo próximo a la aldea, el que debían cultivar los aldeanos en beneficio del señor.

Madeleine se había puesto furiosa al ver el estado de la huerta y de ese campo, porque aún con la escasez de trabajadores robustos, podría haberse hecho más en primavera para tener cosechas en verano. Lo único que había eran unas pocas verduras tratando de sobrevivir, y era demasiado tarde para la mayoría de las otras siembras. Ella había plantado coles tardías; si lograban hacerlas sobrevivir al calor del verano y la parte cruda del invierno no llegaba demasiado pronto, podrían tener coles para Navidad.

La hermana Gertrude aprobó su trabajo y plantó otras cosas; responsabilizó a unos cuantos niños de acarrear agua del río para regarlas. Después de explicarles que de esas plantas dependía su supervivencia, les organizó la tarea en forma de juego, de modo que los niños se divertían y reían vertiendo el agua en las acequias que discurrían entre las melgas.

La especialidad de la hermana Winifred era llevar la casa, hacer conservas, salar y secar los alimentos. Felicitó a Madeleine por su trabajo y lo mejoró, animándola a dedicarse a la tarea de recoger plantas silvestres.

—Casi todo se puede secar y comer, lady Madeleine —le dijo, con esa radiante sonrisa tan típica de ella—. De verdad, Dios es munificente.

Ordenó que con la mitad de la exquisita leche ordeñada en verano se hicieran quesos duros, envolverlos bien y se almacenarlos en un lugar fresco. Después de una seria reflexión entre ella y Madeleine, decidieron que el mejor lugar para guardarlos era la capilla, el único edificio de piedra aparte de la armería. Era un lugar fresco y seguro.

El padre Cedric aceptó de muy buena gana que la usaran para almacenamiento.

—Cristo proveyó de vino en las bodas de Caná, lady Madeleine. Estará feliz de proveer de queso en invierno.

Madeleine dio a dos hombres la responsabilidad de girar los quesos periódicamente y de protegerlos de cualquier riesgo. Sabía muy bien que era posible vivir de queso en el caso de que no hubiera carne.

En cuanto a eso, la hermana Winifred estaba secando carne también. Explicó que no sería tan apetitosa como la carne ahumada y salada, pero duraría más. Una vez seca se podía moler hasta convertirla en polvo para así añadirla a cereales y hierbas hervidos y preparar nutritivas gachas.

Madeleine se sentía como si le hubieran quitado una pesada carga de encima. La inanición parecía imposible estando las hermanas allí. Problemas que a ella casi la habían abrumado, a las hermanas les parecían verdaderos retos. Contagiaban su entusiasmo a todo el personal del castillo y todo el mundo trabajaba como nunca lo había hecho.

Las hermanas eran, además, una presencia aliviadora. Dedicaban el tiempo debido al oficio divino, y muchas veces cantaban sus oraciones mientras trabajaban, pero durante las comidas de la noche estaban alegres y siempre dispuestas a contar entretenidas historias, y sus historias no eran de guerra como las de Hugh.

Madeleine no sabía si era pura imaginación suya, pero tenía la impresión de que incluso Aimery se sentía aliviado por la presencia de las hermanas. Eso se le confirmó una noche en que ellas lo convencieron de que cantara. Él no había tocado su lira desde la boda, aun cuando Geoffrey y Hugh se lo pedían de tanto en tanto. Tuvo que tragar lágrimas mientras escuchaba su hermosa voz. No era una canción para ella la que estaba cantando, pero estaba cantando, y eso ya era algo.

Cuando dejó a un lado la lira parecía relajado. Él y ella continuaban sentados a la mesa principal, pero las hermanas se habían ido a sentar junto a una ventana para coser aprovechando la luz. Hugh y Geoffrey estaban con los hombres en la sala, comparando técnicas para afilar hojas de espadas y dagas.

Si continuaba la costumbre de las noches anteriores, pensó, en cualquier momento Aimery también encontraría un motivo para dejarla sola, pero tuvo la sensación de que ése era un momento en que podría hallar cierta amabilidad y proximidad en él.

—¿Cómo va el trabajo del castillo? —le preguntó.

—Está casi terminado. No resistirá un ejército, pero claro, nada lo resistiría aquí.

—¿Qué falta por hacer en las defensas?

En realidad a ella eso no le importaba, pero no se le ocurría ningún otro tema de conversación.

—Podemos continuar reforzando las murallas, pero aparte de eso sólo queda el foso. Depende de si quieres desviar el río.

—Eso no lo sé.

Él la miró con una expresión que decía a las claras que en ese caso estaba perdiendo el tiempo hablando con ella.

—Lo que quiero decir —se apresuró a explicar—, es que no entiendo qué consecuencias tendría eso para la aldea. ¿Afectaría al drenaje o a la irrigación de los campos?

Al instante tuvo toda su atención y respeto.

—Eso hay que considerarlo. No creo que tomen en cuenta eso la mayoría de los normandos; ellos dejan que los aldeanos se adapten como puedan.

Ella había hecho el comentario sin mayor reflexión, pero en ese momento vio que era importante, y que él la admiraba por eso. Se le elevó el ánimo.

—Creo que deberíamos preguntárselo a los aldeanos en una de sus reuniones. Asambleas las llaman, ¿verdad?

—Sí. —La miró atentamente mientras bebía de su copa—. ¿No temes hacerte demasiado inglesa al pedirle la opinión a los campesinos?

—Soy inglesa —dijo ella firmemente—. Inglesa normanda, pero inglesa de todos modos. Éste es mi país.

—Así es.

Él bebió otro trago. Madeleine también levantó su copa, estrujándose los sesos en busca de otro tema de conversación.

—¿Cómo está tu mano?

Pasados los primeros días, cuando ya era seguro que la herida estaba cicatrizando bien, él había tomado la costumbre de cambiarse la venda solo. Ese día, por primera vez, llevaba puesto el brazalete. El tatuaje se veía claramente en el dorso de su mano. Estaba algo deformado por la cicatriz, pero ella había hecho un buen trabajo. Una vez reconocido, el dibujo era sin duda un ciervo, con hermosas y anchas cornamentas.

Madeleine retuvo el aliento; su buen trabajo podría llevarlo a la muerte. No era de extrañar que no hubiera deseado que le pusiera puntos en la herida.

—Está cicatrizando bien —dijo él.

—¿No te duele llevar el brazalete?

—No.

Madeleine hizo una inspiración profunda.

—Si no te hubiera puesto puntos, ese dibujo habría quedado estropeado.

Él la miró a los ojos.

—Así es.

Madeleine se mojó los labios resecos.

—Lo hecho —dijo con cautela— se puede deshacer.

Él no fingió no entender.

—Podría hacerme un corte con un cuchillo o apoyarme por descuido en un hierro al rojo en la fragua. No forzaré mi *wyrd*.

—¿Y qué significa eso, si se puede saber? —preguntó ella, irritada. Un accidente así sería un daño insignificante comparado con el castigo si lo pillaban.

—Los ingleses nos atenemos a la idea nórdica del destino, Madeleine. Nuestro *wyrd* no se puede cambiar. Nuestra única elección está entre enfrentarlo con honor y valor o deshonrarnos tratando de eludirlo.

—Pero tú eres inglés normando —dijo ella en tono desafiador.

Él bajó la vista a su copa y la hizo girar lentamente.

—¿Lo soy?

A ella la recorrió un escalofrío ante esa sincera admisión de culpa.

—Más te vale que lo seas.

Él levantó bruscamente la vista.

—Sería imprudente amenazarme, Madeleine.

—¿Ah, sí? ¿Y no se te ocurre que yo podría tener sentido del honor y el valor necesario para actuar como considero correcto?

Él se quedó inmóvil.

—¿Y lo tienes?

—Ruego a Dios que sí.

Él hizo una inspiración profunda.

—Y yo también.

—¿Qué? —preguntó ella, sin entender.

—Por encima de todo —dijo él, serio—, lo que pido en una esposa es honor y valor.

Madeleine retuvo el aliento. Él estaba hablando con ella, hablando de verdad, y acercándose al tema que ella deseaba tratar, sus sentimientos mutuos.

—¿Aún si te lleva a la muerte? —preguntó.

—Aún así —dijo él, sonriendo levemente.

Madeleine sintió acelerado el corazón y un hormigueo en las manos. Repentinamente no era capaz de pensar claro, con lo importante que era eso en ese momento.

—¿Dudas de mi valor?

Él lo pensó.

—No, te considero valiente.

—Entonces ¿dudas de mi honor?

Él no contestó, lo cual ya era suficiente respuesta.

Madeleine buscó una explicación. Ese día en la cabaña él estaba enfadado por la crueldad con que se trató a los aldeanos.

—Era el tío Paul quien causaba los sufrimientos aquí. Yo hacía lo que podía, pero era tan impotente como el resto. Un día que lo desafié, me amenazó con hacerme azotar.

—Entiendo que era poco lo que podías hacer.

—Entonces ¿qué? —Se estrujó los sesos en busca de otro fallo—. Era virgen cuando me casé contigo. Eso lo sabes.

A él se le arrugaron las comisuras de los ojos, pero con humor cruel.

—Pero sólo por casualidad.

Ella se puso de pie de un salto.

—¿Es eso lo que te molesta? ¿Lo de ese día junto al río? —Cayendo en la cuenta de que había atraído la atención, continuó en voz baja—: Vamos, eso es como el insulto de la olla a la tetera llamándola negra.

Él la cogió del brazo.

—Hay una diferencia entre hombres y mujeres, y bien que lo sabes.

—¡Sí! —gritó ella, tironeando para soltarse el brazo—. ¡Los hombres no reconocerían el honor ni aunque éste los golpease en la cara!

Se hizo el silencio. Madeleine miró alrededor y vio ofensa y rabia en las caras de los soldados normandos. Ay, Dios.

Al instante se encontró balanceándose boca abajo sobre el hombro de Aimery, en dirección al aposento. Una vez allí, él la arrojó sobre la cama. Ella se bajó por el otro lado, después de un breve instante de vacilación, por si las intenciones de él eran amorosas.

No lo eran. Se estaba desabrochando el cinturón.

—Ángeles y santos, protegedme —susurró, mirando alrededor en busca de un camino para escapar. Podría saltar por la ventana, pero él le daría alcance enseguida. Retrocedió—. No. Perdona. No debería haber dicho eso.

Él avanzó, levantó el cinturón y lo hizo restallar fuertemente sobre la cama.

¡Suas!

—Chilla —le dijo.

Madeleine lo miró boquiabierta y luego se mordió el labio para contener la risa. Él volvió a golpear; después del tercer golpe ella emitió un gritito.

—¿Eso es lo mejor que sabes hacer? —preguntó él. ¡Suas!—. ¿Es que nunca te han azotado? —Sus labios estaban reprimiendo una sonrisa.

¡Suas!

—¡Ay! —chilló ella, y empezó a cogerle el tino al asunto—. ¡Basta! ¡Por favor, basta! ¡Piedad!

Él estaba sonriendo; cómo le encantó ver esa sonrisa.

¡Suas!

—¡Nooo! —aulló, y volcó un pesado cuenco de madera en el suelo—. ¡Piedad!

¡Suas!

—Eso ya lo has dicho —observó él, con los ojos brillantes de hilaridad.

—¿Sí? —susurró ella.

¡Suas!

—Sí. Sé más creativa.

—Es difícil ser creativa cuando se siente tantísimo dolor —masculló ella. Abrió los brazos, y gritó—. ¡Ayay, que me matas!

—¡Suas!

—¡Perdóname la vida, dueño de mi corazón!

¡Suas!

—¡Te adoraré de rodilla todos los días de mi vida!

Él dejó de hacer restallar el cinturón y se apoyó en la pared, derramando lágrimas de risa, sujetándose los costados. La risa era contagiosa. Ella empezó a dar alaridos de risa, a borbotones. Seguro que en la sala se oirían como desgarrados sollozos.

Al fin se recuperó y con el vientre dolorido vio que él seguía apoyado en la pared, ya calmado, con los brazos cruzados sobre el pecho. En sus ojos todavía brillaba la diversión.

A ella le volvió la risa.

—Vas a tener una reputación terrible.

—De eso se trata —dijo él. Se puso serio—. No puedo gobernar a esos hombres si creen que mi mujer me puede insultar, e insultarlos a ellos.

Ella asintió.

—Vigilaré mi lengua.

—Será mejor. Si me pones en una posición en que tenga que golpearte, Madeleine, lo haré.

Ella asintió, pero no pudo reprimir una sonrisa traviesa:

—Pero no tan fuerte, por favor, dueño de mi corazón.

Él se ahogó de risa, y se puso el cinturón.

—Te mereces azotes más fuertes. Será mejor que te quedes en la habitación esta noche y parezcas debidamente sumisa mañana. —Cuando estaba en la puerta se volvió, todavía sonriendo—: Me hace ilusión verte adorándome de rodillas.

14

Aimery tuvo que hacer un enorme esfuerzo para entrar en la sala con expresión severa. Algunos de los hombres empezaron a vitorear, pero se callaron bruscamente ante la mirada de él. Hugh estaba con el ceño fruncido y Geoffrey tenía la cara blanca como una sábana.

Aimery comprendió que tenía un problema. Era evidente que todos suponían que Madeleine estaba hecha un desastre de magullones y abatimiento. No le importaba que creyeran eso sus hombres de armas; esa suposición podría incluso aumentar el sano temor que él empezaba a inspirarles. Pero no quería que Geoffrey creyera que esa era la manera de tratar a una esposa.

Se sentó entre Hugh y Geoffrey. Notó que Geoffrey se encogía un poco.

—Algunas mujeres chillan mucho por muy poco —dijo.

—Sí, señor —dijo Geoffrey, pero no pudo mirarlo a los ojos.

—Mañana estará como nueva.

Geoffrey lo miró incrédulo, pero esperanzado.

—Te doy mi palabra —le dijo Aimery, sirviéndole aguardiente—. Te sorprendería ver lo poco que duelen esos golpes. Tal vez debería practicar.

Miró a Hugh a los ojos, y el hombre curvó ligeramente los labios.

Al día siguiente, Madeleine anduvo por la casa a paso lento, con aspecto de una esposa debidamente sometida, y haciendo un ligero gesto de dolor cada vez que se acordaba de hacerlo. La divirtieron e incluso conmovieron algunas de las reacciones. Geoffrey la rondaba, atento y nervioso; las hermanas Gertrude y Winifred hicieron comentarios ácidos acerca de los hombres, y la mayoría de las mujeres de la casa le demostraban una lastimosa compasión que era lo más cercano a aceptación que ella había experimentado allí.

Tal vez era esa sensación de acogida en su hogar lo que le hacía ver que el sol brillaba más y el aire impregnado de perfume y trinos de pájaros. Tal vez era eso la hacía desear bailar y cantar.

Pero no era eso. Era el recuerdo de esa risa loca compartida con Aimery.

Estaba enamorada. Cuando lo llamó dueño de mi corazón, lo dijo en broma, pero era cierto.

La situación era agridulce. Él no había cambiado. Esa noche llegó a la cama frío, y durante el desayuno estuvo seco. La barrera se había agrietado pero ya estaba reparada, y ella seguía sin saber cuál era el problema.

Pero estaba enamorada de su marido, lo cual no era nada malo. Y dentro de ese caparazón frío como hierro había risa y fuego a la espera de liberarse. Ella rompería ese caparazón, aunque fuera lo último que hiciera.

Mientras tanto, quedaba trabajo por hacer, y eso parecía ser una excelente manera de convencerlo de su honor. Mientras trabajaba, esperaba la comida de esa noche, en la que tal vez podría tener una oportunidad de limarle un poco su resistencia.

Esa noche las monjas demostraron su desaprobación a Aimery sentándose apartadas y en silencio, así que la comida transcurrió a la antigua manera, con conversación sobre batallas, armas y caza. Madeleine escuchaba y esperaba. Cuando acabó la comida, Geoffrey y Hugh fueron a tomar parte en una partida de dados con los hombres. Aimery estaba frío, pero no hizo ademán de levantarse de la mesa. Sirvió más vino en las copas de él y de ella.

—Te aprovecharía poner más atención a la conversación sobre la guerra —le dijo.

—¿Por qué?

—Está claro que un convento no es el lugar más adecuado para educar a una castellana. Si yo me ausento, quedarás tú al mando del castillo, y aunque Hugh es capaz de organizar cualquier combate, deberá actuar a tus órdenes.

—¿Me enseñarás? —le preguntó ella, entusiasmada.

En realidad no le interesaba tanto el conocimiento como el tiempo que podría pasar con él. Tal vez él se dio cuenta y por eso titubeó. Pero al fin se levantó.

—Sí —dijo—. Vamos fuera.

Salieron por las grandes puertas de la sala y entraron en el patio, teñido de rojo por la luz del sol poniente. El trabajo del día ya había acabado y los trabajadores que vivían en el castillo estaban descansando, conversando o entretenidos en algún juego. Los aldeanos iban caminando hacia sus casas. Uno de ellos iba silbando.

Todavía faltaba mucho, pensó ella, pero las cosas estaban muchísimo mejor que antes. La gente tenía esperanza.

—Parecen más felices —comentó.

—Y deberían estarlo. Estamos gastando una fortuna en alimentarlos.

La miró y ella vio casi una sonrisa en su cara. Repentinamente él se puso serio y echó a andar a largas zancadas hacia la empalizada. Ella tuvo que correr para ir a su paso.

—La empalizada y el pozo son tu principal defensa —dijo él enérgicamente—. Esto es anticuado y no resistirá un ataque importante. En ese caso debes pedir condiciones de rendición.

—¿Qué tipo de condiciones?

—Todas las vidas que puedas salvar. La tuya principalmente.

Eso lo dijo sin el menor asomo de sentimiento.

—Eso lo encuentro egoísta.

—Es práctico. El destino de los plebeyos no va a cambiar, estés tú o no estés. Si consigues quedar libre, podrías reunir fuerzas para reconquistar el castillo, y no te tomarán de rehén.

Subió por la empinada escalera que llevaba a la pasarela en lo alto de la empalizada, y se giró a ofrecerle la mano. Madeleine no la necesitaba, pero la cogió, para sentir su contacto, aunque este fue breve.

Él se colocó detrás de ella en el estrecho espacio, de ancho suficiente para que un solo hombre pudiera pasar junto a otro, encogiéndose, y sin baranda que protegiera de caer al patio. Una ráfaga de viento le hizo volar los cabellos sueltos; él tuvo que levantar la mano para quitárse el pelo de la cara. Sentir su cuerpo cálido y duro detrás de ella le trajo el recuerdo del príncipe elfo, de su voz, de sus caricias.

Se sintió avasallada por el anhelo y cerró los ojos, agradeciendo que él no pudiera ver su debilidad.

Él se aclaró la garganta.

—No es probable que te ataque una fuerza importante —dijo, con la voz algo ronca—, y estas defensas tendrían que bastar para desanimar a los merodeadores. Lo principal es mantener el foso limpio de basuras y escombros y el terreno contiguo limpio de toda vegetación. De esa manera nadie puede entrar sin ser visto y atacarte por sorpresa. Los guardias deberán ser capaces de matar a algunos atacantes con flechas, y el resto se irá a buscar presas más fáciles.

—A la aldea, por ejemplo —dijo ella, desaprobadora.

—Ahí entrarán de todas maneras. Con cualquier tipo de aviso, los aldeanos huirán al bosque a refugiarse o vendrán aquí a buscar protección. Por eso tienes que asegurarte de que el vigía esté alerta. Llevaste un arco a la cacería. ¿Qué tal eres para el tiro al arco?

Madeleine se giró levemente para mirarlo.

—Horrorosa.

Un asomo de humor le iluminó la cara a él.

—Entonces mejora.

—¿Es qué tendré que derrotar a los invasores yo sola?

—Podría llegar el caso. Pero yo estaba pensando que vamos a necesitar muchas liebres para la olla.

Se giró para bajar de la pasarela. Madeleine bajó tras él rebosante de optimismo. La grieta no estaba totalmente cerrada, y su fuego interior brillaba a la luz del anochecer.

Él la condujo a la pequeña armería y abrió la puerta con su llave. Cogió un arco y le puso hábilmente la cuerda, luego cogió un puñado de flechas y salió.

—Espero que ése sea para ti, no para mí —dijo ella.

—Pues no. Tal vez es un poco más fuerte que el que estás acostumbrada a usar, pero inténtalo.

Madeleine lo cogió de mala gana.

—Ya casi no hay luz. ¿Cómo esperas que dé en el blanco?

—Si eres tan horrorosa como dices, no lo espero.

Ella lo miró con mala cara.

—Si mato a alguien, tú pagas la *wergild*.

—Yo pago todo aquí de todos modos —dijo él, pero en un tono ligero. Apuntó hacia un lateral del establo—. Tira allí.

Con un bufido de disgusto, ella puso la flecha, tensó la cuerda y soltó la flecha. Esta fue a clavarse en la pared de troncos, justo en el borde del techo de paja.

—Bueno, le diste —comentó él—. Justo.

—Sí —replicó ella—, justo donde quería.

—¿Sí? Entonces vuelve a dar en el mismo lugar.

Típico de él, pillarla en una mentira. Frunciendo el ceño por el esfuerzo, trató de repetir los movimientos. Salió la flecha y fue a enterrarse en el techo.

Él meneó la cabeza.

—Cuando sueltas la flecha no tienes que relajar el brazo izquierdo también. —Se colocó detrás de ella y le cubrió las dos manos con las de él—. Para una distancia corta, debes mantener la mano izquierda apuntada al blanco y no moverla.

Tensó el arco y soltó la flecha, sin permitirle sacudir la mano.

Madeleine trató de aprender, pero estaba atontada por estar en sus brazos. La dura fuerza de sus muslos detrás de los de ella, los ondulantes músculos de sus brazos ante sus ojos le quitaban la fuerza de los brazos y las piernas.

Él se apartó y le pasó otra flecha. Se le enredaron los dedos al colocar la flecha, pero logró dominarse. Con implacable resolución, mantuvo la mano izquierda en su flecha y sostuvo tenso el brazo hasta que pensó que se le iba a romper. Soltó la flecha y esta quedó temblando enterrada en la madera a sólo un par de palmos del blanco.

—¡Astros y ángeles! —exclamó.

—Eso ha estado mejor. Pero si hubiera sido un hombre, y no digamos, un animal pequeño, no estaría muy mal herido, ¿verdad? Quiero que practiques cada día.

La orden sonó tan brusca que ella rabió por soltar una respuesta descarada, pero alcanzó a recordar que quería demostrar su honor con una conducta perfecta.

—Muy bien.

—Y tendrías que saber defenderte —añadió él—. Mañana después de la cena te enseñaré algunos trucos.

Quitó la cuerda al arco y fue a guardarlo. Madeleine comprendió que la había despedido, pero volvió a la sala en un estado mental optimista. Las brasas brillaban, ciertamente, e iban a volver a hacer esos juegos al día siguiente.

Aimery tardó mucho más de lo necesario en guardar el arco. La verdad era que se quedó escondido en la pequeña armería de piedra como un cobarde.

Todo se estaba desmoronando. Cada día que pasaba encontraba más difícil recordar por qué tenía que mantener a Madeleine a la distancia de un brazo. Se mataba trabajando para poder dormir por la noche, y por la mañana se bajaba precipitadamente de la cama antes de que la tentación lo avasallara.

Ciertamente poner los brazos alrededor de ella esa noche no había sido una buena idea, y la noche anterior...

Se rió al recordar sus chillidos. Cuando la vio sonrosada de risa la deseó con algo más que lujuria. Era una bruja.

Pero si lo era, era la bruja más inteligente de la cristiandad. La había observado como un halcón. Era hábil, industriosa, paciente, bondadosa. Buscaba alimentos en el bosque para dárselos a los pobres. ¿Cuál era la verdad? ¿La bruja cruel y mentirosa o la castellana firme y amable? Su corazón le decía que era eso último, pero su cabeza le exigía cautela. Sin lugar a dudas era muy inteligente, y no sería raro que fingiera virtud con el fin de esclavizarlo.

A la mañana siguiente Madeleine llevó su arco al campo de tiro y después de cerciorarse de que estaba todo despejado, se puso a practicar. Oyó las risitas reprimidas de algunos que andaba por las cercanías, pero dio en el blanco una vez, y era agradable oír risas en Baddersley, fuera cual fuera la causa.

Pasó todo su ajetreado día sin dejar de pensar en la lección que recibiría. No lograba imaginarse qué quería enseñarle Aimery. ¿Esgrima? Pondría todo su empeño, pero dudaba de ser capaz de mover una espada, y mucho menos de usarla bien.

Después de la comida del atardecer él no la llevó al patio sino al aposento. Ella miró alrededor, perpleja. Ésa era la habitación más grande de la casa, pero de todos modos estaba llena de cosas, y no dejaba espacio para ningún tipo de lucha.

Él se quitó el cinturón. Por un instante, ella pensó, horrorizada, que la iba a golpear, pero él simplemente sacó del cinturón su daga envainada y se la pasó. La empuñadura era un cilindro bellamente enrollado por finos alambres de plata y bronce, y el pomo una esfera tallada en ámbar. Sacó la daga de su vaina y brilló la hoja bien afilada hasta la punta que casi era la de una aguja.

—¿Qué esperas que haga yo con esto?
—Matar, si es necesario.

Madeleine lo miró y negó con la cabeza.

—Mi oficio es curar, no matar. Aunque esto podría serme útil para sacar cosas de las heridas.

—Úsala para eso si quieres, pero estate preparada para matar con ella si es necesario.

—No puedo imaginarme deseando matar.

—¿No? ¿Y si estuviera en peligro tu vida, o la de un niño? —La miró a los ojos—. ¿Y si un hombre intentara violarte?

Madeleine recordó el ataque de Odo y reconoció que había ocasiones para la violencia. Se encogió de hombros.

—Enséñame lo que puedas, pero no sabré si soy capaz de herir a alguien a menos que surja la necesidad.

—De eso no me cabe duda. Eres curandera. Ya estás entrenada para causar dolor cuando es necesario.

—Eso es diferente.

—Descubrirás que no. Cógela de modo que te resulte cómoda. La empuñadura es demasiado gruesa para ti. Encargaré que te hagan una más pequeña cuando pueda. Has de sujetarla con el puño firme, pero no rígido.

Estuvo trabajando con ella una hora, principalmente enseñándole los mejores lugares del cuerpo para enterrarla.

—Ahora imagínate que yo pretendo atacarte —dijo finalmente—. No estoy armado y tú tienes un cuchillo.

Madeleine miró su temible daga.

—Podría hacerte daño.

Él se rió de la idea y empezó a avanzar. Ella lo apuntó con la daga para mantenerlo a raya. Con un sólo movimiento él se la arrebató.

—Nunca extiendas así el brazo. No te queda fuerza para asestar el golpe.

Le devolvió el arma y volvió a avanzar.

Madeleine mantuvo el brazo doblado, casi pegado al cuerpo, como acababa de explicarle él, observando por si veía una oportunidad de asestarle el golpe, pero preocupada por la posibilidad de herirlo.

—Yo estoy muy confiado —dijo él, avanzando—. No considero peligrosa a una mujer. Puedes aprovechar eso. Te estoy comiendo el cuerpo con los ojos, en lugar de mirar el arma.

Y de verdad parecía estar comiéndosela con los ojos, lo cual le hizo a ella difícil concentrarse en lo que tenía que hacer. Cielos, si él deseaba su cuerpo ella estaba más que dispuesta. Siguiendo el juego, adelantó los pechos y movió las caderas, invitadora. Lo oyó retener el aliento y sonrió para sus adentros. Tal vez tenía armas, sin saberlo.

Pero mantuvo la atención en la lección, y cuando él trató de cogerle la daga como podría hacerlo un hombre muy seguro de sí mismo, ella se dejó caer de rodillas y dirigió el arma hacia su muslo.

Sin saber cómo, de pronto estaba en el suelo apretándose una dolorida muñeca con la otra mano. La daga estaba al otro lado de la habitación.

Él se arrodilló junto a ella y le cogió la muñeca con una mano temblorosa.

—Perdona. La verdad es que te infravaloré. ¿Está rota?

Ella flexionó la muñeca y negó con la cabeza, tratando de recrear lo ocurrido. Fue demasiado rápido. Él debió de apartarle la mano de un golpe.

—¿Cómo lo hiciste?

Él la ayudó a levantarse y la sostuvo con una mano bajo el brazo hasta que estuvo seguro de que ella se sostenía de pie.

—Toda una vida de entrenamiento —le dijo—. Pero lo habrías conseguido si yo hubiera estado tan seguro y presumido como fingía. Si me la hubieras enterrado en el lugar correcto, me habría desangrado hasta morir.

Madeleine se estremeció.

—Entonces ¿no tengo que volver a hacer esto?

—Pues claro que sí. Hay muchas otras cosas que puedo enseñarte, y cuanto más fuerte estés, menos carga serás para mí.

Eso puso las cosas en su triste perspectiva. ¿Se había imaginado ese momento de poder sobre él?

Él fue a servir una copa de vino para ella. Madeleine se preparó para menear el cuerpo otra vez ante él, con la boca reseca de nerviosismo y anhelo.

Él le puso la copa en la mano.

—Creo que deberías vendarte esa muñeca —le dijo—. Te enviaré a tu doncella.

Y dicho eso, se marchó a toda prisa.

Una vez que estuvo fuera de la habitación, Aimery hizo una honda y temblorosa inspiración. Sería más juicioso volver a ser como en los primeros días, pensó, mantener la distancia, hablarle lo menos posible, y sólo de asuntos prácticos. Pero eso ya no era posible.

Buscaba motivos para estar a solas con ella. Estaba consciente de ella todo el santo día. A pesar del cansancio, la noche anterior casi no durmió, porque su cuerpo pedía el de ella, y su mente insistía en el autodominio. No sabía qué ocurriría esa noche.

Si llegaba a enamorarse de Madeleine, estaría perdido para siempre. ¡Dulce Salvador!, qué rapidez y valor tenía la mujer. Ese ingenio, esa belleza, esa fuerza...

Una vez que él salió, Madeleine descubrió que la muñeca le dolía atrozmente. Se la envolvió en un paño mojado y se la sostuvo con la mayor suavidad. Entonces vio la daga en el suelo. Era un regalo de Aimery, un tesoro para ella, de modo que la recogió y la puso en su vaina. La vaina de duro cuero estaba dorada y forrada en lana de borrego, para mantener lubricada y afilada la hoja. Ésa era un arma valiosa.

La guardó por si acaso, pero puesto que él lo deseaba, la llevaría en el cinturón. Hasta el momento, pensó pesarosa, había recibido brazaletes y una daga de su marido. Parecía bien encaminado a convertirla en guerrera, pero si eso era lo que él quería, ella haría todo lo posible por complacerlo.

Entonces entró Dorothy haciendo aspavientos y rezongando de lo brutos y tiranos que eran los hombres. Esos últimos días Dorothy no tenía muy buena opinión de Aimery, pero Madeleine había decidido no decirle la verdad sobre los azotes. Si la historia llegaba a saberse, elevaría la reputación de él entre las mujeres, pero podría bajarla a los ojos de sus hombres. Y ahora Dorothy creía que él la había vuelto a maltratar.

Siguiendo sus instrucciones, Dorothy le preparó una compresa calmante y la metió en la cama. La muñeca siguió doliéndole, y cada vez que se movía no podía evitar chillar de dolor. Pasado un rato, comprendió que no podría dormir.

—Creo que será mejor que tome un poco de opio, Dorothy.

Después de bebérselo, no tardó en quedarse profundamente dormida, de modo que Aimery no tuvo mucha opción respecto a sus actos esa noche. Su mente le dijo que era mejor así. Su cuerpo se manifestó ardientemente en desacuerdo.

Al día siguiente seguía doliéndole la muñeca a Madeleine, y tuvo que vendársela. Estaba irritada por la dificultad para hacer las cosas, y el opio y el antipático dolor la tenían de mal genio. En el desayuno le ladró a Aimery; él le contestó con un gruñido y se apresuró a marcharse de la sala.

Madeleine desahogó la frustración sobre una criada torpe y luego sintió remordimientos. Le dolía la cabeza, por lo que decidió tomarse un merecido día de descanso. Puesto que ni siquiera podía coser bien, se dedicó a la lectura. A mediodía apareció Aimery, muy preocupado por su muñeca. Ella lo tranquilizó diciéndole que ya no le dolía tanto.

Para demostrárselo, salió a mirar la marcha del trabajo en la propiedad y descubrió que el aire libre le sentaba bien. Se le despejó la cabeza, y la muñeca dejó de dolerle, a no ser que intentara hacer algún trabajo pesado. También notó miradas aún más compasivas por parte de las mujeres y aprovechó eso para ganarse su confianza.

Cuando llegó la hora de la comida de la noche, estaba muy animada. Se quitó la venda, para no recordarle el problema a Aimery. ¿Qué traería esa noche?, pensó, optimista.

Escuchó con impaciencia una aburrida conversación acerca de las formaciones para el combate. Al fin acabó la comida y se quedó sola con Aimery. Le sonrió:

—Creo que todos consideran mi muñeca una prueba más de tu crueldad. ¿Puedo decirles la verdad?

—¿Que te he estado enseñando a luchar con cuchillo? Creo que no. La mayoría de los hombres pensarían que estoy loco.

—¿Por si yo decidiera probar el arma en ti?

—Ya has visto cuáles serían las consecuencias —repuso él tranquilamente.

Pues, consecuencias o no, sí que usaría un cuchillo para atravesarle esa actitud severa. Estaba como si esos últimos días no hubieran existido.

—¿Qué aprenderé esta noche, entonces? —preguntó, con toda intención.

—Creo que deberás dar tiempo para sanar a tu muñeca —le dijo él y fue a reunirse con Hugh y Geoffrey.

Suspirando, ella fue a sentarse con las monjas a esperar el momento de irse a la cama. Albergaba débiles esperanzas de que algo cambiaría ahí, e incluso se imaginó maneras de usar su cuerpo para seducirlo, pero cuando, llegada la hora de acostarse, iba de camino hacia el aposento, él se le acercó.

—Una de las yeguas está a punto de parir. Pasaré la noche en el establo.

Madeleine descubrió que no dormía nada bien sin él a su lado en la cama.

Al día siguiente aprovechó la reciente compasión de las mujeres y reunió a un grupo para ir al bosque a recoger hierbas y frutos silvestres. Hacía calor, y todas llevaban solamente enagua y vestido. Puesto que Madeleine siempre vestía ropa sencilla, parecía una de ellas, sólo que llevaba el pelo sin cubrir. Encontraba un estorbo llevar velo o griñón, de modo que nunca se los ponía. Nadie, de la importancia de Aimery, ponía reparos a esa práctica, pero ese día deseó haberse cubierto la cabeza, para no sentirse tan distinta.

Todas las mujeres eran casadas y llevaban la cabeza cubierta. Ella llevaba una gruesa trenza al descubierto, como una doncella.

Todas iban acompañadas por lo menos por un hijo, o bien trotando a su lado o llevado a la espalda en una eslinga. Ella tenía el vientre vacío. No había tenido ninguna falta desde su boda.

Todas tenían hombres que se apareaban con ellas, a veces con más frecuencia de lo que ellas querrían, descubrió, sorprendida. Escuchando la franca y salada conversación de las mujeres, la inundó el fuerte deseo de ser una verdadera esposa. A ella le encantaría que él la requiriera después de un arduo día.

Como siempre, ahogó la pena en el trabajo. Les enseñó a las mujeres plantas cuyas propiedades ellas desconocían, y las escuchaba atentamente cuando ellas le explicaban sus tradiciones.

Iba de vuelta al castillo con su cesta llena de hierbas cuando vio a Aimery hablando con un campesino cerca de los trigales. Sin poder resistirse, les dijo a las mujeres que continuaran y echó a andar por el campo en dirección a él.

El acompañante levantó la vista, la vio, le dijo algo a Aimery y se alejó, pero no antes de que ella lo hubiera reconocido. Era el sajón que acompañaba a Aimery el día que la atacó Odo.

Se le secó la boca y sintió un escalofrío como si las nubes hubieran ocultado el sol. Se había autoconvencido de que la traición ya había acabado, pero tal vez no era así.

Se detuvo, sin saber qué hacer ni qué decir.

Aimery llegó hasta ella. También él vestía ropa sencilla para el trabajo. Ese día llevaba una túnica de lino color tostado y un cinturón de cuero sin ningún adorno. Su única arma era un cuchillo largo y sus únicos adornos nobiliarios los dos anillos y el brazalete en la muñeca derecha.

—Necesitamos más manos si queremos mejorar —dijo él, en tono práctico—. Ahora que las defensas están en buena forma, visitaré las otras propiedades, y Rolleston. Buscaré más inquilinos y dispondré las cosas para que traigan provisiones.

—¿Y me dejarás aquí?

—Estarás segura con Hugh y las dos monjas.

La casa sería un cascarón vacío si ella no tenía el consuelo de saber que él estaba ahí, y viviría aterrada de que él estuviera nuevamente metido en asuntos que podían destruirlo.

—Creo que debería ir contigo —dijo—. Nunca he visto las otras propiedades que forman la baronía. Y me gustaría visitar Rolleston.

Pasó un relámpago de irritación por la expresión de él.

—Por si aún no te has enterado, mujer, la mitad del país está alzado en armas. Puede que Guillermo haya tomado Warwick y sofocado la rebelión ahí, pero Gospatric ha sublevado Northumbria, Edwin y Morcar siguen dando problemas no muy lejos de aquí, y los galeses y escoceses no paran de hacer incursiones. No es momento para un viaje de placer.

—Entonces ¿por qué vas tú? —preguntó ella, medio esperando una bofetada por la insolencia.

—Ya te lo dije —contestó él y se alejó.

Ella sintió arder una furia encendida por el miedo.

—¡No me quedaré aquí! —gritó a su espalda que se alejaba.

Él se giró bruscamente y volvió hacia ella.

—Harás lo que se te diga, como debe hacer una buena esposa.

—¡Esposa! —se mofó ella—. No soy una esposa para ti, Aimery de Gaillard.

Él la cogió por la trenza.

—Echas de menos la cama, ¿eh? No me extraña. Fuiste rápida para aprender el asunto.

Con una presión de la pierna detrás de sus rodillas y tirándole la trenza, la tumbó de espaldas sobre la larga hierba y se le echó encima.

15

Madeleine quedó aplastada, casi sin poder respirar, pero de ninguna manera iba a protestar. El caparazón ya estaba roto y el fuego ardía en llamas. Su cuerpo estaba disfrutando de antemano de lo que vendría, lo que ella deseaba que viniera.

—No siempre tienes que tumbarme así, ¿sabes? —se atrevió a bromear.

Un destello de humor pasó por los ojos de él, pero los veló al instante. Envalentonada, ella levantó tímidamente la mano para apartarle el pelo mojado de la mejilla. Su cuerpo estaba canturreando de deliciosas expectativas.

Él le apartó la mano.

—Un hombre necesita descargar su simiente de vez en cuando —dijo—. Para eso están las esposas.

Pero sus ojos lo traicionaron. En ese momento sentía deseo, y la deseaba a ella.

—Estoy dispuesta a que me uses así —dijo ella dulcemente—. Me gustaría tener un hijo. He tenido mis reglas desde aquella vez.

Vio la batalla que se estaba desarrollando en él, y no logró saber qué camino tomaría; temía la crueldad y ansiaba ternura.

Aimery miró a Madeleine debajo de él, y lo invadió un deseo salvaje, imposible de resistir. Estaba tostada por el sol del verano, pero sus tiernos labios estaban rosados y entreabiertos para él, sonrientes. Sus cálidos ojos castaños hablaban de deseo. Sentía su cuerpo firme, redondeado y bien dispuesto. Se lo imaginó más redondeado, con un hijo de él dentro. Se movió hacia un lado y deslizó la mano por su vientre plano.

Ella se estremeció con la caricia. Él no sentía nada firme la mano. Desearla era una debilidad, una debilidad que había resuelto combatir, pero ya sabía que había perdido la batalla.

Le resultaba difícil recordar de qué era la batalla.

No se había acostado con ninguna otra mujer, porque eso jamás lo haría en la casa de su mujer, y el deseo de acostarse con ella había sido un verdadero sufrimiento a veces. Y ahí la tenía, debajo de él, con sus ojos oscurecidos y los labios suaves, y los tímidos movimientos de sus caderas.

¿Estaba bien dispuesta? Entonces se tomaría su placer, pero sin pensar en el de ella.

Le levantó la falda; ella abrió las piernas al primer contacto. Le acomodó el cuerpo y la penetró, en un movimiento rápido y fluido; esa primera envainada fue tan exquisita que, emitiendo un gemido, se detuvo ahí, para saborearla. Qué suave y mojada, qué bien dispuesta estaba. La miró y no vio ningún resentimiento por su trato, sólo las mejillas sonrosadas de excitación y placer.

Eso le encendió la sangre incontrolablemente.

Ella emitió una exclamación ahogada, se estremeció y se apretó, envolviéndolo, atrayéndolo más hacia dentro. Cuando se retiró, sintió la presión a todo lo largo del miembro, que lo sumergió en una niebla loca de tremendo placer.

Al que se rindió totalmente.

Cuando él la penetró, duro como hierro, Madeleine suspiró de absoluto alivio por tenerlo donde debía estar, por fin.

La recorrió un estremecimiento y sintió apretarse sus músculos, y lo oyó gemir.

Lo miró. A contraluz del sol abrasador, estaba todo dorado: cabellos dorados brillantes, piel dorada más mate y el color ámbar de su camisa de lino. Se estremeció cuando él salió de su cuerpo y lentamente volvió a introducirse. Él tenía los ojos cerrados, y esta vez ella mantuvo los suyos abiertos, para ver lo que ella podía hacerle a él.

Vio colorearse sus mejillas y brotar sudor en su frente. Casi veía pasar el aire en suaves jadeos por sus labios. Jadeos que igualaban los de ella, calor y sudor que seguro le brotaba a ella también, y el movimiento de él dentro de ella.

El sol pegaba fuerte. Arriba el cielo era infinito, de un azul perfecto. A sus oídos llegaron los trinos de una alondra, trinos que parecían cantar su regocijo por esa ardiente pasión.

Una brasa convertida en llama.

Él echó atrás la cabeza y soltó un gritito ahogado a la vez que una vibrante tensión pasó de su cuerpo al de ella. A ella se le escapó un grito también cuando su semen irrumpió dentro de ella. Lo rodeó con piernas y brazos mientras los estremecimientos los sacudían a los dos.

Él abrió los ojos, más negros que verdes. Su boca cayó sobre la de ella, ávida, ardiente, devorándola, y la de ella buscando ser devorada. Se sumergieron en esa nueva unión.

La boca de él se deslizó de la de ella hasta su oreja. Ella le acarició el cuello y bajó por el hombro con la cicatriz, mojado de sudor bajo la delgada tela también mojada. Sus dedos encontraron el valle de su columna y bajaron por él hasta sus duras nalgas.

Deseó que estuviera desnudo.

Los labios de él le recorrieron suavemente el cuello, recogiendo su sudor, tal como ella deseaba hacerle a él, haciéndola estremecerse, calor sobre calor, humedad sobre humedad. Entonces él bajó la boca hasta su pecho y le mordisqueó suavemente los pezones a través de la tela. A la primera caricia ella se estremeció, y cuando él cerró los dientes suavemente, se tensó.

Él seguía dentro de ella, y duro.

—¡Dulce Jesús! —exclamó, sin saber muy bien si sentía placer o temor—. ¿Otra vez?

—Otra vez —dijo él, mirándola con los ojos entornados—. La castidad le hace cosas raras a un hombre.

Madeleine abandonó todas sus dudas. Placer, ciertamente placer. Volvió a rodearlo con las piernas, posesivamente.

—También le hace cosas raras a una mujer.

—¿Qué tipo de cosas? —le preguntó él perezosamente, mientras su hábil mano subía y bajaba por su cuerpo y sus caderas se movían seductoramente contra su cuerpo.

—Ah pues, cosas —dijo ella, y desvió tímidamente la vista.

—Dímelo, Madeleine —insistió él—. A un hombre le gusta saber qué siente una mujer. A veces —añadió, travieso.

A ella le giraba la cabeza y su cuerpo estaba hambriento de él.

—Se siente maravilloso. Me gusta. —Pasado un momento, añadió—: Yo pensaba que lo haríamos todas las noches.

Él se atragantó de risa.

—Tal vez lo hagamos. Es una terrible lástima no hacerlo. ¿Quién sabe cuánto tiempo nos queda?

Un escalofrío le hizo desaparecer la fiebre a ella. Esas palabras reflejaban muy de cerca sus temores. Lo apretó protectoramente entre las piernas.

—¿Qué quieres decir?

Él levantó la cabeza.

—Sólo que la vida es incierta y arriesgada en el mejor de los casos. Podrían llamarme a luchar en cualquier momento.

Bajó la cabeza para depositarle besos por todo el contorno de la mandíbula. Después bajó lentamente la boca hasta su pecho otra vez.

Sus palabras contenían algo más, pensó ella. Le cogió un mechón de pelo y se lo tiró para que levantara la cabeza. Él apretó más los dientes en el pezón y se resistió. Ella sintió estirado el pezón hasta que empezó a dolerle, y soltó un suave chillido; él se lo soltó. Levantó la cabeza riendo.

—¿Querías algo?

Qué raro que ese pequeño dolor le hubiera hecho volver la fiebre con tanta fuerza, pensó ella. Ciertamente deseaba algo. Arqueó las caderas contra él, invitándolo a llenar ese ávido vacío, pero él se quedó inmóvil; duro dentro de ella, pero inmóvil.

—¿Qué querías? —insistió él.

—Después. Ahora no puedo pensar.

—Sí que puedes.

Empezó a atormentarle los pezones otra vez, haciéndola gemir.

Sonrió.

—No te voy a dar placer hasta que me lo digas.

¿Y qué creía que estaba haciendo?, pensó ella. Pero entendió lo que quería decir. Trató de organizar su confusa mente, mientras su cuerpo se estremecía y la respiración le salía jadeante.

—¿Quién? —preguntó al fin—. ¿Quién te llamará a luchar? ¿Los rebeldes?

Él le enterró los dedos, causándole dolor, y se apartó. Se retiró de ella y salió de entre sus piernas.

—¡No! —gritó ella, arrodillándose rápidamente y tendiendo las manos hacia él. ¿Cómo podía sentir tanto frío un día caluroso de verano?

Él se arrodilló delante de ella.

—¿Me crees un traidor? Entonces seguro que no te conviene entregar tu cuerpo a uno como yo.

Madeleine se estremeció con una necesidad que no se habría imaginado jamás; que no le dejó nada de dignidad. Suplicó:

—¡Por favor!

Vio que él medio ardía de pasión, pero estaba más al mando de sí mismo que ella.

—¿Soy un traidor? —le preguntó enérgicamente, cogiéndole la muñeca.

Ella deseó decir que no, pero la sinceridad es un hábito difícil de romper.

—No me importa —susurró, con las lágrimas rodándole por las mejillas. Ante su implacable silencio, añadió—: No lo sé.

Él exhaló un suspiro y le soltó la muñeca.

—Yo tampoco —dijo—. Pero no lucharé por los rebeldes. Te doy mi palabra de eso.

Suavemente la empujó hacia atrás y se colocó encima de ella, sosteniéndose en alto apoyado en sus fuertes brazos. La entrada de Madeleine era como una boca hambrienta, deseosa de devorarlo, pero se quedó un momento inmóvil ante esa puerta. Ella lo sintió en su abertura y arqueó las caderas, pero el retrocedió un poco.

—Por favor —le suplicó—. Te necesito.

—Recuérdame —susurró él y se introdujo en ella, llenando totalmente el doloroso vacío.

Madeleine exhaló un fuerte y tembloroso suspiro de alivio y cerró los ojos. Nada existía en el mundo aparte de él dentro de ella. Se movió vigorosamente con él, acogiendo embite tras embite, hasta que consiguió borrar la febril angustia y reemplazarla por un aplastante placer que le devoró el miedo.

Después, fláccida y agotada, lo sintió retirarse, arreglarle la falda, y sintió el sol asándola. Por los párpados cerrados veía un rojo infintito.

Una mosca se posó en su nariz. La apartó con la mano. La mosca volvió. Abrió los ojos y lo vio, sentado junto a ella con las piernas cruzadas, haciéndole cosquillas con una amapola escarlata.

—Te vas a quemar —le dijo perezosamente—, y hay trabajo por hacer.

No había en él nada de la fría indiferencia con que la tratara después de la primera vez. Se sintió unida a él como nunca antes. Y él le había hecho una promesa: no lucharía por los rebeldes.

Le cogió la mano y se la besó. Le sonrió y él le sonrió; no era una sonrisa franca y total, pero era mucho mejor que la fría indiferencia.

Recordó el momento en que sintió que todo estaba amenazado, pero volvió a sonreír. Él le había hecho una promesa: no lucharía por los rebeldes.

Él se incorporó ágilmente, estiró la mano y la levantó; después le quitó briznas de hierba del pelo y el vestido. Le puso un dedo bajo la barbilla.

—¿Te sientes más esposa?

Ella ladeó la cabeza.

—Yo creía que las esposas eran para la cama. ¿Cómo es con una ramera?

Él sonrió.

—Son todas diferentes. Algunas duras, algunas suaves...

Ella le apartó la mano con una juguetona palmada y se giró a recoger su cesta.

Chasqueó la lengua fastidiada al ver todas las hierbas esparcidas por el suelo. Él se agachó a ayudarla.

—¿Necesitas más hierbas? Tendríamos que poder comprar algunas en Lincoln o Londres.

—¿Podemos permitírnoslo?

—No, pero es sin duda una necesidad.

Echaron a andar lentamente hacia el castillo, saboreando el dulce momento y la compañía mutua.

Madeleine no deseaba perturbar ese momento juntos, pero quería librarse de todas las dudas que se cernían entre ellos. Detestó hacerlo, pero le preguntó:

—¿Qué quería?

—¿Quién?

—El amigo de Ciervo Dorado.

Él la miró, pensativo.

—Solamente era un mensaje. Nada para que te preocupes. —La estrechó en sus brazos—. Dejé de ser Ciervo Dorado hace un tiempo. Podría haber problemas si eso sale a la luz, pero ahora es improbable. Después de todo —añadió sonriendo—, siempre fuiste tú la más inclinada a dejarme al descubierto.

Una insinuación de sonrisa jugueteó en los labios de ella hasta convertirse en ancha sonrisa.

—Mmm —susurró, mirándolo de arriba abajo—. Hablando de dejar al descubierto... me gustaría volver a verte desnudo.

—Yo nunca te he visto desnuda. ¿Te pondrías a la luz del sol sólo cubierta con tus gloriosos cabellos, para adorarte?

Ella se ruborizó.

—Si quieres —dijo, tímidamente.

Él sonrió.

—Si hubieras sabido inglés ese día en el bosque, sabrías lo que deseo.

—¿Qué me dijiste?

Él la giró hasta dejarla apoyada de espaldas en él y la rodeó con los brazos como ese día. No había ninguna capa para envolverla, pero ella tenía que pensar en sus pobres hierbas.

—Te dije lo hermosas que sentía tus caderas —le dijo él en inglés, recorriéndole el cuerpo con las manos—. Qué dulce es el peso de tus pechos. Cómo deseaba lamerlos una y otra vez y atormentarte los pezones y luego succionarlos, primero suave y luego fuerte, hasta que estuvieras loca por mí.

El cuerpo de ella dio un brinco dentro de sus brazos.

—No hiciste eso entonces —dijo él—, por eso supe que no entendías.

—Mi cuerpo no entendía entonces —dijo ella.

—Confieso que creí que conocías el lenguaje del amor.

—¿Qué más me dijiste? —preguntó ella en un susurro.

Él se rió y deslizó la mano hasta su entrepierna.

—Te dije que estabas caliente y mojada, esperándome. Te prometí amarte lento, penetrarte lentamente para tu placer y que cuando ya no pudieras soportar más, hacértelo fuerte y duro.

Madeleine se apretó contra él.

—Ya no puedo soportar más...

Él se rió sobre su cuello y le besó la nuca.

—Mozuela insaciable. Ten compasión de este pobre hombre.

Ella sintió el bulto de su deseo y apretó las nalgas contra él, y lo oyó retener el aliento. Él la hizo girarse lentamente. Madeleine oyó caer la cesta, pero no le importó.

Su apasionado beso fue interrumpido por un grito. Se apartaron y vieron a uno de los guardias del castillo corriendo hacia ellos.

Madeleine sintió una oleada de vergüenza por haber sido sorprendida en ese abrazo. Entonces recordó que hacía un momento habían hecho el amor larga y apasionadamente cerca del sendero, donde cualquiera podría haberlos visto.

Aimery le miró la cara ruborizada y se rió.

—Si alguien nos vio, sin duda sólo sintió envidia. Será mejor que vaya a ver qué pasa mientras tú te tomas un tiempo para serenarte. —Mirándola con ojos cálidos y amorosos, le acarició suavemente la mejilla—. Después —prometió.

Madeleine lo observó alejarse a largas zancadas. Agradeció la oportunidad de acostumbrarse a esa maravilla que había encontrado, una unión que iba más allá de los cuerpos, a los corazones y almas. No le apetecía volver pronto al castillo, para no perturbar ese idilio con asuntos cotidianos. Recogió sus hierbas y luego recorrió otro poco de terreno recogiendo unas cuantas plantas más, pero principalmente recolectando sueños de un futuro dorado.

Cuando entró en el patio del castillo, mucho más tarde, le preguntó al guardia dónde podía encontrar a Aimery.

—Se ha marchado, señora —contestó el hombre.

—¿Marchado? ¿Adónde?

—No lo sé, señora. Emprendió un viaje con tres hombres.

Un escalofriante presentimiento la asaltó. Pero no. No debía pensar eso de él.

—¿Sólo con tres hombres? ¿No llevó a lord Geoffrey?

—No, señora.

—Debe de haberme dejado un mensaje.

—Sin duda con lord Hugh, señora.

Madeleine corrió hasta el campo de entrenamiento, desesperada por encontrar un mensaje tranquilizador.

—Hugh, ¿qué mensaje me dejó mi marido?

Él enarcó sus sudorosas cejas.

—Conmigo ninguno, lady Madeleine.

Ella trajo a la memoria las tiernas palabras de Aimery cuando se separaron, para que la guardaran de todo mal.

—¿Sabéis adónde ha ido?

—No. Dijo que era probable que estuviera fuera una semana, o más. Podría haberos dejado un mensaje con Geoffrey.

—¿Una semana? —repitió ella, horrorizada.

El escudero fue su siguiente presa.

—Geoffrey, ¿adónde ha ido Aimery?

El joven palideció.

—Eh… no lo dijo, señora.

—¿No te parece raro eso?

Él tragó saliva.

—Antes había dicho que pensaba visitar las otras propiedades…

—¿Sin ti? ¿Cón sólo tres hombres?

Él se mordió el labio, pero dijo esperanzado:

—Sin duda tuvo algo que ver con el mensajero, lady Madeleine.

Cayeron derribados sus temores. Por fin una explicación. Sirvió una copa de cerveza.

—¿Qué mensajero?

—Un mensajero que venía de parte de la reina e iba de camino hacia el rey. Habló con lord Aimery.

La copa no llegó a los labios de Madeleine.

—¿El mensajero no traía un mensaje escrito para lord Aimery?

—No, lady Madeleine.

Madeleine dejó la copa sin tocar y se dirigió al aposento, recordando por fin que cuando ella reconoció que no sabía si él era un traidor o no, él no confirmó su lealtad sino que dijo «Yo tampoco».

Toda esa escena dorada adquirió una nueva y negra forma. Tan pronto ella actuó para frustrar su plan de reunirse con los rebeldes, él la dulcificó y le obnubiló los sentidos haciéndole el amor. Qué tonta debía considerarla.

Qué conveniente que justo en ese momento hubiera pasado un mensajero, sin duda con la sola intención de tomar un refrigerio. ¿Cuál diría Aimery que había sido el mensaje? ¿Una petición de algún vago servicio sin importancia que le serviría de tapadera para reunirse con Hereward y Edwin? Qué tonta debía de considerarla. Jamás un mensaje real era de palabra, y él no saldría a ninguna empresa legítima sin Geoffrey.

Con los ojos llenos de lágrimas de decepción por la traición, arrojó la tan maltratada cesta con hierbas contra la pared, justo en el momento en que entraba Dorothy. La mujer corrió a recoger las hierbas desparramadas.

—¡Le arrancaré las entrañas! —masculló Madeleine—. Le pondré cardencha en las calzas para que lo hagan bailar de aquí hasta Londres. —Se quitó bruscamente el vestido y la enagua—. No tendrá que preocuparse de que el rey lo haga capar. ¡Yo misma lo caparé!

Dorothy se quedó mirándola fijamente.

—¿A quién? ¿Qué?

Cayendo en la cuenta de que estaba totalmente desnuda, Madeleine se apresuró a sacar ropa de un arcón y se la puso.

—A Aimery de Gaillard, ese cabrón ruin y mentiroso. —Se pasó la mano por la cara para limpiarse las lágrimas—. Me tocó como a una lira, una bonita melodía también, y luego se marchó a hurtadillas.

—Lord Aimery se marchó con armadura, con tres hombres y dos percherones cargados, milady.

Madeleine giró bruscamente hacia ella.

—¿Y qué tiene que ver eso con nada? ¡Dijo que no iría!

Dorothy miró hacia el cielo poniendo en blanco los ojos y le sirvió una copa de vino.

—Bebed esto, señora. Habéis estado demasiado tiempo al sol.

Madeleine bebió un largo trago. Se sentía dolorosamente utilizada. Entonces la asaltó un pensamiento peor. Todo ese reciente ablandamiento se remontaba a cuando ella le dijo que lo delataría al rey. ¿O sea que todo había sido eso, enamorarla para que ella faltara a su honor? Su dolor fue como el de una puñalada.

Sonó un golpe en la puerta. Dorothy la abrió y entró Geoffrey, titubeante.

—¿Sí? —preguntó Madeleine, secamente.

—Lord Aimery sí que os dejó un mensaje, lady Madeleine.

La esperanza estalló dentro de ella, inmensa.

—¿Qué? ¿Cómo se te pudo olvidar?

—Es que no tiene que ver con su viaje —contestó Geoffrey—. O no con dónde ha ido.

Madeleine se habría puesto a chillar.

—¿Cuál es?

—Dijo que lo sentía —dijo Geoffrey, como un niño repitiendo una lección—, y que a su vuelta lo continuaría desde donde lo dejó. —La miró, y añadió receloso—. Partió con mucha prisa, señora.

Geoffrey también tuvo que partir con mucha prisa, librándose por un pelo de una copa que salió volando.

—Ah, conque lo continuará, ¿eh? —masculló Madeleine—. ¡Sobre mi cadáver!

—¡Lady Madeleine! —gimió Dorothy, retorciéndose las manos.

—Nunca volverá a hacerme esto —declaró ella enérgicamente—. Por mucho que clame mi cuerpo, no me volverá a utilizar así. —Sacó el crucifijo que colgaba en la pared—. Tú eres mi testigo, Dorothy. Prometo, no, «juro» que no me volveré a acostar con Aimery de Gaillard mientras no demuestre que le es fiel al rey y a mí.

Dorothy se puso pálida e hizo la señal de la cruz.

—Ay, milady, retractaos. No os podéis negar a vuestro marido.

Madeleine colgó el crucifijo en su lugar.

—Ya está hecho. Bueno, volvamos al trabajo.

Mientras hacía su visita a la cocina y a los corrales de las aves, sólo podía pensar en Aimery.

Llegaría a Baddersley dentro de una semana y entonces ella podría decirle todo lo que pensaba de él.

Llegaría a Baddersley con una explicación perfecta de su ausencia, y entonces ella, feliz, le rogaría que la perdonara por sus pecaminosas dudas.

Lo enviarían de vuelta a Baddersley, destrozado.

Sintió una oleada de náuseas al imaginárselo ciego, o sin manos ni genitales. Elevó una fervorosa oración por su seguridad.

—Tú envíamelo a casa a salvo —susurró—, y yo me encargaré de que no se vuelva a extraviar.

Cómo lo iba a lograr, no lo sabía.

Alguien se aclaró la garganta. Madeleine miró alrededor y vio a un soldado.

—Lord Hugh me envía a decir que se aproxima Odo de Pouissey con cuatro acompañantes. ¿Hemos de admitirlo?

¿Odo? ¿Qué otras conmociones traería el día? Odo era una persona a la que preferiría no ver, pero no podía negarle hospitalidad.

—Ciertamente. Iré a recibirlo.

El hombre se alejó al trote. Necesitada de algo que le reforzara la dignidad, ella se tomó el tiempo para ir al aposento a ponerse un griñón que le cubriera la cabeza y los hombros. Cuando llegó a la puerta de la sala grande, Odo estaba bajando del caballo en el patio. Él se le acercó a darle un confianzudo beso en la mejilla y miró alrededor.

—Veo que tú y De Gaillard habéis hecho trabajos aquí, pero no es gran cosa. Un buen castillo y murallas de piedra; eso es lo que necesita un hombre hoy en día.

Mientras ella lo conducía al interior de la sala, él habló sin parar acerca de las gloriosas campañas para aplastar a los rebeldes ingleses de una vez por todas, y de construir castillos para mantenerlos en orden.

—El rey ha ordenado construir uno en Warwick, y lo dejará a cargo de Henry de Beaumont. Sin duda pronto yo me ganaré un honor semejante.

Madeleine ordenó que les trajeran comida y cerveza para él y sus hombres mientras se ocupaban de sus caballos. Odo era un ejemplo claro de las uvas agraces e ilusiones engañosas, pero no le deseaba mal. Si él conseguía la gloria y se ganaba un castillo, ella no pondría ninguna objeción, siempre que fuera en otra región del país.

Pero una parte del monólogo le interesó.

—¿Así que acabó la rebelión? —le preguntó. Si era así, entonces Aimery no correría ningún peligro.

Odo arrancó un buen trozo de cerdo del hueso de un mordisco y se lo tragó a medio masticar bañado en cerveza. Luego se limpió la boca y eructó.

—Casi. Guillermo sólo tiene que aparecer ante una ciudad para que le abran las puertas y le supliquen perdón. Yo en su lugar cortaría unas cuantas cabezas, las pondría en picas y así acabaría con esto de una vez por todas.

La cabeza de Aimery en una pica...

—¿Y qué noticias hay de ese Hereward? —preguntó, volviéndole a llenar la jarra—. Oí decir que se iba a unir a los condes Edwin y Gospatric.

Él la miró con sorprendente interés.

—¿Dónde oíste eso?

—Simples rumores —dijo ella, cautelosa, rogando que él dijera algo de lo que sabía.

No tenía por qué haberse preocupado. Odo era incapaz de callar cualquier cosa que pudiera servir para su engrandecimiento. Sonrió de oreja a oreja.

—Yo también oí algunos rumores, cuando venía cabalgando hacia el sur. Me dieron el dato seguro de que Hereward salió de los Fens, que ahora está al acecho, con un numeroso ejército, en el bosque Halver, no muy lejos al norte de aquí. Son demasiados hombres para nosotros, pero le envié mensaje al rey. Él enviará tropas y ése será el fin de esa comadreja.

Madeleine tuvo que hacer un enorme esfuerzo para ocultar su horrible miedo. Hereward se había marchado de los Fens y enviado llamar a su sobrino.

—¿Piensas esperar aquí hasta entonces para tomar parte en la lucha? —preguntó, maldiciéndose por el hilillo de voz que le salió.

Él esbozó una sonrisa satisfecha, tan poco observador como siempre:

—Te sientes sola, ¿eh? ¿Y dónde está tu engalanado marido, por cierto?

—En el este —se apresuró a responder ella—. Fue a visitar su propiedad Rolleston.

Odo se encogió de hombros.

—Siempre estuvo claro que no te deseaba, así que no tienes por qué quejarte si te descuida. —Miró de arriba abajo su sencillo vestido—. Y ni siquiera has conseguido que te regale algo de ese oro que te deslumbró. Probablemente en Rolleston tiene una robusta esposa sajona toda cubierta de las joyas que a él le sobran.

Madeleine se puso una débil sonrisa despreocupada en la boca, mientras púas de amargos celos la pinchaban. ¿Sería posible? Un matrimonio *manno Danico* no era impedimento para uno cristiano. El rey Harold llevaba veinte años casado al estilo danés con Edith Swannehals cuando se casó con Edgita de Mercia en las puertas de la iglesia para fortificar el apoyo a su pretensión al trono.

Pero ¿qué importaba todo eso si su marido iba de camino a la muerte?

—Aimery y yo nos llevamos muy bien —mintió—. ¿Piensas quedarte aquí, Odo?

Él negó con la cabeza.

—Aunque ha mejorado la comida, tengo órdenes de ir al sur, donde está la reina, a tomar el puesto de capitán de la fuerza de vanguardia para llevarla al norte.

—¿Llevarla al norte? —exclamó ella, sorprendida—. ¿En medio de una rebelión? Pero si está de ocho meses.

Odo se encogió de hombros.

—Se puede decir que la rebelión ya ha terminado, y el rey quiere que esté con él cuando nazca el bebé.

Madeleine pensó amargamente en los hombres y su falta de consideración, pero una gran parte de su mente estaba ocupada por Aimery.

Odo había avisado al rey acerca de Hereward. Seguro que Guillermo enviaría un ejército, tal vez vendría él en persona con el ejército para capturar por fin a esa espina que tenía en el costado, y descubriría que también tenía en su poder a Ciervo Dorado.

Tal vez Aimery ya sospechaba algo de eso. Recordó cuando él le dijo «recuérdame», justo antes de introducirse en ella, como si fuera a perderse en el olvido.

Tragó lágrimas. ¿Qué podía hacer?

Dejar que se ase en su propio jugo, le dijo una parte amarga de ella, pero ésa era una parte muy pequeñita.

—¿Vas a partir enseguida, entonces, Odo?

Él asintió.

—Sólo me detuve aquí porque íbamos pasando cerca y pensé que podría encontrar comida mejor que la que llevamos. Y un caballo, si tienes alguno. Uno de los nuestros tiene una pata herida.

Madeleine ordenó que le dieran una buena montura y pronto tuvo la satisfacción de despedirse y verlo partir. Después entró en el establo, con el pretexto de interesarse por el caballo herido.

—Es sólo una torcedura, señora —le dijo el mozo—. Eso se remedia pronto.

—Estupendo —dijo ella, y se apoyó despreocupamente en un poste—. ¿Sabes dónde está el bosque Halver, John?

—Sí, señora —contestó él prestamente, sin la menor sospecha—. Está al norte de aquí a media mañana de cabalgada. Cerca del camino antiguo, un poco hacia Gormanby.

Madeleine salió del establo provista de indicaciones que sin duda la gente de ahí entendía muy bien pero que a ella la dejaban igual de despistada. A media mañana a caballo. O sea, que Aimery ya habría llegado. Pero aun cuando no pudiera detenerlo, alguien tenía que advertirle del peligro. ¿Cómo?

Entró en el aposento y se retorció nerviosamente las manos mojadas de sudor. Había jurado delatar a Aimery si tenía alguna prueba de traición, pero ahí estaba tratando de ayudarlo. Si el rey lograba capturar a ese símbolo mágico que era Hereward y al otro que era Ciervo Dorado, podría vencer la resistencia inglesa al régimen normando. Era su deber apoyar eso de todas las formas posibles.

Pero no podía permitir que cogieran a Aimery. ¿Podría enviar a Geoffrey a ponerlo sobre aviso? ¿Podía fiarse de Geoffrey? Era un joven agradable, pero normando hasta la médula de los huesos, y ciertamente no estaba enamorado como para considerar la posibilidad de faltar al honor, como hacía ella.

«Enamorada». A una parte de ella le molestó esa palabra, pero se encogió de hombros considerándolo una tontería; estaba locamente enamorada de Aimery, por traidor que fuera. Por lo tanto, tenía que salvarlo.

¿Podría pedir ayuda a alguien de la aldea? Ciertamente todos allí estaban a favor de Ciervo Dorado y de Hereward, pero había algunos dispuestos a traicionar a los suyos por conseguir favores, y no podía saber quiénes eran quiénes. ¿Y la creerían a ella, una normanda, en algo así?

La única posibilidad, comprendió, era ir ella misma. La perspectiva la asustaba de muerte.

16

Desde su viaje a Baddersley, muy bien escoltada, Madeleine no se había aventurado jamás fuera de los senderos de los bosques cercanos, y jamás había salido del castillo sola. Y estaba planeando cabalgar por esa región desconocida y hostil en busca de un lugar mal identificado infestado de traidores que odiaban a los normandos.

Abrió una caja y sacó los mapas de la propiedad de Aimery. Ah, el camino antiguo de que habló John tenía que ser el camino romano llamado Ermine Street, que pasaba cerca al norte de Baddersley. Pero no había ninguna marca que señalara la posición del bosque Halver ni la de Gormanby. Bueno, seguro que podría cabalgar un par de horas y preguntar más datos.

¿Sola? ¿Pedirle ayuda a los ingleses para encontrar a Hereward? Le pareció imposible, pero debía hacer algo, y rápido.

Decidió dejar de lado los problemas futuros y concentrarse en el presente: cómo salir de Baddersley con un caballo y sin guardias. Después de descartar un buen número de planes fantasiosos, sencillamente ordenó que le ensillaran su yegua y le pusieran las alforjas, diciéndole a John que iba a ir a recoger unas raíces especiales para su botiquín.

Cuando atravesaba el patio en dirección a las puertas, se le acercó Geoffrey corriendo.

—¿Necesitáis una escolta, milady?

—No es necesario —dijo ella, agradeciendo que fuera él y no Hugh el que había sido informado—. Sólo voy a ir al otro lado de la aldea, Geoffrey, y la yegua me traerá la carga.

Vio que el muchacho no estaba contento con la situación, pero no encontró la firmeza para insistir. Salió al trote antes de que la encontrara.

Pasada la aldea tomó el sendero hacia el norte, el que, según el mapa, llevaba a Ermine Street. No tardó mucho en perder de vista Baddersley y se encontró absolutamente sola en un bosque no muy denso. Estaba loca de remate.

Recordó que no hacía mucho los campesinos de ahí habían sentido malevolencia hacia ella. Eso se había desvanecido desde la visita del rey y su matrimonio, pero ¿habrían cambiado de verdad? Se encogió de hombros. Había resuelto hacer eso y no desfallecería. Dejó suelta la daga de Aimery en su vaina y dirigió al caballo por entre los árboles, temblando a cada crujido que oía en el sotobosque.

Pronto llegó al camino y suspiró de alivio al encontrarse en un lugar más expuesto. Las pesadas y viejas piedras que formaban el camino todavía estaban en su lugar, de tanto en tanto se veían a través de la tierra y la maleza. Formaban una base sólida con cualquier tiempo, lluvia, nieve o sol, una maravilla de la que se admiraban todos, deseando que no se hubiera perdido el conocimiento para hacer semejantes calzadas.

El camino estaba atestado de carretas tiradas por bueyes, jinetes y caminantes. Algunos de los viajeros eran soldados, pero la mayoría eran claramente mercaderes de alguno u otro tipo, lo cual indicaba que no había problemas de guerra en la región. Ella esperó que la tomaran por mercader, por sus alforjas.

Puso rumbo al norte a paso enérgico, tratando de calcular qué velocidad tendría en mente John al decir «media mañana de cabalgada». Sintió la tentación de preguntarle a uno de los carreteros si había visto pasar a Aimery con sus hombres, pero cuanto menos atrajera la atención, mejor, se dijo. Pero pasado un rato sí se detuvo a preguntarle a un hombre si conocía un lugar llamado Gormanby. El hombre negó con la cabeza y la miró con curiosidad.

Continuó cabalgando. Maldijo su aspecto sureño heredado de su madre. Su piel menos blanca y sus ojos castaños la hacían notoria entre la gente de esa raza de piel blanquísima, y sabía que aún con todo el cuidado que ponía al hablar en inglés su pronunciación la delataba como extranjera.

De todas formas, tenía que correr el riesgo y preguntar, no fuera a llegar al final de Ermine Street y se encontrara en Lincoln. Cuando se detuvo en un pequeño monasterio que servía de posada para los viajeros, rechazó amablemente la comida y preguntó por Gormanby.

—Sí, hija mía —dijo el monje enseguida—. Te has pasado del sendero. Retrocede un poco, y junto a unos cerezos y un roble verás que sale un sendero hacia el oeste. Tómalo. No está muy lejos.

Madeleine volvió a montar y regresó, aliviada. Tanto ella como el caballo estaban cansados, pero el final al fin se veía.

No tardó en encontrar el roble y los cerezos y un sendero junto a ellos. Lo tomó, impaciente, pero no pudo dejar de observar que la espesura del bosque era mucho más pronunciada que en los bosques de Baddersley. Era más difícil ver el camino y había más probabilidades de encontrarse con peligros, de animales y de personas. Los inmensos árboles dejaban un sendero muy estrecho, justo para dejar pasar una carreta. Y los surcos de dichas carretas eran muy profundos. Por arriba el tupido follaje de los árboles formaba un techo verde, impidiendo el paso de la luz del sol, por lo que el lugar era tenebroso y frío.

Empezó a atenazarla la inquietud, y habría aprovechado cualquier pretexto para volverse, pero continuó. En esos momentos la había atenazado otra preocupación: aun cuando no se topara con ningún peligro, ¿cómo iba a encontrar a alguien en ese tupido bosque? Igual tendría que esperar a que Hereward la encontrara a ella.

Cuando vio salir a un hombre de la espesura, y éste la bajó limpiamente del caballo, se sobresaltó sí, pero no fue muy grande su sorpresa. Lo que sí la sorprendió fue sentir el filo de un cuchillo en la garganta.

—Bueno, lady Madeleine. ¿Que te trae por aquí?

Madeleine ahogó una exclamación. Era el sajón, el que había estado con Aimery. Estaba sonriendo de oreja a oreja, pero sus ojos tenían una expresión dura, y comprendió que le rebanaría la garganta sin vacilación si lo consideraba conveniente.

—Necesito contactar con Aimery —susurró.

—¿Con Aimery? —dijo él sonriendo burlón—. Yo diría, señora, que él ya ha contactado contigo lo suficiente por un día.

¡Ese hombre los había estado observando! Se le encendió la cara y lo miró furibunda, cuchillo o no.

—Deseo «hablar» con él. O con Hereward.

Desapareció la sonrisa, y el cuchillo la pinchó. Ella gritó y trató de apartarse, pero él la tenía cogida con puño de hierro. Sintió correr sangre por la piel.

—¿Qué sabes de Hereward, perra normanda?

—Que está aquí —contestó, con la voz ahogada—. Se sabe. Se ha enviado mensaje al rey.

—¿Y has venido a avisarle? Eso es puro cuento.

—He venido a avisar a Aimery.

—Bueno, eso es más probable. No quieres que pierda las partes que más te gustan, ¿eh?

La arrastró hacia el bosque. Ella se resistió pero él movió el cuchillo delante de su cara y dejó de resistirse. Él sólo la llevó hasta donde tenía su caballo.

Sacó una cuerda de su atadijo, formó un bucle y se lo pasó por la cabeza. ¿Es que iba a estrangularla?

Pero él montó y le ordenó que caminara. Cuando llegaron al lugar donde había dejado su caballo le ordenó que montara.

—Voy a llevarte hasta Hereward —le dijo—. Él sabrá qué hacer contigo. Trata de escapar y te estrangularás.

Con la pesada cuerda sobre los hombros y raspándole la piel, Madeleine no necesitó más advertencias. Después de un rato de cabalgar por el sendero, él tomó un desvío que se internaba en la oscuridad del bosque. Si ése era el trato que le daba uno de sus hombres, ¿qué trato podía esperar de su amo?, pensó.

Se dijo que Hereward era tío de Aimery, y un noble inglés. Pero eso no la tranquilizó mucho. Era un rebelde proscrito y ciertamente odiaba a todos los normandos. Encontraría muy conveniente cortarle el cuello. Entonces Aimery quedaría en posesión de Baddersley sin la carga de su presencia ni el peligro de que ella le hablara a alguien de Ciervo Dorado.

Pero pese a todo, no logró creer que Aimery justificara su muerte.

Empezó a rezar fervorosamente rogando que Aimery estuviera con Hereward. Aunque eso confirmara que era un traidor y se enfureciera con ella por seguirlo y descubrir su traición, la protegería.

Dejaron el sendero bien usado y siguieron uno que apenas era visible. El bosque parecía apacible y daba la impresión de que no había otra cosa que pájaros e insectos, pero de pronto apareció un hombre ante ellos. No dijo nada, simplemente miró al hombre que la llevaba, asintió y pareció desvanecerse en el monte bajo.

Poco después vio que su captor levantaba una mano. Miró alrededor y entonces vio a otro vigilante subido en un árbol.

Ése era un campamento bien vigilado. Hereward no era ningún tonto.

Al cabo de un rato entraron en el campamento de Hereward the Wake. No estaba en un claro del bosque; era simplemente gente reunida entre los troncos de inmensos árboles. Odo podría haber sobreestimado el volumen de esas fuerzas, pero era importante. Había dos tiendas, y por lo menos treinta hombres armados, de aspecto fiero, y otros muchos que parecían ser sirvientes. No había ninguna mujer.

No estaba Aimery entre ellos.

Se le resecó la boca al darse cuenta de que era el foco de atención de unos ojos duros en caras rubicundas y barbudas. Una mujer normanda sola entre hombres que odiaban a los normandos. ¿Qué loco impulso la había llevado hasta aquel lugar?

Unos pocos llevaban cota de malla, pero la mayoría sólo llevaban armaduras de cuero; pero todos tenían armas a mano: lanza, arco, espada, hacha. Todos llevaban adornos de oro. No muchos ni tan espléndidos como los de Aimery, pero oro de todos modos: signos de un gran amigo de anillo.

Un hombre se apartó del grupo y avanzó. No llevaba ningún tipo de armadura, sólo una túnica hermosamente bordada sobre las calzas. De su cinto colgaba una espada metida en una magnífica vaina con incrustaciones de oro y joyas, y sus pulseras y brazaletes eran las más preciosas que ella había visto en su vida.

Comprendió que estaba frente a Hereward de Mercia.

Tenía un extraordinario parecido a Aimery. Llevaba barba y bigote, y sus largos cabellos dorados tenían hilos de plata en las sienes, sus ojos eran azul celeste, pero en los huesos de su cara y cuerpo vio cómo sería Aimery dentro de veinte años. Irradiaba poder ese hombre. Sus movimientos eran ágiles y rápidos y la energía brillaba en él como un faro.

—Gyrth —dijo él, mirando a su captor—, ¿has encontrado una esposa mal dispuesta?

Gyrth se apeó del caballo y se arrodilló.

—No, señor; es la esposa de Aimery. —Y sonriendo burlón, añadió—: Y el mal dispuesto es él, según los cotilleos de Baddersley.

—¿Y la has traído aquí con un ronzal?

El puño de Hereward conectó con la mandíbula del hombre y lo dejó tendido en el suelo. Sin hacer caso de él se giró a ayudar a Madeleine a apearse del caballo y suavemente le quitó la cuerda del cuello.

—Mis más sinceras disculpas, lady Madeleine. Sobrina. Aquí se te tratará con el mayor honor.

La condujo hasta una capa extendida en el suelo bajo un roble y la instó a sentarse. Después se volvió hacia sus hombres.

—Ella es lady Madeleine, la esposa de Aimery, mi muy amado sobrino. Tratadla como a mi sobrina o entregad vuestros anillos.

Los hombres volvieron en silencio a sus actividades. Él se sentó junto a ella.

—¿Puedo hacerte traer algo? ¿Aguardiente de miel? ¿Agua? ¿Comida?

Madeleine negó con la cabeza.

—No necesito nada. Pensé... eh..., creí que Aimery estaría aquí.

Los ojos azules se clavaron en ella, interrogantes. De pronto le recordó a Guillermo de Normandía, que tenía una mirada igual de penetrante. Qué par formarían los dos si se encontraran.

—¿Y por qué habría de estar aquí, Madeleine? No ha venido a verme desde que Guillermo invadió Inglaterra.

Madeleine se obligó despejar la mente y lo enfrentó.

—Supuse que estaba aquí porque lo llamasteis.

Él entrecerró los ojos.

—Le envío periódicos mensajes para que venga, pero aunque lleva mi anillo, no viene.

Madeleine se esforzó en ocultar un fuerte ramalazo de incertidumbre. Ese hombre decía que Aimery era leal. ¿Sería posible que Aimery se marchara a ocuparse de sus propios asuntos, pese al mensaje de Gyrth, y que ella se hubiera metido en ese nido de rebeldes sin ningún motivo? Después de todo, él había salido varias horas antes que ella, y no estaba ahí. La perspectiva era aterradora, y sin embargo se sentía inundada de alegría.

¡No era un traidor!

—Pero aún pensando que Aimery había venido a verme —dijo Hereward amablemente—, ¿cómo supiste dónde encontrarme?

Dominada por esos potentes ojos, Madeleine se obligó a no revelarle el peligro de un ataque. Si Aimery no estaba ahí, tenía que hacer prevalecer al rey, aun a costa de su vida. Pero era difícil negarle algo a Hereward de Mercia. No era de extrañar que los normandos lo temieran como a ningún otro.

—¿Conocéis a Guillermo? —le preguntó.

Él no insistió en que le contestara la pregunta, sino que sonrió.

—Pues sí. Lo conocí en el año mil cincuenta y uno, cuando vino a visitar a Eduardo. —Su cara reflejó agradables recuerdos—. Los dos éramos jóvenes y osados, y encontramos placer en la compañía mutua. Aunque sabíamos que llegaría este día.

—No podíais saberlo.

—¿No? Eduardo no tendría hijos, y estaba claro que le había prometido la corona a Guillermo.

—Entonces tiene el derecho —afirmó ella, alzando el mentón—. ¿Por qué lo combatís?

Él negó con la cabeza.

—No tiene ningún derecho, Madeleine. Al rey de Inglaterra lo elige el pueblo a través de la Asamblea, y ellos eligieron a Harold y luego a Edgar el príncipe heredero, el que por lo tanto es ahora el rey. Pero sabíamos de otras maneras lo que ocurriría. Guillermo sabía lo que quería, y yo veo el futuro.

Dijo esas palabras con tanta tranquilidad que ella tardó un momento en registrarlas.

—Nadie sino Dios puede ver el futuro. ¡Eso es blasfemia!

—No para mi dios —dijo él, sin alterarse.

Madeleine se santiguó, horrorizada.

—Sois un pagano. ¿Qué vais a hacer conmigo?

Él se rió, enseñando unos dientes blancos y sanos.

—¿Sacrificarte en el altar de nuestra deidad animal? No querría apenar así a mi sobrino.

Hizo un gesto a Gyrth para que se acercara. Ante la sorpresa de Madeleine, éste se sentó sobre la capa, sin manifestar el menor resentimiento por el puñetazo anterior, aunque le dirigió a ella una rápida y furiosa mirada.

—¿Cómo encontró el camino hasta aquí? —le preguntó Hereward.

—No lo sé. La vi cabalgando hacia el norte por el camino antiguo y la seguí. Preguntó por el camino a Gormanby dos veces, y encontró el sendero. Me hice cargo de ella. Dice que el Bastardo ha recibido noticia de que estamos aquí.

Madeleine se maldijo por haber dado esa información.

Hereward alzó una ceja.

—Un poco lento para decírmelo, ¿no?

—Me llevó un tiempo recobrar el conocimiento —contestó Gyrth, sarcástico.

Hereward miró a Madeleine.

—Así que va a venir Guillermo —dijo pensativo—. ¿Por qué dices eso?

Madeleine se negó a responder.

—¿Qué te parece, Gyrth? —musitó Hereward—. ¿Le arrancamos las uñas? ¿Le aplicamos un hierro caliente en los pies? ¿O es tan tierna que se va desmoronar con una buena zurra en el trasero?

Madeleine cerró los ojos y pidió las fuerzas para no ser más traidora de lo que ya era.

—Ah —dijo Hereward—. Aquí está el hombre para esa tarea.

Madeleine se dijo que sería capaz de aguantar una zurra en las nalgas, aunque fuera cruel. Pero ¿un hierro caliente?

Había visto chillar a hombres ante un hierro para cauterizar heridas. «Dulce Madre de Dios, ayúdame en esta hora de necesidad.»

—Por todas las cosas santas ¿qué haces aquí?

Madeleine abrió los ojos y vio a un asombrado y furioso marido. Se levantó de un salto y corrió a arrojarse en sus brazos.

—¿Qué le has hecho? —lo oyó decir.

La sorprendió que alguien se atreviera a adoptar ese tono con Hereward.

—Divertirme, nada más. Pero esto no es asunto para bromas. Dice que Guillermo recibió noticias de nuestra presencia aquí y planea un ataque, pero se niega a dar detalles.

Madeleine se encontró sentada de un empujón sobre la capa. Aimery se sentó frente a ella.

—La historia completa —le dijo, secamente.

Ella enderezó la espalda, recordando los agravios que tenía contra él, además del hecho de que su presencia ahí en ese momento demostraba que era un traidor.

—No hay necesidad de torturarme —ladró—. He venido aquí a rescatarte, aunque no sé por qué, dada la forma como...

—Para y cuenta tu historia —la interrumpió él cogiéndola fuertemente del brazo.

Ella hizo una honda inspiración para poder serenarse. Él tenía razón. Ya tendrían tiempo de sobra para las recriminaciones.

—Odo pasó por Baddersley —dijo—. Había oído un rumor de que Hereward estaba por aquí y envió un mensaje al rey.

—Odo de Pouissey —dijo Aimery a Hereward—. No tendría ningún motivo para mentir.

Hereward asintió.

—Quiere decir entonces que hay un traidor en Gormanby, y hay que descubrirlo. —Hizo una señal y dos hombres partieron a encargarse de la tarea, lo que hizo estremecer a Madeleine—. Y será mejor que nos vayamos. Cuando me enfrente con Guillermo, será según mis condiciones.

—¿No te vas a unir a Edwin y Gospatric? —le preguntó Aimery.

—Esa rebelión ya está muerta. Espero el momento adecuado, cuando se una toda Inglaterra.

Aimery negó con la cabeza.

—Eso no ocurrirá nunca. Inglaterra perdió su oportunidad esos primeros días. Entonces podrías habernos arrojado de aquí, pero no ahora.

—Y lo habría hecho si hubiera estado aquí —repuso Hereward con amarga certeza—. Fue un maldito *wyrd* el que me llevó a Bizancio ese año.

—Fue *wyrd* de todos modos —dijo Aimery—. El destino no se puede cambiar. Eso me lo inculcaste tú. Yo trato de seguir ese camino. ¿Y tú?

Hereward miró fríamente a su sobrino.

—Conozco el futuro. Sé lo que será. Vi morir a Harold pero no cuándo. Vi rey a Guillermo pero no sé por cuánto tiempo. Veo un futuro en que el inglés, no el francés normando, será nuevamente el idioma de este país, para las clases altas y las bajas. Ese día llegará, y lo traeré yo.

—Si lo has visto, entonces será —dijo Aimery, asintiendo—, pero llegará a su debido tiempo, no porque tú lo fuerces.

Hereward movió su orgullosa cabeza.

—Prevaleceremos.

—¿Cómo? —preguntó Aimery—. ¿Con hombres de la calaña de Edwin y Gospatric? Edwin, que sólo desea ropa bonita y una esposa real, y Gospatric que está obsesionado por quitarle Nothumbria a Waltheof. Juro que sólo está en esa rebelión porque lo enfurece que Waltheof obtuviera a Judith de Huntingdon. ¿Esos hombres van a traer de vuelta el régimen inglés?

Hereward miró más allá de su sobrino, más allá del bosque, más allá, parecía, de los bordes del mundo. La expresión de sus ojos le produjo un escalofrío por todo el espinazo a Madeleine.

—La dinastía de Guillermo no alcanzará a durar en Inglaterra ni siquiera más allá de los hijos de sus hijos —dijo. Entonces pareció volver al presente y enfocó nuevamente los ojos en ellos—. El rey de Dinamarca nos ayudará.

—¿Régimen danés en lugar del normando? —exclamó Aimery, exasperado, pero no se mofó de la profecía.

A Madeleine sin embargo la había desconcertado y perturbado tremendamente. Guillermo tenía ya tres hijos sanos, y había posibilidades de un cuarto, si era varón el que venía en camino; con el tiempo habría nietos, y bueno, también podría ser cierto que los normandos perderían el trono inglés.

—Canuto era danés —contestó Hereward—. Vino y vivió según las leyes inglesas, a diferencia del normando que trae sus propias leyes. Dile a tu real padrino que Hereward hincará la rodilla cuando Guillermo el Bastardo acepte las leyes inglesas y expulse a esos bandoleros franceses que ha traído para que nos roben la tierra.

—Esos bandoleros franceses le ganaron Inglaterra y tiene que pagarles —dijo Aimery, incorporándose y quitándose hierbas y polvo de la ropa—. ¿Me has hecho venir aquí con una mentira, o es verdad que necesitas mi ayuda?

Hereward también se levantó y se puso a su lado. Eran de la misma estatura y aunque Hereward era más macizo, el parecido era asombroso. Estaba claro que los dos tenían la misma voluntad inquebrantable.

—No es mentira —dijo Hereward—. ¿Ayudarás?

—Por supuesto.

Aimery miró a Madeleine y alejó un buen trecho a su tío para continuar la conversación. Furiosa, ella se levantó de un salto para seguirlos, pero él la detuvo con una mirada.

—Si valoras tu pellejo, siéntate y mantén los ojos y oídos para ti misma.

Ella obedeció, feliz de poder doblar las debilitadas piernas. Ay, la Virgen, era cierto. Por firme que pareciera su desacuerdo con las creencias de su tío, Aimery estaba dispuesto a ayudarlo. Tenía que ser la obligación del vínculo del anillo. Eso lo entendía. ¿No había ido ella allí a cometer traición por el amor y la lealtad del vínculo matrimonial? Pero las consecuencias, las consecuencias si se descubría su participación...

Gyrth estaba sentado a su lado como un guardia. Había sacado su temible cuchillo y lo estaba afilando amorosamente en una piedra de amolar. Miró alrededor y vio a varios hombres mirándola como si fuera un sabroso bocado. Pero cuando vieron que ella los estaba mirando desviaron la vista.

Estaba segura ahí, supuso, bajo la protección de Hereward y de Aimery. Quedaba la pregunta, claro, cuán a salvo estaba de Aimery, a pesar de todo lo que había hecho para salvarle su cochino pellejo. Pero sabía lo suficiente de los hombres para saber que detestaban estar equivocados.

Acabó la conferencia y Aimery fue a reunirse con ella.

—Vamos, tengo que sacarte de aquí.

Ella se levantó.

—¿Y tú?

—Eso no es asunto tuyo.

Acto seguido echó a caminar hacia los caballos, y ella tuvo que correr detrás, no fuera a dejarla abandonada. A medio camino la detuvo Hereward.

—Estoy encantado de haber tenido la oportunidad de conocerte —le dijo en perfecto francés normando—. Espero que volvamos a encontrarnos en tiempos más felices.

—¿Bajo gobierno inglés? No creo que sea bienvenida.

—La esposa de Aimery será siempre bienvenida, aunque me temo que tendré que aliviaros de Baddersley.

—¡Sobre mi cadáver! —exclamó Madeleine, sin siquiera pensarlo.

—Si es necesario —sonrió él—. Pero claro, tal vez os permitiría a ti y Aimery continuar allí, cuidándome la propiedad. —Se echó a reír con una risa ronca—. ¡Cómo te relampaguean los ojos! Me alegra verte, querida mía. Creo que tal vez eres digna de mi sobrino. —Le besó suavemente las dos mejillas—. Que tu *wyrd* sea el camino de Balder.

Dicho eso se alejó y ella corrió adonde la esperaba Aimery. Él parecía preocupado y molesto, aunque no particularmente con ella. La ayudó a montar.

—No te dejes hechizar por Hereward —le dijo.

Ella sorbió por la nariz.

—¿Cómo podría evitarlo? Es una versión de ti con más años.

Él la miró echando chispas por los ojos, y saltó a su silla. Salieron del campamento cuando ya lo estaban levantando, los hombres listos para desaparecer y volver a los Fens. Siguieron los senderos que había recorrido con Gyrth. ¿Sabría Aimery que el hombre la había llevado con un ronzal? ¿Le importaría? ¿Habría él arrojado al suelo a Gyrth por el insulto?

—¿Dónde están tus hombres? —le preguntó.

—Los dejé en un lugar más al norte. Por eso tardé tanto en llegar aquí. Yo no contaba con el lujo de venir directamente aquí proclamando mi destino a todo lo largo del camino.

—No me hables así. Vine para salvar tu cochina vida.

—Los hombres del rey podrían explorar este bosque con una trilladora y no encontrarían a Hereward si él no se deja encontrar. Viniste porque querías venir y yo no te lo permití.

Ella emitió un siseo por entre los dientes.

—Y qué fantástica manera encontraste para impedírmelo.

—Créeme, la próxima vez me limitaré a encerrarte.

—Si tu misión era inocente no había ningún motivo para no traerme contigo.

Él detuvo el caballo y se giró a mirarla.

—¿Traerte a este nido de rebeldes? ¿Siendo tú una leal normanda?

—¿Quieres decir que tú no eres un leal normando?

Con un veloz movimiento de la mano él le cogió la parte delantera de la túnica. Ella chilló al encontrarse de pronto a unas pulgadas de él.

—Tienes una lengua insolente, señora mía.

—Suéltame. No tienes ningún derecho a intimidarme así.

—Tengo todo el derecho del mundo, señora, si me obligas. —La soltó y azuzó su caballo—. Podemos llegar a Baddersley antes de que oscurezca si estás dispuesta a cabalgar rápido. ¿Qué pretexto inventaste para salir de ahí?

A Madeleine le dolían todos los huesos de cansancio después de las aventuras de ese día, pero no se quejó.

—Dije que iba a recoger raíces.

—Entonces asegura que te extraviaste.

—¿Y tus hombres? ¿No tendríamos que ir a buscarlos?

—Esperarán. Cuantas menos personas sepan que tú o yo hemos estado en este lugar, mejor. Por eso vamos a continuar por en medio del bosque un rato más.

Cabalgaron en silencio en dirección al sur siguiendo senderos de ciervos, senderos para caminantes, pero todos muy serpenteantes y enrevesados. Cuando por fin salieron al camino continuaron al galope. A esa última hora de la tarde, con el sol bajo, había poco movimiento y mantuvieron una buena velocidad. El cuerpo de Madeleine era un enorme y cansino padecimiento, su mente una neblina de agotamiento, pero perseveró, demasiado orgullosa para pedir un descanso, y con la esperanza de que su yegua fuera capaz de seguir a Aimery hasta la casa.

Al fin salieron del camino romano tomando el camino más estrecho que llevaba a Baddersley. Madeleine sobrevivió pensando que el viaje ya estaba a punto de acabar.

Aimery detuvo su montura justo antes de que el castillo estuviera a la vista.

—Supongo que desde aquí no tendrás problemas.

—¿No vienes conmigo? —exclamó ella, sabiendo que él se volvería por donde habían venido.

—Tengo asuntos que atender que tu estupidez ha retrasado.

—¡Mi estupidez! —Si no hubiera estado tan cansada le habría pegado—. Te prometo, Aimery de Gaillard, que ésta es la última vez que trato de ayudarte.

—Te lo agradecería si tuviera alguna fe en tus promesas —dijo él e hizo girar bruscamente su caballo.

—Bueno, ten fe en esto —le gritó ella—. No volverás a engatusarme con tus falsos galanteos sexuales. ¡Ya conozco tus artimañas!

—¿Tú crees? —dijo él, y ella vio brillar sus dientes blancos en la penumbra, pero no supo si era una sonrisa o un gruñido—. Será interesante nuestro próximo encuentro entonces, esposa.

Acto seguido partió al galope, perdiéndose en la oscuridad.

17

Aimery no volvió. Madeleine tuvo que enfrentar la realidad de que se había unido a Hereward y lo estaba sirviendo. Ella oyó cuando Hereward le preguntó: «¿Ayudarás?», y él contestó: «Por supuesto», sin el menor asomo de vacilación.

Pasaba las noches insomne y los días nerviosa e inquieta, imaginando que en cualquier momento llegaría la noticia de su captura, temiendo su regreso porque entonces tendría que cumplir su promesa, y al mismo tiempo anhelando volver a verlo.

Fue un alivio, entonces, cuando pasados tres días de su loca aventura recibiera la esperada llamada de la reina. Mientras metía en arcones sus galas, adornos y hierbas medicinales, se repetía una y otra vez que Aimery de Gaillard estaría muy bien servido; cuando por fin hiciera su retrasado regreso a su casa y a su mujer, con o sin «secretos», ella ya no estaría.

Al fin y al cabo, había hecho un juramento; el juramento de no acostarse con él mientras no estuviera segura de que era leal. Y después le había dicho que no volvería a dejarse engatusar por sus habilidades sexuales. Esas dos promesas serían mucho más fáciles de cumplir teniendo media Inglaterra entre ellos.

Matilde le había enviado una escolta. Ella sólo tuvo que hablar con Geoffrey, Hugh y las dos buenas monjas para asegurarse de que continuaría bien el trabajo en la propiedad, luego organizar la carga de percherones con todo su equipaje y partir con Dorothy a disfrutar de un cómodo día de viaje a Hertford, donde encontrarían a la reina, que estaba descansando para luego emprender el viaje al norte a reunirse con el rey.

Seis días después de separarse de Aimery, Madeleine entró en Hertford. El séquito de la reina se alojaba en diferentes casas por toda la ciudad; la reina estaba alojada en la muy buena casa del sheriff. Matilde la recibió con mucho cariño.

—Una dama casada ya, y esposa de Aimery de Gaillard, a quien siempre le he tenido mucho afecto. No me cabe duda de que te trata bien. Siempre ha tenido un don para tratar a las damas.

Madeleine apretó los dientes detrás de una sonrisa y educadamente manifestó su acuerdo.

—Y vos, majestad, ¿cómo estáis?

—Todo lo bien que se puede esperar de una mujer que se encuentra en mi estado —repuso la reina, irónica—. Llevo fácilmente los bebés, pero en esta fase no es fácil para ninguna mujer.

Madeleine se aventuró a protestar por el proyectado viaje.

—No creo que sea prudente que viajéis en esta fase de vuestro embarazo, majestad.

La reina lo descartó con un movimiento de la mano.

—Si hubiera dejado que la crianza de los hijos me hubiera limitado los movimientos habría hecho muy poco. Iré al norte en etapas cómodas y descansaré cuando me parezca necesario. Guillermo quiere que el bebé nazca en York. Y así será.

York, pensó Madeleine, pero vio que Matilde estaba tan resuelta como su marido en seguir ese camino. Pero York...

No sólo estaba muy lejos al norte, sino que esa parte del país apenas estaba controlada. Pero la reina se marchó muy animada a atender otros asuntos, dejándola en manos de su hija y su sobrina.

Madeleine estaba encantada por ese reencuentro con Judith y Agatha, aunque esta última se veía mohína y deprimida. Judith, en cambio, no tenía nada de deprimida; estaba radiante.

—Así que te casaste con Aimery de Gaillard —dijo la beldad—. Afortunada mujer. Me encendió la sangre, he de confesarlo. Te envidiaría si yo no lo tuviera tan bien o mejor.

—¿Te gusta tu prometido?

El suspiro de Judith fue una elocuente afirmación.

—Ojalá ya estuviéramos casados. —La alejó un poco para que no la oyera Agatha—. Será un alivio tenerte aquí —susurró—. La pobre Agatha está muy dolida porque el rey no quiere confirmar su compromiso. Y ahora que el conde de Mercia ha huido para armar una rebelión, está aterrada pensando que podrían ejecutarlo. No me habría imaginado que Edwin fuera capaz de plantearle tanto peligro a mi tío, pero la gente puede dar sorpresas. Mira a Agatha. Incluso hubo un tiempo en que hablaba de fugarse para reunirse con el conde ¡y vivir con él sin casarse!

—Eso alborotaría el país —musitó Madeleine, mirando sorprendida a la muchacha que siempre había sido tan callada y tímida—. Y podría costarle caro a Edwin si el rey no los dejara casarse después.

—Le costaría sus bolas, quieres decir —dijo Judith francamente, haciéndole arder la cara a Madeleine—. Cielos, más de un mes casada y todavía se ruboriza. Yo esperaba que ampliaras mi educación, pero me parece que sigues siendo una monjita.

Madeleine recordó una sesión de intensa pasión junto a un trigal y deseó que el rubor estuviera bajo el dominio humano.

—Me parece que tu educación se va a ampliar bastante pronto —replicó—. ¿Cuándo es la boda?

—Más adelante. Después de que nazca mi nuevo primo. Espero que sea para Navidad, por lo menos. Ardo por él, Mad —añadió en voz más baja—. ¿Sabes lo que quiero decir?

Madeleine asintió. Sí que lo sabía. Y en esos momentos, si diera la casualidad de que se encontraran, ella tenía un juramento sagrado que cumplir, el que probablemente los mantendría separados para siempre. No podía lamentar su juramento, porque era lo correcto; debía ser firme contra la traición, y él era muy capaz de aprovechar su deseo en contra de ella.

Pero ardía.

—Tal vez Agatha siente lo mismo —le sugirió a Judith—. Deberías compadecerla.

Judith hizo una mueca.

—Es que los encuentro tan inverosímiles como amantes trágicos, y ella ni siquiera intentó llevar a cabo su plan. Un ataque de gripe le apagó el ardor. Prácticamente acaba de salir de su habitación... —Se interrumpió e hizo otra mueca—. Qué víbora soy. Estuvo muy grave, porque no dio señales de vida durante casi una semana; sólo la tía Matilde entraba a verla, ojerosa de preocupación, y esos gemidos y lloros que se oían... Yo me ofrecí a atenderla, pero temieron que me contagiara. Pero ahora que está recuperada ha abandonado su plan. Si a mí trataran de separarme de Waltheof, iría a reunirme con él por muy débil que estuviera.

—¿Las dos vais al norte, entonces? —le preguntó Madeleine, curiosa por ese Waltheof, porque había creído a Judith demasiado consciente de sus encantos como para enamorarse así de un simple hombre.

—No. Ese territorio es herencia de Waltheof, aunque no tiene el título. No creo que el rey se fíe de él ahí, porque la gente lo quiere muchísimo. Vamos a ir a Winchester, con vigilantes carabinas y guardias. Agatha también vendrá. —Suspiró—. Aunque la compadezco y la quiero mucho, ya ves que ahora no está en ánimo para desear hablar de amor y de besos. Agradezco el tiempo que tenemos para estar juntas, tú y yo.

Madeleine pensó que la decepcionaría en ese aspecto, pero le escuchó atentamente las extasiadas descripciones de Waltheof: su extraordinaria fuerza, su inteligencia, su ingenio, su erudición, su poder para agitar la sangre.

Se formó una imagen de un santo gigantesco, de modo que cuando por fin se lo presentaron, se sintió confusa. Era de constitución un poquito más corpulenta que la de Aimery, y sin embargo su fuerza era legendaria; si era erudito, no lo demostró delante de ella. Pero su capacidad para agitar la sangre, sí la notó.

Era apuesto y extraordinariamente grácil, pero había un algo en sus ojos, hundidos, color ámbar, que incluso a ella le agitaba los nervios. Judith estaba próxima a desmayarse, observó. Era de esperar que ese efecto disminuyera cuando a esa pasión le estuviera permitido seguir su curso, porque si no Judith no serviría para nada el resto de sus días.

Waltheof se sentó al lado de su prometida y le cogió la mano como si eso fuera lo más natural del mundo para un hombre. Aimery jamás había hecho algo así.

—Estoy encantado de conocer por fin a la heredera de Baddersley —le dijo a ella en excelente francés.

Tal vez era su manera de estar tan cerca de Judith, el modo como le tenía cogida la mano, su manera de sonreírle lo que agrió a Madeleine.

—Y yo estoy encantada de conocer al hombre que supuestamente desciende de una osa —bromeó.

Él no se ofendió pero esbozó una enigmática sonrisa.

—Me brota pelaje con la luna llena, lady Madeleine. —Levantó la mano de su prometida y le besó la punta de un dedo, mirándola con sus ojos dorados. Judith estaba a punto de derretirse, observó Madeleine—. Seguro que mi esposa lo encontrará divertido. Puede peinarlo. Pero recordad —añadió alegremente volviéndose hacia ella—, que mi abuela no era una osa sino una hada osa. No es lo mismo.

Madeleine miró sorprendida a Judith, que parecía tragarse todo ese cuento, como si le quedara aún algún pensamiento cuerdo en su libidinosa cabecita. Ella había esperado que ese hombre tan sofisticado tratara ese mito como una tontería fantasiosa, pero no. ¿Es que creía en hadas y elfos?

—Deberíais compadeceros, lady Madeleine —dijo él—. Vos también fuisteis un ser de leyenda no hace mucho. Hacer apuestas acerca de vuestro destino era nuestra principal diversión.

—¿Ganasteis o perdisteis? —le preguntó ella, mordaz.

Él se echó a reír.

—Yo no juego. Pero considero un ganador a Aimery de Gaillard.

Ése era un simpático cumplido, por lo que Madeleine se tragó una respuesta áspera. La alarmó lo fácil que le resultaba ser mordaz ante la unión entre Waltheof y Judith. Compadeció a Agatha, pensando si tal vez el plan de huida de la muchacha no habría estado motivado en igual medida por el deseo de alejarse de esos dos como el de reunirse con Edwin de Mercia. Ciertamente ella sentía la necesidad de escapar. Incluso una semana de gripe le parecía atractiva. Presentó sus disculpas y se marchó.

Una cosa que notó fue que Waltheof llevaba un tatuaje en la mano derecha, tal como decía Aimery que todos lo llevaban. Le pareció que era un oso. Eso le recordó el omnipresente peligro de que alguien reconociera el dibujo de la mano de Aimery y lo relacionara con Ciervo Dorado. Al menos cuando estaba con Hereward, ese peligro disminuía.

Cayó en la cuenta de que había dejado solos a los amantes, y pensó si no sería su deber hacer de carabina. Al fin decidió que Judith y Waltheof o bien se controlaban o nada en el mundo los restringiría. Él más bien. Si alguien sabía dominarse, ése era Waltheof.

¿Sería verdadero su aparente amor?, pensó mientras buscaba al chambelán de la reina para descubrir su alojamiento. Mientras estaba con la pareja había estado cierta de que los sentimientos entre ellos eran verdaderos, y por parte de Judith estaba segura. Pero ¿por parte de él?

Tenía motivos para pensar que los hombres saben representar un papel muy agradable cuando les conviene, y a un inglés como Waltheof tenía que convenirle estar tan estrechamente vinculado con la familia real normanda. Tal vez ella debería ampliar la educación de Judith y explicarle lo engañosos que pueden ser los hombres, lo fácil que le resulta a un hombre hábil seducir con engaños a una mujer.

Pensando en eso, se dijo que tenía suerte de estar libre de Aimery. Estaría en el séquito de la reina por lo menos tres meses. El deseo que le inspiraba su marido ya se habría apagado cuando volvieran a encontrarse.

Encontró a Gilbert, el chambelán, y le preguntó dónde debían poner su equipaje, suponiendo que sería en el aposento de la reina, o en la antesala con las otras damas del séquito.

—Tenéis una habitación, lady Madeleine —le dijo el chambelán, y llamó a un ayudante para que la guiara.

Ella se sintió sorprendida y gratificada por ese honor. Una habitación particular, por pequeña que fuera, en una casa tan atiborrada, era una señal de distinción. Siguió al criado por la empinada escalera de madera hasta el segundo piso. Pasaron junto a dos habitaciones con camas de dosel, una, posiblemente ocupada pues las cortinas estaban cerradas. Igual que las camas, las habitaciones estaban llenas de arcones, cofres, armaduras, ropa y jergones de paja. Hertford estaba ciertamente a rebosar. Debió haber entendido mal a Gilbert. Seguro que la llevaban a una habitación que compartiría con otras seis mujeres.

Entonces el hombre abrió la puerta de una habitación que hacía esquina, y que le ofrecería una muy valiosa intimidad pues estaba en el extremo de la casa. En ella había menos cosas; aparte de los muebles sólo había dos arcones y unas cuantas cosas más.

Cosas masculinas.

Un brazalete de oro dejado descuidadamente encima de un pequeño joyero captó el sol y sus ojos. Conocía ese dragón rugiente con sus ojos de esmeraldas. Conocía el joyero.

Se giró hacia el hombre.

—¿Lord Aimery...?

—Salió, señora. Pero estará aquí para la comida de la tarde. Os enviaré vuestro equipaje y personal.

Madeleine miró alrededor, aturdida.

Pero si Aimery estaba con Hereward, haciéndole ese «servicio» que le había prometido. ¿Cómo podía estar en esa casa? Dado su reciente encuentro con Waltheof empezó a pensar en seres mágicos que podían estar en dos lugares a la vez. Entonces un pensamiento más desagradable expulsó el fantasioso. ¿Podría ese servicio a Hereward ser la forma más ruin de traición: espionaje?

Recorrió la habitación por entre sus conocidas pertenencias, aspirando su conocido aroma, el que, hasta ese momento, no se había dado cuenta que echaba de menos. Su estúpido cuerpo canturreó de placer cuando tocó su túnica roja, mientras su mente se preguntaba qué podría hacer para ser fiel a su juramento y desviarlo de la traición.

No pudo dejar de manosear sus cosas: su peine de hueso, todavía con pelos rubios en él; una capa de lana tirada descuidadamente sobre una silla. El grueso brazalete de oro dejado encima de su joyero. Chasqueó la lengua ante ese descuido. El cofre, tal como había supuesto, estaba cerrado con llave, de modo que cogió la preciosa joya.

¿Qué hacer con el brazalete mientras le subían su equipaje? Se lo puso en el brazo, pero le quedaba muy grande. Pasado un momento, con una traviesa sonrisa, lo estiró un poco más y se lo puso justo encima de la rodilla. Lo sintió como si fuera la mano de él. Él nunca le había tocado amorosamente el muslo. Pensándolo bien, Aimery de Gaillard nunca la había acariciado a no ser que fuera para servir a sus intrincados planes.

No, esa vez cuando creyó que le había roto la muñeca, sí se la cogió con suavidad un momento.

Sabía que sería más juicioso quitarse esa joya, pero le producía un delicioso placer tenerla ahí. En ese instante entró Dorothy, dando órdenes a los sirvientes que traían sus cosas, y no era momento de levantarse las faldas.

Les llevó su buen tiempo situar los arcones de modo que no estorbaran y sacar las cosas que se necesitarían. Hubo que colgar los vestidos para que se alisaran las arrugas. Tuvieron que cambiar de sitio algunas de las pertenencias de Aimery. Madeleine hurgó aquí y allá en busca de un jergón para Dorothy. No encontró ninguno.

—Tendrás que buscarte algo para dormir —le dijo a la doncella mientras se quitaba el vestido y la túnica de viaje y el pesado griñón de lino.

Recordó el brazalete que llevaba en la pierna, pero se imaginó la cara que pondría Dorothy si se lo quitaba delante de ella. Se puso un vestido de seda azul, lo bastante elegante para la corte, y una túnica azul más oscuro, exquisitamente bordada en rojo oscuro y plata, con los bordes del cuello y las mangas adornados con peces formados por plaquitas de vidrio azul. Seguía en esplendor solamente a la túnica que se puso para la boda, y no se la ponía desdeque estuvo en la corte de la reina en Ruán.

Si tenía que enfrentar a Aimery, lo haría lo más orgullosamente posible.

Dorothy comenzó a cepillarle el pelo.

—Hay una habitación para las doncellas abajo, señora. Voy a dormir allí.

¿Iba a quedarse sola con Aimery ahí, entonces?

—Creo que prefiero tenerte cerca, por si necesito algo. Protección, por ejemplo.

—¿Qué podríais necesitar por la noche, milady? No he dormido en vuestra habitación desde que os casasteis.

—Estarás más cómoda aquí que apretujada ahí con las otras —alegó Madeleine.

—Pensad en vuestra comodidad y la de vuestro marido —replicó Dorothy empezando a hacerle dos gruesas trenzas—. Al parecer la reina se ha tomado su buen trabajo para poner juntos a estos recién casados. No podéis estropearle eso.

Madeleine se sentía en ánimo de estropearlo todo.

—¿Sabe lord Aimery que me han llamado aquí? —preguntó.

—No lo sé, señora, pero lo dudo. Estuve hablando con María, la lavandera de la reina, y me dijo que sería una sorpresa para él.

—¡Qué maravilloso! —exclamó Madeleine, lúgubremente.

Cuando sonó la campana llamando a la comida de la tarde, aún no había habido señales de Aimery, aparte de la irrupción en la habitación de un jovencito pecoso y larguirucho, que paró en seco, empezó a disculparse y a salir; entonces miró mejor y se dio cuenta de que no se había equivocado de habitación.

El niño hizo una venia, titubeante.

—¿Milady?

Madeleine reprimió una sonrisa.

—Tú debes de formar parte del séquito de lord Aimery —dijo con tacto, sin saber si era sirviente o escudero—. Soy lady Madeleine, su esposa.

El joven se sonrojó y volvió a inclinarse.

—Mis disculpas, señora. No os esperábamos, creo.

—¿Y tú eres…?

—Thierry de Pontrouge, señora. —Otra inclinación—. Escudero de lord Aimery.

Por su tímido orgullo ella dedujo que ése era un nombramiento muy reciente. Aunque no era sorprendente, pues Geoffrey ya tenía edad para ser hombre libre.

—Te saludo, Thierry. Espero que estés dispuesto a hacerme algún pequeño servicio de vez en cuando, siempre que te lo permitan tus deberes para con lord Aimery.

Él sonrió de oreja a oreja.

—Ah, sí, señora.

—Bueno, entonces —dijo Madeleine afectando despreocupación—, ¿sabes dónde está mi marido?

—Salió a buscar más caballos para el equipaje del séquito, señora. Estará de vuelta en cualquier momento.

Pero no estuvo de vuelta cuando la segunda campanada le dijo a Madeleine que tenía que bajar para la comida. Entonces se encontrarían en público. ¿Sería eso bueno o no?

Estaba a medio camino por la escalera cuando sintió la fricción del brazalete de oro en la pierna. ¡Rayos! Se detuvo para volver y dejarlo guardado en su joyero, pero entonces sonó la última campanada de llamada, y en lugar de subir bajó corriendo, no fuera a llegar tarde. A Matilde le fastidiaba que la gente llegara tarde a las comidas.

Aunque el brazalete le molestaba tan poco que lo había olvidado, en ese momento parecía quemarle la piel, y se imaginó que todo el mundo se lo veía ahí, sentía su peso, oía el suave ruido que hacía al rozar el lino de su enagua.

¿Qué pensaría Aimery si llegaba a enterarse? No había ningún motivo para que… Pero podría echarlo en falta. Podría creer que se lo habían robado.

Pensaba seriamente en inventarse un pretexto para subir corriendo a la habitación cuando la dirigieron a un puesto en la mesa principal al lado de Agatha. No vio señales de Aimery, aunque a su lado quedó un puesto desocupado, que podría ser para él. Comenzó a inquietarse, pensando que tal vez sus maldades le habían alcanzado, le imaginó ya encadenado.

Mientras servían la comida, un trío de caramillo, cuerno y tambor tocaba una melodía destinada a favorecer el orden y la tranquilidad. Matilde gobernaba su corte con mano firme. Madeleine se sorprendió al sentir una punzada de nostalgia de las comidas durante la estancia del rey en Baddersley: la bebida, que corría libre, las voces fuertes, y las animadas canciones de guerra y amor.

De tanto en tanto conversaba con Agatha acerca de modas y de un tratamiento para la difteria. Ciertamente Agatha no era una compañía muy animada en esos momentos. El tiempo fue transcurriendo y su preocupación por Aimery se hizo angustiosa.

Lo vio en el instante en que entró. Fue como si hubieran sonado campanas y llameado las antorchas. No había pasado a la habitación a refrescarse; estaba despeinado por el viento y polvoriento, pero entero y animado. Madeleine sintió una oleada de irritación pura, seguida por una de alivio puro.

Él se inclinó ante Matilde, pero se fue a sentar en el otro extremo de la sala, entre los hombres de armas. Madeleine pensó si no querría eludirla, pero no vio ninguna indicación de que él la hubiera visto. Sin duda había elegido ese lugar porque estaba lleno de polvo y había llegado con retraso. Lo observó.

Parecía encontrarse a gusto y tranquilo, como no lo había visto nunca; saludablemente cansado y hambriendo, relajado entre los hombres. Por lo visto era popular. Su rincón se convirtió en un lugar de alegría y risas. Madeleine miró nerviosa a la reina, pero ésta contemplaba indulgente. Nuevamente ella pensó cómo podía Aimery soportar trabajar en contra de dos personas que lo querían tanto y estaban dispuestas a bañarlo en favores.

Esperaba que él se diera cuenta de su presencia tal como ella lo vio al instante. Eso no ocurrió. Finalmente, tal vez a consecuencia de su mirada fija, él levantó la vista. Entonces la vio. Un trozo de carne quedó detenido a medio camino hacia su boca.

¿De verdad la sala se había quedado en silencio y parado la música? ¿Resonaban los latidos de su corazón en el silencio?

Él sonrió y se relajó. La saludó con una inclinación de la cabeza, luego se metió el trozo de carne en la boca y se giró a hablar al hombre que estaba a su derecha.

Entonces Madeleine comprendió que no se habían detenido las actividades en la sala, aunque ella se sentía como si hubiera pasado por un torbellino.

Durante el curso de la comida miró con frecuencia a su marido y en ningún momento lo encontró mirándola.

Cuando la comida estaba a punto de terminar, la reina envió a un paje a llamarlo a su presencia. Madeleine supuso que lo iba a reprender por llegar tarde y desarreglado, pero Matilde le sonrió y se rió con él, y luego le hizo un gesto a ella para que se pusiera junto a él.

—Madeleine —dijo la reina—, no ha podido ser la sorpresa que yo había planeado, porque Aimery se vio obligado a estar ausente cuando llegaste, pero espero que no encuentres tan arduo tu tiempo atendiéndome teniendo a tu marido a tu lado.

—Atenderos nunca podría ser arduo, majestad —contestó ella.

Dios santo, ¿significaba eso que él formaría parte de la escolta de la reina todo el camino hasta York?

—¿Y tú, Aimery? —continuó la reina—. Sé que con frecuencia has encontrado tediosos los deberes de la corte, pero estaba segura de que preferirías soportar eso antes que ser privado de tu flamante esposa tantas semanas.

—Os agradecemos vuestra consideración, majestad.

Le cogió la mano a Madeleine y se la apretó, de modo muy similar a Waltheof con Judith, pero en este caso era un gesto amenazador. Le decía finge que estás contenta. Madeleine se obligó a sonreír.

—Sí, majestad. —Volvió la sonrisa hacia Aimery—. Hemos tenido tan poca... intimidad.

Tironeó para soltarse la mano. Él se la apretó más, hasta que ella se vio obligada a desistir.

Él ensanchó la sonrisa.

—Nuestras semanas de matrimonio han pasado volando, ¿verdad, cariño? Aparte de la semana pasada, en que estuvimos separados. ¿Se te han hecho largos los días, las noches tristes?

—No he podido dormir —reconoció ella, esperando que él captara el sentido—. He estado todas las noches despierta, pensando dónde estarías...

—Sólo una llamada al servicio podía haberme alejado.

Madeleine no pudo reprimir una exclamación ahogada ante esa audacia. Alzó el mentón.

—Ninguna verdadera mujer negaría al monarca el leal servicio de su hombre.

—Y ningún verdadero monarca —terció la reina, divertida—, negaría a su vasallo el servicio de su cónyuge. Tenéis permiso para retiraros a buscar un lugar más apropiado para... conversar con intimidad.

No había manera de protestar. Madeleine salió dócilmente con Aimery de la sala y subió la escalera hacia su habitación. Pero tan pronto como estuvieron fuera de la vista de la reina, siseó:

—¿Te importaría dejar de romperme los dedos?

18

Él la soltó pero quedó claro que sólo había un destino aceptable; si ella tomaba otro rumbo él reanudaría la tarea de romperle los dedos. Madeleine caminó con paso airado delante de él hacia la habitación. Las intenciones de la reina habían quedado perfectamente claras. ¿Intentaría él desahogarse en el cuerpo de ella otra vez?

Una vez que estuvieron en la habitación, él cerró la puerta y se apoyó en ella con los brazos cruzados.

—¿Qué pasa? —preguntó.

—¿Que qué pasa?

Él analizó con mirada desconfiada su inocente respuesta y la encontró deficiente.

—Me ha sorprendido verte aquí. Tú no puedes haberte sorprendido igual que yo. ¿Por qué entonces me gruñías allá abajo?

Ella le dio la espalda.

—No puedo dejar de extrañarme cuando descubro que has aceptado un puesto en la corte de la reina sin haberme dicho ni una sola palabra al respecto. ¿Cuál es tu puesto aquí, exactamente?

—Jefe de operaciones. Mi mensajero debió de cruzarse con tu grupo.

Él estaba detrás de ella. Sintió sus manos en los hombros antes de esperarlos, produciéndole una descarga de sensaciones que no pudo disimular. Eso se combinó con otra conmoción. ¿Jefe de operaciones? O sea, que él estaba a cargo del viaje de la reina al norte Ella no podía permitir eso, de ninguna manera, sabiendo que él estaba confabulado contra el rey. Se resistió a sus manos, pero él la hizo girar. Él vio su expresión, frunció el ceño y luego sonrió.

—¿Podría ser que estuvieras celosa?

Madeleine agrandó los ojos.

—¿Hay algo de que deba estar celosa?

Él se estaba poniendo amoroso, maldito sea. Ella también, pero tenía que cumplir un juramento, lo que ahora era aún más importante que antes. ¿Qué podía hacer?

—Eso tienes que descubrirlo tú —bromeó él—. Tener a mi esposa conmigo sin duda limitará mis actividades. No lo sé, nunca lo he intentado antes.

Flexionó las manos sobre sus clavículas; sus conocedores dedos le acariciaron la nuca. Madeleine sintió la rebelión de su libidinoso cuerpo contra las restricciones que quería imponerle. No podía controlar su respiración, como tampoco el color. Vio oscurecerse sus ojos, sonrojarse sus mejillas, de deseo.

Se apartó y caminó hasta el otro extremo de la habitación.

—No dejes que mi presencia te moleste demasiado —dijo, mordaz—. Tengo un trabajo que hacer y tú también. Dudo que podamos vernos con mucha frecuencia.

Fue como si le hubiera arrojado un arma. Sus ojos se tornaron fríos, y avanzó como camina un hombre con una espada.

—¿Lo dudas? —le dijo, acorralándola—. Sin embargo has viajado con una corte y sabes cómo será. En especial con una mujer con un embarazo tan avanzado. Lento, majestuoso, con un montón de tiempo para... diversiones.

Estaba apenas a un brazo de distancia, y ella se había colocado contra la pared, sin más espacio para retroceder. Él la había advertido acerca de eso. Trató de detenerlo con palabras.

—No voy a permitir que utilices mi cuerpo.

Él se detuvo en seco.

—¿Permitirme?

Madeleine tragó saliva, pero no le contestó. Estaba respirando a bocanadas, como si estuviera luchando ferozmente por su vida.

Pasó el peligro y él se relajó, y la miró simplemente curioso.

—¿Esto se debe a la última vez, y a lo que dije? Confieso que ese día no quería reconocer lo mucho que te deseaba. Pensé que había hecho las paces contigo. Si no, lo haré ahora. —Avanzó un paso, tranquilo.

Madeleine sacó su daga. La daga de él, su regalo.

—He jurado no acostarme contigo.

Él se quedó inmóvil.

—A menos que quieras matarme —dijo tranquilamente—, suelta eso.

Madeleine no sabía cómo había ocurrido eso. Él estaba enfadado, nunca lo había visto así. Fríamente furioso. Con todos los sentidos alerta para cuando intentara desarmarla, sabiendo que no lo podría evitar, dijo:

—Tú me enseñaste a defenderme de una violación.

Él continuó absolutamente inmóvil.

—Un hombre no puede violar a su esposa.

—Llámalo como quieras. Mi cuerpo lo sentirá como una violación.

Vio subir y bajar su pecho con cada respiración.

—Te doy mi palabra, Madeleine, no te forzaré. Deja ese cuchillo.

—¡Me diste tu palabra de que no lucharías a favor de los rebeldes! —exclamó ella, con todo el dolor de su alma por el engaño.

Pero ese instante de rabia le rompió la concentración. Él la hizo caer con una zancadilla, y con la mano le arrebató la daga y la arrojó girando a la pared de madera, donde quedó enterrada y temblando.

Madeleine estaba echada de espaldas en el suelo,, a los pies de él. Cerró los ojos. ¿Y ahora qué? ¿Violación? ¿Azotes? ¿Las dos cosas?

Cuando ya no pudo soportar más la espera, abrió los ojos y miró titubeante todo el largo de su cuerpo hasta encontrar su cara, seria, sombría.

—No vuelvas a hacer eso, nunca —dijó él, y salió de la habitación.

Madeleine rodó y apoyó la cara entre las manos. Deseó llorar, pero su aflicción era una fría piedra en el pecho.

Finalmente se incorporó, se puso de rodillas y luego de pie. Vio la daga enterrada en la pared y fue a sacarla. No lo logró. Tuvo que tirar con las dos manos durante un buen rato para conseguirlo. La profundidad a que se había enterrado en el roble le dijo lo intensa que había sido su furia.

No la había tocado. Tal vez no se atrevió.

Y ella tendría que volver a luchar esa batalla la próxima vez.

Madeleine no sabía adónde había ido Aimery, pero sabía que tenía que volver. Temía ese momento.

Cogió un libro, después su bordado, pero no pudo aplicarse a ninguna de las dos cosas. Repasaba una y otra vez mentalmente la pelea. No debería haber sacado la daga, pero estaba obligada por el honor a cumplir su juramento hasta la muerte. Si él trataba de hacer valer sus derechos, ella tendría que hacer lo mismo. Se estremeció al pensarlo.

Él le había prometido no forzarla. Pero también le había prometido no luchar por los rebeldes, y ella lo oyó cuando le dijo a Hereward que lo ayudaría.

En realidad no estaba «luchando» por los rebeldes; en realidad él nunca le prometió no «trabajar» para ellos, ayudarlos, espiar para ellos.

Eso significaba que podría fiarse de su palabra, pero en otros aspectos eso la aterraba. ¿Qué servicio hacía Aimery de Gaillard a Hereward the Wake en su puesto de jefe de operaciones del séquito de la reina?

Ya estaba oscuro cuando Dorothy golpeó y entró tímidamente con aire pícaro. La mujer se detuvo, sorprendida, al encontrarla sola. Le traía un jarro con agua caliente y un poco de comida y vino.

—Lord Aimery acaba de salir por un momento —explicó.

Entonces vio a Dorothy observando su ropa intacta y la cama intacta. Ella todavía llevaba su traje para la corte, después de haber estado más de dos horas en la habitación, supuestamente con su marido. No había ninguna explicación posible de modo que no dio ninguna, pero permitió que Dorothy la desvistiera.

Cuando se quedó en enagua, recordó el brazalete y se apresuró a pedirle a la mujer que le cepillara el pelo. Tenía que quitarse la joya. Sería infinitamente mejor delatar su estupidez ante Dorothy que ante Aimery, pero tenía la esperanza de evitar ambas cosas. ¿Cuánto tiempo sería razonable dejar pasar para pedirle que dejara de cepillarle el pelo y se marchara?

Estaba a punto de decírselo cuando entró Aimery en la habitación. Se detuvo un instante, pero continuó:

—Dorothy, espero que estés cómodamente instalada aquí.

—Sí, señor —repuso la doncella, con una venia.

—Estupendo. Puedes ir a buscar tu cama, entonces.

Madeleine pensó en poner objeciones, pero eso simplemente postergaría el enfrentamiento.

Cuando se cerró la puerta al salir Dorothy, él no dijo nada. Sin hacer el menor caso de ella, se quitó despreocupadamente la ropa todavía polvorienta y la dejó caer en un rincón. Ella había ansiado ver su cuerpo desnudo, pero en ese momento eso era un insulto. Él mantuvo el cinturón en la mano y sacó una llave de su bolsa. Fue hasta su joyero y lo abrió para guardar sus adornos.

Ella lo vio fruncir el ceño y mirar alrededor.

No había manera de dejarlo para después. Se levantó la falda de la enagua lo más disimuladamente posible y trató de sacarse el brazalete, pero tuvo que usar las dos manos para soltarlo.

Mientras tanto, él la contemplaba, atónito.

Ella levantó la mano y le pasó el brazalete, muda. ¿Qué podía decir?

Él lo cogió y miró su pierna desnuda, pensativo.

Madeleine se bajó la enagua y se metió en la cama. Él guardó el brazalete en el cofre, lo cerró con llave y se acostó a su lado, sin tocarla.

—Crees que no te violaré —dijo ásperamente.

Él era una presencia ominosa, pero creía en su palabra.

—Sí.

—Eso ya es algo —dijo él y se giró para dormirse.

• • •

A la mañana siguiente, una campana despertó a toda la casa.

Madeleine se sorprendió al comprobar que había dormido, pero claro, un día de viaje y todas las tensiones subsiguientes la habían sumido pronto en la inconsciencia. Le parecía que Aimery se había quedado dormido inmediatamente, pero si era así, había dormido mucho, porque la campana lo sacó del sueño de mala gana.

Él se desperezó, la tocó y retiró al instante la mano.

Se miraron, recelosos. Él desvió la mirada y la fijó en el dosel.

—¿Qué es ese juramento que has hecho?

Madeleine también miró hacia arriba, a un punto separado por dos palmos del que le interesaba a él.

—No me acostaré contigo mientras no esté segura de que eres leal.

—Has estado acostada conmigo durante toda la noche —observó él.

—Sabes lo que quiero decir.

—Quería saber lo literal que ibas a ser.

Ella notó un deje de humor en su voz. Supuso que iba a emplear un método más suave y se preparó para la batalla.

—Es un juramento y lo mantendré —dijo firmemente—. Tienes que ser fiel al rey.

—Te prometí no violarte y has dormido conmigo en una cama. Si te doy mi palabra de que soy totalmente leal a Guillermo, ¿no lo creerás?

Madeleine cerró los ojos.

—¿Cómo podría? —le preguntó, recelosa—. Te oí con mis propios oídos prometer a Hereward que lo ayudarías.

Sintió moverse la cama. Abrió los ojos y lo vio de pie ahí, desnudo y hermoso. Y frío.

—No necesitas preocuparte por tu juramento. «Yo» no me voy a acostar con una mujer que no cree en mi palabra.

Le dio la espalda, sacó ropas de un arcón y se vistió. Mientras se abrochaba el cinturón le habló con esa misma voz tranquila, indiferente, que ella llegó a conocer tan bien durante esas terribles semanas en Baddersley.

—La reina nos imagina unos tortolitos muy enamorados. Sería cruel desilusionarla, en especial estando tan avanzado su embarazo, cuando según tengo entendido todas las mujeres, incluso las reinas, tienden a ser muy emotivas. Si yo puedo hacer mi papel en público, ¿puedo esperar que tú colabores?

Tendrían que encontrarse hora a hora, día a día, y luego estar juntos cada noche en la cama.

—Sí —dijo.

Sin añadir otra palabra, él salió de la habitación.

Madeleine se zambulló en el trabajo de la corte, manteniéndose cerca de la reina y sus damas. Trabajaba con ellas en manteles y corporales para el altar, le leía a la reina mientras descansaba, jugaba a diversos juegos con Judith y Agatha, y ayudaba a *dame* Adele, la comadrona, a organizar todo lo necesario para el parto y el cuidado del bebé.

La gorda señora hacía sus duras críticas:

—Andar por todo el país en ese estado. Nada bueno saldrá de esto, que lo digo yo. ¿Y quién tendrá la culpa? Nosotras.

Madeleine temía que la mujer tuviera razón, y le pasó por la cabeza la terrible idea de que la maldad más fácil de realizar en ese viaje sería provocar la muerte de la reina y su bebé. ¿Caería tan bajo Aimery?

Él parecía estar trabajando muchísimo para procurarle comodidad a Matilde, reuniendo provisiones, inspeccionando las carretas, los mulos y percherones y los hombres. Los primeros días sólo se encontraban en las comidas, y él no daba ninguna señal de tener mala conciencia. Se hablaban amablemente, pero era fácil evitar un espectáculo de intimidad. De hecho, Matilde la felicitó por su discreto comportamiento, comparándolo favorablemente con el de Judith.

Madeleine veía más a Odo que a Aimery. Odo estaba al mando de la tropa de vanguardia, pero al parecer no encontraba nada que hacer en cuanto a los preparativos. Ella se lo comentó un día.

—Es un buen grupo de hombres —dijo él, complacido—. Estoy acostumbrado a este tipo de cosas. Estamos preparados para marchar cuando tu marido deje de retorcerse de inquietud como una monja nerviosa.

Madeleine se irguió:

—Puedo decirte por experiencia, Odo, que las monjas no son de disposición nerviosa, pues tienen una fe inmensa en el Señor. Sería el acto de un tonto partir a las selvas del norte sin estar preparados.

—Haciendo de esposa sumisa, ¿eh? —se burló él—. No olvides lo renuente que estabas. Dice el rumor que tuvo que golpearte para someterte.

Ella se ruborizó.

—El rumor miente, como siempre.

Él la miró atentamente. Ella sabía que aunque él fingía no haberla deseado a ella ni a Baddersley, la pérdida todavía le dolía, y le molestaba estar a las órdenes de Aimery. Le haría daño si pudiera. Gracias al cielo, no encontraría la manera, a no ser que descubriera su traición. Comprendió que él esperaría que ella le preguntara acerca de su plan para capturar a Hereward.

—Por cierto —dijo, con fingida indiferencia—, ¿qué ocurrió en el asunto de los rebeldes?

—¿Qué asunto? —preguntó él, fastidiado.

—Cuando pasaste por Baddersley, ¿no dijiste que le habías enviado un mensaje al rey sobre unos rebeldes que estaban en las cercanías, tal vez incluso Hereward? ¿Los cogieron? ¿Te recompensaron?

Él se puso rojo.

—Toda Inglaterra estaría zumbando con la noticia de la captura de Hereward, ¿y tengo aspecto de haber sido magníficamente recompensado?

Ella se esforzó en aparentar que tenía la mente ocupada en otras cosas.

—¿Fue un error? Eso es una lástima, pero ciertamente actuaste como debías.

Él la observó como si quisiera despojarla de algunas capas.

—O tal vez les avisaron. Pero ¿cómo podrían haberles avisado?

Madeleine comprendió que habría sido más juicioso no sacar el tema, pero lo miró a los ojos con expresión impasible.

—Una buena parte de Inglaterra simpatiza con Hereward y otros como él, Odo. Dudo que el ejército de Guillermo pudiera avanzar sin que nadie lo notara.

—Cuando llegó el ejército de Guillermo, ya hacía tiempo que no estaban ahí. Dice el rumor que se marcharon al día siguiente de haber pasado yo por ahí, el mismo día que hablé contigo sobre el asunto.

Ella se encogió de hombros.

—Tal vez ya habían hecho lo que fueron a hacer.

—O tal vez les avisó —repitió él— algún amigo de Ciervo Dorado. —No había duda de que sospechaba algo—. Al hombre que me vendió la información lo encontraron despatarrado.

Madeleine tragó saliva.

—¿Qué significa eso?

Él se rió ásperamente.

—Pregúntaselo a tu marido sajón, al que tan bien defiendes.

Después de esa conversación, Madeleine se quedó temblando. No habría creído a Odo tan listo como para armar las piezas, pero lo había infravalorado. No lo movía otra cosa que el despecho y la envidia, pero tenía sus sospechas. Si Aimery intentaba hacer algo traicionero estando Odo cerca, ella no podría protegerlo de que lo descubrieran.

En especial cuando su principal tarea tenía que ser proteger a la reina y al bebé.

Esa noche, después de la comida, se encontró a solas con Aimery, apartados del resto. Estaban muy juntos, sonrientes, y él le tenía cogida la mano, representando la comedia para la reina.

—Odo sospecha algo sobre ese asunto del bosque Halver —le dijo, mirándolo coqueta por debajo de las pestañas entornadas.

—Sería un tonto de remate si no sospechara, y tan tonto no es —dijo él depositando un cálido beso en sus dedos.

Y aunque el beso era sólo para aparentar, la dulcificó.

—No lo vas a matar —dijo, mirándolo a los ojos.

Por esos ojos pasó un destello de ira, pero él mantuvo la sonrisa.

—Nunca he matado para ocultar mis actividades, y nunca lo haré.

—Muy noble cuando tienes a otros que maten por ti —replicó ella—. Al informante de Gormanby lo encontraron despatarrado. ¿Qué significa eso?

Él palideció y desvió la vista hacia la muchedumbre de la sala.

—Es una antigua costumbre vikinga. Se hacen tajos en el esternón para se suelten y abran las costillas. El hombre muere sofocado.

Madeleine no pudo mantener la sonrisa.

—Eso es horrible.

—No más que dejar ciego con un hierro candente o cortar los pies y las manos.

—Pero eso se hizo por vosotros.

Él volvió a mirarla.

—Lo hizo Hereward, por su causa. Fue un claro mensaje a todos de que esas pequeñas traiciones no valen la plata que se les paga. Te habría despatarrado a ti, o a mí, si lo hubiera considerado ventajoso.

—¡Eso no lo creo!

Aimery volvió a sonreír, pero con ironía.

—Te conquistó, ¿eh? Ten mucho cuidado. Hereward es noble y bueno, y sabe atrapar corazones y mentes con sólo una palabra. También es absolutamente cruel cuando se trata de una causa. Se despreciaría si lo fuera menos. Su mentalidad es más nórdica que inglesa, y de verdad cree que la vida no es nada, la experiencia de un pájaro que entra volando por la ventana de una sala y muy pronto sale por otra. La única importancia de la muerte es que la persona la encuentre noblemente y se gane el *iof*, la fama que dura eternamente.

Madeleine pensó a cuánto de esa filosofía se adheriría él.

—Y sin embargo lo sirves.

—Soy su amigo de anillo, obligado a él por juramento.
—Tienes otros juramentos que te obligan.
—Y los honro todos. Sonríe, esposa, o van a creer que estamos menos que deliciosamente felices.

Madeleine sonrió, pero le dolió la sonrisa.

—¡No puedes servir a dos amos en guerra!

Él la cogió bruscamente y la estrechó contra sí. Ella se puso rígida, pero estaban en la sala, no podía debatirse.

—Honro mis juramentos, todos, lo mejor que puedo.

Madeleine iba a discutir, pero él la silenció con un beso. Trató de mantenerse pasiva, pero el sabor de su boca, el calor de su cuerpo, la excitaron como un filtro amoroso. La recorrió una dolorosa oleada de deseo, doblándola como un arco en sus brazos. Él la estrechó fuertemente.

De pronto, repentinamente, la apartó, giró sobre sus talones y se alejó. Temblorosa, Madeleine volvió al seguro entorno de la reina, pensando qué ocurriría cuando llegara la hora de retirarse. Se rendía tan fácilmente.

Habían establecido una rutina que en general era bastante prudente. Ella siempre se retiraba primero a su habitación; subía cuando la reina se iba a la cama. Aimery llegaba después y ella fingía estar dormida. Él se levantaba tan pronto como sonaba la campana. Ella se quedaba acostada hasta que él salía de la habitación.

Esa noche se acostó y esperó nerviosa que él llegara. Se estaba preparando para combatir mientras su cuerpo le suplicaba la liberación del amor. Lo oyó abrir la puerta, escuchó los conocidos sonidos que hacía al desvestirse. Sintió moverse la cama cuando él se acostó, y por la prudente distancia que mantuvo y su inmovilidad, comprendió que esa noche sería igual que todas las demás. Las lágrimas le mojaron las pestañas.

Más tarde despertó de un hermoso sueño y descubrió que era real. Su cuerpo estaba acunado en el de él, la espalda pegada a su cálido pecho, los brazos de él rodeándola, rozándole los pezones con cada respiración de ella. Él tenía la cabeza apoyada en su hombro, y le movía el pelo con cada espiración.

Tenía que apartarse, pero en lugar de eso, levantó el brazo para apretar más el de él contra su cuerpo. ¿Cómo habían llegado a esa posición? ¿Cómo podría encontrar una solución para los dos? Solamente desviándolo de la traición.

Cuando despertó por la mañana, él ya no estaba, y no tenía manera de saber si habían dormido así toda la noche, ni si él lo sabía.

Ese día Matilde hizo ir a Aimery a su aposento para que tocara la lira para ella. La reina tenía dolor de espalda y Madeleine se la estaba friccionando. Aimery se sentó a afinar su instrumento.

—Vamos —dijo la reina—, puedes saludar a tu mujer con un beso, Aimery. No te andes con formalidades conmigo.

Él se levantó y fue a darle un suave y cálido beso en los labios. Ella lo aceptó como debe una buena esposa y le sonrió recatadamente. La reina asintió y pronto se relajó, por la influencia del masaje y de la música.

Finalmente indicó a Madeleine que podía poner fin al masaje y llamó a una de sus damas para que relevara a Aimery. Pero no lo despidió, sino que lo sometió a un exhaustivo interrogatorio acerca de los planes para el viaje.

—O sea, que todo está en orden —dijo al final.

—Sí, majestad.

—Entonces será mejor que nos pongamos en marcha. Creo que este hijo va a ser rápido, y tiene que nacer en York.

Madeleine y Aimery se miraron. ¿Acaso Matilde pensaba que podía retener al bebé en su vientre por fuerza de voluntad? Sin duda, sí.

—¿Cuántas millas crees que haremos por día? —preguntó Matilde.

—Veinte, espero, mientras vayamos por los caminos antiguos y el tiempo se mantenga bueno.

Matilde arrugó la nariz.

—Sería muchísimo más sencillo si yo pudiera cabalgar. —Paseó una mirada traviesa por sus damas—. Os lo advierto, tendréis que turnaros en acompañarme en la litera, leyéndome o jugando al ajedrez.

Quedó claro que algunas de las damas estarían felices de cumplir ese deber, pero Madeleine comprendió a la reina. Detestaba hacer un largo y lento viaje metida en una caja con cortinas.

—A partir de Lincoln podríais viajar en barca si quisierais —dijo Aimery.

La reina consideró esa idea con sumo interés.

—El viaje en barca sería mucho más cómodo. ¿Hay buenas vías fluviales?

—En efecto. Hay un canal romano desde Lincoln al Trent, que se une con el Ouse en Airmyn. Ese río nos llevará a York. Pero no podríamos llevar toda la escolta en barca, sólo vuestras damas y una guardia personal.

La reina lo pensó.

—Pero supongo que el resto de los hombres podrían ir a nuestro paso, y mantenerse cerca.

—Sí.

—Entonces organízalo así, y pongámonos en camino. Cuanto antes estemos en York, mejor.

• • •

Al día siguiente la comitiva de la reina salió por fin de Hertford.

A la cabeza iba la tropa de vanguardia dirigida por Odo, que debía asegurarse de que el camino fuera transitable y seguro.

El grupo principal lo formaban diez carretas cargadas con provisiones, jergones, ropa de cama, animales y los sirvientes más viejos. En el centro iba la litera dorada de la reina; tenía delgadas cortinas de seda para protegerla del polvo y permitirle al mismo tiempo ver el paisaje, y otras cortinas más gruesas de damasco azul, para cuando quería intimidad. Junto a la litera cabalgaban las damas y los clérigos que habían decidido no viajar en carretas.

Este grupo central estaba vigilado por la guardia personal de la reina, al mando del vigoroso y viejo Fulk d'Aix.

Detrás seguían varios sirvientes montados y una tropa de retaguardia dirigida por Allan de Ferrers, sobrino joven aunque taciturno de la reina.

Madeleine sabía que también iban hombres a pie, algunos de los cuales habían partido días antes para explorar el campo y los bosques a todo lo largo de la ruta, y asegurarse de que no hubiera rebeldes ni bandidos al acecho. Bastaría un pequeño ejército para enfrentar a ese séquito.

Estaba feliz de ir a caballo y no en una carreta moledora de huesos o encerrada en la litera. Contemplando el grupo, con sus estandartes flameando a la brisa y las brillantes lanzas y cotas de malla, sintió orgullo de que todo eso fuera obra de Aimery. Tenía que reconocer que lo había organizado bien.

Lo había estado observando atentamente. Después de todo, si tenía malas intenciones, lo más fácil para él era hacer mal su trabajo de modo que la reina fuera presa fácil para Hereward.

Aunque eso no sería sencillo. Odo estaba suspicaz, y Fulk ciertamente notaría cualquier defecto en la protección de la reina y actuaría de inmediato para corregirlo. Tampoco podía Aimery dar órdenes erróneas en el caso de un ataque, porque si bien estaba al mando de todo, su papel era más de tipo administrativo que militar. Eran los capitanes de las guardias los que debían reaccionar a los peligros. El trabajo de Aimery era prever y evitar el peligro y llegar a York con ese engorroso séquito antes de que naciera el bebé.

Miró hacia delante, donde iba cabalgando Aimery junto a una carreta hablando con el cochero. Era una maravilla que no se estuviera volviendo canoso con tamaña responsabilidad.

Tampoco podía sentirse cómodo. Como todos los hombres armados, vestía la armadura completa: cota de malla hasta las rodillas, botas de cuero reforzadas con placas metálicas y un yelmo cónico con nariz. Todo eso encima de ropa de cuero y lana. Con el abrasador calor de agosto, debía ir derritiéndose. Thierry cabalgaba orgullosamente cerca con el escudo de Aimery colgado del arzón, y cuando la vio que los estaba mirando la saludó agitando alegremente la mano.

Ella le correspondió el saludo.

Esa noche se detuvieron en Royston, localidad muy cercana a Baddersley. Allí era imposible pensar siquiera en disponer de habitación para ellos solos. Madeleine durmió con las damas de la reina y no se enteró de dónde tuvo que dormir Aimery.

Lo echó en falta y se pasó la noche dándose vueltas y vueltas.

Al día siguiente, durante la pesada jornada hacia Huntingdon, iba irritable y cansada.

—Vamos, vamos —bromeó Matilde durante el descanso de mediodía—. ¿Tan malhumorada estás después de una noche alejada de los brazos de tu marido? Compadécenos a las pobres mujeres que no hemos visto a nuestros hombres desde hace un mes o más.

A Madeleine le subieron los colores a la cara.

—No es eso, majestad —masculló—. Lo que pasa es que no dormí bien.

—Podría ser —dijo Matilde—. Pero Huntingdon es espacioso. Procuraremos que esta noche tengáis una habitación.

Madeleine vio las sonrisitas en todo su entorno y le ardió la cara de azoramiento. Pero no tenía ningún sentido protestar, porque con eso sólo ofendería a la reina.

Esa romántica intromisión no era típica de Matilde, pero la comadrona, Adele, le había dicho que eso solía ocurrir. En las últimas semanas del embarazo, las mujeres eran más lentas en todo, y una mujer activa se aburría, y tendía a ocuparse de frívolos intereses. Por lo visto el frívolo interés de Matilde era el matrimonio de Madeleine y Aimery

En Huntingdon, por lo tanto, les asignaron un habitación.

19

Mientras Dorothy sacaba las pocas cosas que necesitarían para una noche, Madeleine contemplaba la cama. Era considerablemente más estrecha que la de Hertford. Dudaba que dos personas pudieran dormir en ella sin tocarse. Le hormigueó la piel. Le gustaría volver a dormir pegada a él, aunque eso fuera lo único que hicieran. Ansiaba más. Ansiaba relajarse con él, reírse con él, ansiaba el amor y la expresión del amor en el acto sexual. Pero no habría nada de eso, mientras no pudiera darle su confianza.

Trató de alegar con su conciencia. ¿Acaso no podía decir que él había demostrado ser honorable? Después de todo estaba protegiendo a la reina como debe hacerlo un verdadero caballero.

Pero rechazó esos sofismas. Ya había decidido que él aún no había tenido ninguna oportunidad para actuar mal. Tal vez si finalmente llegaban a York sin incidentes, podría aceptarlo.

Pero en ese caso, ¿cómo le pediría disculpas por haberlo juzgado mal?

En ese momento entró Aimery, sin armadura, y mojado después de haberse lavado. Se detuvo al ver el tamaño de la cama, pero su cara continuó sin expresión. Sacó una túnica verde y oro y cogió algunas joyas.

Madeleine estaba cerca de él, eligiendo sus joyas para la comida de la tarde. Él se mostraba tan absolutamente indiferente cuando estaban solos, que ella ya había abandonado sus recelos y ansiaba cualquier momento de intimidad. Mientras pasaba los dedos por sus joyas, aspiraba el aroma de su cuerpo, disfrutando del efímero momento de contacto.

Presintió algo y lo miró. Él la estaba mirando fijamente. De pronto la cogió y la aplastó contra la pared. Su boca cubrió la de ella con apasionado ardor. Se apretó contra ella fuertemente, su cuerpo duro y cálido.

Pasada la primera impresión, Madeleine se rindió. Tan pronto como él notó su respuesta, sus labios se suavizaron. La mano que le había cogido las trenzas para inmovilizarla se convirtió en una caricia que le hizo correr la magia por todo el espinazo.

Él frotó el cuerpo contra el de ella, produciendo un estremecimiento de deseo en los dos. El beso continuó y continuó, impidiendo toda protesta, ahuyentando hasta el último vestigio de resistencia de su mente.

Las piernas empezaron a doblársele, y Aimery la cogió por las nalgas, apretándola contra él, moviéndola y frotándole esa parte fieramente ansiosa contra su cuerpo.

Él apartó los labios y los dos inspiraron jadeantes. Madeleine estaba a punto de desmayarse, de pasión y también de falta de aire. Él la llevó girando hasta la cama y allí su mano en la entrepierna la sumergió más profundo en el mareante pozo.

Pero un carámbano de conciencia la pinchó.

—No —gimió.

Él suavizó la caricia.

—¡No!

Lo empujó con todas sus fuerzas, se zafó de él y bajó de un salto de la cama.

Él se la quedó mirando con los ojos muy abiertos.

—No —repitió ella, como si fuera un cántico contra el mal, retrocediendo tambaleante hasta la otra pared—. No, no, no. No.

Él rodó en la cama y ocultó la cara entre los brazos, jadeante, resollante.

Madeleine salió corriendo de la habitación, las lágrimas corriéndole por las mejillas. Se detuvo a limpiárselas. Refugio; necesitaba un refugio, pero en ese castillo lleno de gente no había ningún lugar para estar sola. Pasó por los corredores, por en medio de habitaciones, sonriendo enérgicamente, buscando algún rincón tranquilo donde acurrucarse. Acabó en uno de los cobertizos de los establos.

Había pocos hombres allí, porque los caballos ya estaban desensillados y bien guardados. Entró silenciosamente en el corral de su yegua y se apoyó en el cálido lomo del animal. La yegua, cansada, se limitó a levantar la cabeza y sorber por la nariz y volvió a meter el hocico en su heno.

—Ay, dulce Jesús, dame fuerzas.

Algo se había abierto con ese violento asalto, y la llave había sido la necesidad de Aimery. No podía soportar que la necesitara así. Le encendía un fuego de necesidad a ella. Incluso estando allí sentía débiles las piernas y un doloroso deseo la atormentaba. ¿Cómo podría soportarlo cuando volviera a verlo, la próxima vez que estuviera a solas con él?

Sonó el cuerno llamando a la comida. La llamaba a ella, para que estuviera con él delante de toda la corte. ¿Cómo podría hacerlo cuando los estremecimientos del deseo la hacían vibrar toda entera como un álamo temblón agitado por el viento? Pero debía ir. El deber, el maldito deber, la estaba llamando.

Cuando iba a salir del establo, oyó una voz, casi un susurro:

—¡Lady Madeleine!

Miró alrededor.

Salió un hombre de la esquina del cobertizo. Un hombre de cuna humilde, inglés.

—¿Qué quieres? —preguntó, poniendo la mano en el pomo de la daga que llevaba en el cinturón, y manteniendo la distancia.

—Tu ayuda, lady Madeleine. Soy Hengar, el guardabosques.

Ella se relajó un poco. El marido de Aldreda.

—¿Hay problemas en Baddersley?

—Si hay problemas en Baddersley, la causa es Ciervo Dorado —masculló él.

Era un hombre bajo, delgado, nervudo, y en ese momento sus ojos estaban movedizos. ¿Qué se propondría?

—Ciervo Dorado es un mito —dijo.

—Nones, es real. Piensa que la reina pagaría plata por saber su nombre, señora.

A Madeleine se le resecó la boca. Sin duda, Hengar tenía que ser el traidor de Baddersley. ¿Qué demonios era lo que podía hacer?

—¿Quién es, pues? —preguntó con la mayor tranquilidad que pudo.

El hombre se mojó los labios.

—Mi informe es para la reina y su plata.

—No puedo llevarte a ver a la reina —dijo ella—, pero puedo decírselo.

—No. Sólo se lo diré a la reina.

Ella vio pasar un destello de cruel diversión por sus ojos. Creía que ella no conocía el *alter ego* de Aimery, y gozaba con la idea de utilizarla para hundir a su marido. Esa malignidad desnuda la horrorizó.

—¿Por qué haces esto?

—Soy leal al rey —dijo él con burlona falsía—. Es el ungido de Dios, ¿no? Es nuestro deber sagrado ser leales.

—Entonces ¿para qué la plata? —preguntó ella, irónica.

—Un hombre tiene que vivir.

Madeleine lo miró fríamente.

—Si quieres que te ayude, Hengar, tienes que decirme tu verdadero motivo para hacer esto.

Él frunció el ceño y desvió la mirada.

—Ese Ciervo Dorado —masculló al fin— me ha robado a mi mujer.

Madeleine sintió oprimido el corazón, pero mantuvo la cara impasible.

—¿Por qué dices eso?

—Porque es cierto —le gruñó él en la cara—. Desde que él volvió ella le ha ido detrás como una perra en celo, deseándolo dentro de ella otra vez. Ya estuvo mal la primera vez, pero no tengo por qué aguantar esto otra vez.

—¿Otra vez? —preguntó ella, retrocediendo temblorosa.

Él escupió sobre la paja.

—Mi hija, la única que ha prendido en ella en todos estos años, no es mía. Es hija del señor.

Madeleine recordó a la niña rubia de rasgos finos, y sintió un escalofrío como si fuera invierno.

—¿Frieda?

—Sí, Frieda. Ahora Aldreda dice que se va a llevar a la niña para que sea hija de él. Yo odio a esa enana, ¡pero él no la tendrá de ninguna manera! Diré quién es y también dónde se encuentra. Cuando Aldreda lo encuentre, el rey ya se habrá encargado de dejarlo inutilizado, para que no pueda servir a ninguna mujer.

Horrorizada por su malignidad, Madeleine retrocedió y entró nuevamente en el establo, pero él la siguió. Oyó sonar el segundo aviso para la comida, oyó la alegre conversación de los mozos de cuadra caminando hacia la sala para comer. Podía gritarles pidiendo auxilio, pero eso daría a Hengar el público que deseaba.

—Llévame a ver a la reina, señora. Si no, me encargaré de tu destrucción también.

Madeleine se detuvo y puso la mano en la empuñadura de su daga.

—No me amenaces.

—¿Te crees segura? —se burló él—. Ya verás.

Necesitaba tiempo, pensó ella. Tiempo para pensar. Tiempo para advertir a Aimery del peligro.

—Hengar, debes volver ahora mismo a Baddersley y olvidar esta estupidez —dijo firmemente—. Yo hablaré con Aldreda.

Él se echó a reír.

—¿Crees que te hará caso? No, si no me ayudas, se lo pediré a otro. —Se giró para marcharse—. Alguien habrá dispuesto a ayudar a un súbdito leal.

No podía dejarlo marchar.

—¡Hengar, espera! —Lo vio titubear—. Yo te daré la plata si vuelves a Baddersley y te quedas callado.

—Así que lo sabes, ¿eh? —dijo él, volviéndose hacia ella—. Traidora a los tuyos, igual que él.

—No pretendas ser tan santo —ladró ella, sacándose el cintillo de oro—. Toma. Coge esto y vete.

Él negó con la cabeza.

—¿De qué me sirve eso a mí? Nadie me va a creer que lo obtuve honradamente. Quiero plata por mi información, y a Aimery de Gaillard destruido.

Entonces Madeleine vio el arma que podía usar contra él.

—No te atrevas a traicionarlo, Hengar, porque yo me encargaré de que todo el mundo se entere de que fuiste tú. ¿Cuánto tiempo crees que vas a vivir para disfrutar de tu mujer y de tu plata? Despatarraron a un informante de Gormanby.

Él se puso blanco como la harina y, emitiendo un aullido, se abalanzó sobre ella. Madeleine sacó su daga por puro instinto. La sintió entrar en hueso y oyó su grito ahogado. Desesperada, empujó hacia un lado su cuerpo estremecido, y retrocedió tambaleante.

Él cayó al suelo, con las dos manos apretadas contra el pecho para aliviar el dolor que le producía el cuchillo enterrado, la sangre corriendo por entre sus dedos. Se le movieron las piernas, como si fuera a echar a correr, y luego quedó inmóvil, muerto.

Madeleine miró aturdida su obra y la sangre de sus manos. Había matado a un hombre. Estaba condenada.

Se miró la ropa y descubrió, sorprendida, que no tenía ni una sola gota de sangre en ella. La sangre tardó unos segundos en empezar a brotar alrededor de la daga, y ya era abundante la que se iba extendiendo por la ropa del hombre y comenzaba a formar un charco en la tierra. ¿Qué podía hacer?

La daga. Tenía que recuperar la daga, que delataría su identidad. Miró alrededor, pero no vio a nadie. Se lavó las manos en el balde de madera y se levantó la falda metiéndola bajo el cinturón. Con todo cuidado se puso junto al cuerpo, evitando pisar el charco de sangre. Se agachó, asió la daga y tiró. Ésta no se movió; estaba enterrada en el hueso tan profundamente como quedara enterrada en la madera ese día que se la quitó Aimery. ¿De dónde había sacado esa fuerza semejante a la de él? Tenía que haber sido la fuerza con que Hengar se abalanzó sobre ella la que le enterró la daga a esa profundidad.

Pero tenía que sacarla. La daga la señalaría a ella como la asesina, tal como si hubiera firmado su nombre.

Apretó los dientes y tiró con ambas manos. El cuerpo se levantó, pero la hoja no salió. Entonces, en medio de sus propias maldiciones, oyó voces.

Gimiendo aterrada cogió uno de los pies de Hengar y lo arrastró hasta dejarlo metido en un corral desocupado, agradeciendo que fuera un hombre liviano. Lo cubrió con paja. Corrió a coger paja fresca y la echó sobre el charco de sangre. A sus ojos culpables seguía viéndose la sangre, tan clara como la luz del día.

El corazón le latía tan fuerte y rápido que por un momento pensó que le iba a estallar. Al oír más cerca las voces, se aplastó contra la pared en un rincón. Pasaron dos mozos y entraron en el cobertizo contiguo.

Casi se desmayó de alivio. Pero ¿qué podía hacer? Ya había faltado a la comida, sin dar ninguna explicación de su ausencia. Cuando encontraran el cadáver, quedaría claro que había sido ella la que lo mató. Era posible que saliera a la luz la causa, y arrastraría a Aimery a la ruina.

Tenía que esconder mejor el cuerpo, pero no se le ocurría dónde. Empezaron a castañetearle los dientes y sintió el cerebro como si fuera pura lana.

Aimery. Aimery la ayudaría. Tiró más paja sobre el charco de sangre, se bajó y alisó la falda, salió furtivamente del establo y echó a andar. Una vez lejos del escenario del crimen, se detuvo en un rincón del patio para serenarse.

Empezó a pensar. Debería haber hecho otro intento de sacar la daga. Tal vez debería volver.

Le castañetearon los dientes. No podría.

—¿Te encuentras mal?

Sobresaltada, miró y vio a Aimery cerca. Se le hizo un nudo en la garganta y no pudo hablar para decirle que era una asesina.

Él no se acercó más.

—Da la impresión de que te sientes mal. ¿Se debe a lo que ocurrió antes?

Madeleine negó con la cabeza. Ese asalto parecía haber ocurrido siglos atrás.

—Yo creo que sí. Lo siento, pero esta situación me está volviendo loco. Si le pido a la reina que te libere de tus deberes, ¿te marcharías?

¿Adónde podía ir? Volvió a negar con la cabeza, necesitada de su consuelo. Al ver que él no hacía ademán de acercarse, corrió a arrojarse en sus brazos. Él retuvo el aliento y la abrazó fuertemente, pero ella deseaba que la estrechara más, más, para ahuyentarle los pensamientos. Se aferró a él, temblando.

—¿Qué te pasa? Madeleine, ¿alguien te ha hecho daño?

—No —susurró ella—. ¡Bésame!

Al verlo titubear le cogió la cabeza y lo besó con fuerza desesperada. Pasado un sorprendido segundo, él respondió.

Ella se apretó más a él. Él la levantó en sus brazos apretándola más. Ella abrió las piernas y lo rodeó con ellas, como si pudiera introducirlo dentro a pesar de sus capas de ropa.

Él interrumpió el beso y la miró, dudoso.

—Sí —dijo ella.

Su juramento había quedado borrado por la sangre, porque ella ya era su cómplice en la traición, y lo necesitaba.

—No podré parar —le advirtió él.

—No quiero que pares. —Lo apretó más entre las piernas, moviéndose—. Por favor.

—Nuestra habitación —dijo él, inseguro.

—¡No! —exclamó ella, tan frenética como antes, pero negándose a cualquier tardanza.

Él se estremeció, miró alrededor, y luego la llevó, agarrada a él con las piernas, hasta un esconce en la muralla, lleno de barriles. La sentó en uno y le separó las piernas para liberarse.

Madeleine se desmoronó con la espalda apoyada en la áspera y fría muralla y cerró los ojos, pero sólo vio sangre, sangre, sangre. Los abrió y vio la cara de él sonrosada de deseo, pero preocupada. Sintió temblar sus manos cuando le subió las faldas y las deslizó por sus muslos.

—¿Estás segura? —le preguntó.

Ella estaba tiritando como si tuviera fiebre. No sabía si era de deseo o de culpabilidad, pero necesitaba que él le quitara eso.

—Sí, sí. ¡Lléname!

Él la soltó un momento para acomodarse la ropa y enseguida estuvo dentro de ella. Gimieron al unísono. Aferrada a él, ella sintió pasar estremecimientos por él también. Debían de estar sacudiendo las murallas del castillo.

—Rodéame con las piernas, otra vez, cariño. Abrázame fuerte.

Ella obedeció, y usó las piernas para exigir más fuerza. No era suficiente. Seguía viendo la sangre.

—Poséeme —susurró—, más fuerte.

—Madel...

—¡Más fuerte, más fuerte!

Él ahogó su voz contra su pecho.

—Chhh, cariño, chhh...

Pero reaccionó a su urgencia embistiendo con más fuerza y más rápido.

Por fin llegó el olvido que buscaba. Él la condujo más allá de las palabras, más allá de los pensamientos, zambulléndola en un abismo de violenta pasión.

Cuando volvió a la realidad se encontró acunada en su regazo, segura en sus fuertes brazos. Él le estaba acariciando el pelo y entonando una dulce y melodiosa canción. Él nunca había sido tan tierno antes, y ella lo había deseado tanto. En ese momento le atravesó el corazón como una flecha.

—¿Qué es esa canción? —susurró.

—Es la canción de un pastor a una oveja perdida que ha encontrado.

Madeleine gimió.

—Siempre... siempre he deseado que cantaras sólo para mí.

Se echó a llorar amargamente.

Él la abrazó y la acarició musitando palabras tranquilizadoras, hasta que se acabaron las lágrimas. Madeleine nunca se había sentido tan mimada en toda su vida, pero eso no podía durar. Tenía que decírselo. Con la cara todavía escondida en su pecho, susurró:

—Estoy condenada.

Él detuvo la mano.

—Por la Cruz, Madeleine —dijo, con cuidada paciencia—. ¿Todo esto es por ese estúpido juramento?

—No era estúpido —protestó ella—, pero ya no importa.

Él reanudó las caricias.

—Estupendo. ¿Qué es lo que te ha condenado, entonces?

Eso lo dijo en tono alegre, indulgente.

Ella sacó la cara de su escondite y lo miró.

—He… he matado.

Él la miró perplejo.

—¿Qué quieres decir?

De pronto Madeleine cayó en la cuenta del tiempo que habría pasado y se desprendió de sus brazos.

—Ay, la Virgen. Tenemos que hacer algo. Dejé tu daga clavada en él.

Él la estaba mirando, más serio.

—¿Quién? ¿Qué has hecho?

—Hengar, el guardabosques. Iba a decirle a la reina que tú eres Ciervo Dorado. Lo maté.

—¡Con mi daga! —exclamó él, despabilado—. ¿Dónde?

—En el establo. —Le cogió la mano—. Vamos, tenemos que sacar la daga.

Él la retuvo y la abrazó.

—¿Estás segura?

—Sé cuando alguien está muerto —espetó ella.

Él la sacudió.

—Entonces será mejor que tengamos cuidado. No podemos entrar corriendo por ahí. Para empezar —añadió con una leve sonrisa—. Acabamos de faltar a la comida.

Madeleine miró alrededor y vio gente saliendo de la sala grande.

—Ay, Dios.

—Creo que ése es el menor de nuestros problemas. Nuestra disculpa es que no te sentías bien. Te acompañaré a nuestra habitación y luego iré a ver el cadáver.

—Iré contigo.

—No.

A ella le bastó una mirada a su cara para aceptar y dejarse conducir suavemente hacia su habitación. De tanto en tanto él se detenía a explicarle a alguien que ella estaba indispuesta.

Madeleine se sentía extrañamente separada de todo, como si estuviera hecha de niebla. No la habría extrañado hacerse invisible. Miró la mano de él y la asombró que siguiera sólida y fuerte.

Llegados a la habitación, él la sentó en la cama, sirvió una copa de vino y la obligó a beber. Ella volvió a la realidad, y a la angustia.

—Me van a quemar.

—No, a no ser que estuvieras casada con él —contestó Aimery, como si encontrara divertida la situación—. Dime exactamente dónde dejaste el cadáver.

Ella se lo explicó.

—¿Qué harás?

—Recuperar la daga. Una vez que la tenga, no quedará nada que lo relacione contigo. —La besó dulcemente y movió la cabeza—. Algún día quiero hacerte el amor, lento, hermoso, en una cama, Madeleine.

—Soy una asesina —protestó ella.

Él sonrió.

—Me está gustando la idea de que hayas matado por mí, cariño. —Se levantó y caminó hacia la puerta—. Volveré tan pronto como pueda. —Se volvió y le cogió el mentón—. De ninguna manera, en ninguna circunstancia, confieses tu pecado mientras yo no esté delante. ¿Entiendes?

Ella deseó discutirle. Necesitaba proclamar al mundo su maldad, ser castigada y absuelta. Pero asintió.

Después de que Aimery saliera, se acostó de espaldas en la cama. Por mucho que tratara de evitarlo seguía acosándola el recuerdo de la agonía de Hengar. Había sido un hombre horrendo pero eso no le daba a ella el derecho de matarlo, ni siquiera para salvar a su marido.

Entonces recordó la violenta relación sexual y se cubrió la cara con las manos. Fue como si estuviera poseída por demonios. Y él estaba disgustado con ella. Él deseaba relaciones normales, ordenadas, y ella lo obligó a hacerlo así.

La reina vino a verla. Matilde no estaba enfadada por su ausencia en la comida, pero estaba traviesa.

—Envío a tu marido a buscarte y os pierdo a los dos. ¿Es que pretendéis alimentaros de amor?

Madeleine supo que su cara ardiente lo decía todo.

—Os suplico me perdonéis, majestad.

Matilde se echó a reír.

—Lo que es ser joven y sensual. Ordenaré que te traigan comida. Evidentemente necesitas tus fuerzas. ¿Dónde está Aimery?

Madeleine tragó saliva.

—Tuvo que ir a ver a uno de los caballos.

—Seguro que volverá enseguida, así que te dejaré en paz.

Llegó la comida, pero Madeleine no pudo ni mirarla, aunque sí bebió abundante vino. Después se presentaron Dorothy y Thierry por si los necesitaba para algo, pero ella los despidió.

Por fin volvió Aimery.

—Tenemos un problema.

—¿Alguien encontró el cadáver? —preguntó ella, sentándose.

—Sí. Pero la daga ya no estaba.

20

Madeleine lo miró fijamente.

—Pero si estaba clavada en el hueso tan firme que no la pude sacar.

—Un mozo del establo encontró el cadáver, pero jura que por allí no había ningún arma. No veo ningún motivo para que mienta.

—¿Qué ocurrirá ahora?

—El sheriff está investigando el asunto. Identifiqué a Hengar, habría inspirado sospechas si no lo hubiera hecho, pero dije que él no tenía nada que hacer aquí. ¿Te vio alguien en el establo?

Ella negó con la cabeza.

—No... al menos creo que no. No intenté esconderme... —se le cortó la voz y le castañetearon los dientes.

Él se sentó en la cama y le cogió las manos, que se estaba retorciendo.

—Aparte de mí. No te inquietes, Madeleine. Si por algún motivo se descubre que fuiste tú, simplemente debes decir que él te atacó.

Ella se liberó las manos, recordando que todo era culpa de él. Su traición, su adulterio con la mujer de Hengar.

—¿Una mentira? A ti no te gustan las mentiras.

—Cierto, pero ¿es mentira?

Madeleine se estremeció.

—Me atacó, pero sólo porque yo le dije que le diría a todo Baddersley lo que había intentado hacer. Y lo que intentaba era un acto de lealtad.

—Lo que intentaba era un acto de mezquino despecho —dijo Aimery francamente—. Hengar no es ningún amigo de los normandos.

Madeleine lo miró furiosa.

—Era. Y sabes muchísimo de él, ¿verdad? Si estaba despechado era porque tú no puedes quitarle las manos de encima a Aldreda. Por eso me has arrastrado a la traición contigo.

Él se levantó bruscamente.

—No te he arrastrado a nada, mujer. Luego dirás que te violé esta tarde, cuando, si acaso, fue al revés.

Madeleine escondió la cara.

—No digas eso, ¡no soporto pensarlo!

¿Por qué estaban discutiendo, pensó, cuando por fin estaban unidos, aunque sólo fuera en la maldad? Oyó cerrarse la puerta y miró. Él ya no estaba. Se estremeció como si un viento helado la estuviera atravesando.

¿Qué sería de ellos? ¿Y el juramento que se habían hecho? Supuso que todavía era válido pero en su presente situación no tenía ningún sentido. Él no necesitaba seducirla para que le fuera leal, porque ya sabía que era leal a él hasta la muerte y más allá.

Él había dicho que no se acostaría con ella si no creía en él, pero el deseo lo dominó. Ella sentía exactamente lo mismo. Más que nunca necesitaba unirse con él, como el único punto sólido en un mundo movedizo, pero ¿qué tipo de amor podía darse en un terreno tan envenenado? ¿Más de ese apareamiento violento, enloquecido? Lo necesitó entonces pero en ese momento se encogía al recordar su comportamiento. Él dijo que había sido como una violación, y tenía razón. Quisiera Dios que no hubiera concebido un hijo de esa manera.

En el castillo había baños. Salió a buscar el lugar. La mujer encargada llenó con agua caliente una tina rodeada por cortinas, y ella se lavó desesperada, para borrarse el recuerdo de la sangre, el olor del acto sexual, restregándose ferozmente hasta que se le enrojeció y le dolió la piel, mientras le corrían lágrimas por la cara.

—Lady Madeleine —llamó la voz de la mujer encargada.
—¿Sí?
—La reina quiere veros.

Madeleine se paralizó. ¿Es que ya se sabía todo? Aquietó el temblor que le estaba dominando las manos. Pues, sea. Debía hacer lo imposible para dejar fuera del asunto a Aimery, porque él era el que estaba realmente en peligro. Podía decir que Hengar la había atacado y todo estaría bien, mientras nadie investigara mucho sus motivos. Cayó en la cuenta de que el mayor problema era que no había informado del ataque.

Salió de la bañera y cogió la sábana que le pasó la mujer para secarse. Sería más fácil enfrentarse con Guillermo, porque con él podría aparentar ser una dulce doncella avasallada por la violencia. Sospechaba que Matilde no se conformaría con esa explicación.

Corrió a los aposentos de la reina. Cuando la hicieron pasar encontró a Matilde en la cama y vio que Aimery ya estaba allí. Él le sonrió, pero ella no supo distinguir si era una sonrisa fingida o una de verdad para tranquilizarla.

—Madeleine —dijo la reina—. ¿Sabes ya lo de este horrible hecho?

Madeleine tuvo que decidir rápido si debía saberlo o no. Cielos, no era nada buena para ese tipo de cosas.

—Sí, majestad. No tengo idea qué puede haber estado haciendo ese hombre aquí.

—Nadie lo sabe —dijo Matilde. Era evidente que la reina estaba cansada e impaciente—. ¡Habría sido más correcto de tu parte preocuparte por tu guardabosques en lugar de ir a disfrutar de un baño!

Madeleine se sonrojó.

—Lo siento, majestad. Pensé que no había nada que yo pudiera hacer.

—Yo se lo prohibí —terció Aimery, tranquilizador—. Madeleine no se sentía bien. Creemos que podría estar embarazada.

Madeleine lo miró con los ojos agrandados, pero se apresuró a disimular su sorpresa; esa salida era inteligente. Distrajo a Matilde y le conquistó su simpatía.

—Buena noticia —declaró la reina. Luego hizo una mueca—. Aunque si pensarás así dentro de siete meses eso es otra historia. —Se friccionó el costado—. Este bebé me está destrozando los riñones. —Frunció el ceño, pensativa—. Dejaremos el asunto en manos del sheriff, entonces, y esperemos que esta muerte no esté relacionada con nuestro séquito. Llévatela, Aimery, y cuídala. Tal vez no debería cabalgar.

—Me siento menos indispuesta cuando voy montada, majestad —se apresuró a decir Madeleine.

Matilde se echó a reír.

—Así que tampoco a ti te gustan las literas. Vamos, fuera de aquí los dos.

Madeleine y Aimery guardaron silencio hasta que estuvieron seguros en su habitación.

—Eso ha sido ingenioso —comentó ella.

—Podría ser cierto —dijo él, encogiéndose de hombros—. Si no, es muy fácil cometer esos errores.

Madeleine se sentía cansada hasta la médula de los huesos. Sintió frío y se frotó los brazos, aunque la noche estaba calurosa.

—¿Saldrá todo bien? ¿Y si alguien me vio ahí?

Él se acercó y la cogió en sus brazos.

—Todo irá bien. Si sale a luz tu participación, diremos que él te atacó, y si alguien lo pone en duda lo retaré a un duelo de honor ante la corte.

—¡No! No puedes arriesgar tu vida por mí.

—Ése es mi deber como marido. —Sonrió, engreído—. De todos modos, ganaré.

—Pero tu causa sería injusta. La mano de Dios estaría en nuestra contra.

Él se puso serio, pero se encogió de hombros.

—Entonces ése sería mi *wyrd*.

—Maldito ese estúpido *wyrd* —replicó ella apartándolo de un empujón—. Si yo no hubiera ido al establo…

—Y si yo no hubiera tratado de forzarte… Pero si quieres ver la mano de Dios en esto, escucha. Si no hubieras ido al establo, sin duda Hengar habría encontrado un oído mejor dispuesto y yo ahora podría estar encadenado esperando el juicio de Guillermo.

—Lo sé. Lo maté sin intención, pero creo que le habría enterrado el cuchillo intencionadamente si hubiera considerado que ésa era la única manera de impedírselo.

—Lo sé. Por eso empeñaré mi vida para salvar tu honor.

—Pero estoy condenada. En intención al menos, cometí un terrible pecado, y no puedo arrepentirme.

Él negó con la cabeza.

—No digas eso, Madeleine. Todos matamos si tenemos que hacerlo. Él era tu enemigo, tan claramente como si te hubiera enfrentado armado en un campo de batalla, y tú lo derrotaste. Si eso es un pecado condenable, entonces el cielo va a estar muy poco poblado. Métete en la cama, estás a punto de caerte.

Madeleine obedeció cansinamente.

—Pero ¿y la daga?

—Ésa es la pregunta fundamental, ¿verdad? —dijo él, acostándose también—. Igual la robó un vulgar ladronzuelo. Era una pieza valiosa.

—Es posible —musitó Madeleine—, pero yo la siento más como la espada de Damocles.

Él le cogió la mano.

—No permitiré que caiga sobre ti. Confía en mí, Madeleine.

Confiar, ay, confiar.

—Lo intentaré —dijo y se dejó llevar por el sueño.

Madeleine despertó tarde y cansada, porque su sueño había estado atormentado por horribles pesadillas. A veces ella le estaba enterrando la daga a Hengar, otras veces se la estaba enterrando a Aimery. Una vez por lo menos, había visto un arma apuntada a su corazón. La voz de Dorothy la despabiló. Inmediatamente se miró las manos, esperando verlas cubiertas de sangre.

—¿Os encontráis bien, milady? —le preguntó Dorothy, inclinada sobre ella, nerviosa.

Madeleine se sentó.

—Sí, sí. Sólo he tenido una mala noche. ¿Qué hora es?

—Las ocho. Lord Aimery dijo que deberíais dormir, pero ya queda poco tiempo. Os traje algo de comer.

Madeleine miró el pescado fiambre y la cerveza y se le revolvió el estómago.

—Prefiero un poco de pan solo y aguardiente de miel. Ve a buscármelo, Dorothy. Mientras tanto yo me vestiré.

Por la expresión de la mujer, Madeleine comprendió que el rumor de que estaba embarazada ya corría por la casa y en ese momento se confirmaba. Bueno, podría ser cierto, como dijera Aimery.

Cuando volvió Dorothy, ya estaba vestida. Se obligó a tragar un poco de pan y aguardiente, y dejó a la mujer encargada de terminar de guardar las cosas y supervisar a los hombres que llevarían su equipaje a las carretas. Ya sabía lo que debía hacer. Salió en busca del sheriff.

El corpulento sheriff era inglés y ella percibió que su reverencia por los normandos sólo era superficial. Pero unos minutos de conversación con él le dejó claro que no tenía ninguna sospecha de que hubiera causas complejas en la muerte de Hengar.

—Tal vez alguna enemistad personal, lady Madeleine. Tal vez incluso robo, porque no se le encontró bolsa con monedas. Hoy tengo la intención de cabalgar hasta Baddersley para dar la noticia a su viuda y ver qué puedo averiguar. —Le guiñó un ojo—. He descubierto que muchas veces estos casos acaban siendo un asunto de cama matrimonial.

Madeleine notó que había pegado un salto. ¿Circularían por Baddersley historias de Aimery y Aldreda? Miró al hombre alarmada, pensando si no se habría delatado.

Él estaba colorado.

—Os pido perdón, señora —se apresuró a decir—. No debería haber mencionado esos asuntos, siendo vos joven y criada en un convento.

—No os preocupéis —dijo ella—. Por favor, haced lo posible por encontrar al culpable, pero decidle a la mujer de Hengar que no necesita dejar libre la cabaña del guardabosques, y que si el asunto no se soluciona pronto, yo pagaré la *wergild*.

—Sois amable y generosa, señora —dijo él, inclinándose—. Se lo diré.

Madeleine salió estremecida de la entrevista, pero sabía que había sido esencial. Despertaría sospechas si no se ocupaba de hacer investigar el asesinato de un campesino de su propiedad.

Unos momentos después ya iba montada saliendo de Huntingdon y tratando de dejar atrás todo el incidente.

Durante el trayecto de ese día, Aimery iba con bastante frecuencia a ponerse junto a ella para tranquilizarla. Después de unas cuantas veces descubrió que eso sólo estorbaba sus esfuerzos por borrar de la mente la muerte de Hengar. Al final le dijo francamente que prefería no hablar más del tema.

El problema fue que quitarse a Hengar de la cabeza le dejó espacio para pensar en Aimery y Aldreda. La atormentaron los recuerdos de él hablando con la mujer, muy juntos, con toda familiaridad. Deseó poder hablar con él del asunto, pero iba rodeada por un grupo de mujeres, sin posibilidades de tratarlo en privado. Además de eso, suponía que el solo hecho de sacar el tema sería imprudente.

Pero no podía quitárselo de la cabeza.

Luego estaba el asunto de Frieda. Hengar parecía muy seguro de los hechos, sin embargo la niña debía de tener por lo menos ocho años. Diez años atrás Aimery sólo tendría unos catorce años. ¿Estaría loco Hengar, tal vez?

Pero ella siempre había percibido algo entre Aldreda y Aimery. Recordó la necesidad de Aimery de acostarse con ella el día anterior. También recordó su necesidad ese día junto al trigal. ¿Era posible que él hubiera reprimido tanto tiempo las exigencias de su cuerpo estando Aldreda dispuesta? ¿Qué haría ahora que aquella mujer era una viuda disponible?

Salió bruscamente de sus preocupaciones personales cuando observó un mayor estado de alerta entre los hombres. La mayoría iban con la cabeza descubierta, por el calor, pero se estaban subiendo las capuchas de malla y tomando los yelmos, y cogiendo los escudos.

Aimery iba pasando a su lado.

—¿Qué pasa? —le preguntó.

Él acercó su caballo.

—Nada que tenga que alarmarte. —Hizo un gesto hacia el este—. La región de los pantanos, los Fens.

Madeleine miró. El terreno de la derecha se había ido aplanando a lo largo del viaje, pero en ese momento notó que tenía el color verde de las tierras pantanosas. Era una extensión enorme, vacía, y el único signo de vida eran los chillidos de las aves acuáticas.

—¿Hereward? —preguntó, nerviosa.

Aimery no dio señales de ansiedad ni de culpabilidad.

—Está por ahí, en alguna parte, sin duda al tanto de todos nuestros movimientos. No atacará. Somos demasiado fuertes.

Ella tenía que saberlo:

—¿Qué harías si atacara?

Él le dirigió una fría mirada.

—Defender a la reina.

Dicho eso se alejó. Ella deseó creer en él, confiar, pero el recuerdo de su promesa a Hereward, el recuerdo del poder de ese hombre que ella misma había sentido, siempre le dejaba una molesta duda.

Sin embargo, llegaron a Peterborough sin incidentes, y se acomodaron dentro y fuera de la imponente abadía de los santos Pedro, Pablo y Andrés.

Madeleine fue a ver a la reina mientras ésta se bajaba de la litera friccionándose la espalda.

—Cuando acabe este viaje —dijo Matilde, malhumorada—, quiero que destrocen y quemen ese maldito armatoste. Bailaré alrededor del fuego.

Madeleine se echó a reír. Matilde la miró furiosa, pero se le curvaron los labios.

—Te enviaré a una peregrinación, muchacha, dentro de unos siete meses.

—Perdonad, majestad.

Al mirar a la reina se le desvaneció el buen humor. Matilde tenía la cara hinchada y parecía extenuada.

—¿No consideraríais la posibilidad de parar aquí, majestad? Estamos bien adentradas en el norte, y la abadía tiene personas expertas en medicina.

Matilde se irguió, eliminando por pura fuerza de voluntad los signos de fatiga.

—«Yo» tengo personas expertas en medicina, y este príncipe va a nacer en York.

Con una mano apoyada en su voluminoso vientre, se dirigió ágilmente a saludar al abad.

Madeleine miró a Adele, y las dos se encogieron de hombros.

—No hay manera de pararla, lady Madeleine —dijo Adele, moviendo la cabeza—. No temáis. He asistido todos sus partos y nunca ha habido ningún problema.

—Pero no me gusta esa hinchazón —dijo Madeleine en voz baja—. Una vez vi morir a una mujer cuando se hinchó al final del embarazo.

—Sí, pero esto se debe más a estar sentada o acostada todo el día. Ved si lográis hacerla caminar por el claustro esta noche.

Así pues, Madeleine se pasó el resto del anochecer caminando con la impaciente Matilde, tratando de entretenerla. Las damas tocaron música y jugaron a las adivinanzas, y cuando empezó a oscurecer, llegó Aimery a cantar. Cantó una larga saga de amantes distanciados que por fin encontraron la buscada felicidad. Madeleine se embebió de su música, como si él estuviera cantando solamente para ella, y cuando sus ojos se encontraban con los de él, pensaba que tal vez era así.

Pero cuando por fin la reina se retiró, estaba agotadísima y se sintió muy aliviada al descubrir que los hombres dormirían separados de las mujeres. Ya no le quedaba energía para asuntos conyugales.

Al día siguiente llovió. El séquito real hizo penosamente su trayecto desde Peterborough a Bourne, y las carretas se quedaban con frecuencia atascadas en el barro a pesar de la sólida base de piedra del camino romano. Como todos los demás, Madeleine resistió, arrebujada en su capa.

En Bourne sólo había una aldea y una casa señorial modestamente fortificada. Madeleine se enteró de que esta casa también había pertenecido a Hereward y en esos momentos era propiedad de Ivo Taillebois, que no residía allí. Las damas se apretujaron en la lúgubre sala grande y los hombres acamparon fuera, en el barro, formando un círculo de protección de hombres armados. Cuando se reunieron a la mañana siguiente para reanudar la marcha sólo unos pocos se tomaron el trabajo de ponerse ropa seca. Pronto volverían a quedar empapados.

La lluvia no era fría, pero Madeleine estaba toda mojada. Con ese tiempo los hombres lo tenían más fácil que las mujeres porque las cotas de malla y la ropa de cuero los protegían mejor.

Cuando estaba observando la organización final del grupo, se le acercó Aimery a ofrecerle vino en un odre.

—Si estuviéramos en un lugar seguro, consideraría la posibilidad de quedarnos otro día —le dijo—, pero eso aquí no se puede, en la casa señorial de Hereward, en el linde de los Fens.

Madeleine levantó el odre y bebió, deseando que tuvieran tiempo para dedicarse el uno al otro, pero no lo había, como tampoco la más mínima intimidad.

—¿Piensas que hay peligro, entonces?

—Limitémonos a decir que no quiero tentar a mi venerado tío con un bocado tan sabroso. La gente de aquí le pertenece en cuerpo y alma hasta la muerte. En todo caso, le puse el tema a la reina y se niega a considerar la posibilidad de cualquier retraso. —La miró—. ¿Crees que el parto es inminente?

—Adele tiene más experiencia que yo, y ha asistido los partos de sus otros bebés. Está preocupada.

Aimery dio unas palmaditas inquietas en su espalda.

—Si entra en las labores del parto por el camino, ¿cómo iría eso?

—Estará en las manos de Dios, pero es buena para parir. Tendría que ir bien. Pero quiera Dios que no sea bajo la lluvia.

—Amén a eso. Espero pasar esta noche en Sleaford, que no será mucho mejor que aquí, pero un poco más allá acaban los Fens, y luego tenemos Lincoln. Allí podemos detenernos con seguridad.

Madeleine vio cómo le pesaba la responsabilidad y le tocó la mano.

—Todo irá bien.

Él se lo agradeció con una sonrisa.

—¿Y tú? ¿Cómo estás?

Ella deseó intensamente buscar el consuelo de sus brazos, pero se limitó a arrebujarse más en la capa.

—Demasiado cansada y mojada para preocuparme por cualquier asunto personal.

Él se rió, pero al instante se puso serio.

—No quiero aumentar tus preocupaciones pero hay algo que debes saber.

—¿Sobre Hengar? —le preguntó, alarmada.

—No, sobre Ciervo Dorado.

Ella lo miró fijamente. ¿Le iba a confesar sus planes?

—Tuve un encontronazo con unos hombres de Robert d'Oilly en primavera, pero uno sobrevivió. El rey le tomó interés y lo puso en la guardia del castillo en Huntingdon. Lo acabo de ver en la tropa de Odo.

Cien pensamientos se agolparon en la cabeza de Madeleine, pero dijo:

—¿Te reconocerá?

—Me ha visto antes sin hacer la conexión, pero si Odo lo ha contratado, por algo será. Si Odo me señala, el hombre podría ver el parecido.

—¿Qué vas a hacer?

—Nada.

—¿Cómo puedes no hacer nada cuando planean destruirte? —Al no obtener respuesta, se rindió a los otros pensamientos que plagaban su mente—. ¿A cuántos mataste?

A él lo sorprendió la pregunta.

—A tres. Gyrth mató a uno.

—Dijiste que nunca habías matado para ocultar tus actividades.

—Y no lo he hecho. Maté para salvar a un hombre de la muerte y a sus compañeros del desastre que resulta de matar normandos. —Suspiró y le acarició la mejilla—. No te inquietes tanto. Dudo que ocurra algo antes de que nos reunamos con el rey en York, y es de esperar que no inmediatamente. Tengo planes para York —añadió en voz baja—. Deseo hacerte el amor larga y dulcemente, esposa mía. ¿Seré bien recibido?

Con la muerte suspendida sobre su cabeza ella no podía negarse.

—Sí —susurró.

Un relámpago de luz pasó por sus ojos.

—Entonces con toda seguridad llegaremos a York. El resto está en la falda de los dioses.

Sleaford era, tal como él había dicho, muy parecido a Bourne, pero cuando se aproximaban la lluvia se convirtió en llovizna y cuando partieron a la mañana siguiente el sol de verano volvía a brillar y el camino estaba firme.

Con ropas secas y un sol caliente, todos estaban reanimados. Aimery inició una canción y los demás se le unieron alegremente. Iban en dirección a Lincoln, donde podían esperar un sólido castillo y todo lo que puede proporcionar una ciudad antigua y civilizada.

Adele iba junto a Matilde en la litera, y Madeleine cabalgaba muy cerca, porque aunque la reina aseguraba que no notaba ninguna señal de parto, a cada rato se friccionaba la base del vientre, y tenía mucha dificultad para encontrar una posición cómoda. Adele le había dicho que estaba segura de que el parto ocurriría dentro de unos días.

Cuando no estaba observando a Matilde, observaba nerviosa el campo hacia el este del camino, pensando si Hereward estaría ahí y cuáles serían sus intenciones. De tanto en tanto veía barcas de pescadores pescando anguilas, e incluso viajeros de a pie, que usaban palos para saltar las frecuentes acequias. Algunos de los miembros del séquito ya empezaban a pensar que Hereward era un producto de la imaginación, pero ella sabía de cierto que no era así. Pero más avanzado el día, el terreno cambió. Madeleine se sintió como si le hubieran quitado una carga de encima cuando quedaron atrás los peligrosos Fens.

Lincoln apareció en la lontananza como una bienvenida visión, situado alto y orgulloso sobre la colina que miraba al río Witham; el nuevo castillo ya dominaba la antigua ciudad. William de Percy, a quien se le había entregado el castillo para guarnecer y montar guardia, salió a caballo a recibir a la reina. Era un hombre de aspecto duro, con una fea cicatriz a lo largo de la cara, pero inspiraba confianza. Madeleine pensó que incluso Aimery estaba agradecido de que otra persona asumiera la responsabilidad por un rato.

Por orden de Guillermo, el castillo se había construido a toda prisa, como parte de su actual campaña para someter el norte, y estaba desnudo, pero dentro de sus murallas había hermosas viviendas, donde se instaló el séquito de la reina a descansar.

Aimery no tardó en ir a ver a la reina a instalarla a que se quedara en Lincoln unos cuantos días.

—Tonterías —ladró Matilde—. Lo peor del viaje ya ha pasado. El viaje en barca no presentará ningún problema.

—Si el tiempo se mantiene —advirtió Aimery.

—Se mantendrá.

Cuando Aimery se marchó, Matilde volvió a friccionarse el vientre.

—Majestad —dijo Madeleine, desesperada—, no sería prudente dar a luz en el río.

—No tengo la menor intención de hacerlo —dijo Matilde, como si el parto fuera un asunto que tenía totalmente controlado—. Conozco estos dolores. Duran semanas antes del parto.

—Pero ¿son dolores, señora? —preguntó Adele, acercándose.

—Pues claro que son dolores —ladró Matilde—. Me duele todo. Cualquiera estaría adolorida después de estar en esa maldita caja toda una semana. El bebé no está en camino.

Madeleine y Adele se miraron y se encogieron de hombros.

—Dormiré aquí con vos esta noche, majestad —dijo Madeleine.

—Pues no. Yo ya tengo bastantes personas rondándome, y Aimery sólo tiene una esposa. Déjate de mimos conmigo, muchacha, y ve a mimar a tu marido. Sin duda él lo agradecerá mucho más que yo.

No había manera alguna de discutir con Matilde cuando estaba de aquel terrible humor, de modo que Madeleine se fue a buscar el sitio donde se iba a alojar. Nuevamente les habían asignado una habitación pequeña, pero para los dos solos. Cuando Aimery le prometió hacerle el amor en York, ¿habría olvidado la oportunidad que les brindaría su parada en Lincoln?

Esa noche William de Percy ofreció un magnífico festín a la reina y su séquito. Madeleine pensó que iba a resultar pesado para Matilde, pero no vio ni asomo de dificultades. La reina estaba encantadora y alerta, prestando especial atención a los burgueses invitados, congraciándose con ellos para favorecer la causa de su marido.

Madeleine y Aimery también estaban sentados junto a dignatarios de la ciudad, y hacían todo lo posible para causar una buena impresión. Fue muy apreciada su capacidad para conversar en inglés. Mirando alrededor ella vio que en muchss mesas la conversación era difícil. ¿No se les ocurría a los normandos aprender la lengua de ese país? Al parecer no. Esperaban que los ingleses aprendieran francés.

Recordó la predicción de Hereward, que el inglés sería allí el idioma en el futuro. No parecía nada probable.

Miró nerviosa hacia el extremo lateral, donde estaban sentados los hombres de la tropa de Odo. No tenía manera de saber cuál era el que podría reconocer a Ciervo Dorado, y no vio a ninguno mirando hacia ellos con suspicacia. Tenía que imitar a Aimery y quitarse eso de la cabeza, o se volvería loca, pero no tenía su entrenamiento en fatalismo.

Un alboroto en la puerta principal interrumpió sus preocupaciones. Estaba entrando un grupo de personas a cuya cabeza venía una llamativa mujer rubia de edad madura. No era particularmente hermosa, pero en su cara se veía humor y carácter, y poseía unos brillantes y vivos ojos. Pero la atención de Madeleine la captó una figura que venía detrás de la mujer y sus guardias.

¿Qué hacía Aldreda ahí? ¿Venía a reunirse con Aimery?

Repentinamente Aimery se levantó. Madeleine se lo quedó mirando asombrada al verlo avanzar rápidamente hacia el grupo, el placer dibujado en su cara. El dolor fue agudo. ¿La traicionaría así ahí mismo, delante de toda la concurrencia?

Él levantó a la mujer rubia en sus brazos.

—¡Madre!

Madeleine se incorporó lentamente, presa de una mezcla de alivio y remordimiento. Volvió a mirar a Aldreda, y la penetrante mirada de la mujer se encontró con la de ella y se endureció. ¿Por qué Aldreda la miraba como si ella fuera la víctima propiciatoria?

Pero no había tiempo para elucubrar. Aimery la estaba llamando, la reina los estaba llamando, y a los acompañantes de lady Lucía los estaban acomodando en las mesas y llevándoles comida.

Madeleine se encontró envuelta en un cariñoso y mullido abrazo.

—¡Mi queridísima hija! Qué bonita eres. ¿Cómo se ganó una esposa tan hermosa este tunante? —Mientras caminaban hacia la reina, le explicó—. Comprendí cómo sería todo. Acabaría convertida en piedra en Normandía antes de que mi marido o mi hijo se acordaran de mí, así que vine.

Lucía se inclinó en una respetuosa reverencia ante la reina, pero cuando se levantó, dijo:

—Matilde, debes de estar loca.

La reina se echó a reír.

—Eso me lo han dicho toda mi vida. Dulce Salvador, pero qué alegría tenerte aquí, Lucía. Siéntate conmigo y cuéntame todas las novedades. Después podrás hacer arrumacos con tu hijo. —Les hizo un gesto a Aimery y Madeleine para que se alejaran, pero ellos alcanzaron a oírla decir—: Lo está haciendo muy bien, por cierto. Puedes estar orgullosa de él.

—Siempre lo estoy —dijo Lucía—. ¿Ya estás en las labores del parto, o sólo esperas reventar como una vaina de guisantes?

Madeleine y Aimery se sonrieron y volvieron a sus asientos.

—Qué encantadora es —comentó Madeleine.

—Sí, pero no te engañes. Incluso padre se echa a temblar cuando a ella se le mete algo en la cabeza. Con ella podríamos tener la esperanza de que la reina volviera a la sensatez.

—Ojalá. —Madeleine movió de aquí allá un pastelillo—. ¿Viste a Aldreda?

Él levantó la vista.

—¿Dónde?

Su reacción fue un alivio. Le señaló a la mujer.

—Llegó con tu madre.

—Madre tiene que haber ido a Baddersley, entonces —comentó él, sin mucho interés—. Pero ¿para qué traer a Aldreda?

—¿Y para qué querría venir ellaa? —añadió Madeleine, con toda intención.

21

La reina se retiró temprano, acompañada por todas sus damas y lady Lucía de Gaillard. Una vez que dejaron bien instalada a Matilde para pasar la noche, Madeleine salió con la madre de Aimery en busca del chambelán para encontrarle alojamiento.

El hombre se mostró muy preocupado.

—No tengo nada apropiado, lady Madeleine. En las habitaciones de las señoras no hay ni un solo lugar desocupado.

—No tenéis por qué preocuparos —dijo Lucía—. No soy tan delicada que no pueda dormir en la sala grande o en el establo.

—Ay, Dios, eso no sería correcto —dijo el chambelán. De pronto se le iluminó la cara—. Tal vez la señora podría compartir vuestra habitación, lady Madeleine.

Madeleine pensó en su habitación particular y comprendió que eso era lo correcto. No sólo era correcto que Lucía tuviera comodidad, además iría bien que ella y Aimery no cayeran en la tentación todavía. Ya no se trataba del juramento sino que las cosas debían estar bien establecidas entre ellos si querían encontrar la felicidad.

—Excelente idea —dijo—. Vamos, milady.

Cuando llegaron a la habitación, Lucía paseó la vista por ella.

—Ésta es para ti y Aimery.

—Sí, pero no será ninguna incomodidad para nosotros que durmáis aquí, os lo aseguro.

—Eso lo encuentro de lo más antinatural.

A Madeleine le ardió la cara.

—Los dos estamos muy cansados estos días.

—Yo no puedo decir que un día de viaje habría sido un impedimento para Guy y para mí. Ni ahora, si él estuviera aquí.

Madeleine no supo qué decir ante esa declaración de lujuria tan franca, de modo que fue a sacar dos copas de un arcón.

—Sé que vuestro matrimonio se arregló de un modo extraño —dijo Lucía—. ¿Habéis aprendido a llevaros bien como pareja?

Madeleine se concentró en servir vino en las copas.

—De tanto en tanto —dijo, pasándole la copa.

Lucía se echó a reír.

—Y yo debería ocuparme de mis propios asuntos. Perdóname, querida mía. Es duro tener un solo polluelo. Se ve bien, aunque cansado.

Madeleine exhaló un suspiro, pero sonrió:

—Os lo aseguro, llevar a Matilde a York es como para hacernos salir canas a todos.

En eso entró Aimery y alcanzó a oír el final de la frase.

—Muy cierto. ¿Lograste hacerla cambiar de opinión, madre?

—No, y dudo que lo logre —respondió Lucía—. Es tan consciente de los problemas como todos vosotros, pero toda su vida ha configurado su destino por fuerza de voluntad, y cree que siempre podrá. —Se encogió de hombros—. Conociendo a Matilde, yo diría que hay una muy alta probabilidad de que el bebé nazca en York, como ella quiere.

Aimery apuró la copa de vino que le pasó Madeleine.

—Pues sea entonces. Mañana deberíamos llegar a Gainsboroug, de ahí a Airmyn y luego a York. Sólo nos quedan tres días más de viaje, y todo por agua. Y ahora —dijo, sentándose en un banco junto a su madre—, cuéntame tus aventuras y todas las novedades de casa.

Madeleine simuló que había olvidado un deber para con la reina y salió, para dejarlos solos un rato. Cuando volvió, Lucía le dio las gracias con una sonrisa. Pasado un momento, Aimery salió a hacer la inspección nocturna de los hombres de armas, y las dejó solas.

—Cuánto ha crecido —comentó Lucía, en un tono mezcla de orgullo y tristeza.

—Yo no lo he conocido de otra manera.

Lucía dobló amorosamente la capa que Aimery había dejado sobre un arcón.

—Me parece pasmosamente corto el tiempo transcurrido desde que era un bebé de pecho. No hace nada que era todo piernas y brazos y empezaba a cambiarle la voz... —Exhaló un largo suspiro—. Tienes que perdonar a una madre tonta.

Madeleine la abrazó.

—Os perdonaría cualquier cosa, porque me habéis dado a Aimery.

Lucía la apartó para mirarla.

—¿Es cierto eso? —Sonrió—. Entonces estoy contenta. Tú lo mantendrás a salvo. Me preocupa que esté en Inglaterra, y sé que Guy ha estado muy preocupado. Aunque encuentro muy dolorosa la situación aquí, no vengo en pie de guerra.

Madeleine estaba pensando qué podría hacer para mantener a salvo a Aimery cuando recordó a Hengar y se estremeció.

—Hereward es vuestro hermano, ¿verdad?

Lucía se rió.

—Sí, y si tengo la oportunidad le diré cuatro cosas. ¡Hombres! No es hora de volverse atrás. Deberá inclinarse a lo inevitable.

Mientras se desvestían, Madeleine se atrevió a sacar el tema de Aldreda.

—Vi a una mujer de Baddersley en vuestro grupo. ¿A qué ha venido?

—¿La tejedora? Cuando pasé por ahí en busca de vosotros, me pidió venir. Hace poco perdió a su marido y necesita viajar a York a ver a un hermano. ¿Hay algún problema?

Madeleine negó con la cabeza.

—Sólo que su marido fue encontrado asesinado en Huntingdon, cuando paramos allí. Aún no se ha encontrado al culpable. Es posible que tenga parientes en York.

Pero ella lo dudaba. Jamás había oído hablar de esos parientes. ¿Y dónde estaría Aimery en esos momentos?

Tuvo que dominar el intenso deseo de salir a buscarlo, para comprobar si estaba con Aldreda.

Lucía y ella compartirían la cama. Mientras se acomodaban, Lucía comentó:

—Pobre mujer. Sobre todo ahora que está esperando un hijo.

Madeleine se tensó.

—¿Sí? No se le nota nada.

—No, pero dice que está embarazada.

Entonces entró Aimery con un jergón de paja y se acomodó en un rincón. Madeleine se quedó contemplando las vigas pintadas. Aldreda había tenido sólo una hija, supuestamente de Aimery. Y ahora volvía a estar embarazada.

• • •

Al día siguiente Madeleine no tuvo ninguna oportunidad para exponerle el tema a Aimery, pero cuando se congregaron todos a la orilla del Foss Dyke, se le acercó Aldreda.

—Lady Madeleine —le dijo, recatadamente—. Espero que no te moleste que yo haya venido aquí con la madre de tu señor.

Madeleine la miró recelosa.

—Claro que no —mintió—. Entiendo que tienes parientes en York.

La mujer desvió la mirada, revelando la mentira.

—Es duro para una mujer perder a su hombre, señora.

—Sí que lo es. Me haría feliz arreglarte otro matrimonio. ¿Te dijo el sheriff que yo pagaré la *wergild*? Son veinte chelines, creo.

—Sí —contestó Aldreda, y añadió osadamente—: Y me extraña que vayas a hacerlo.

—Yo soy tu ama en Baddersley —explicó Madeleine, muy tranquila—. Tu bienestar es asunto mío, y me temo que nunca se encuentre al asesino de tu marido.

—¿Eso crees? —dijo Aldreda en claro tono burlón—. El tiempo lo dirá. Pero gracias por la *wergild*, señora. Me será útil. Después de todo tengo una hija por establecer.

Madeleine no se pudo reprimir.

—Y otro bebé en camino, entiendo. ¿Para cuándo?

Aldreda sonrió como una gata.

—Para la Pascua más o menos, señora. Concebido hace tan poco tiempo.

—Es una bendición parir un hijo después de tantos años estériles —dijo Madeleine entre dientes—. ¿Hiciste alguna oración especial?

—Pues sí que hice algo especial, señora —contestó Aldreda, sonriendo burlona.

Haciéndole una venia, Aldreda se alejó. Cuando Madeleine volvió a divisarla, estaba hablando con Odo, justamente con Odo. Eso la inquietó muchísimo. Primero el hombre de D'Oilly, ahora Aldreda. Aunque las ambiciones de Odo habían tomado otra dirección, estaba segura de que les haría daño a ella y a Aimery si pudiera. Y su instinto le decía que Aldreda era la maldad personificada.

Madeleine descubrió que tenía poco tiempo para preocuparse por los planes de Odo o la relación de Aldreda con Aimery, porque Matilde las mantenía muy ocupadas a ella, Adele y a todas sus damas. La reina continuaba negando que estuviera en las labores del parto, y tal vez eso era cierto, pero estaba desasosegada e irritable.

Hicieron el trayecto por el Foss Dyke en dos tandas, en embarcaciones pequeñas, y en el puerto de Torksey embarcaron en barcazas más grandes, para continuar por el Trent. Durante la espera en Torksey, las damas se ocuparon de mantener activa a la reina, pero una vez en el barco, se vio obligada a permanecer sentada y quieta. Aunque la litera había sido muy incómoda para ella, en el camino podía pedir paradas frecuentes para caminar un poco. Los barcos eran anchos, pero con el gran número de pasaje y los remeros, quedaba poco espacio para levantarse a pasearse. Matilde se sentía incómoda y se lo hacía saber a todo el mundo.

Si no hubiera sido por las quejas de la reina, Madeleine habría podido disfrutar del apacible deslizamiento por en medio del campo verde, pero tal como estaban las cosas, sintió un inmenso alivio al llegar a Gainsborough. Elevó fervientes plegarias rogando que la reina diera a luz allí, poniendo así fin al sufrimiento de todos.

Pese a todos los indicios y a las silenciosas oraciones de sus damas, la reina no entró en las labores del parto en Gainsborough. Madeleine y Adele comentaron incluso la posibilidad de darle unas hierbas para provocarle el parto, pero al final decidieron que probablemente los riesgos superaban las ventajas.

Sólo probablemente. Madeleine estaba nerviosa temiendo que Matilde diera a luz lejos de una ciudad, con sólo su guardia personal para protegerlos a ella y a su bebé.

Cuanto más al norte viajaban más lejos se sentía de la civilización. Era evidente que en esa parte de Inglaterra era menor el dominio normando, y la gente tenía más aspecto nórdico que sajón. Aunque Gainsborough se veía una ciudad próspera y pacífica, sus habitantes miraban a sus invasores de soslayo y mascullaban maldiciones en voz baja. Si ocurría algún percance, seguro que habría muchos cómplices bien dispuestos.

Mientras esperaba para embarcar, Aimery se puso junto a ella.

—Pareces preocupada.

Ella soltó un bufido de exasperación.

—¿Y tú no lo estás?

Él se echó a reír.

—Llega un momento en que precuparse no tiene sentido. Odo no tiene cabeza para la geografía y es demasiado arrogante para escuchar a los que la tienen. Se extravió en el camino hacia aquí y llegó después de la retaguardia. Allan de Ferrers está tan nervioso por estar en el malvado norte que avanza a toda prisa, imaginando que en cualquier momento van a saltar monstruos de dos cabezas de detrás de los arbustos. Es imposible esperar que vayan al paso de los barcos. Estaba pensando cuál sería el castigo por atar a una mujer embarazada a un poste y retenerla aquí.

Madeleine no pudo seguirle el humor.

—Ésta es una empresa desatinada, ¿verdad? Tal vez Hereward tenía razón, y esta dinastía no sobrevivirá. Tal vez éste sea el comienzo del fin.

Él se puso serio.

—Hereward tenía razón —dijo, simplemente—. Hereward siempre tiene razón.

—¿Sí? —dijo ella en tono más áspero—. Entonces ¿por qué estás aquí con nosotros en lugar de estar con él?

—Porque es mi deber llegar a York con la reina sana y salva —contestó él en el mismo tono—. Madeleine —añadió en tono más suave—, yo no sirvo a Hereward. Deberíamos haber aclarado esto hace tiempo.

—Olvidas que te oí prometerle ayuda.

La paciencia de él pareció estar llegando a su límite.

—Sí, pero no oíste por qué. Estoy obligado por juramento a guardar el secreto, pero ese servicio no fue desleal, y acabó hace tiempo. Créeme.

Y eso ansiaba ella.

—¿No pretendes causar perjuicio a la reina y a su bebé?

—¿Es eso lo que crees? —dijo él, horrorizado.

Ella se mordió el labio.

—Es lo único que pude imaginarme. Perdona.

Él le dio la espalda, y fue como si se hubiera levantado un muro entre ellos.

—¿Soy tonto por desear tu confianza? ¿Es que tendré que demostrarte mi honradez todos y cada uno de los días de mi vida?

—Tenía motivos para dudar de ti —protestó ella—. No puedes negarlo.

—Te di mi palabra de que era leal. —Se giró a mirarla y ella pensó que todo estaba bien. Pero entonces él dijo secamente—: Sube al barco.

Y se alejó.

Madeleine no paraba de rezar por encontrarse ya en York, donde tal vez podrían hablar y arreglar las cosas; donde por fin estaría segura de su lealtad; donde él le iba a hacer el amor, larga y lentamente, en una cama.

Si no estaba encadenado.

La reina estaba menos desasosegada, pero aún así parecía una osa malhumorada. Adele no se apartaba de su lado, segura de que el parto era inminente, pero había poca ocupación para Madeleine. Cuando Matilde deseaba compañía, era a Lucía a quien llamaba.

Aimery también tenía poco que hacer, aparte de procurar anticiparse a cualquier problema. Aunque no era el momento de hablar de cosas peligrosas porque en todo momento estaban rodeados por gente, Madeleine vio una oportunidad de aclarar un malentendido. Se abrió paso hasta llegar a su lado. Él le cogió la mano como si eso fuera lo más natural del mundo. A ella se le estremeció el corazón.

—Quería explicarte lo de Stephen —le dijo.

—¿Stephen?

—Por qué no me casé con él.

A él se le curvaron los labios.

—Entonces ¿no fue solamente por tu buen gusto?

Ella se puso un ceño en la cara.

—Estabas furioso conmigo entonces. Y con razón. Te enfureció que yo hubiera roto mi promesa.

Él le acarició la mano con el pulgar.

—Cierto. ¿Por qué no te casaste con De Faix?

A Madeleine seguía resultándole difícil hablar de eso.

—Esa noche, bueno, cuando me mandó llamar el rey, fui el establo y... mmm... pero el rey no estaba allí. Estaba Stephen.

—Me lo imaginé, pero me sorprendió que eso te volviera en contra suya tan violentamente.

Madeleine miró hacia el agua.

—No estaba con una mujer.

—¿No? —preguntó él, como esperando que añadiera más.

Ella miró alrededor, se le acercó más y susurró:

—Estaba con un hombre.

Aimery se echó a reír.

—¡Por san Pedro! ¡Ese bribón astuto!

—¿Stephen?

—No. Guillermo. Seguro que conocía los gustos de Stephen cuando lo eligió como uno de los pretendientes. Nunca tuvimos la menor opción, ¿verdad?

Madeleine lo miró angustiada.

—¿Todavía lo lamentas?

Él le apretó suavemente la mano.

—No, no, en absoluto. La verdad es que ya entonces me producía mal sabor de boca imaginarte en los brazos de Stephen. —Le besó los dedos y añadió, con cierta renuencia—: Si queremos seguir abordando nuestros problemas, deberíamos hablar de esa vez en que azotaron a los aldeanos de Baddersley.

—¿Por qué de eso?

Él jugueteó con sus dedos un momento.

—La historia fue que tú pediste los azotes.

—¡¿Qué?! —exclamó ella, pero entonces titubeó—: Supongo que en cierto modo es cierto. Pero, Aimery, sólo fue para evitar que los mutilaran a todos. Mi tío estaba absolutamente desquiciado de furia.

—Ah. —Exhaló un suspiro—. Y ellos te oyeron suplicar que los azotaran, pero no saben el suficiente francés para entender por qué. Creo que debo pedirte perdón por haber creído eso de ti.

—Confieso que me duele. ¿Te parecía posible que yo hubiera actuado así?

—No, hasta que te vi mirando.

Madeleine lo miró interrogante.

—Fui hasta el castillo cuando estaban azotándolos. Te vi mirando por la ventana los azotes a los niños.

Madeleine se estremeció al recordarlo.

—Me sentía tan impotente. Jamás se me pasó por la mente que iba a hacer azotar a los niños también. Traté de disuadirlo, pero no sirvió de nada. Me pareció que lo menos que podía hacer era mirar...

Él le limpió dulcemente una lágrima que le bajaba rodando por la mejilla.

—Cielo santo, en qué enredo hemos estado metidos.

—¿Y ya ha acabado?

Entonces recordó a Aldreda, a Odo y también al hombre de D'Oilly. Y su inquietud por la promesa de él de ayudar a Hereward. ¿Debía preguntarle acerca de eso en aquel momento?

—Por lo menos es bueno que ahora estemos en armonía —repuso él.

Le tocó los labios con un dedo, y ella comprendió que él también deseaba sellar con un beso esa armonía recién encontrada. Pero ése no era el lugar, y al cabo de un instante lo llamaron para hablar de algún asunto con el barquero.

Sin embargo, pronto estarían en York. Madeleine se arropó en esa nueva esperanza y se instaló a contemplar el campo que iba pasando.

Era un valle fértil, y las aldeas estaban ensartadas como abalorios a lo largo de la ruta fluvial comercial. La tierra se veía verde y próspera, pero observó signos de guerra. Un poblado era un cascarón quemado y abandonado. Esa destrucción podría ser obra del rey o de los rebeldes, pero no era eso lo que importaba. Las casas estaban destruidas, los cultivos arrasados, y sin duda había muerto gente. Cómo odiaba la guerra.

A mediodía Matilde insistió en que atracaran a la orilla para comer y caminar un poco. A Aimery no le gustó nada el plan, y puso en alerta total a los guardias de Fulk. Todos comieron caminando, para estirar las piernas acalambradas. Madeleine vio a Aldreda, e impulsivamente se le acercó.

—¿Cómo te va, Aldreda?

La mujer le dirigió una mirada claramente hostil.

—Bastante bien.

—¿Y tu hija? ¿Quién cuida de ella?

—La mamá de Hengar, su abuela. —Sonrió y añadió—: En cierto modo.

Madeleine decidió arriesgarse.

—Oí decir que Frieda no es hija de Hengar.

—¿De quién va a ser si no, señora?

Madeleine no quería nombrar a Aimery. Tirando al azar, dijo:

—¿De Hereward?

Aldreda palideció.

—Nada bien estaría, siendo él un rebelde y todo eso.

Madeleine olió sangre.

—Pero ¿es cierto?

Aldreda alzó el mentón.

—Frieda es hija del señor, y todos lo saben.

Hengar había empleado esas mismas palabras.

—¿Qué quieres decir con hija del señor?

—Yo sé lo que quiero decir —respondió la mujer, maliciosamente—, como lo saben todos a los que les corresponde saber. A una hija de señor ha de dársele la educación que corresponde a una dama y casarla bien. Como se hará con Frieda.

Se apartó ligeramente el chal y Madeleine tuvo que ahogar una exclamación al ver el pomo de ámbar, distintivo de su daga, del arma asesina.

—¿Qué es eso? —preguntó, comprendiendo al instante que se había delatado.

—Lo reconoces, señora. Sabes qué es y qué hizo. Si Frieda no recibe lo que le corresponde, le diré al mundo quién mató a mi marido y por qué.

La empanadilla de carne que acababa de comer Madeleine se le revolvió en el estómago.

—No tienes ninguna prueba.

Aldreda le hincó el diente a su empanada, con entusiasmo.

—Hay una prueba en la mano del que blandió el cuchillo, y por el sheriff supe que Aimery estaba extrañamente ausente cuando murió mi Hengar.

Madeleine tuvo que adaptar rápidamente la mente a ese nuevo giro. Aldreda creía que era Aimery el que mató a Hengar, y su verdadera amenaza no era acusarlo del asesinato sino delatarlo como Ciervo Dorado, alegando como prueba su tatuaje.

Odió a la mujer.

—¿Cómo puedes hacerle eso a un hombre que en otro tiempo fue tu amante?

Aldreda se encogió de hombros.

—Yo no llamaría amante a un niño así. Apenas duró un minuto. Pero tiene un deber hacia Frieda y hacia mí. Me robó mi hombre y necesito otro.

—Yo te arreglaré un matrimonio —se apresuró a decir Madeleine—. Y a Frieda, cuando llegue el momento.

—No, señora. Sé lo que valgo. Frieda debe educarse como una dama; es su derecho, y casarse bien. Y yo necesito a Aimery.

Madeleine la miró fijamente.

—¿Quieres obligarlo a meterse en tu cama?

—No me importaría, aunque hay otros. No, lo que quiero es una boda al estilo Danelaw, en que se reconozca a Frieda como hija suya.

Madeleine creyó volverse loca.

—Esos tiempos ya pasaron, y Aimery es normando. No sigue esas costumbres. De todos modos, reconociste que la niña podría ser hija de Hereward.

Aldreda la miró con una expresión de despectiva superioridad.

—No lo entiendes. ¿Cómo vas a entenderlo? Pero Aimery sí. Me dará lo que me corresponde o caerá muy bajo.

—¿Y qué te protege a ti? —le preguntó Madeleine, fríamente—. Después de una muerte, ¿qué importa otra?

Aldreda retrocedió, pero contestó osadamente:

—Mi marido fue un tonto. Supongo que fue derecho a Aimery y le pidió plata por su silencio. Recibió acero en lugar de plata. Yo se lo he dicho a otro. Matarme no servirá de nada.

Madeleine se sintió enferma.

—¿A quién se lo has dicho?

—Eso no te lo voy a decir, ¿verdad? —sonrió Aldreda—. Simplemente dile a tu marido que sea más razonable y nos instale a mí y a Frieda como nos corresponde, y que reconozca al bebé que va a nacer también. Mis dos hijos serán iguales a los tuyos.

Madeleine se preguntó qué la refrenaba de ponerse a chillar.

—¿Ya has hablado con Aimery?

Aldreda asintió.

—Orgulloso que es. No le gusta que yo tenga la ventaja, pero lo aceptará o se arruinará. Las mujeres somos más prácticas, ¿verdad?

—¿Y tu cómplice?

—Lo manejaré también, no temas.

A Madeleine le repelió el engreído despecho de la mujer, y pensó si Aimery habría sentido lo mismo. Si cedían, la tendrían pegada a los talones toda la vida. Se armó de toda su dignidad.

—Harías bien, Aldreda, en seguir mi consejo y aceptar lo que estemos dispuestos a darte y desaparecer. Seríamos generosos.

—Tal vez, señora, pero quiero todo lo que me corresponde.

Madeleine no dijo nada más y se alejó. ¿Qué demonios podían hacer? ¿Sería Odo el cómplice? Eso sería un desastre, sin duda. Buscó a Aimery, pero él estaba ocupado supervisando la carga de las provisiones que habían bajado, y nunca, nunca, tenían un momento a solas. Podría haberse puesto a gritar, pero se tragó sus temores. No podía ocurrir nada dramático todavía, aparte de que la reina diera a luz. Volvió al lado de Matilde.

Lucía se desperezó e hizo un gesto de dolor.

—Confieso que estoy cansada de viajar. Me quedaré en York, aunque Guy no esté ahí. Él puede darme caza a mí, para variar. Eso, si Northumbria está segura. Sinceramente no entiendo cómo mantiene el dominio Guillermo entre tantos enemigos.

—Aimery dice que eso se debe a que éstos no se unen.

—Eso me lo creo. Mercia lucha contra Wessex. Northumbria lucha contra sí misma. Guillermo no habría afirmado un pie aquí si Tostig no hubiera traicionado a su hermano Harold. Harold era un buen hombre —añadió tristemente—. Se propuso un matrimonio entre él y yo, pero entonces conocí a Guy.

—¿Habéis visitado York antes? —le preguntó Madeleine, con la intención de distraerla.

—¿Qué? ¿Una dama de Mercia aventurarse en la tierra de duendes y hombres peludos? ¡No lo permita el cielo!

Madeleine sonrió.

—Colijo que no habéis conocido a Waltheof Siwardson.

Lucía arqueó las cejas.

—No, pero conocí a su padre y me lo imagino. Tiene sangre de elfos —dijo muy seria.

—¿Y hay sangre de elfos en Mercia?

—Ciertamente no —repuso Lucía y la miró de soslayo, traviesa—. ¿Decepcionada?

Madeleine se echó a reír.

—Un poco. Pero sólo un poco.

Pero cuando volvió a ver a Aldreda observándola, pensó que Aimery podría necesitar sangre de elfos para escapar a la tormenta que se avecinaba.

• • •

Esa tarde los barcos entraron en las aguas del inmenso estuario del Humber y subieron por él hasta la desembocadura del río Aire, en Airmyn. Todos desembarcaron a estirar las piernas agarrotadas, agradecidos de que solamente les faltara un día para llegar a York. Madeleine casi no podía creerlo, pero daba la impresión de que Matilde lograría su objetivo.

Ella ya no estaba segura de si quería llegar a York o no. Eso les prometía un tiempo para ellos, pero exponía a Aimery al peligro de quedar al descubierto como Ciervo Dorado. Después de todo, si Odo presentaba sus testigos ante toda la corte, Guillermo tendría que actuar. Como mínimo, Aimery sería deshonrado y desterrado.

Iba pensando en eso, nerviosa, cuando chocó con Odo. Tuvo la inquietante sensación de que él se había puesto intencionadamente en su camino.

—Discúlpame, Odo. La reina me necesita.

—Sí, claro —dijo él sin moverse—. ¿Cómo está su majestad?

—Bien, tomándolo todo en cuenta. ¿Me dejas pasar, por favor?

—¿Y tú, cómo estás? Dice el rumor que también estás embarazada.

Se obligó a mirarlo osadamente.

—Eso esperamos. Odo, ¿qué se te ofrece?

—Sólo quería saludar a mi querida prima —dijo él, apartándose por fin.

Madeleine continuó su camino con el corazón martilleándole en el pecho. Igual podría haber sido un zorro jugando con un pollo; lo sabía todo.

Tuvo que dejar de lado todas sus preocupaciones para atender a la agotada e inquieta reina. Nuevamente todos intentaron convencerla de que se quedara ahí y enviara a llamar al rey. En un día él podría estar en Airmyn, pero Matilde no quiso ni oír hablar de eso. Tan pronto como quedó instalada la reina, volvieron a Madeleine todas sus inquietudes personales. Buscó a Aimery para hablar un momento con él. Lo encontró sentado ante una mesa, consultando un mapa de la región.

—Hablé con Aldreda —le dijo, sin ningún preámbulo.

—No le hagas caso —repuso él, sin siquiera levantar la vista—. Ya entrará en razón.

—Creo que te equivocas. Está como una zorra con un cachorro. O tal vez dos —añadió en tono misterioso.

Él levantó la vista.

—¿Y qué quieres decir con eso?

—¿Es tuyo?

Él apretó las mandíbulas.

—No, no es mío. No he tocado a Aldreda desde que tenía catorce años.

—Te creo —se apresuró a decir ella.

Y le creía. ¿Por qué le había preguntado eso?

—Muy amable de tu parte. Sin duda es de Odo. Ella estuvo haciendo de puta con él en Baddersley, antes de la boda.

Madeleine recordó a sus tres pretendientes y se estremeció al pensar en el error que podría haber cometido. Dio unos pasos atrás y volvió.

—¿Por qué asegura que es tuyo?

Él suspiró e hizo a un lado el mapa.

—Codicia —dijo—. Todo se reduce a codicia, el más vil de los pecados. Le he prometido hacer lo que pueda por Frieda, pero ella quiere más.

—Lo sé. ¿Es razonable?

—¿Un matrimonio al estilo Danelaw? No, ni siquiera si todavía tuviera algún sentido.

—Pero si no lo haces, te delatará al rey.

Él se encogió de hombros.

—Si ése es mi *wyrd*.

Madeleine se enfadó. Cerró el puño y le golpeó el hombro, lo que tuvo el mismo efecto que si hubiera golpeado un roble, pero por lo menos él le prestó más atención.

—¿Qué quieres que haga?

Ella agitó la cabeza y la mano.

—No lo sé. Pero por lo menos podrías estar preocupado. Odo se está relamiendo también.

Él se encogió de hombros.

—Estoy preocupado. Hay hombres merodeando por las cercanías.

—¿Rebeldes? —preguntó al instante ella, olvidando su preocupación por Aldreda y Odo.

—No son normandos. Podría ser que no tuvieran ninguna relación con nosotros.

—Pero seríamos una tentación si fueran muchos.

Él dejó la nota a un lado.

—Cierto. Simplemente tendré que pasar la noche explicando a Odo y Allan la ruta de mañana, hasta metérselas en la cabeza. Y luego esperar que mantengan sus posiciones y estén cerca. —Se levantó y sonrió—. Mañana, York.

Pese a todo, esas simples palabras le produjeron un revuelo de calor en el vientre.

—De mucho nos va a servir si estás encadenado.

Él sonrió.

—Simplemente nos exigirá ejercitar más el ingenio.

Ella sonrió con los ojos llorosos y se echó en sus brazos.

—Estoy aterrada, Aimery.

Él le friccionó la espalda.

—No tengas miedo. Yo te protegeré. Todo irá bien.

—¿Cómo puedes saberlo? —le preguntó, exasperada.

—Tal vez yo también tengo visiones.

Ella lo miró a los ojos.

—¿Las tienes?

Él la besó.

—No, que yo sepa, pero lo sé. Nada que no sea la muerte me va a impedir llegar a nuestra cita.

Madeleine se estremeció y lo besó ferozmente.

22

Esa noche Madeleine durmió inquieta junto a la cama de la reina, esperando que en cualquier momento la despertaran para el parto, pero llegó la mañana y no ocurría nada. Adele, que había estado despierta la mayor parte de la noche, movió la cabeza:

—He tenido la mano sobre su vientre desde el alba, y las contracciones van y vienen sin ningún orden. No va a nacer todavía.

—Dejad de hablar de mí como si fuera una niña —dijo la reina, malhumorada—. Yo os diré cuando esté en la labor. ¿Quién mejor que yo para saberlo?

Tanto Madeleine como Adele sabían que Matilde mentía si le convenía. Estaba desesperada por llegar a York, que ya estaba a sólo veinte millas de distancia.

Llegó Aimery a hablar con la reina y después llevó a Madeleine a un aparte.

—¿Puede viajar? Me negaré a continuar si crees que eso es lo mejor.

Ella salió a mirar las nubes negruzcas y bajas.

—Tendrías que atarla.

Él golpeó suavemente el puño contra un poste, preocupado.

—¿No está en la labor del parto todavía?

—Adele está segura.

—Cuando empiece, ¿cuánto tiempo tarda?

—Muchas horas. Pero es imposible saberlo cuando una mujer ha tenido tantos hijos. Puede ser rápido. Normalmente lo rápido es bueno.

—La gente de aquí dice que este tiempo no significa que pase gran cosa, pero no puedo saber si dicen la verdad. No le deben ninguna lealtad a Guillermo, ni a Gospatric si es por eso. Toda su lealtad es para Waltheof. He llegado a desear tenerlo aquí con nosotros, pero claro, tampoco sé muy bien de qué lado está. —Agitó la cabeza—. York se me ha metido en la cabeza como la tierra prometida, por más de un motivo. Vamos.

Matilde sorprendió a todos caminando ágilmente hacia la barcaza. Iba con los ojos brillantes y sonriendo.

—¿Lo ves? —le dijo a Lucía—. Dije que llegaría a York. Buen presagio, buen presagio.

Haciendo un gesto de qué le vamos a hacer, Lucía siguió a la reina, pero le hizo un guiño a Madeleine, diciendo:

—Nunca infravalores el poder de la resolución femenina.

El aire estaba frío por una suave llovizna neblinosa que tornaba grises las capas y las armaduras. A medida que avanzaba el día la neblina se fue espesando hasta que ya casi no lograban ver las orillas del río. También apagaba los sonidos, haciendo difícil creer que había personas en otras partes del mundo, ni otros colores aparte del gris.

A pesar de que iban por un río y no podían extraviarse, Madeleine se sorprendió susurrando oraciones para que llegaran a alguna parte, a cualquier parte.

Pensaba hasta dónde se extendería la neblina y qué les estaría ocurriendo a Odo y a Allan. La sola existencia de esos cuerpos de guardia era un acto de fe, porque era difícil imaginarse que hubiera más personas del séquito aparte de las que iban en la barcaza de delante y en la de atrás. Se estremeció cuando recordó que ésa era una tierra de mito y magia. Ésa era la tierra natal de Waltheof, que no se reía de la idea de que su abuela era una osa hada.

Cuando lo recordó después, el grito de la reina le pareció inevitable.

Corriendo se abrió paso por entre las damas y cuando llegó al lado de la reina, la oyó soltar maldiciones. Entonces cayó en la cuenta de que lo que había oído no era un grito de dolor sino de rabia.

—¿Qué pasa? —preguntó.

—Ha roto aguas —contestó Adele, levantando la vista.

Matilde se tendió de espaldas, mascullando.

—Unas pocas horas más. Nada más. Unas pocas horas más.

—No tenéis unas pocas horas más y bien que lo sabéis —ladró Adele—. Me habéis estado mintiendo todo el día.

Matilde sonrió.

—Pero ¿ha habido algún lugar apropiado para parar?

Entonces retuvo el aliento y le apretó la mano a Adele.

Madeleine vio la ondulación en el hinchado vientre. La labor del parto estaba bien avanzada.

—Tenemos que parar.

A toda prisa se abrió camino hasta donde estaba Aimery con Fulk, los dos oteando a través de la niebla por si había algún peligro. Le comunicó la noticia.

—¡Buen Jesús! —Fue a hablar con uno de los barqueros y volvió—. Lo mejor que podemos decir es que estamos cerca de un caserío llamado Selby. Tendríamos que poder encontrar techo ahí. ¿Alcanzamos a llegar?

Madeleine se encogió de hombros.

—Si no, el bebé nacerá en el barco. —Le sonrió traviesa—. Puedo asegurarte de que en asuntos como éste las mujeres conocen bien el significado de *wyrd*.

Volvió al entorno de la reina y ordenó a las damas que buscaran en el equipaje las compresas y paños preparados para el parto. La labor se había acelerado con la ruptura de aguas, y no había fuerza en la tierra capaz de detener el nacimiento del bebé dentro de unas horas.

Como siempre, el parto ya era un asunto entre Matilde y Dios.

Las barcazas se dirigieron a la orilla occidental. La repentina vista de casas fue un impresionante alivio, y una confirmación de que la civilización seguía existiendo. Pero cuando ya las habían amarrado al pequeño desembarcadero, el alivio se evaporó. El caserío estaba abandonado, las casas estaban destartaladas y quemadas.

Desembarcaron. Los hombres montaron guardia con las espadas desnudas, pero el ataque había venido y también había pasado.

—¿Quién? —preguntó Madeleine a Aimery.

—Es reciente, pero igual pudieron haber sido los rebeldes o el rey. Quienquiera que fuera no ha dejado mucho en pie que sirva de techo.

Entonces se oyó una voz a través de la neblina, y apareció una forma oscura. Aimery se le acercó.

—¿Quién sois?

Madeleine vio que era un hombre, un hombre raro de pelo largo, barba, y ropa tosca. ¿Ése era el estilo de la gente de Northumbria? El hombre no parecía tener miedo.

—Soy Benedict de Auxerre, un humilde ermitaño —dijo en perfecto francés cortesano—. ¿En qué puedo serviros?

—¿Dónde están los habitantes de Selby? —le preguntó Aimery.

—Huyeron como ovejas ante lobos.

—¿Y vos?

—Yo soy un santo ermitaño, por lo tanto estoy a salvo de los lobos.

Aimery guardó silencio un momento. Al final dijo:

—Tenemos a una mujer de parto y necesitamos techo.

El ermitaño sonrió.

—Qué lástima que no sea Navidad. Venid. Mi cabaña es muy sencilla, pero está bien protegida de la intemperie, y tengo el fuego encendido.

—¿A qué distancia?

—Un poco más allá de las casas, donde termina la aldea.

Fulk distribuyó a sus hombres para que se cercioraran de la seguridad del poblado, y Aimery se acercó a Matilde, para llevarla a la cabaña. Esperó que pasara una contracción y la cogió en brazos.

—Buen desastre estoy hecha —dijo Matilde, pesarosa, y al instante retuvo el aliento y se aferró a él.

Aimery miró a Madeleine alarmado.

—Si esperas a que pasen las contracciones, esperarás a que nazca el bebé. ¡Camina!

Él echó a caminar, con Adele corriendo a su lado. Madeleine corrió a recoger las cosas necesarias para el parto y ordenó a las damas que buscaran ropa limpia de la reina para después del parto. Miró alrededor. Era difícil calcular con esa neblina gris, pero ya debía estar bien avanzada la tarde. La niebla los había hecho avanzar más lento por el río. Trató de calcular a qué distancia estarían de York. Aun en el caso de que la reina pudiera viajar después del parto, ¿alcanzarían a llegar a York antes de que oscureciera? Se le puso carne de gallina ante la idea de pasar la noche en esa aldea abandonada y esquelética.

Pero cuando entró en la cabaña del ermitaño se sintió mejor. Era una sencilla casita de piedra, de una habitación, con suelo de tierra batida, pero el fuego estaba encendido en el hogar central, y era acogedora. Ya había personas entrando y saliendo con las cosas necesarias. La reina estaba sentada en el jergón de paja del ermitaño, ya cubierto por finas sábanas de lino, bebiendo vino en una copa de plata, entre contracción y contracción. Un hombre estaba instalando un candelabro para tener luz. Ni Aimery ni el ermitaño estaban a la vista.

Pronto estuvo todo acomodado lo mejor posible, y todo el mundo tuvo que salir a buscar acomodación por su cuenta. Sólo quedaron allí Adele, Madeleine, Lucía y la dama favorita de Matilde, Berta. La habitación estaba llena.

A petición de Matilde, Berta y Lucía se turnaron en leer una historia sobre Carlomagno. Mientras tanto Madeleine le friccionaba la espalda y Adele observaba el progreso del parto.

Matilde gemía y gruñía, y de tanto en tanto soltaba una maldición, pero no emitía ninguno de los salvajes chillidos y gritos que a Madeleine le había tocado oír en otros partos. Pensó cómo se comportaría ella cuando le llegara el momento.

De pronto Matilde se incorporó hasta quedar de rodillas.

—Más fuerte, muchacha —ladró—. ¡Mas fuerte!

Madeleine se arrodilló detrás de ella y le presionó la espalda con todas sus fuerzas.

—Eso está mejor —gruñó Matilde.

Madeleine miró a Adele y la mujer asintió.

—Así está bien. Siempre le coge la espalda. —Le friccionó el vientre a la reina—. No falta mucho, cariñito —arrulló.

Madeleine continuó presionando y presionando, pensando que en esa situación, como en todas las de importancia, daba igual ser una reina o una campesina. Para todas era igual.

De pronto la reina emitió un gritito distinto y se dejó caer de costado sobre el jergón.

—Por fin —exclamó con la voz ahogada.

—Sí, por fin —corroboró Adele, en tono resuelto, y levantó las faldas mojadas y manchadas de la reina—. Aquí, lady Madeleine, sostenedle en alto la pierna.

Madeleine obedeció y vio el bulto que formaba la cabeza del bebé al asomarse a la salida.

—Maravilloso, maravilloso —dijo Adele—. Hermosa vista. Todo va bien, todo va bien.

Madeleine miró la cara mojada de sudor de Matilde. Estaba con la boca abierta, respirando en rápidos jadeos, con los ojos medio entornados, como si estuviera dormitando. ¿Oiría los tranquilizadores murmullos de Adele? Sí, seguro que sí. Entonces Matilde se tensó y gruñó. El bulto entre las piernas aumentó de tamaño.

Se oyó un grito. Pero éste no provenía de la reina sino de fuera. Era un grito de guerra. Y se oyó el ruido de choques de armas.

Madeleine miró a Adele alarmada, pero era como si la mujer estuviera sorda. Bertha había palidecido pero continuó leyendo. Lucía miró a Madeleine a los ojos, tranquilamente:

—No hay nada que hacer. Confiemos en Aimery.

Confiemos en Aimery. Madeleine miró los primeros atisbos de cabellos del bebé, y confió.

Matilde lanzó un grito gutural. Adele le friccionó la tensa piel y lentamente fue saliendo la carita enfurruñada del bebé.

—Precioso, es precioso —canturreó Adele, limpiándole la cara con un paño suave—. Tenemos un hermoso ángel. Otro esfuerzo más, cariño, y tendréis a vuestro bebé. Empujad...

La reina gruñó y pujó. Salieron los hombros, primero uno, después el otro y, entonces, en un precipitado deslizamiento, terminó de nacer el bebé. Un niño, que lloró inmediatamente.

—El príncipe heredero —dijo Lucía sombríamente.

Los ruidos de la batalla ya se oían cerca de la cabaña; gritos de guerra como aullidos de lobos se oían en la puerta, gritos en inglés y en francés, y el choque de armas contra armas. Se oyó un silbido, entró volando una flecha por la ventana alta y fue a caer al suelo, inofensiva. Madeleine oyó a Aimery gritar una orden. Le dio un brinco el corazón y luego se le oprimió al pensar que él estaba luchando ahí. ¿Luchando contra quién? ¿Contra Hereward?

Le temblaban las manos mientras ayudaba a Matilde a ponerse de espaldas. Adele envolvió cuidadosamente al bebé y lo puso en los brazos de su madre; después se instaló a esperar que saliera la placenta. Matilde, repentinamente despabilada, como ocurre a toda madre que acaba de parir, miró un momento al bebé, muy seria. Después se desabrochó el corpiño y lo puso expertamente a su pecho. Solamente entonces levantó la vista.

—¿Quiénes?

—No lo sabemos —dijo Madeleine—. Ingleses.

Matilde se movió y hurgó en su ropa hasta sacar una daga de su cinturón, y la dejó en la cama, junto a su mano.

—Ve a ver.

Lucía y Bertha estaban montando guardia junto a la puerta. Bertha estaba armada con una banqueta, pero estaba pálida. Lucía en cambio parecía lista para la batalla, sosteniendo en la mano el tosco bastón del ermitaño.

Madeleine sacó su cuchillo de comer, deseando tener el mejor, la daga que seguía en posesión de Aldreda. Abrió un pelín la puerta. Estaba bloqueada por la ancha y sólida espalda de Fulk. A su lado estaban otros dos guardias.

Habían encendido una hoguera fuera de la cabaña, que iluminaba la neblinosa batalla con un vivo color rojo. Madeleine sólo logró distinguir formas, pero los sonidos le llegaban más claros. Golpes de espadas contra hachas y escudos. Una ocasional flecha o lanza pasaba silbando por el aire. Se oían aullidos de guerra y gritos de dolor.

—Virgen santa, madre de Dios —susurró, buscando a Aimery con los ojos—. ¿Quiénes son?

—Rebeldes —gruñó Fulk—. ¿Cómo está la reina?

—Bien, y ha parido a un príncipe.

Fulk asintió.

—No temáis nada. Lograremos mantenerlos totalmente a salvo.

Ella sabía que él se dejaría matar antes de dejar pasar a un intruso por la puerta, pero podía llegar a eso. ¿Cuántos hombres estarían participando en el ataque? ¿Y dónde estaban Odo y Allan? ¿Cabalgando inconscientemente hacia York? ¿Y dónde estaba Aimery?

Lucía se asomó por encima de su hombro.

—¿Está Hereward ahí? —preguntó.

—No sabemos de quién son estos hombres, señora —contestó Fulk.

—Echad a correr la voz, si podéis, que Lucía de Mercia está aquí, y que caparé a mi maldito hermano con su propio cuchillo si él es el responsable de esto.

Fulk se rió.

—Gracias a Dios que estáis de nuestro lado, señora, pero no hay forma de hablar con esos. Quieren muerte.

No bien había dicho esas palabras cuando llegó volando una flecha. Fulk tardó un segundo en mover su escudo. La flecha le dio en la garganta, y cayó al suelo, atragantado. Madeleine se arrodilló junto a él, pero no había nada que hacer. A los pocos segundos Fulk estaba muerto.

Tenía que hacer algo. Tenía que encontrar a Aimery. Antes de que los dos horrorizados guardias se movieran para cerrar la puerta, echó a correr y se metió en el infierno de niebla.

Pasó junto a la fogata y sigilosamente corrió a esconderse detrás de una pared rota; después asomó la cabeza buscando a Aimery con los ojos, observando para ver quiénes eran los atacantes. Si era Hereward, tal vez ella podría disuadirlo con súplicas. No era mucha la fe que le inspiraba esa gestión, pero tenía que intentarlo.

Entonces vio a Aimery. Estaba luchando a espada contra un hombre más corpulento que él armado con un hacha. Pegada a la pared, avanzó un poco para ver mejor. El hombre era noble, a juzgar por su armadura, y absolutamente inglés, con su pelo largo y barba. No era Hereward.

—Sé fiel a tu sangre inglesa —gritó el rebelde a Aimery en ese momento, parando un fuerte golpe con su escudo—. ¿Vas a dejar que el Bastardo se reproduzca aquí a voluntad?

Aimery avanzó.

—Soy normando, Gospatric, y te mataré si no huyes.

El inmenso hombre se rió.

—Los northumbrianos no huimos jamás.

Asestó el hacha y Madeleine se estremeció al ver a Aimery parar el golpe con su escudo.

—Tú eres el que va a morir aquí, De Gaillard, junto con la zorra y el cachorro del Bastardo. Te sobrepasamos en número y no te va a llegar ayuda —continuó Gospatric, retrocediendo y sonriendo—. Interceptamos a tus mensajeros, «normando». Tu cuerpo de vanguardia va corriendo hacia York. Tu retaguardia está acampada muy lejos. Ríndete o muere.

—Saludo a la muerte entonces —contestó Aimery y atacó.

Madeleine observaba el combate horrorizada, con las mejillas mojadas de lágrimas. Todos iban a morir ahí, justo cuando por fin tenía la prueba absoluta del honor de Aimery.

De pronto se oyeron otros ruidos. Al principio no logró interpretarlos. Daba la impresión de que se habían incorporado más hombres al ataque. Pero pasado un momento la atención de Gospatric se desvió, y esto cambió la configuración total del combate.

Aimery le asestó un tajo en el hombro cubierto por la cota de malla, y lo hizo aullar y retroceder.

—¿Quién es? —gritó Gospatric, tratando de hacerse oír por encima del ruido de la batalla—. ¿Quién viene?

—Hereward de Mercia.

La respuesta salió como flotando de la niebla.

Al instante estaba Hereward ahí, con cota de malla esta vez, sus ojos brillantes de ánimo de lucha.

—Vete, Gospatric. Este campo es mío.

Madeleine se acurrucó más para no ser vista, sin saber si eso era un rescate o lobos peleándose por una presa. Vio que Aimery también estaba observando.

—¿No estás con nosotros? —preguntó Gospatric.

Hereward también estaba armado con un hacha. La blandió perezosamente.

—Tengo tus intereses en el corazón, Northumbria. Guillermo te tiene en el polvo, amigo mío, pero te perdonará si le hablas con suficiente dulzura. Pero no si matas a su reina.

Los demás habían parado la batalla mientras hablaban sus jefes. Los únicos sonidos que rompían el silencio eran los quejidos de los heridos.

—¿Y si ella ha parido un hijo varón?

—Eso ya no es problema tuyo. Mis hombres superan en número a los tuyos. Allan de Ferrers viene retrasado pero llegará, y ya han salido tropas de refuerzo de York, alertados por la tropa de vanguardia. Vete mientras puedas. Llegará el día en que podamos luchar juntos para expulsar a los normandos, pero ese día no es hoy.

El asunto estaba suspendido en la balanza del destino. Madeleine comprendió que era tanto la fuerza de personalidad de Hereward como la razón lo que hacía vacilar a Gospatric.

Entonces el hombre soltó una maldición, gritó a sus hombres y se marcharon.

Madeleine se relajó, sintiéndose como si hiciera su primera respiración después de muchas horas. Entonces se fijó en que Aimery seguía en postura de guardia.

—¿No me das las gracias, sobrino? —preguntó Hereward alegremente.

—A su debido tiempo —contestó Aimery, con la espada preparada.

Hereward se echó a reír.

—Me gustaría creer que te formé yo, pero fue tu condenado padre. Los refuerzos ya vienen en camino.

—Estupendo. Entonces sin duda puedes marcharte y dejar que nosotros nos ocupemos de las cosas aquí.

Ya retirados Gospatric con sus rebeldes de Nothumbria, Madeleine pudo ver la enorme cantidad de hombres de Hereward que rodeaban a los agotados normandos. Santo Dios, ¿es que todo iba a comenzar de nuevo? ¿Qué quería Hereward?

—¿Y cómo está la duquesa de Normandía? —preguntó Hereward.

—La reina está bien.

—¿Parió ya a su bebé?

—He estado demasiado ocupado para preguntarlo.

—Me interesaría saberlo.

Madeleine salió de su escondite.

—La reina ha dado a luz a un hijo sin ningún problema, y Lucía dice que os capará con vuestro propio cuchillo si les hacéis cualquier daño.

—¿Está mi hermana aquí, entonces? —dijo Hereward, riendo—. Woden me ampare. Una lástima que sea un niño —dijo, poniéndose serio—, porque tendré que llevármelo.

Madeleine avanzó con el cuchillo en la mano.

—¡No podéis quitarle un recién nacido a su madre!

—Tengo lista una nodriza. No se le hará ningún daño, pero tampoco será un príncipe heredero.

—Parece que tienes poca fe en tu profecía —terció Aimery.

—¿Quién sabe cómo se ha de servir?

—Yo la serviré entonces —dijo Aimery calmadamente.

Se quitó el anillo, lo tiró al fuego y fue a situarse entre Hereward y la cabaña.

Se miraron fijamente mientras el anillo lanzaba destellos en medio de las brillantes brasas.

—Y yo —dijo Lucía colocándose al lado de su hijo, con la espada de Fulk cogida con ambas manos. Estaba claro que no era capaz de levantarla, pero no había nada ridículo en su desafío.

Madeleine fue a ponerse al otro lado de Aimery.

—Y yo —dijo.

Hereward los miró, pensativo.

—¿Así es entonces? ¿Ése es el futuro, que se unan los ingleses, los normandos y los ingleses normandos?

Nadie contestó.

—Sea pues.

Hereward hizo un gesto y se acercó Gyrth a coger su hacha. Madeleine soltó el aire contenido, sintiendo por primera vez la esperanza de que habría vida, seguiría habiendo un futuro.

Bruscamente se le volvió a cortar el aliento al ver a Hereward sacar una daga de su cinturón. Era una con un pomo esférico de ámbar.

—Le quité esto a una mujer que deseaba torcer nuestras tradiciones para su beneficio, y encajar con engaño un bastardo normando en mi linaje. Ya no os molestará más.

Aimery enterró la punta de su espada en el suelo y apoyó las manos en el pomo.

—¿La mataste?

—Como era mi derecho. Cuida de mi hija.

—¿Reconoces a Frieda?

—Es hija del señor, por lo tanto mía. Cuando recupere mis posesiones, la reconoceré, como es lo debido.

—Estás ciego, Hereward —dijo Lucía, exasperada—. Esta tierra está ganada.

Hereward hizo un gesto que abarcaba más que el escuálido lugar.

—Mira a tu alrededor con algo más que los ojos, Lucía. Tú por lo menos tienes la sangre para hacerlo. La tierra nunca está ganada. Simplemente espera a quienes se la merecen.

Grácilmente se inclinó hacia el fuego e insertó el anillo en la punta de la daga; luego caminó hacia Aimery con el brazo estirado poniendo el anillo entre ellos.

—Te di mujer, tatuaje y anillo aquel día. ¿Renuncias a mí?
—Debo.
—Entonces no debes quedarte con ninguna de esas cosas.

Con la celeridad de un rayo le puso el anillo candente en el dorso de la mano y lo presionó con la daga. Cuando Aimery logró quitárselo y levantar la espada, Hereward ya se alejaba, con el hacha nuevamente en su mano.

—Dale mis respetos a Matilde —gritó—, pero dile que por mucho que críe, ningún hijo de un hijo suyo gobernará Inglaterra.

La neblina se lo tragó a él y a sus hombres como por arte de magia. Aimery emitió un siseo y Madeleine se giró a mirarle la mano. Un feo círculo estaba grabado a fuego sobre su tatuaje. Aimery se había cogido la mano, pero el dolor que expresaba su cara se debía más a la muerte de esa parte de su vida que a la quemadura.

No había grasa de oca a mano, de modo que Madeleine fue a mojar un paño y con él le vendó la mano.

—¿Puedes luchar con la mano izquierda?
—Medianamente.
—Yo en tu lugar practicaría —dijo ella, sarcástica—, porque si esto continúa, uno de estos días no vas a tener mano derecha.

Él se echó a reír y la abrazó.

—¡Estamos vivos! Aunque durante un rato he tenido mis dudas.

—Yo estaba aterrada, pero —lo miró a los ojos—, confiaba en ti.

Él la estrechó más.

—Yo simplemente rezaba. Y por si te interesa saber a quién, al Dios en la Cruz.

Se oyó el ruido de cascos de caballo. Madeleine miró hacia la neblina, asustada.

—¡Virgen santa!, no más, por favor.

—Creo, espero, que es la tropa de refuerzo de York.

Y ellos eran, con Guillermo a la cabeza. Los perspicaces ojos del rey evaluaron rápidamente la escena.

—¿La reina? —preguntó.

—Está a salvo —contestó Madeleine—. Ha dado a luz un varón.

Guillermo sonrió de oreja a oreja.

—¡Buena nueva! Un príncipe heredero. Ahora todo está asegurado. Pero ¿quién os atacó aquí?

—Gospatric —dijo Aimery—. Por error. Se marchó cuando Hereward se lo explicó.

Madeleine alcanzó a reprimir justo a tiempo una exclamación de sorpresa por esa versión; sin duda Aimery tenía sus motivos.

—¿Hereward estuvo aquí? —preguntó Guillermo, mirando alrededor con la clara intención de organizar una persecución—. ¿Cuánto rato hace?

—No hace mucho, *sire*. Él hizo de mediador para la seguridad de la reina.

Guillermo miró ceñudo a su ahijado.

—Quieres demasiado a ese hombre. ¿Qué le pasó a tu mano?

—Una quemadura.

—No llevas su anillo.

—No, *sire*.

Guillermo movió la cabeza en gesto de asentimiento.

—Dejemos marchar a Hereward, entonces. Ya llegará el día de nuestro encuentro, y yo prevaleceré. Por ahora, prefiero ver a Matilde y a mi hijo.

Acto seguido, entró en la cabaña.

—¿Por qué? —preguntó Madeleine.

Aimery suspiró y se desperezó.

—Si se enterara de las intenciones de Gospatric, Guillermo lo perseguiría hasta matarlo, y Northumbria acabaría en un baño de sangre. Si juzgo bien la situación, el conde de Northumbria se postrará de rodillas antes de que acabe el mes y suplicará perdón encantadoramente, y ahí tendría que acabar todo.

—¿Edwin también?

—Por supuesto, sobre todo si Guillermo le da a Agatha por esposa. Con eso Hereward quedará solo, y él también tendrá que pedir perdón. Entonces, es posible que Inglaterra pueda tener paz.

—Estás tan loco como tu tío —dijo Madeleine agitando la cabeza.

—¡Pues sí que lo está! —exclamó el conde Guy acercándose y rodeando firmemente a Lucía con su brazo envuelto en malla—. Tan loco como Hereward, pero un hombre excelente también. —Le cogió el brazo a su hijo—. Lo has hecho muy bien este día, Aimery. Debo decirte, sin embargo, que el primo de lady Madeleine, Odo, ha propagado un extraño cuento. Dice que tú eres el proscrito inglés Ciervo Dorado.

Aimery echó una rápida mirada a Madeleine.

—¿Y por qué habría de decir eso?

—Por la recompensa, no cabe duda, aunque se equivoca si piensa que va a ganar algo obligando a Guillermo a arruinarte. —Guy miró fijamente a los ojos de su hijo—. ¿Es cierto eso?

Aimery parecía totalmente tranquilo.

—¿Que yo soy Ciervo Dorado? ¿Qué piensa Guillermo?

—¿Quién puede saber lo que piensa Guillermo? Odo de Pouissey asegura que emprendió la marcha con su guardia hacia York cuando se enteró de que tú planeabas entregar a la reina a Hereward. Temía no tener autoridad para frustrar tus planes.

Llegado el momento, Madeleine descubrió que no sentía tanto miedo como resolución. Se sentía como un cuchillo afilado. Eso le trajo a la cabeza un pensamiento, y miró la daga con pomo de ámbar que estaba en el suelo.

Después de advertir a Aimery con una leve presión en el brazo, se alejó calmadamente del grupo. Al pasar junto a la daga se agachó a recogerla, se dirigió al embarcadero y subió a la barcaza. Quiso la buena suerte que su arcón estuviera encima de un montón de otros arcones. Sólo tardó un momento en encontrar la vaina dorada, meter en ella la daga y ponérsela en el cinturón.

Llegó a colocarse al lado de Aimery justo cuando se acercaba un hombre a llamarlos a presencia de Guillermo.

La cabaña se llenó. Guillermo estaba sentado junto a Matilde con el bebé en sus brazos. Guy, Lucía, Madeleine y Aimery se situaron de pie donde les fue posible. Entonces entró Odo. Paseó la mirada por el grupo, inquieto. Tal vez percibió que ninguno de los presentes sentía mucha simpatía por él.

—Ah, Odo —dijo Guillermo amablemente—. Podéis felicitarme por mi hermoso hijo.

Odo se inclinó en una reverencia.

—Os felicito de todo corazón, *sire*.

—Y por lo visto os informaron mal, porque lord Aimery defendió leal y firmemente a la reina.

Odo se sonrojó y los miró a todos.

—Y sin embargo dejó escapar a ese canalla de Hereward.

Guillermo miró interrogante a Aimery.

—Nos sobrepasaban en número, *sire*. Puesto que Hereward no parecía tener ninguna intención de hacer daño, pensé que era mejor dejarlo marchar.

—Sabia decisión, ¿no os parece, De Pouissey?

—Precavida —dijo Odo, sonriendo burlón—. Encuentro raro que Aimery de Gaillard luchara valientemente contra Gospatric pero no diera ningún golpe contra Hereward. Hay quienes aseguran que hablaron como amigos y que incluso se estrecharon las manos al final.

Guillermo lo miró con interés.

—¿Queréis decir que todo esto fue una comedia, que Hereward y Aimery salvaron el día con el fin de ganarse mi favor?

Era evidente que esa idea no había cruzado jamás por la cabeza de Odo, pero la cogió al vuelo, entusiasmado.

—Sí, *sire*.

—Qué mente más pasmosamente sutil tenéis. Pero Aimery ya cuenta con mi favor en total medida, y Hereward sólo tiene que hincar la rodilla ante mí para recibirlo.

Odo tragó saliva.

—Pero ¿y el asesinato en Huntingdon? —dijo, desesperado—. ¿Dónde está la mujer, Aldreda, que tiene el cuchillo que encontraron en el cadáver? Es la daga de De Gaillard, la que le disteis vos como premio.

—¿Qué mujer es ésa? —preguntó Guillermo.

—Aldreda es una tejedora que vove en Baddersley —respondió Aimery—. Su marido fue hallado muerto en Huntingdon. Si se le ha de creer a Hereward, también ella está muerta.

—¡Muerta! —exclamó Odo—. Alevosamente asesinada, entonces. ¡Por ti!

—Por Hereward —dijo Aimery—, por motivos personales de ellos. Yo no he tenido oportunidad para dar muerte a nadie durante muchas horas.

Odo estaba rojo de furia y se iba pareciendo más a su padre por segundos. Era un tonto también, pensó Madeleine, porque el rey estaba claramente dispuesto a pasar por alto todo si lo dejaban.

—Ella debe de tener la daga en su cuerpo —exclamó Odo—. Esa es la prueba.

—No sé cómo podría ser prueba de algo —terció Madeleine, mirando la daga que llevaba en el cinturón—. Yo estaba convencida de que ésta era la daga que el rey le dio de premio a Aimery.

Odo la miró fijamente.

—¿De dónde sacaste eso?

—Aimery me la dio. Hace semanas.

—A ver, dejadme verla. —Guillermo miró atentamente la daga y asintió—. Es la misma. —Miró a Odo con un ceño de advertencia—. Creo que vuestras intenciones son leales, De Pouissey, pero habéis sido mal informado. ¿Qué motivo podía tener Aimery para asesinar a un campesino?

Odo miró a Aimery furioso.

—Ese campesino lo habría llamado Ciervo Dorado, como también la tejedora. Él los ha matado. Pero hay otro, *sire*. Haced llamar a Bertrand, que fue uno de los hombres de Robert d'Oilly. Está en mi tropa, y una vez se encontró con Ciervo Dorado, como sabéis. Él lo dirá todo.

La cara del rey estaba fríamente inescrutable cuando dio la orden de que llamaran al hombre. Guy y Lucía estaban pálidos. Aimery parecía muy tranquilo.

El hombre entró y cayó de rodillas, moviendo los ojos nerviosamente de uno a otro. Pero eran unos ojos perspicaces.

—Bien, Bertrand —dijo el rey—. Al parecer, lord Odo cree que puedes identificar a uno de los presentes como al gigante que te atacó en Banbury.

El hombre paseó la vista por el grupo, y sus ojos se detuvieron un instante en Aimery.

—No, *sire*. Ninguno aquí es tan grande.

—¡Mientes! —gritó Odo—. Hace dos días me dijiste que lord Aimery podría ser el hombre.

—Dije que «podría» ser, milord. También podrían serlo otros muchos. Pero lord Aimery es un verdadero caballero normando, como lo ha demostrado hoy. El hombre con el que yo luché era de humilde cuna.

—Pero manejaba bien una espada —dijo Odo.

El hombre se irguió muy arrogante.

—Yo también manejo bien una espada, y soy de humilde cuna.

Odo iba a decir más, pero intervino el rey.

—Está claro que no hay nada en esto. —Le pasó unas monedas a Bertrand—. Puedes irte, hombre, con nuestro agradecimiento.

Cuando el hombre hubo salido, el rey miró a Odo con frío humor:

—Si esto continúa, De Pouissey, yo podría comenzar a pensar que le guardáis rencor a Aimery por haberse ganado a la hermosa lady Madeleine.

Odo miró alrededor, demasiado furioso para detectar la advertencia en el tono del rey.

—Sólo guardo rencor a los traidores, *sire*. Ha matado a dos testigos y sobornado a otro, pero hay un testigo que no se puede silenciar. Aimery de Gaillard lleva una marca en su mano que dice su culpa tan claramente como el evangelio. —Se giró a mirar a Aimery—. Veo que la escondes bajo un trapo. ¡Enséñanos esa marca pagana si te atreves!

Tranquilamente Aimery desenvolvió el paño y se quitó el brazalete de la muñeca. La cicatriz de la herida del jabalí discurría desde la mitad de la mano hasta unas cuantas pulgadas del antebrazo. Encima se veía un hinchado círculo rojo. El dibujo del tatuaje era un enredo de líneas.

—Ya —dijo el rey—. ¿Quién puede decir qué representa eso?

No quedó claro si era una pregunta o no, pero contestó Lucia:

—Era un caballo, *sire*. Ahora es sólo un enredo informe con cuatro patas. No veo cómo Aimery podría ser Ciervo Dorado, aún cuando hubiera sido tan tonto, porque en mi viaje oí decir que ese proscrito estaba hostilizando a los barcos con rumbo a Francia.

—Y a mí me llegó un informe fidedigno de que hizo una incursión en Lancaster hace dos días con una tropa de escoceses. —Miró a Odo—. Me parece que esta región del norte os ha hecho daño a la cabeza, De Pouissey. Os envío de servicio con lord William Fitz Osbern contra los galeses. Esa región os probará mejor y os capacitará para ganar las recompensas que tan claramente deseáis.

Emitiendo un sonido peligrosamente parecido a un gruñido, Odo hizo su inclinación de la cabeza y salió. Se oyó una espiración colectiva.

Guillermo le entregó el bebé a Matilde, y miró a Aimery.

—Y ahora, Ciervo Dorado...

23

Sonriendo levemente, Aimery se puso de rodillas.

—Sólo soy una pequeña parte del total, *sire*, y jamás os he servido mal.

El rey lo miró con ojos fríos.

—Has engendrado un monstruo que me preocupa.

Aimery lo miró a los ojos, enfrentando su ira.

—Se habría engendrado solo, *sire*.

Guillermo esbozó su sonrisa lobuna.

—Si de verdad quisiera castigarte, te desterraría a Normandía. ¿Irías?

Aimery palideció. Pasado un tenso momento, dijo:

—No.

Lucía ahogó una exclamación.

—¿Te unirías a Hereward?

—No, *sire*. Supongo que sería verdaderamente Edwald el proscrito.

—¿Para hacer qué, por la Cruz? —explotó el rey.

—Ayudar al pueblo.

Guillermo agitó la cabeza.

—Pones terriblemente a prueba mi paciencia, Aimery.

Y se quedó mirándolo, un largo rato. Madeleine tuvo la impresión de que todos tenían retenido el aliento, al menos ella lo tenía. A excepción del inocente bebé, que de pronto emitió un suave chillido. Eso rompió la tensión. El rey se relajó.

—Pero me has servido bien este día. —Le tendió la mano—. Ayuda al pueblo entonces. Ayuda a «mi» pueblo, pero hazlo como Aimery de Gaillard.

Aimery le besó la mano y se incorporó.

—Y ahora marchaos —dijo el rey—. La reina y yo vamos a pasar aquí la noche. Vosotros os arregláis por vuestra cuenta.

Cuando salieron de la cabaña, Guy gimió:

—Lucía. ¿A ti también se te ha vuelto gris el pelo?

—Me da miedo mirármelo.

Guy se giró hacia Aimery.

—Te desollaría vivo. ¿Se acabó eso?

Aimery se encogió de hombros.

—No volveré a hacer el papel de Ciervo Dorado. El resto, supongo, es el *wyrd*.

Guy masculló algo y se alejó con Lucía.

Madeleine se echó en los brazos de Aimery.

—¿Estamos a salvo?

Él la besó.

—Tan a salvo como estaremos siempre. Vale decir, no mucho. Pero tengo la esperanza de que por lo menos llegaremos a York.

Ella se ruborizó.

—¿No piensas en otra cosa?

Él flexionó las manos sobre sus hombros.

—¿Entre proteger a la reina, luchar por mi vida y confesar mis pecados a Guillermo? No, supongo que no. He empezado a dirigir mis pensamientos hacia la vuelta a casa para cuidar de Baddersley y de Rolleston, para verte dar a luz a nuestro primer hijo, para encontrar una manera de que Inglaterra prospere. ¿Confías en mí?

—Totalmente. Siento no haber confiado.

—No te he dicho el servicio que presté a Hereward.

—No me importa.

—Hace unos días obtuve el permiso para decírtelo, y no lo hice. Deseaba tu fe ciega, lo cual era una debilidad en mí.

Madeleine se sintió obligada a ser sincera.

—No logré estar totalmente segura hasta que te vi luchar contra Gospatric y renegar de Hereward.

Él volvió a besarla.

—Lo sé. Y no me importa. Creo que la fe ciega no es una cualidad admirable, tomado todo en cuenta. A mí que me den una mujer capaz de usar su cabeza cada día. Entregué un paquete.

—¿Un paquete?

—Para ser más exacto, a Agatha.

Madeleine lo miró sin entender.

—¿De qué demonios hablas?

Él la rodeó con un brazo y echaron a caminar en busca de algún rincón protegido donde dormir.

—A la tontita Agatha se le metió entre ceja y ceja ir a reunirse con Edwin, como la heroína de una balada. Con un par de guardias estúpidos, porque tienen que haber sido estúpidos para aceptar acompañarla, emprendió el camino hacia del norte preguntando por él. Los hombres que la capturaron querían pedir rescate, pero esto llegó a oídos de Hereward y él se hizo cargo de ella. No tenía ninguna manera segura de devolverla a la corte, así que me envió un mensaje.

—Ése fue Gyrth. ¿Por qué no me lo dijiste?

—Ése fue Gyrth, pero yo no pensaba ir. Desde Senlac que estaba negándome a acudir a las llamadas de Hereward, y creí que era una trampa. Entonces pasó un mensajero de la reina por Baddersley, de camino a York, con la petición urgente y secreta de que yo usara mis contactos para encontrar a Agatha.

—Y fuiste. Pero podrías haberme dicho algo.

Él se rió.

—Te dejé un mensaje vago pero tranquilizador. Supongo que ya había perdido algo de su significado cuando llegó a ti.

—Desde luego. Pobre Agatha. Arrastrada de vuelta a casa, deshonrada. No me extraña que estuviera tan deprimida cuando la vi.

—Sí.

Se decidieron por un rincón húmedo de una cabaña que todavía tenía una parte del techo y un poco de paja en el suelo. Aimery se acomodó sobre la paja con ella acurrucada en sus brazos.

—Y pobre Aldreda —comentó—. Y Frieda. Estos son tiempos duros.

—Sí —convino ella—. Pero siempre está York.

La llegada a York al día siguiente no fue nada sencilla. Por motivos muy suyos, el rey decidió hacer una entrada grandiosa en la antigua ciudad. Desde el río al castillo, Matilde viajó en una litera abierta y Guillermo a su lado a caballo con el bebé en sus brazos.

Ambos lados del camino estaban abarrotados de gentes deseosas de ver pasar la comitiva, pero Madeleine no logró formarse un juicio de la verdadera actitud del pueblo. Veía sonrisas, e incluso entusiasmo cuando se arrojaban monedas, pero no tuvo la impresión de que ese buen humor fuera a durar. De tanto en tanto una voz gritaba: «¡El príncipe heredero!» y a eso seguían algunos vivas, pero no todo el mundo vitoreaba, por lo que supuso que aquellos que gritaban ese importante nombre estaban pagados por los hombres del rey.

Miró a Aimery y él le sonrió. La expresión de sus ojos le hizo enroscarse los dedos de los pies. Descubrió que no le importaba el ambiente de Northumbria, mientras no les estropeara esa noche.

El rey estaba alojado en el palacio episcopal, y allí estuvo ocupada Madeleine colaborando en instalar a la reina y al bebé. Pero al fin Matilde se fijó en ella:

—Cielo santo, muchacha, ¿es que no tienes nada mejor que hacer? Ve a ocuparte de vuestro alojamiento. Os merecéis una recompensa.

Sonriente y sonrojada, Madeleine obedeció.

Le llevó tiempo y una buena cantidad de averiguaciones encontrar la pequeña habitación que les habían asignado. Con la cama y sus arcones quedaba poco espacio para moverse, pero era para los dos solos y tenía una cama, y a nadie se le ocurriría sugerir que metieran a una tercera persona en esa habitación tan pequeña. Era perfecta.

Deseó poder quedarse en la habitación hasta que llegara Aimery, y luego continuar allí eternamente, pero estaba la comida del atardecer, en la que tenían que estar presentes. Dorothy le eligió hermosos y finos vestido y túnica, la vistió y le trenzó el pelo, cubriéndoselo con un pañuelo bordado que se cruzaba por delante y le caía por la espalda hasta la cintura. Ella eligió sus joyas, un collar de oro macizo y los brazaletes que le diera Aimery como regalo de la mañana de bodas. Después despidió a la mujer diciéndole que no volviera.

Esperó todo el tiempo que se atrevió a que llegara Aimery a cambiarse, porque no había tenido ni un solo momento a solas con él desde la mañana, pero la segunda llamada del cuerno la obligó a salir de la habitación. Ah, bueno, ya habría tiempo después.

Cuando iba caminando por el estrecho corredor, de pronto la agarraron por detrás y se encontró envuelta en una capa que recordaba. Le dio un brinco el corazón, y el cuerpo le hormigueó de expectación.

—¿La comida?

—Se nos exime —le dijo él en inglés al oído.

Ella se apretó contra él.

—¿No estarás desnudo por una casualidad?

Él se ahogó de risa.

—Eso sería temerario aquí en el corredor, ¿no crees?

—Pero un delicioso pensamiento...

Él le succionó la piel de la nuca con los labios a través de la seda del pañuelo.

—Tengo cientos de pensamientos deliciosos, mi señora morena. El del peso de tus pechos en mis manos, tu suave piel bajo mis dedos. Te voy a acariciar los pechos hasta que canten por mí como música, y lamértelos hasta que se alarguen hacia mí.

No le estaba haciendo nada de eso, pero ella ya tenía la respiración entrecortada y se sentía arder bajo la capa.

—Me prometiste una cama.

—A su debido tiempo.

Por fin él levantó la mano simplemente para ahuecarla en su ansioso pecho, produciéndole más tormento que alivio.

—Creo que te he enseñado a ser impaciente, cariño. Es hora de que aprendas otra lección.

—¿Qué lección es ésa?

Sonó por tercera vez el cuerno y eso significaba que ya todo el mundo estaba en la sala; estaban verdaderamente solos.

—El placer de postergar el placer. ¿Recuerdas lo que te dije ese día junto al río?

—Recuerdo lo que me dijiste que dijiste —respondió ella, moviéndose contra su mano en el pecho.

—Te dije que te iba a atormentar los pezones hasta endurecerlos de ansias, entonces lamértelos, primero suave, después fuerte, hasta que estuvieras loca por mí.

Nuevamente el cuerpo de ella se movió como por voluntad propia, suplicando que le dieran lo que le estaban prometiendo. Ella no podía mover las manos, pero movió sí que movió el cuerpo, friccionándolo contra el de él. Lo sintió retener el aliento.

—Te dije lo caliente y mojada que estabas por mí —le dijo él con voz ronca—. Y cuánto más lo estarías cuando yo te tocara ahí. Cómo te haría desearme y convertiría en fuego tu deseo. Te voy a hacer el amor lenta, lentamente, esposa mía, muy lentamente, y cuando ya no puedas soportarlo más, te lo haré fuerte y rápido.

El cuerpo de ella ardía por él, ya la quemaba el deseo.

—Ya no puedo soportarlo más —susurró.

—Tienes que aprender —dijo él, riendo.

La llevó en brazos a la habitación, le quitó la capa y la sentó firmemente en el borde de la cama. Madeleine lo observó deslumbrada mientras él se desvestía. Finalmente quedó desnudo ante ella, en todo su deseo, todo dorado. Piel dorada, cabellos dorados, brazaletes de oro en sus fuertes brazos. Su hermoso dios del río, su príncipe elfo.

Llevaba brazaletes en los brazos y uno en la muñeca izquierda, pero no en la derecha. ¿Debido a la herida, o porque ya no era necesario?

Le cogió la mano derecha y le acarició suavemente el dorso, por alrededor de la rojiza ampolla circular.

—Hereward te salvó con esto.

—Y sin duda lo sabía.

Madeleine pensó en la magia que formaba la textura de ese país. ¿Era parte de eso la magia que él estaba urdiendo en ella en ese momento? Se levantó y subió suavemente una mano por uno de sus musculosos brazos, continuó por el pecho y la bajó por el otro brazo. Era como si su piel cantara bajo sus dedos. ¿Era así como la sentía él?

Se cogió la túnica para empezar a desvestirse pero él la hizo girar y nuevamente la apretó contra él.

—Ahora estoy desnudo —susurró.

Ella lo sabía; sentía dura su erección en la espalda. Tenía acelerado el corazón, le temblaban las piernas. ¿Cuánto más de eso sería capaz de soportar?

Él ahuecó las manos sobre sus pechos y se los frotó con la más tierna y suave de las caricias, tan suave que ella apenas lo sentía a través de las tres capas de ropa. Era como si le corriera fuego por las venas.

—¡Cielo santo! —susurró.

—Cielo santo, sí —susurró él, deslizando una mano hacia abajo hasta presionarla en su entrepierna.

Ella gimió. Él le levantó las faldas hasta poder deslizar la mano por entre sus muslos. A ella se le fue hacia atrás la cabeza y luego hacia delante. La recorrió un fuerte estremecimiento y sólo los potentes brazos de él la mantuvieron de pie.

Suavemente la giró, la hizo colocarse las manos sobre los hombros y le desabrochó el cinturón. Madeleine recobró un poco el sentido y pudo colaborar con él mientras la desvestía, capa a capa, hasta que ella se quedó también solamente con sus joyas: el grueso collar de oro y los dos brazaletes.

Él la recorrió con los ojos pulgada a pulgada, adorándola sin palabras. Respondiendo a ese mensaje, ella abrió los brazos y se dio una vuelta delante de él, dedicándole una sonrisa triunfal. Él se rió y la capturó; inclinando la cabeza le lamió un pezón y luego el otro hasta que a ella la recorrió un estremecimiento. Y no hubo más.

Él comenzó a deshacerle las trenzas.

Desesperada, ella estiró juguetonamente la mano para cogerle el miembro erecto. Él la esquivó riendo y en un instante ella se encontró con las muñecas atadas por su pañuelo de seda.

—¡Aimery!

—Es sólo un momento, para evitar que hagas travesuras —dijo él, y continuó su tarea hasta dejarla rodeada por la exquisita cortina de sus cabellos.

Él cogió una larga guedeja y le frotó el pezón derecho con ella, sonriendo.

—Te soltaré las manos, pero si me tocas, derramaré mi simiente. Entonces tendrás que esperar más tiempo aún.

—No me desates entonces —dijo ella, acercándosele más—. Pero hazlo. Estoy loca por ti. De verdad.

—¿Tú crees? Pero yo te prometí un amor largo y lento en una cama. Todavía no hemos llegado a la cama.

Ella gimió cuando él la dejó de pie donde estaba. Él echó atrás la colcha y la instaló sobre la fresca sábana de lino. Sus manos comenzaron a explorarla toda entera, excitando y abandonando deliciosos lugares.

—Hazlo ya —exclamó—. ¿Es amor o tortura esto?
—¿Como se siente?
—¡No lo sé!

Él le quitó el pañuelo de las muñecas y se tendió de espaldas.

—Ahora tomas el mando tú.

Madeleine lo contempló. Tenía el miembro duro, lleno y hermoso. Miró el pañuelo que tenía en las manos y lo pasó suavemente sobre él, rozándolo. Lo vio estremecerse. Con una traviesa sonrisa, le ató las manos con el pañuelo, teniendo buen cuidado de no hacerle daño en la quemadura. No lo dejó bien anudado, él podía soltarse sin dificultad, pero de todos modos lo tenía prisionero.

Impulsada por una fuerza desconocida, se inclinó dejando caer sus cabellos sobre él, y movió la cabeza rozándole con ellos desde el pecho hasta los muslos. Lo oyó retener el aliento.

—¿Es amor o tortura esto? —le preguntó dulcemente.
—No lo sé.

Bajó la cabeza y con los labios le acarició la brillante punta de su miembro. Éste se sacudió. Él gimió, y cerró las manos en puños.

Ella ansiaba tenerlo dentro de ella, pero también deseaba eso. Ese poder. Le lamió el miembro, observándolo. Él parecía estar desesperado, y se arrepintió. Le soltó el pañuelo y volvió a pasárselo rozando.

—Increíble lo que enseñan en un convento —masculló él, quitándole el pañuelo.

—Debe de ser el instinto —rió ella—. Pero dime la verdad. ¿Es cierto que los hombres chupan los pechos a la mujer para ponerse duros?

Él se echó a reír.

—Te aseguro que yo estaba duro como un atizador antes de tocarte los pechos. Pero déjame asegurarme.

Al instante su boca estaba sobre sus pezones, lamiendo y atormentándola hasta que ella gimió. Entonces, tal como había prometido, succionó fuerte, tan fuerte que ella gritó y se arqueó como un arco.

Entonces, tal como había prometido, la penetró, embistiendo fuerte y duro, observándola con sus ojos oscurecidos, ardientes de pasión. Madeleine trató de observarlo también, de ver su éxtasis, pero la realidad se desvaneció cuando rugió la sofocante fiebre. Solamente era consciente del ardor y poder de él, haciéndola volar de placer en celestiales fragmentos.

Cuando volvió a reunir sus fragmentos, le lamió el sudor salado del hombro.

—¿Crees que yo podría vivir de esto?

—No —contestó él, riendo.

—¿Me amas?

—No.

Ella abrió bruscamente los ojos.

Él sonrió perezosamente.

—Tú te lo buscaste. Amor es una palabra demasiado suave, blanda. Tú eres para mí lo que es mi corazón.

—No creo que amor sea una palabra blanda, Aimery. Es como los océanos y las tormenta, y el calor del sol. Es el poder de una hoja que se libera de la tierra, y el agua corriente del río que muele el trigo. Es la unión en la cama y el nacimiento de bebés. Con amor podemos hacerlo todo.

Él se desenredó de sus cabellos y dejó libres sus cuerpos húmedos para poder estrecharla en sus brazos.

—Entonces aprovechemos el amor para hacer crecer cosas, dulce corazón mío. Trigo y bebés. Y una Inglaterra en paz para su futuro. Si lo quiere Dios y el *wyrd*.

Madeleine se acomodó pegada a él.

—Si lo quiere Dios y el *wyrd*, dueño de mi corazón.

Nota de la autora

Me parece que contemplar el siglo XII es como mirar una estimulante niebla. Por lo general, la visión es oscura, pero hay relámpagos de detalles precisos que me tientan y me hacen desear saber más. La poesía anglosajona es así; es muy poco lo que nos ha llegado de ella, pero lo que tenemos es tan hermoso que ofrece atisbos de la profundidad y sutileza de esa cultura.

Que yo sepa, no he violentado ninguna realidad en esta novela, pero sí he tenido que inventar algunos detalles. Guillermo, Matilde, Edwin, Gospatric, Waltheof y Hereward son personas que existieron en la realidad de las que sólo conocemos fragmentos. Les pido perdón a sus sombras de las libertades que me he tomado.

No hay ninguna prueba de que Agatha intentara reunirse con su conde rebelde, pero hay muchas de que Matilde dio a luz al futuro Enrique I en la cabaña de un ermitaño en Selby, Yorkshire.

Mis únicos inventos descarados son los tatuajes que llevaban en las manos los nobles ingleses y la ceremonia de iniciación de Hereward. En el caso de los tatuajes, hay pruebas de que eran una tradición anglosajona, aunque no he encontrado ningún detalle respecto a diseños ni al lugar del cuerpo donde los llevaban.

Aunque hay diversas opiniones, elegí aquella de que la conquista normanda fue la dominación de una nación pacífica y enormemente culta por parte de guerreros semibárbaros. Por ejemplo, actualmente está generalizada la opinión de que el tapiz de Bayeux, esa maravillosa representación de la conquista, fue obra de ingleses, no de normandos, sencillamente porque los normandos no eran capaces de hacerla.

Investigando este periodo, comprendí con qué fuerza los ingleses modernos, entre ellos yo, tienden a solidarizar con los anglosajones y no con los normandos, como si esas dos naciones no se hubieran mezclado al final. La conquista normanda se recuerda claramente como la última invasión lograda de Inglaterra, y a Hereward como al último jefe noble de la resistencia. El hecho de que tal vez podría haber salido todo bien al final añade sabor a su historia.

En la época en que escribí este libro esperaba escribir más acerca del periodo, pero lo encontré muy triste y pasé a la siguiente generación, cuando la situación anglo-normanda era más estable. Estas novelas son *Dark Champion*, *Lord of Midnight* y *The Shattered Rose*.

Sin embargo, algún día espero escribir una novela acerca de Waltheof y Judith, una historia muy intersante y misteriosa.

Hay una ligera relación aquí ya que el héroe de *Dark Champion*, FitzRoger, es el hijo de ese desagradable hermano de Aimery, Roger de Gaillard. *Dark Champion* se volverá a imprimir a comienzos de 2003, y *Lord of Midnight*, acerca del amigo de FiztRoger, Renald de Lisle, sigue en el mercado. *The Shattered Rose*, que tiene una muy leve relación con los otros, está agotada en estos momentos.

He escrito veintitrés novelas románticas, todas ambientadas en mi Inglaterra natal, en tres periodos: medieval, georgiano y la regencia. Mi última novela, *Hazard*, es histórica, ambientada en la regencia, publicada en mayo de 2002, y la siguiente será *St. Raven*, en febrero de 2003.

Encontrarás la lista completa de todas mis novelas y novelitas en mi página web: www.jobev.com, además de extractos e información histórica sobre mis libros. Incluso hay muestras de libros aún no publicados. Si quieres estar al tanto de los libros nuevos y reimpresos, envía un e-mail a jo@jobev.com, pidiendo quedar anotado/a en mi correo electrónico. También disfruto leyendo los comentarios de los lectores de mis libros.

Puedes contactar conmigo escribiendo a mi dirección postal: Jo Beverley, c/o The Rotrosen Agency, 318 East 51st Street, Nueva York, NY 10022. Si deseas respuesta, te agradeceré que envíes un sobre sellado y con tu dirección ya escrita.

Acerca de la autora

Hoy en día Jo Beverley está universalmente considerada una de las novelistas románticas de más talento. Ha sido galardonada cinco veces con el ambicionado premio RITA, de Romance Writers of America y es una de sólo un puñado de miembros del RWA Hall of Fame. También ha recibido el premio Career Achievement del *Romantic Times*. Nacida en Inglaterra, actualmente vive con su marido y dos hijos en Victoria, Columbia Británica, a distancia de sólo a un trayecto en transbordador de Seattle.

Mary Jo Putney la declaró «una narradora nata» después de leer *Lord of my Heart* (Dueño de mi corazón), el que Roberta Gellis elogia como «un libro delicioso con personajes cálidos y vivos, una placentera lectura». Ahora, por fin, esta novela clásica vuelve a imprimirse.

Para salvar de la ruina su baronía, Madeleine de la Haute Vironge debe elegir marido de un trío presentado por el rey Guillermo. Un impresionante giro del destino arroja a la beldad criada en un convento en los brazos del más peligroso de los tres, un magnífico y seductor desconocido al que Madeleine desea, pero también teme.

Desgarrado entre lealtades familiares y su consagración a su rey, el apuesto Aimery de Gaillard merodea por los bosques en su papel de Ciervo Dorado, dedicado a ayudar a los plebeyos ingleses. Pero la hermosa y joven heredera con la que se ve obligado por el honor a casarse, sospecha su secreto, y amenaza su causa y su vida. Sin embargo, su noble corazón, endurecido por la desconfianza, arde de pasión por la sensual inocencia de Madeleine, la que desafía al osado proscrito a rendirse a la gloria, el éxtasis y el peligro del amor.

«Esta obra es un tapiz de detalles históricos, rebosante de tanta profundidad y belleza que no sólo agita el corazón sino que también estimula el intelecto.» *The Anastasia Gazette*

Jo Beverley
en **books4pocket**